서정의 파문

황선열 평론집

서정의 파문

초판 1쇄 인쇄 · 2023년 1월 20일
초판 1쇄 발행 · 2023년 1월 27일

지은이 · 황선열
펴낸이 · 한봉숙
펴낸곳 · 푸른사상사

주간 · 맹문재 | 편집 · 지순이 | 교정 · 김수란, 노현정 | 마케팅 · 한정규
등록 · 1999년 7월 8일 제2-2876호
주소 · 경기도 파주시 회동길 337-16 푸른사상사
대표전화 · 031) 955-9111(2) | 팩시밀리 · 031) 955-9114
이메일 · prun21c@hanmail.net
홈페이지 · http://www.prun21c.com

ISBN 979-11-308-2011-8   03800
값 29,500원

푸른사상
평론선

39

서정의 파문

The Ramification of
Lyricism

황선열
평론집

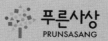

시란 무엇일까? 시를 읽고 또 분석을 하면서도 늘 의문처럼 떠도는 물음이다. 시를 쓰는 행위만큼이나 힘들고 고단한 일이 시를 읽고 분석하는 것이다. 해묵은 시론들과 최근의 시론들을 두루 읽어보아도 시의 근원에 대한 물음은 시인들의 시만큼이나 다양하기만 하다. 시의 형식론이나 방법론의 준거를 따지지 않는다면, 시란 인간의 성정을 다양한 방법으로 표현하는 문학의 한 갈래인 것은 분명한 것 같다. 언어 기호가 다르고, 그 언어를 전달하는 방식도 다르니 시란 말 그대로 천차만별의 그림이 아닐까 생각한다. 사람의 품격도 다양하듯이 시도 그만큼 다양하다는 말일 것이다. 허리 구부리면 모두 시라고 하니 길가의 걸리는 돌부리만큼이나 많고 이름 모를 풀들만큼이나 다양한 것이 시라고 말할 수 있을 것이다. 시론도 다양하듯이 시의 방법론도 다양하다. 그럼에도 불구하고 시란 무엇인가라는 물음에 대해서는 끝없는 의문의 파장만 일어난다. 시의 행방을 찾아서 시집을 읽고 또 분석하면서 이제 시의 근원이 무엇인지를 묻고 그 근원으로부터 생기는 파문이 무엇인지를 생각해볼 때가 되었다.

원래 시는 서정이라는 특성을 전제로 한다. 서정은 인간의 감정을 풀어내는 방식을 말한다. 인간의 감정이란 다양할 수밖에 없으며 그것을 풀어내는 방식도 다양할 수밖에 없다. 이 다양성의 궁극에 무엇이 있을까? 서정시의 근원은 이 궁극을 찾아가는 데 있다. 사공도는 스물네 개의 시의 품격을 제

4

시하면서 그 품격이 시의 근원을 이루는 정서일 것이라고 평가했다. 동아시아 시론이 시를 형식으로 분류하는 서구의 시론과는 다르다는 점에서 시의 근원을 다른 곳에서 찾을 수 있지 않을까 생각한다. 서정시가 언어의 기교주의에 흘러서 자칫 사람들의 정서를 전달하려는 궁극의 지점을 벗어나고 있는 것이 최근 시의 경향이라고 할 때, 우리는 어느 지점에서는 그 방향이 도달하는 뿌리가 어디에 있는지를 성찰해보는 시간도 필요할 것이다.

서정시는 인간의 정서를 풀어낸다는 근본 취지에 벗어나지 않으면서도 다양한 형식의 변주를 거쳐서 오늘에 이르게 되었다. 서정시는 끝없는 파문을 일으키며 변화하고 발전해왔다. 이번 평론집은 그동안 서정을 근원으로 한 다양한 시의 지평을 살펴본 글들을 한 곳에 모은 것이다. 오랫동안 시와 철학의 문제에 천착한 시인의 삶을 통해서 시의 근원이 되는 것이 무엇인지를 살피기도 했고, 서정시의 근원을 잃지 않으면서 서정의 힘이 무엇인지를 탐색한 시인들의 시를 살펴보기도 했다. 인간의 정서를 보다 나은 곳으로 향하게 하려는 시의 역할이 점차 다양하게 변화되어가고 있다. 서정시가 변화하더라도 그 궁극의 실체는 변하지 않기 때문에 그 근원을 벗어날 수는 없다. 근본이 흔들리지 않으면서도 다양한 변주를 거듭하는 서정시는 끝없는 파문의 여정에 놓여 있다. 서정시가 시론과 비평, 시의 원리, 현실과 시의 대응과 같이 그 지평이 확장되긴 했지만 여전히 시는 서정이라는 근본 문제를 벗어나서 생각할 수가 없다. 이 때문에 이번 평론집에서는 서정시가 확장되고 있는 다양한 파문들을 담아보려고 했다. 1부는 시와 철학, 시와 비평, 서정시의 근본을 탐색한 글들을 모았고, 2부는 시의 바탕이 되는 서정시를 쓴 시인들의 다양한 시의 변주를 살펴보았다. 아직도 시의 근원이 무엇인지는 의문으로 남아 있지만, 다양한 시인들의 정서를 엿보면서 서정시가 일으키는 파문의 중심이 어디인지를 모색해보려고 한다. 이번 평론집을 통해서 시의 근원과 변주를 살필 수 있는 기회가 되었으면 한다.

오랜 시간 묵혀둔 원고를 정리하면서 그동안 관심을 가졌던 많은 시들을 다시 돌아보는 계기가 되었다. 시를 읽는 즐거움에서 시란 무엇인가라는 고민이 시작될 때쯤 시의 근원이 무엇인지를 묻게 되었다. 출판시장의 어려움에도 불구하고 평론집을 갈무리해주신 푸른사상사 편집진에게 감사의 말씀을 드린다. 또 한 권의 책을 세상에 내보내면서 부끄러움이 앞선다. 가을볕이 마당에서 푸른 잔디를 희롱한다. 숙이고 또 숙여야 할 계절이다. 백로 절기에 때를 맞추어서 텃밭에 씨앗을 뿌린다.

까치마을 인문학연구소 문심원에서
황선열

■ 책머리에   4

제1부

시인 허만하의 철학과 사유   11

시의 근원을 잃지 않는 서정의 힘—시의 소통에 대하여   86

여순의 기억, 확대와 심화   102

제2부

깨달음과 실천궁행의 길—시인 오정환의 유고시   117

마술의 언어, 언어의 마술사—송찬호의 근작 시편   138

순수의 품성, 그 흰 바람벽—이해웅 시의 지평   150

존재의 인식과 화엄으로 가는 길—이월춘의 시세계   164

낯선 비유로 유영(遊泳)하는 언어의 심연—배옥주의 시세계   182

부드러움에 스며 있는 강인함—강정이의 시세계   197

아득한 적요(寂寥) 속에 피는 꽃—박이훈의 시세계   217

생명에 대한 역동적 사랑—오미옥의 시세계   238

섬농한 사랑의 힘—주명숙의 시세계   258

부동(不動)과 변동(變動)의 어울림—남기태의 시세계   282

사물의 형상을 비유로 끄는 힘—최순해의 시세계   308

자연주의 시학의 확장—박희연의 시세계   325

식물성의 시학—김태의 시세계   337

■ 찾아보기   346

1

제1부

시인 허만하의 철학과 사유

1. 삶의 길

시인 허만하는 1932년 3월 29일 대구 계산동 207번지에서 아버지 김해 허씨 허영희(許永熹)와 어머니 이말지(李末智) 사이의 둘째로 태어났다. 세 살 무렵에 대구의 남산동으로 이사를 했다. 그의 기억에 따르면, 당시의 남산동은 대구의 외곽지였다고 한다. 어릴 때 아버지에게 천자문을 배웠다고 한다. 그의 집에 고서적이 많이 있었다는 것으로 미루어 어릴 때부터 책과 가까이 지낼 수 있었던 가정환경이었던 것 같다. 그의 산문에 실려 있는 내용 중에서 어린 시절을 회상하는 부분을 살펴보면 비교적 유복한 가정에서 성장했음을 알 수 있다.

> 그때 형은 분명히 장롱에 기대어 서 있었고 나는 방바닥에 앉아 있었다. 그리고 전등은 윗목의 바른쪽에 있었다. 그러고 보니 내가 다섯 살 남짓 되던 때의 어느 봄날 저녁이었던 셈이다. 형님은 그때 대구의 계성학교(啓聖學校)에 들어갔던 것이다.[1]

---

1 허만하, 「조그마한 지적 고고학」, 『낙타는 십리 밖 물냄새를 맡는다』, 솔, 2000, 209~210쪽.

그가 기록한 자료에 따르면, 허만하는 대구 남산동 소재 대구복명공립보통학교[2]를 거쳐 대구남산정공립심상소학교[3]를 나왔다. 이 학교를 졸업하고 대구중학교[4]를 졸업했다. 중학교 시절에는 과학과 그림에 관심이 많았다고 한다. 중학교 때인 1948년(16세)에 급우 김현옥, 윤용진 등과 과학 동인회 '팔공과학동공회'를 조직하여 『팔공과학』 창간호(프린트판)를 편집하여 발간하기도 했다. 중학교 시절에는 과학부와 미술부에서 활동하면서 대구 근교의 산사를 다니며 곤충과 식물을 채집하기도 했다. 그는 어린 시절부터 과학과 그림에 관심이 많았던 것 같다. 그가 기록한 다른 자료에서는 "청소년기에는 물리학자가 되는 것을 꿈꾸었다. 일본 물리학자인 유카와 히데키가 중성자를 발견하여 노벨물리학상을 받자 과학자로서 일본을 능가하겠다고 다짐했던 것이다. 그러나 능력의 한계를 느껴 물리학을 포기하고 의과대학에 진학하였다."고 회고하기도 했다. 허만하가 쓴 회고형 산문에 따르면, "중학교 학생 시절 나는 미술부에 적을 두고 있었다. 그림 공부를 하면서 나무 그리

---

2 다른 자료에는 복명유치원을 나왔다고 하는데 이 학교의 정식 명칭은 복명보통학교이다. 복명보통학교는 관기 출신인 김울산(1858.7.1~1944.3.1)이 인수한 학교이다. 1910년에 개교한 명신여학교를 1925년에 김울산이 인수하여 대구복명공립보통학교로 교명을 변경했다. 허만하가 다녔을 당시의 정식 교명은 대구복명공립보통학교다. 1993년 남산동에서 현재 학교로 옮겼다. 현재 주소지는 대구광역시 수성구 범안로 20길 8이다(대구복명초등학교 홈페이지(http://www.bokmyung.es.kr) 참조).

3 대구남산정공립심상소학교는 1935년 6월 15일 대구남산정공립보통학교로 개교한 학교다. 1938년 4월 1일 대구남산정공립심상소학교로 개칭했으니, 허만하가 다녔을 당시의 학교명은 대구남산정공립보통학교다. 현재 주소지는 대구광역시 중구 남산로 70(남산동 122)이다(위키백과(https://ko.wikipedia.org/wiki/대구남산초등학교) 참조).

4 대구중학교는 1921년 개교한 중학교이다. 1949년 6년제 54명이 제1회 졸업생이다. 허만하는 6·25한국전쟁 당시에 6학년이었으니, 이 학교 2회 졸업생이다. 1951년 9월 1일 교육법 개정에 따라 대구제2중학교로 바뀌었는데, 그가 졸업할 당시의 교명은 대구중학교다. 현재 주소지는 대구광역시 남구 대봉로 120번지(이천동)이다(위키백과(https://ko.wikipedia.org) 참조).

서정의 파문

기가 몹시 어렵다는 사실을 깨달았던 것도 그때였다. 특히 내 쪽으로 뻗어난 가지 그리기가 어려워서 내 나무 그림의 가지는 대체로 옆으로 뻗은 것뿐이었을 것이다. 그리고 그보다도 어려웠던 것은 초록색의 표현이었다."[5]고 한다. 그가 미술과 서예에 대한 남다른 조예가 있었던 것은 중학교 때 그림을 그렸기 때문이라는 사실을 알 수 있을 것이다.

1950년(19세) 한국전쟁이 일어나자 허만하는 학생의 신분으로 전쟁에 참전한다. 대구에서 영국군 제27여단 미들섹스 연대에서 군번 없는 학생 신분으로 통역병으로 종군한다. 낙동강 전선 화원과 옥포에서 서부전선을 따라 청천강 건너 박천, 태천까지 진출하고, 성탄절을 의정부 북쪽 구릉 지대에서 보낸 후 대구 영국군 사령부에서 잠시 근무했다고 한다. 한국전쟁을 겪고 난 뒤 그는 실존에 대한 깊은 회의를 하는 것으로 보인다. 그때의 기억을 떠올리면서 그는 "사르트르에 의하면, 그 책임은 자기에 대한 것이라기보다 전 인류에 대한 것이다. 너무 거창하고 허황한 생각인지 모르지만 중학교 6학년(지금의 고3)으로 6·25한국전쟁을 맞아 학업을 중단하고 전장에 나갔다 돌아온 나는 그 무렵 그런 생각을 했다."[6]고 기록하고 있다. 또 한국전쟁에 있었던 일화 한 토막을 소개하는 글에서 따르면, "낙동강을 건너 성주를 지날 때면 나는 으레 오십 년 전의 늦여름을 생각한다. 그때 대구중학교 육 학년이던 나는 대구에서 군번도 없이 종군하게 되어 성주의 한 재를 넘어 조그마한 한 과수원에 머물고 있었다. 그 무렵의 어느 날 성주의 한 고지를 공격하던 영국군이 미국 공군의 오폭으로 많은 사상자가 난 사건이 일어났고, 이러한 사실이 신문에 보도되었던 모양이다. 이때 아버지는 소식이 끊어진 아들

5   허만하, 「나무를 찾아 길 위에 선다」, 『낙타는 십리 밖 물 냄새를 맡는다』, 솔, 2000, 73~74쪽.
6   허만하, 「「영암사지 가는 길」을 말한다」, 『시의 근원을 찾아서』, 랜덤하우스코리아, 2005, 257쪽.

의 행방을 찾아 삽을 들고 이 고지에서 엉덩이 주머니에 책을 꽂고 있는 전사자를 찾아보겠다고 저녁 밥상자리에서 말씀하시더란 이야기를 일 년 후의 느닷없는 귀가 때 들은 일이 떠올랐다. '하야(나의 애칭)는 군복 주머니에도 책을 꽂고 있을 테니 알 수 있다'는 것이 아버지의 말씀이었다."[7]고 기록하고 있다. 이 회고의 글에서 허만하에 대한 아버지의 깊은 사랑을 확인할 수도 있을 것이다. 또한 그는 어린 시절부터 책 읽는 습관이 몸에 배어서 전쟁 와중에서도 책을 읽었을 정도로 책 읽기를 좋아했다는 사실을 알 수 있다.

1951년(20세) 9월 대구의과대학 예과[8]에 입학한다. 당시 의예과 부장은 독일어 담당의 김달호 교수였는데, 이 독일어 교수로부터 릴케의 시를 접하게 되었다고 한다. 허만하는 의예과 시절에 의학 공부와 함께 철학에 관심을 많이 가지고 있었으며, 이러한 독서 이력으로 그는 자연스럽게 실존주의 철학과 고대 철학 서적을 탐독하게 되었던 것이다. 청년 시절의 허만하는 의학 서적뿐만 아니라, 철학 서적을 읽으면서 문학에 관심을 갖게 되었다.

당시 2년제 교과과정이었던 대구의과대학 예과 과정을 수석으로 마치고, 곧바로 경북대학교 의과대학(본과 과정)으로 진학했다. 대구의과대학이 1952년 경북대학교로 개편되었고, 『경북대신문』을 발간하는데, 그는 1952년(21세) 10월 1일자 『경북대신문』[9]에 산문 「선(線)」을 발표한다. 1952년 10월은 그가 예과 2학년 재학 시절이었다. 지금까지 조사한 바로는 이 글이 그가 지면

---

7 허만하, 「풍경은 한 권의 저서다」, 『길과 풍경과 시』, 솔, 2002, 180쪽.

8 이 대학은 1947년 5월 도립대구의과대학으로 변경된 학교이고, 1951년 9월에 임시 교가를 개축하여 수업을 계속했으며, 1951년 10월에는 국립경북대학교 의과대학으로 설립 인가를 받는다.

9 경북대학교 의과대학 연혁을 살펴보면, 경북대학교는 1951년 10월 국립경북대학교로 설립 인가를 받고, 1952년 2월에 종합대학교 설립 후 첫 졸업식을 하는 것으로 되어 있다. 1949년 7월에 의예과가 6년제로 변경되었고, 1952년 5월 국립경북대학교 의과대학으로 이관하여 개편되었다. 의예과는 문리과대학의 예과로 이관되었다.

서정의 파문

에 발표한 최초의 산문이라고 할 수 있다. 그 전문을 살펴보면, 의예과 시절에 그가 어떤 문제를 사유하고 있었는지를 짐작할 수 있다.

自然은 直線을 顯示하지 않는다. 그는 曲線을 사랑한다. 이것은 조금만 注意해서 周圍를 살필 때 느낄 수 있는 歸納的 結果다. 구비치는 山이나 흐르는 江물이나 자라나는 草木이나 모다 아름다운 曲線을 그리고 있다. 人間은 이 自然을 解剖해 드러가는데 直線으로써 한다. 나란히 선 집체들 전봇대의 行列마루바닥 天井 할 것 없이 모다 整然한 直線을 그리고 있다. 平凡한 이러한 事象가운데도 한 조각 高貴한 法칙이 숨어 있을 것만 같다. 왜 自然은 曲線을 그릴까. 그것은 無數히 可能한 曲線들 가운데서 한 特殊形인 直線이 나타날 確率이 零이기 때문이 아닐까. 近來登場해온 確率論的 世界像으로서는 쉽사리 解決할 수 있는 問題일 게다. 그럼 왜 人間은 (한 행 식별할 수 없음) 것은 自然의 骨格이 直線的인 까닭이며 千態萬象의 外貌 속에 숨은 自然의 精髓는 直線的인 構造를 가지고 있으며 그것에 卽하는 人間의 思惟도 先驗的으로 直線的인 構造를 가지기 때문이 아닐까. 한 質點이 運動할 때 그 出發點과 終點이 定해져 있으면 無數히 可能한 運動 가운데서 ○(한 글자 식별할 수 없음)구란 즈함數의 時間에 대한 積分이 極値가 되는 經路를 自然 自身이 選擇한다. 이것은 마치 人間이 出發點과 終點間의 最短離를 뛰는 것과 한 가지다. 如何튼 現在 우리가 가지는 法則은 直線的인 性質을 띠고 있다. 그리고 우리는 이와 같은 傳統的 形式을 통해서 사실을 觀察할 때 가장 알기 쉬운 것이다. 그리고 이 形式이 곧 自然의 屬性인 것처럼 (두 행 식별할 수 없음) 한 角度의 硏究에서 解決될 수 있는 것이 아닐까.(의과大學生)

—「線」 전문

이 글에서 그는 자연은 곡선으로 보이지만 그 속성은 직선으로 되어 있다고 한다. 인간의 사유도 이와 마찬가지로 선험적으로 직선의 구조를 가지고 있다고 한다. 이 직선과 곡선에 대한 사유는 과학과 인문학의 관계에 대한 사유라고 할 수 있다. 스무 살 무렵의 그의 사유 세계의 일단을 엿볼 수 있는 이 글은 오랫동안 그의 직선과 곡선에 대한 사유를 하고 있었다는 사실을 짐작할 수 있게 한다.

이 산문을 발표한 후에 그는 1954년(23세)『경북대신문』3월 15일자 4면에 「동자상(瞳子象)」을 발표한다. 이 시는『경북대신문』4면 '시원(詩苑)'이라는 지면에 황진현의 「철길」이라는 시와 함께 실린 여섯 편의 시 중의 한 편이다. 이 여섯 편의 시에 대해서 박목월은 독후감(讀後感) 형식의 짧은 시평을 싣는다. 이 글에서 박목월은 다른 시들과 함께 그의 「동자상」에 대한 후기를 남긴다.[10] 이 시는 허만하가 시로 추천을 받기 전에 대학신문에 발표한 작품이라는 점에서 그의 시 창작의 출발점이 되는 작품이라 할 수 있다.

　　나를 보는 나를 보고 있다

　　그날 아무렇지도 않게 흐른 그날이, 문득 偶然처럼 蘇生하는 座標에 서서,

　　表裏지울래야 지을 수 없던 지난날의 어느 내가, 이 瞬間 가만한 내 凝視를 느끼는 것 ―
　　거울을 닦고는 보고 닦고는 보며,

10　이 시는 허만하의 인터뷰에서 자주 언급되는 시이다. 박목월은 여섯 편의 시를 읽고 '독후감' 형식의 시평을 발표한다. "이번 慶北大學校新聞에 실리게 된 여섯 편의 작품을 읽었다. 그 작품이 모조리 어느 程度의 水準에 이르러 있음에 놀랐는 것이다. 한 地方의 學生作品으로서는 지나치리만큼 洗練된 筆法과 익숙한 솜씨였다. 그러나 實은 '學生'이라는 말에 내가 너무 拘해되어 있었기 때문인지 모른다. …(중략)… 다음은 「차디찬 座標」와 「瞳子象」도 그 作品體溫을 달리 했을 뿐 역시 같은 系列의 作品이다. …(중략)… 「瞳子象」은 ○○ ○○○○ 作品대로 어느 정도의 整除美를 갖추었기 때문이다. 그러나 '눈물처럼 고이는 日記를 박아가는' 서러운 心情을 기록함에도 끝끝내 '나를 보는 나를 보고 있는' 的인 無理한 表現과 委曲된 言語驅史를 고집하는 것은 어느 뜻에서 여섯 편의 시가 공통적으로 지니는 惡癖이며 또한 그 無理스러운 表現趣味에 스스로 빠진 것이 아닐가. 시에서 새로운 스타일이나 새로운 世界는 詩精神의 光度의 새로운 光輝를 뜻할 것이다.…(하략)…(『경북대신문』1954년 3월 15일자, 4면).

서정의 파문

내 가슴속에,
눈물처럼 고이는 日記를 박아간다

　　　　　　　　　　　　　　　　—「동자상(瞳子象)」전문

「동자상」은 눈동자를 거울 속에서 확인하는 장면을 하나의 형상으로 두고
쓴 시이다. 거울 속의 나와 거울 바깥의 나를 응시하면서 화자의 가슴속에
눈물처럼 떠오르는 지난날의 자신을 회상하고 있다. 그 기억은 슬픈 눈물처
럼 고이는 일기를 가슴속에 새기고 있다.

이듬해인 1955년(24세) 5월 15일『경북대신문』에「窓 2」를 발표한다. 이 시
는 그의 초기 습작기에 보여준 사유의 세계가 어떤 것인지를 잘 보여주고 있
다. 다음은 이 시의 전문이다.

살며시
그것이
사라져간 餘白을

조용히
지난날이 내어다 보는

또 하나
눈물겨운 時間 —

남몰래
고여난 숫한 괴로움이

시원한
한줄기 체視로 삭아가듯

땅 속에 참아온 오랜 歲月을

가만히 생각하는
잠자리 複眼에

아무도 그것을 담그지도 않은
파아란 하늘이 잠기어 간다

어쩌면
그것은

잡아보기엔 너무나
아스럼한 風景과

지워버리기엔 바로 가차운 것 사이에서

벌써 그 누구의 記憶에도 없이

스스로 익어가는
맑안
空簡

― 「창(窓) 2」 전문

　　이 시는 창을 통해서 바라본 세계를 서정의 감성으로 형상화하고 있다. 이
시에서도 「동자상」에서 보여준 것처럼 지난날의 기억을 소환하면서 그 눈물
겨운 시간을 회상하고 있다. 그의 습작기 시들은 과거의 눈물 겨운 기억들을
떠올리면서 그 시간 속의 존재의 의미를 생각하는 시들로 채워져 있다. 같은
해인 1955년 12월 10일자 『경북대신문』에 「잎」을 발표한다. 이 시는 시의 끝
부분에 한자로 1955년 5월에 썼다고 명시하고 있는데, 이는 앞서 「窓 2」을
발표한 때와 같은 시기이다. 「잎」을 발표한 때는 12월이었지만 「窓 2」와 같
은 달에 쓴 작품으로 기록하고 있어서 비슷한 시기의 습작품으로 보는 것이

서정의 파문

옳을 듯하다. 그리고 이 시는 작품을 썼던 때를 기록하고 있다는 점에서 그
의 시 창작 태도의 관점에서 눈여겨 살펴보아야 할 시일 것이다.

> 늘 이만치 제마다의 목숨들이
> 피었다간 지고
> 졌다간 다시 피는
> 살아있는 時間
>
> 보이지 않는
> 끝없는 層階를
> 차근차근 밟아오는 발자욱들이 저마다
> 그렇게밖에 있을 수밖에 없는 자리를 잡고 있다
> 그것은 벌써
> 아득히 먼 太初의 씨앗 속에 잠기어 있던 것이
> 이토록 곱게
> 풀리어 나는 江물소리다
>
> 그날
> 그만치 사라져간 마음들이
> 조용히 그만치 되사라오는
> 時間의 水紋
> 그것은
> 스스로를 아득히 앞선 透明한 地帶에서
> 언제나 그날처럼
> 구비치고 있는
> 푸른 푸른 들길같은 始作이다

— 「잎」 전문

　이 시도 앞의 시들과 마찬가지로 한정된 시간 속에 놓인 존재의 소멸을 형
상화하고 있다. 태초의 씨앗 속에 잠기어 있던 생명들이 풀리면서 사라져간

것들이 조용히 되살아오는 시간의 물결 속에서 새로운 시작을 알리는 잎새를 관찰하고 있다. 등단 이전에 발표한 일련의 시들을 통해서 그의 시가 어디에 근원을 두고 있는지를 파악할 수 있을 것이다. 현재의 시간 속에 놓여 있는 자아는 과거의 기억과 혼재하고 있으며, 그 자아의 기억은 과거의 슬픈 시간 속에서 그늘로 존재하고 있다. 그가 대학 시절에 실존주의 철학을 공부하면서 경험했던 사유의 세계가 이 시들 속에 고스란히 형상화되고 있다.

이때를 전후해서 그는 경북대학교 문리대학교 전임강사로 있던 김종길(金宗吉, 1926~2017) 시인을 처음으로 만났다. 1955년 즈음에 허만하는 시인 김종길을 만난다. 그는 김종길 교수와의 만남을 다음과 같이 회고하고 있다.

> 내가 김종길 시인에게 처음 인사를 드릴 수 있었던 것이 1955년의 일이었다. 대구 향촌동의 고전음악 다실 '녹향'에서였다. 김종길 시인은 경북대학교 문리대 전임강사였고, 나는 의과대학 학생이었다. 이런 신분의 차이에도 불구하고 그는 나에게 마음을 활짝 열어주었다. 나는 저항 없이 그의 자장(磁場) 안으로 빨려들어갔다.[11]

김종길과 허만하는 여섯 살 차이가 나고, 신분도 학생과 전임강사로 만났지만 이후 오랫동안 문학적으로 서로 교류하는 사이가 된다. 김종길은 경북 안동 출생으로 혜화전문학교 국어국문학과를 졸업하고 고려대학교 영어영문학과를 나와서 1952년 대구공업고등학교 교사를 거쳐 1954년부터 1956년까지 경북대학교 강사로 있었다. 그는 1947년 『경향신문』 신춘문예에 「문」이 입선되어 등단했다. 허만하와 대구에서 만났을 때는 그가 경북대학교 강사를 하고 있을 때였다. 1958년 이후 김종길은 고려대학교 영문학과로 자리를 옮겼으니 대구에서 허만하와 함께 만났을 때는 1955년에서 56년까지의 2

---

11 허만하, 「「바다와 나비」·가을편지」, 『시의 근원을 찾아서』, 145쪽.

서정의 파문

년 남짓한 시간이었다.

1956년(25세) 2월에는 대구에서 김윤환, 이영일과 동인지 『시와비평』을 창간한다. 이 동인지의 창간호에 허만하는 『경북대신문』에 발표했던 「잎」을 재수록하고, W. H. 오든의 「헤롯 왕」, 스티븐 스펜더의 「겨울의 풍경」을 번역하여 발표하고, 캐슬린 레인의 평론 「상징과 장미」를 번역하여 발표한다. 또한 『시와비평』 3집에 스티븐 스펜더의 「비행장 부근의 풍경」을 번역하여 발표하고, A. J. 맥타가트의 평론 「스티븐 스펜더의 매력」을 번역하여 발표한다. 『시와비평』에 발표한 일련의 번역시들은 그가 문단 활동을 시작한 지점에서 외국시의 번역을 통해서 그는 서구 시와 이론에 관심을 갖고 있었다는 것을 잘 보여주고 있다. 이 무렵에 그는 윤동주의 동생 윤일주와 만나기도 하고 부산의 문단에도 관심을 갖기도 한다. 이 당시의 문학 활동에 대해서 그는 다음과 같이 회고하고 있다.

> 김종길 시인을 따라 회현동 비탈에 있던 그의 집[윤일주의 집−필자 주]을 찾아가 셋이서 정종을 몇 잔을 나눈 일이 있다. 전봇대에 붙어 있던 오렌지빛 알전구 밑에서 손을 흔들던 그의 마지막 모습이 세월의 지평 저쪽에서 희미하게 떠오른다. 그것이 이승에서 그를 보았던 단 한 번의 기회였다. 내가 대구에서 『시와비평』 창간에 가담할 무렵(1956년 2월), 부산에서는 김춘수, 고석규를 중심으로 『시연구』가 전혁림 화백의 장정으로 창간되었다(1956년 5월). 이 잡지 지면에 실려 있는 「형 동주의 추억」이란 글을 통하여 이 시인의 이름을 알게 된 나는 그 후에 내가 등단 절차를 밟고 있던 『문학예술』지에서 그의 이름을 다시 만났던 것이다. 그도 이 잡지에서 나와 같은 절차를 밟고 있었다.[12]

이 일은 김종길 시인이 서울의 고려대학교로 자리를 옮긴 후일 터이니, 윤일주의 집을 찾아가서 정종을 나누었을 때는 1958년 이후의 일이다. 아무튼

---

12 위의 글, 위의 책, 155쪽.

시인 허만하의 철학과 사유

21

그의 회고에는 윤일주와의 각별한 인연을 말하고 있으며, 그와 같은 문예지를 통해서 등단했다는 사실을 밝히고 있다. 윤동주의 동생 윤일주(尹一柱)는 해방 직후인 1946년 월남하여 부산에서 살다가 고학으로 서울대학교 건축학과를 나와서 1951년 해군 소위로 임관하여 1958년 해군 대위로 예편하였다. 윤일주는 부산대학교, 동국대학교, 성균관대학교 건축학과 교수를 지냈다. 윤일주는 김종길과 한 살 차이이고, 허만하와는 다섯 살 차이가 난다. 어떤 연유로 윤일주를 만났는지는 알 수 없지만, 윤일주는 1955년 「설조(雪朝)」로 등단하였으니, 비슷한 시기에 등단 절차를 밟고 있었다. 허만하가 부산의 『시연구』에서 읽은 윤일주의 글은 윤일주가 시인으로 등단한 이후에 발표한 글이다.[13]

1957년(26세) 『문학예술』 2월호에 1회 추천시 「과실」을 발표한다. 그해 3월 경북대학교 의과대학을 졸업하고 의사 국가시험에 합격한다. 경북대학교 대학원 의학과에 입학하여 병리학을 전공한다. 육군 군의학교 교육과정을 마치고 중위로 임관하여 기초의학 요원으로 경북대학교 병리학 교실에 파견근무를 한다. 이해 4월에는 『문학예술』에 2회 추천시 「날개」를 발표한다. 12월에는 『문학예술』에 「꽃」을 발표하여 3회 추천을 완료한다. 허만하의 시를 3회 추천하는 시인은 이한직이었다. 그는 당선 소감으로 「현미경」이라는 제목을 붙이고, 그 글에 스피노자의 『에티카』의 끝 구절인 'Sedomnia Praeclara tam difficilia, quam rasunt(모든 고귀한 것은 어렵고도 드물다)'를 인용한다. 아래는 등단작과 당선소감이다.

　　　이 썩은 胸壁에서 꽃을 피어나게 해주십시오.

13　윤일주는 1948년 2월 16일 정음사에서 발간하는 윤동주 추모 시집 『하늘과 바람과 별과 시』 수록 작품 선별을 담당하는 편집을 전담했다. 이 시집의 원고는 익히 알려진 대로 정병욱이 소장하고 있던 시 원고이다. 윤일주는 정병욱의 누이동생과 결혼했다.

바람에 엎드려 우는
暗澹한 밤을
여윈 肋骨을 깨무는 自棄의 물결을
시원히 微笑짓는 눈물의 꽃을
사랑하던 모든 것은 말없이 가도
疎遠히 이젠 혼자 남았습니다.
끝없는 砂丘의 炎熱을 오히려 짙푸른 肉葉으로
抵抗하며 서 있는 仙人掌같은
그 숨막히는 忍耐와도 같은 빛깔의 꽃을.
저 無邊한 空間 어느 透明한 境域에서 퍼덕이고 있을
찢어진 旗ㅅ발같은 決意의 꽃을.
悔恨처럼 구비치는 긴 時間을
자옥히 落葉지던 수 없는 背信을
또, 모래를 씹으며 견디었던 기다림 같은 꽃을.
꽃처럼 희고 차운 것이 휘몰아치던
그 北國의 氷原에서 바라보던 노을처럼
찬연히 樣姿할 내 푸시케의 噴水,
言語가 이미 다한
그 애절한 抱擁만한 龜裂을 두고
지친 눈빛으로 서로를 읽던
恨없이 暗膽하던 밤같은 꽃을

───「꽃」 전문

　解放이 되자 古物장수들이 收支를 맞추었다. 本國으로 돌아가노라, 日本사
람들이 많은 物件을 쏟아놓았기 때문이다. 나도 그 바람에 顯微鏡을 한 台 살
수 있었다. 요즈음 손때가 베도록 使用하여 있는 双眼짜리 '바우슈 엔드 로옴'
같은 멋진 것이 아니라, 日製의 초라한 것이었지만 나의 기쁨은 어간한 것이
아니었다. 나는 닥치는대로 슬라이드 위에 얹어 들여다보았다. 잎의 斷面, 파
뿌리, 개의 精液 等等. 한겨울 방천가에 나가서 凍結한 落葉같은 것을 건져올
때 내 손은 얼기도 했다. 그 온 달같이 둥근 視野에 여태 生物學책 그림에서만

본 '파라메시움' 같은 單細胞 生物이 그 숱한 織毛를 흔들며 悠悠히 遊泳하며 있는 것을 바라본 때의 스릴은 十餘年이 지난 지금까지도 삼삼히 남아 있다. 그 後 限없는 奇蹟과 懷疑 속에서 事變을 치루고 또 사랑의 煉獄을 겪고 하는 틈에 나는 어느듯 또 하나의 顯微鏡를 發見하기 始作했다. 그것은 눈에 뵈지 않는 詩라는 것이었다. 그 視野는 한결 넓고 깊은 것이었다. 그리고 質的이며 個性的인 것이었다. 江, 구름, 슬픔 祖國(國號가 아니다) 같은 것들이 옛날과 다른 새로운 光彩를 띠고 선명히 다가오는 것이었다. 나는 서슴없이 陸離히 전개되어 오는 그 地平의 洗禮를 받았다. 거기서 나는 들리지 않는 소리랑, 뵈지 않는 빛이랑, 죽음보다도 暗澹한 보람 같은 것이 있다는 것도 알았다. 整然한 自然의 法則에 못지않게 삶의 體驗은 貴한 것이다. 나는 헤매는 유태인처럼 이 認識과 感性의 두 世界를 소요하면서 蜜蜂처럼 많은 것을 蓄積하고 싶다. 그래서 한낱 죽어가는 念에 나대로의 意味와 숨결을 불어넣어주고 싶다. 'Sed, omnia Praeclara tam difficilia, quam rara sunt' 다만 銀처럼 誠實히, 앞으로 더 많은 코피를 흘려야 할 것을 안다.[14]

그의 시를 추천한 이한직(李漢稷)의 시 추천에 대한 평가도 이 자리에서 살펴볼 필요가 있을 것 같아서 전문을 인용한다.

어느 듯 송년호를 꾸밀 철이 돌아와서 今年度 詩壇 總決算에 關한 '앙케이트'가 날아들기 始作했다. 가장 感銘 깊었던 作品이 무엇이냐, 今年度에 登場한 新人 가운데서의 '호-프'를 누구라고 생각하느냐 等等 그 擧皆가 卽答하기 거북한 것뿐이었다. 色彩에 對한 趣味를 말하듯이 나는 이것 나는 저것 하고 한 마디로 答해버릴 수도 있는 이런 形式의 設問에 되도록 回答를 避하고 싶은 게 내 心情이지만 구태여 묻는다면 今年度에 내가 본 바로 가장 囑望되는 新進詩人으로는 許萬夏氏를 들고 싶다. 내가 許萬夏氏의 詩를 처음 對한 것은 詩友 金宗吉兄이 入手한 초라한 한 卷의 '스크랩·북'을 通해서였다. 當時에도 그의 淸新한 '에스프리'며 正確한 言語感覺에 瞠目하여 서로 고개를 끄덕였던 記憶이 새로운데 그 後 그는 이 『文學藝術』誌에 投稿하게 되어 一年

---

14 허만하, 「당선소감-현미경」, 『문학예술』 1957년 12월호, 175쪽.

서정의 파문

餘에 亘한 期間 사나운 시어머니만큼이나 구찮은 나의 잔소리를 잘 참어 넘겨 오늘에 이르렀다. 投稿詩로는 마지막 作品이 될 그의 「꽃」에 關하여서는 여기에 蛇足을 加하지 않기로 하겠다. 作品自體가 充分히 老成해서 무슨 批評을 加할 必要가 없겠기에 말이다. 許萬夏 詩人은 이 雜誌가 지켜온 習慣上 나의 이름으로 詩壇에 紹介되는 것이지만 其實 그를 發掘하고 琢磨하여 오늘의 그를 만든 功은 全的으로 金宗吉兄에게 있음도 아울러 밝혀두기로 하자. 尹秀炳「다리」過去 一年餘를 두고 特別한 關心과 好意를 가지고 對해오는 詩人이다. '아에크상드랑'을 聯想시키는 獨特한 詩形式 固執하고 있다. 소곤소곤 속삭이듯 읊어 나려가는 呼吸이 瞻弱하다고 할 사람이 있을지 모르겠으나 千萬에 그의 作品은 執拗하다하리만치 强인한 說得力을 가지고 있다.[15]

이 당선 소감에 기록된 약력은 "大邱에서 出生. 大邱醫大豫科를 거쳐 그 後身인 慶北大學校 醫科大學 卒業. 同大學校 大學院 醫學科 入學. 現在 母校病理學敎室 基礎要員. 滿二五歲八個月"으로 기록되어 있다. 당선 소감에 언급된 현미경은 그가 사물을 보는 객관적 사물로서 제시한 것이지만 사실은 이 '현미경'은 사물을 세밀하게 관찰하려는 작가의 심정을 표현한 것이라고 할 수 있다. 그는 현미경과 같은 세밀한 눈으로 사물을 바라보고 관찰하면서 시를 쓰려고 했다. 그는 과학적 인식이라는 객관적 세계와 시의 감성이라는 두 세계를 통해서 꿀을 저장하는 벌처럼 많은 세계를 축적하려고 했다. 그의 시적 출발은 인식과 감성의 두 갈래 길에서 의미와 숨결을 불어넣는 것이 시의 역할이라고 생각하고 있었던 것이다.

그의 시를 추천한 이한직은 그의 시를 "淸新한 '에스프리'며 正確한 言語 感覺"를 가진 시인으로 평가하고 있다. 이미 등단할 때부터 그의 시를 "作品自體가 充分히 老成해서 무슨 批評을 加할 必要"가 없는 시로 인정하고 있다. 스물여섯의 청년임에도 그는 이미 시로서 노성(老成)한 경지에 이르렀다

---

15 이한직, 「시천기(詩薦記)」, 위의 책, 135쪽.

고 평가받고 있었던 것이다. 그의 당선 소감에서 말하는 인식과 감성의 두 세계가 의학과 문학의 길이라고 생각할 때 등단 무렵에 그는 의학과 문학 사이에서 많은 고민을 했던 것 같다. 그는 당시의 상황을 다음과 같이 회고하고 있다.

> 의대를 졸업하던 그해, 나는 바로 병리학의 바다와 시의 바다라는, 서로 다른 두 바다 앞에 서게 되었었다. 그때의 떨림이 외람되게도 스피노자의 혼이 배어 있는 『에티카』의 끝 구절을 인용하게 했던 것이다.[16]

바뤼흐 스피노자(Baruch Spinoza)의 『에티카』는 원제가 『기하학적 순서로 증명된 윤리학』(1677)이다. 범신론자인 스피노자의 사상을 집약하는 책의 끝 구절을 인용한 것은 그의 철학적 사유가 문학의 한 방법론이라는 사실을 말하고 있는 것이다.

1959년(28세) 12월에는 김종길이 편찬한 『세계서정시선』(성문각)에 독일시 부분의 번역자로 참가한다. 그는 대학 시절부터 독일어와 영어에 능통했으며, 원서를 읽으면서 유럽의 시인들을 만나고 있었다.

1961년(30세) 9월 28일 유치환 시인의 주례로 조옥례(趙玉禮)와 결혼한다.

1962년(31세)에는 『현대시』 동인으로 참가하는데 이때 함께 활동한 시인들은 유치환, 조지훈, 박남수, 전봉건, 김종삼, 김광림 등이다. 동인지 『현대시』에 그는 캐슬린 레인의 「후조」와 「낙엽론」을 번역하여 발표한다.

1963년(32세) 1월에 장녀 경혜(景惠)가 태어난다. 육군 야전병리시험소장으로 근무하다가 전속명령으로 대구를 떠나, 철원을 거쳐 강원도 원주로 이사를 했다.

1964년(33세) 9월 차녀 경원(景嫄)이 태어난다. 이해 8월에 임상병리 전문

---

16 『수요포럼』 11집, 2014.

의, 9월에 해부병리 전문의 자격을 딴다. 군의관 예편과 함께 강원도 태백시 장성리에 있는 대한석탄공사 장성의료원 병리과장으로 취임한다. 병리과장으로 재임하면서 논문 「실험적 진폐증에 관한 병리조직학적 연구」를 발표한다. 태백산 여행 도중 우연히 병원 실험실에 들른 박목월 시인을 처음 만난다. 경북대학교 의과대학 대학원을 졸업한다. 박사학위 논문은 「위생검법에 의한 한국인 위염 및 장염화생에 관한 병리조직학적 연구」이다.

1968년(37세) 부산으로 이사를 해서 부산침례병원과 메리놀병원 병리과장을 겸직하고, 부산대학교 의과대학 외래교수로 병리학을 강의한다.

1969년(38세) 첫 시집 『해조(海藻)』(삼애사)를 출간한다. 이해 11월 11일 박목월이 회장으로 있었던 한국시인협회 주최 시집 출판기념회에 참석한다. 이 출판기념회는 등단 후 시인으로서 처음으로 참가한 문학 행사로 서울시내 호수그릴에서 열렸다. 이 행사가 끝난 후 이형기, 김구용 시인과 셋이서 자리를 조선일보 뒷골목 선술집으로 옮겨 밤늦도록 시에 대한 이야기를 나누었다고 한다. 허만하의 시집에 대해서 구자운이 「혼돈과 프시케의 분수」(『현대시학』, 1969년 9월)라는 서평을 발표한다. 같은 해 권기호 시인의 주선으로 대구 동인동 아르스 다방에서 시집 출판기념회가 열렸다. 이 모임에서 의예과 시절의 통계학 교수였던 경북대학교 총장 박정기 교수와 김춘수 시인의 축사가 있었다고 한다. 허만하는 이 시집의 발간 경위를 다음과 같이 자세하게 밝히고 있다.

　나에게는 개인 시집이 단 한 권밖에 없다. 부끄럽기 한량없는 일이다. 따라서 "가장 아끼는 시집을 선택하여"라는 청탁의 취지에 부응하기가 여간 쉽지가 않다. 선택의 여지가 없기 때문이다. 그 시집은 1969년 오늘의 한국시인집 시리즈로 서울 삼애사에서 출간된 『해조(海藻)』다. 박목월 선생의 주선으로 등단한 지 십 년이 넘는 시인들 가운데서 시집을 가지지 못한 사람들 중에서 선택하여 내준 소위 처녀시집이다. 삼애사란 전봉건 시인이 하던 출판사라고 기억한다. 지금도 이 시집의 제목에 대해서는 불만이다. 김종길 시인께서는 '동점역(銅店驛)'이란 제목을 제의하였고, 전봉건 시인은 '꽃잎에 앉은 나비'란 제목을 제안했다. 두 가지 모두가 시집에 들어 있는 작품이 시제다.[17]

허만하의 첫 시집은 그의 회고에 따르면, 자의 반 타의 반으로 출간하게 된 것이고, 시집의 제목도 불만이었다고 한다. 이 글에서 밝히고 있는 사실 중에서 주목할 만한 일은 김종길 시인이 제안한 『동점역(銅店驛)』이 일어시집의 제목이 된다는 사실이다. 또한 그의 첫 시집이 박목월이 주선하여 등단 후 10년이 넘은 시집 가운데 선택하여 내준 것이라는 점에서 자의성보다는 타의성이 강했다는 점도 기억할 만한 일이다.

1970년(39세) 장남 서구(緖九)가 부산에서 출생하였다.

1971년(40세) 4월 조선대학교 의과대학 교수로 취임하였다.[18] 조선대학교 부속 조선대병원 병리과장으로 지내면서 범대순 시인을 사귀었다. 혼자 춘설헌에 있는 의재 허백련 선생을 찾아 인사를 드렸다.

1972년(41세) 4월 부산의 메리놀병원 병리과장으로 재취임하였다.

1974년(43세) 10월 부산에서 약 32명 시인들과 함께 앤솔러지 『남부의 시』 발간에 주도적으로 참여하였다. 『남부의 시』는 세계문학사의 한 줄기를 이룬 '신비평(New Criticism)'의 산실이 되었던 미국의 남부문학(Southern Literature)을 염두에 두고 제의한 제호였다고 한다.

1975년(44세) 대한병리학회 학술지 편집위원으로 참가하여 1990년까지 일했다.

1976년(45세) 「신라의 기와」, 『한국건축사대계 V』(공저, 동신문화사)를 출간했다.

---

17 허만하, 「참호 밖의 꽃과 가슴 안의 꽃」, 『낙타는 십리 밖 물 냄새를 맡는다』, 195쪽.
18 발령 근거는 문교부 학사 108-780이다.

서정의 파문

1977년(46세) 부산시의 청탁으로 부산 초량동에 있는 정발 장군 동상 건립 비문을 지었다.

1978년(47세) 부산시문화상을 수상하고, 『현대시』 동인이 공동으로 쓴 『현대시 11인선』(심상사)을 출간하였다.

1979년(48세) 미국 버지니아 리치먼드에 있는 버지니아대학교 의과대학 성메리병원에서 진단병리학 연수를 했다. 5월 18일 플로리다주 데이토나비치에 있는 박남수 시인 자택을 찾아가서 나흘을 함께 지냈다. 6월 귀국길에 유럽의 여러 나라와 일본을 여행했다. 이 여행길에서 일본 시인 아라카와 요지(荒川洋治)와 도쿄에서 감격적인 재회를 했다. 그와 함께 도쿄와 교토 지방의 저명 시인들을 만났다. 그가 쓴 일어 에세이 「일본의 시인들」(『詩學, Poetics』 1979년 11월호)은 이때 만났던 일본 시인들의 이야기이다. 그는 이해 박남수 시인과의 재회는 뜻밖의 일이었고, 기억에 남는 문학적 경험이었다고 회고하고 있다.

지난해(1979년) 5월 18일 나는 박남수 선생을 플로리다주의 데이토나 비치로 찾아뵐 수 있었다. 그것은 정말 놀라운 재회였다. 나는 가벼운 흥분을 달래기 위하여 이야기 도중 이은지 그림 앞에 섰던 것이다. 그날의 비행기 표 뒤편에 적혀 있는 간단한 메모는 다음과 같다.

오후 2시 55분 리치먼드 출발, 이스턴 항공편. 흐리다. 4시 22분 애틀란타 도착. 햇빛. 더위. 예상 외로 큰 공항. 미국에서 두 번째로 큰 공항이라고 하나 나에게는 『바람과 함께 사라지다』의 스칼렛이 사랑했던 복숭아나무 거리가 있는 곳으로 기억된다. 5시 40분 데이토나 비치로 출발. 6시 50분 도착. 박남수 선생님과 따님, 공항에 나와 계시다. 남국적인 나무. 바닷가의 공항. 하늘에서 보았던 긴 해안선. 집이 있는 오렌지포토까지 따님이 운전. 약 20분.

우리의 이야기는 밤 한 시 넘어까지 계속되었다. 시에 대한 끝없는 이야기다. 조국에서 멀리 떨어진 곳에서 모국어에 대한 사랑을 앓고 있는 시인. 그의 눈은 잔잔했다. 이와 같은 우리의 이야기는 사흘 밤 내내 계속되었다. 그래도

헤어질 때 내 가슴은 못다 한 말로 가득했다.[19]

그의 회고에 따르면, 박남수 시인과의 재회는 더없이 행복한 기억이었다는 것을 알 수 있다. 비행기표 뒷면에 메모를 해서 남길 정도의 열정으로 박남수 시인과의 재회가 감격에 겨웠다고 할 수 있다.

1980년(49세) 일어 시집 『銅店驛』을 출간한다. 이 시집은 일본 시요사(紫陽社) 창사 20주년 기념 시집으로 출간되었다. 시집의 제목이기도 한 동점역은 그의 여행 기억 중에서도 특히 기억에 남는 장소였던 것 같다. 그는 "길이 끝난 곳에 시비가 있었다. 경상북도 최북단에 있는 역이 석포(石浦)역이다. 이 역에서 얼마 지나지 않아 강원도 첫째 역인 동점(銅店)역을 만나게 된다."[20]고 기록하고 있다.

1982년(51세) 1951년 장기려 박사, 전영창 선생, 한상동 목사에 의해 설립된 복음병원을 모체로 부산에 새롭게 설립된 고신대학교 의과대학 교수로 취임했다. 병리학교실 주임, 부속 복음병원 병리과장, 초대 의학부 교무처장을 겸직했다.

1984년(53세) 미국 코네티컷대학교 의과대학 병리학 객원교수로 취임했다. 1년간 면역병리학을 단속적으로 연구하였다. 이때의 기억을 그는 "내가 다트머스대학(Dartmouyh College) 캠퍼스 아담한 건물 앞에 섰던 것은 1984년 한겨울 일이었다. 내가 이 대학에서 멀지 않는 UConn에 병리학 방문교수로 형태면역병리학을 연구(연수) 중이었던 때."[21]라고 회상하고 있다. 미국으로 가는 길에 도쿄에서 아라카와 시인과 경북 경주 출신으로 일본문예가협회 회원인 시인 최화국(崔華國)을 만났다. 최화국 시인의 「실리콘의 손가락」

---

19 허만하, 「새의 상징」, 『낙타는 십리 밖 물냄새를 맡는다』, 113~115쪽.

20 허만하, 「승부리의 시비(詩碑)」, 『길과 풍경과 시』, 136쪽.

21 허만하, 「인공지능과 시」, 『시와 세계』, 2019.9, 18쪽.

은 이때의 만남을 소재로 쓴 작품이라고 한다. 요산김정한문학상 운영위원
과 심사위원을 지냈다. 그때 그는 먼 이국땅에서 가족 중 요절한 죽은 동생
을 회고하고 있다. 가족사의 슬픈 기억은 그의 심중에 상처로 남아 있었던
것 같다. 전쟁과 가족의 죽음은 그의 시에서 만날 수 있는 죽음의 사유와 관
련이 깊다고 할 수 있다.

> 나는 돌아오면서 젊어서 죽은 동생을 생각했다. 그는 나보다 다섯 살 아래
> 였지만 착하고 영리했다. 법학을 공부하던 그는 만성 신장염으로 이십대 중반
> 에 이 세상을 떠나고 말았다. 그는 브람스의 교향곡을 즐겨 들었다고 했다. 나
> 는 그런 사실을 그가 죽은 뒤 지방 신문(대구일보)에 난 선배뻘 친구가 쓴 조
> 사를 읽고 알았다.[22]

1989년(58세) 대한병리학회 부회장직을 맡는다. 이후 1991년까지 대한병
리학회 부회장직을 맡는다.

1990년(59세) 4월에 뇌출혈로 2회 수술을 하고 4개월 동안 입원하여 치료
를 받았다. 그 후유증으로 강직성 좌반신 마비가 되었다. 대한병리학회에서
편찬한 공저 『병리학』(고문사)에 「염증총론」과 「소화기계 병리」를 집필하였
다. 이해의 힘든 경험을 그는 다음과 같이 회고하고 있다.

> 1990년 4월은 나에게 잔인한 달이었다. 나는 뇌출혈로 2회에 걸친 뇌수술을
> 받고 4개월 입원치료를 받는 끝에 강직성 좌반신 마비란 후유증을 안고 휠체
> 어에 실려 퇴원했던 것이다. 몸이 마음대로 움직일 수 없는 병상에서 나는 남

---

22 허만하, 「브람스와 로댕의 '영원한 봄」, 『모딜리아니의 눈』, 빛남, 1997, 20쪽. 이 글은
『모딜리아니의 눈』에는 「브람스와 로댕의 '영원한 봄」으로 나오고, 『낙타는 십리 밖 물
냄새를 맡는다』(솔, 2000)에는 「브람스와 '오르페우스에게 바치는 소네트」로 나온다. 여
기서는 네 번째 소제목 '로댕의 「영원한 봄」 앞에 일렁이는 가락'이 '로댕의 「영원한 봄」
앞에서'로 바뀌어 있다.

몰래 많이 울었다.[23]

이 기록에서 그는 육체적 상처뿐만 아니라 마음의 상처를 앓았던 것을 확인할 수 있다. 앞서 죽은 동생에 대한 슬픈 가족사와 그의 개인적 고통은 그의 삶에서 중요한 자리를 차지하고 있다.

1992년(61세) 산문집 『부드러운 시론』(열음사)을 출간하였다.

1994년(63세) 일어판 『柔らかな 試論』(1994년 5월 10일)을 출간하였다. 이 책은 한글판과 목차가 다르고 제목도 일부 바꾸었다. 한글판 『부드러운 시론』에 실린 스물한 편 중 열한 편을 수록했다.

1996년(65세) 한국시인협회 법주사 세미나에서 「시와 자연」이라는 제목으로 주제 발표를 하였다.

1997년(66세) 산문집 『모딜리아니의 눈』(빛남)을 출간했다. 한국시인협회 충무수련원의 세미나에서 「시와 모국어」라는 제목으로 주제 발표를 하였다.

1997년(66세) 고신대학교 의과대학 교수를 정년 퇴임했다. 제호를 김종길 교수의 행서로 해서 표지를 만들고, 선친의 초서 유필을 속표지로 해서 고신대학교 의과대학 병리학교실과 동문회에서 편찬하여 『허만하 교수 논문집』을 출간했다.

1999년(68세) 두 번째 시집 『비는 수직으로 서서 죽는다』(솔)를 출간했다. 이어 개정판을 출간했다. 이 시집으로 대전일보사에서 주관하는 제1회 박용래(朴龍來)문학상을 수상했다. 이때 심사위원장은 김병익이었고, 부위원장은 정과리 교수였다. 이해에 「상처」, 「退來里의 토르소」로 상화시인상을 수상했다.

2000년(69세) 『비는 수직으로 서서 죽는다』로 한국시인협회상을 수상했다.

---

23 『수요포럼』 10집, 2013.

서정의 파문

이해에 산문집 『낙타는 십리 밖 물 냄새를 맡는다』(솔)를 출간했다. 손자 남준(南俊)이 출생했다.

2001년(70세) 산문집 『靑馬풍경』(솔)을 출간했다. 부산 동보서적에서 제2회 『시와 반시』 문학포럼을 열었는데 이때 허만하의 시세계를 다루었다. 문학평론가 구모룡 교수, 노혜경 시인이 참석했고, 정진규 시인이 축사를 했다.

2002년(71세) 세 번째 시집 『물은 목마름 쪽으로 흐른다』(솔)를 출간했다.

2003년(72세) 시집 『물은 목마름 쪽으로 흐른다』로 이해 10월에 제15회 이산문학상을 수상했다. 같은 달에 문화훈장 보관장을 받았다. 12월에는 산문집 『길과 풍경의 시』(솔)를 출간했다.

2004년(73세) 3월에 제5회 청마문학상을 수상했다. 산문집 『길 위에서 쓴 편지』(솔)를 출간했다. 12월에는 한국일보에서 편찬한 71명 공저 『나는 왜 문학을 하는가』(열화당)를 출간했다.

2005년(74세) 6월에 시론집 『시의 근원을 찾아서』(랜덤하우스중앙)를 출간했다. 같은 달에 『허만하 시선집』(솔)을 출간했다.

2006년(75세) 네 번째 시집 『야생의 꽃』(솔)을 출간했다. 이 시집으로 제3회 육사시문학상을 수상했다.

2009년(78세) 다섯 번째 시집 『바다의 성분』(솔)을 출간했다. 이 시집으로 제2회 목월문학상을 수상했다.

2010년(79세) '세드나' 동인지 『기괴한 서커스』(사문난적) 1집을 발간했다.

2012년(81세) 가을에 『시와 반시』 창간 20주년 기념행사 세미나에서 「김춘수 시의 모더니티」 발제자로 참가했다. 오랜만에 토의자 송재학 시인, 다른 세션 주제 발표자 이승훈 시인과 재회했다. '세드나' 동인지 『살구 칵테일』(사문난적) 2집을 발간했다.

2013년(82세) 여섯 번째 시집 『시의 계절은 겨울이다』(문예중앙)를 출간했다. 11월에는 대한민국예술원상(문학 부문)을 수상했다. 이 상의 선정 이유로 "독특한 언어의 형이상학적 미학으로 한국시에 새로운 지평을 열어 한국의 릴케라 불리는 등 주목할 만한 재야 인문학자로 평가된다"고 했다.

2014년(83세) 6월 30여 년 만에 그를 만나러 부산을 찾아온 아라카와 요지(荒川洋治)를 재회하여 '세드나' 동인들과 모임을 가졌다. 이때 참석한 동인은 허만하, 김형술, 조말선, 정익진, 김참, 김언, 유지소였다. 다음 날 경주 동리목월문학관에서 계간 『동리목월』 주최로 아라카와와 2인 문학대담을 했다. 이어 울산 당동에서 김성춘 시인, 수요시포럼 총무 권주열 시인과 만났다. 부정기연재 형식으로 월간 『현대시학』에 수년째 발표해오던 권두언을 사정으로 중단하게 되었다. 세드나 동인지 『순진한 짓』(사문난적) 3집을 발간했다.

2016년(85세) '세드나' 동인지 『셰익스피어 헤어스타일』 4집을 발간했다.

2018년(87세) 일곱 번째 시집 『언어 이전의 별빛』(솔)을 출간했다.

2020년(89세) '세드나' 동인지 『풀밭에 버려진 감자처럼』(전망) 5집을 발간했다.

2. 문학의 길

허만하는 1957년 12월 『문학예술』로 등단을 했다. 그는 이미 등단 이전부터 대학신문에 산문과 시를 발표한 문학청년이기도 했다. 여기에서는 등단 이후 그의 문학 활동을 중심으로 그의 문학적 이력을 정리해보려고 한다. 그는 시인으로 등단하기 전인 1952년에 『경북대신문』에 산문 한 편을 발표하고, 같은 신문에 54년에 시 한 편, 55년에 시 두 편을 각각 발표한다. 1956년에는 『시와 비평』 창간호에 번역시 두 편, 번역평론 한 편을 발표하고, 같은 문예지 3집에 번역시 한 편과 번역 평론 한 편을 각각 발표한다. 1957년에는 『문학예술』에 등단시 세 편을 발표한다. 등단한 지 3년이 지난 1960년에 『早稻田文學』 7월호에 「牧水の 病名に ついて」를 발표한다. 1960년 이후에 발

표한 글은 찾을 수 없고, 1969년 첫 시집『해조(海藻)』를 발간하고 난 뒤부터는 주로 산문을 발표하였다. 1969년 이후 상재한 산문집과 시집, 신문과 문예지, 기타 잡지에 발표한 글을 정리해보면 다음과 같다.

1969년 8편, 1970년 6편, 1972년 1편, 1973년 8편, 1974년 1편, 1975년 10편, 1976년 9편, 1977년 7편, 1978년 17편, 1979년 7편, 1980년 17편, 1981년 14편, 1982년 3편, 1983년 2편, 1984년 4편, 1985년 7편, 1987년 3편, 1989년 4편, 1990년 5편, 1992년 산문집『부드러운 시론』, 1993년 1편, 1994년 8편, 1995년 3편, 1996년 9편, 1997년 산문집『모딜리아니의 눈』, 12편, 1998년 18편, 1999년 시집『비는 수직으로 서서 죽는다』, 9편, 2000년 산문집『낙타는 십리 밖 물 냄새를 맡는다』, 15편, 2001년 33편, 2002년 시집『물은 목마름 쪽으로 흐른다』, 산문집『길과 풍경과 시』, 24편, 2003년 36편, 2004년 산문집『길 위에서 쓴 편지』, 16편, 2005년 산문집『청마풍경』, 시론집『시의 근원을 찾아서』,『허만하 시선집』, 22편, 2006년 시집『야생의 꽃』, 5편, 2007년 27편, 2008년 22편, 2009년 시집『바다의 성분』, 25편, 2010년 16편, 2011년 5편, 2012년 15편, 2013년 시집『시의 계절은 겨울이다』, 19편, 2014년 8편, 2015년 3편, 2016년 20편, 2017년 4편, 2018년 시집『언어 이전의 별빛』, 13편, 2019년 5편, 2020년 3편, 기타 연도를 확인할 수 없는 목록은『현대시학』산문 12편,『문학사상』산문 1편,『문예중앙』산문 1편,『출판저널』Vol. 293 산문 1편,『시인세계』산문 2편,『부산일보』시론 4편,『세대』산문 1편 등이 있다.[24]

여기에서 확인할 수 있는 것은 시인 허만하가 글을 발표한 시기가 뚜렷이 구분이 된다는 것이다. 1969년 이후부터 1989년까지 20년간 발표한 글은 전

---

24 이 통계 숫자는 그동안 발표한 글을 연도별로 정리한 자료에 따라서 발표 편수를 뽑은 것이다. 시와 산문을 구분하지 않고 발표 편수만 정리했으며, 책 발간은 따로 기록했다. 작품 발표 편수는 이 책의 작품 연보를 기초로 하고 있다.

시인 허만하의 철학과 사유

체 128편이고, 한 해 평균 여섯 편 정도다. 연도별로는 1978년과 1980년이 각각 열일곱 편이고 1981년이 열네 편으로 많은 편이며, 다른 해는 그다지 많지 않은 편이고, 1972년과 1974년은 각각 한 편씩 발표하기도 했다.

1990년 이후 30년간 발표한 글은 401편이고, 한 해 평균 열세 편 정도다. 어떤 해(1993)에는 한 편을 발표했지만, 어떤 해(2003)에는 서른여섯 편의 글을 발표하기도 했다. 한 해 서른여섯 편의 글을 발표한 때는 한 달 평균 세 편의 글을 썼다는 말이 된다. 이뿐만 아니라 1990년 이후 산문집 여섯 권, 시론집 한 권, 시집 여섯 권, 시선집 한 권을 포함하여 열네 권의 단행본을 출간한다. 2년에 한 번 꼴로 책을 발간했다는 말이다.

1990년 이전과 이후가 확연하게 구분되는 것은 1990년 뇌출혈로 쓰러졌을 때를 기점으로 하고 있다는 것을 알 수 있다. 두 갈래의 길에서 갈등을 겪었던 등단 초기의 상황이 문학이라는 하나의 길에 들어섰을 때 그는 집중적으로 글쓰기에 몰입했다고 할 수 있다. 경북대 의과대학 재학 시절에 산문 「선(線)」을 발표할 당시의 글쓰기가 1990년 이후 산문으로 나타난 것이라고 할 수 있다. 1969년 첫 시집 『해조(海藻)』를 발간한 지 꼭 30년이 지난 1999년 두 번째 시집 『비는 수직으로 서서 죽는다』를 발간한다. 두 번째 시집은 그가 고신대 의과대학 교수를 퇴직하고 난 뒤의 일이다. 허만하 시인에 대한 평가와 논문도 1999년 이후 집중적으로 발표된다. 허만하가 등단하고 난 뒤 무려 40여 년 동안 침묵의 시간을 보냈던 시단에서 허만하의 등장은 새로운 시를 갈구하는 한국 시단에 하나의 분기점이 되었다고 할 수 있다. 그만큼 그는 한국 현대시에 새로운 시적 방법론을 보여준 시인이었다고 말할 수 있는 것이다. 1957년 이후 1998년까지 허만하 관련 평론은 일곱 편에 불과하다. 1999년 두 번째 시집 발간 이후 허만하 관련 평론은 92편 정도인데,[25] 한

---

25 평론은 문예지 발표일과 단행본 발표일이 다를 수 있기 때문에 당해 연도의 발표 편수를

서정의 파문

해 세 편 정도의 평론이 발표되었다고 할 수 있다. 그의 시에 대한 문단의 관심은 시집 발간 이후 쏟아졌지만 앞으로 더 많은 연구가 이루어질 것이라고 생각한다.

허만하는 등단 이후 의학도의 길을 걸으면서 문학과는 다소 멀어져 있었으나 1990년 이후 새로운 신인으로 등장한 시인이라 할 수 있다. 1990년 이후 그의 문학적 활동을 살펴보면 그동안 문학과 멀어진 것이 아니라 문학의 내면을 깊이 있게 연구하고 있었음을 알 수 있게 한다. 1974년 『남부의 시』에 주도적으로 참여하기도 하고, 2013년 이후에는 '수요시' 포럼에도 참여하면서 문학의 길을 놓치지 않았고, 2010년에는 부산의 모더니즘 시인들이 중심이 된 '세드나'를 결성하였고, 그 앤솔로지를 매년 발간하고 있다. 이러한 일련의 문학 활동과 그 성과물을 통해 볼 때, 그는 문학도와 의학도의 길에서 갈등한 것이 아니라 문학의 길을 그 삶의 바탕으로 삼고 끊임없는 사유의 길을 걸었다는 것을 확인할 수 있다.

3. 사상과 편력—동서양의 여러 작가와 사상가

허만하는 1957년 등단 이후 10년이 지나서야 첫 시집 『해조(海藻)』(1969)를 발간한다. 첫 시집 발간 이후 주로 산문을 써왔고, 1992년 산문집 『부드러운 시론(詩論)』을 상재한다. 1999년 두 번째 시집 『비는 수직으로 서서 죽는다』를 상재하기까지 신문과 문예지에 주로 시론과 시평, 그리고 산문을 발

기준으로 하기보다는 한 해 평균 발표 편수가 유용하다고 생각한다. 참고로 허만하 관련 평론과 논문을 연도별로 정리해보면 다음과 같다. 1999년 4편, 2000년 6편, 2001년 7편, 2002년 6편, 2003년 15편, 2004년 4편, 2005년 10편, 2006년 4편, 2007년 4편, 2008년 5편, 2009년 3편, 2010년 1편, 2011년 2편, 2012년 2편, 2013년 5편, 2014년 2편, 2015년 2편, 2016년 1편, 2018년 6편, 2019년 2편, 2020년 1편이다.

표했다. 등단 후 그는 시 창작보다도 시 이론과 산문을 많이 썼다. 그만큼 그의 시력에서 시의 이론 공부는 그의 시를 깊은 사유로부터 나오는 것이라고 판단하게 하는 근거가 되는 것이다. 그의 산문집과 시론집을 읽으면 광범위한 독서 편력과 함께 그의 시에 영향을 준 다양한 철학자와 사상가를 만날 수 있다. 이러한 그의 사상적 편력은 동·서양의 사상가와 문인, 철학자들을 아우르고 있다. 그의 시에 영향을 준 철학자는 많지만 대표적으로 니체를 들 수 있다. 그의 산문을 읽다 보면 니체(Nietzsche)는 늘 그의 일상 속에서 그림자처럼 존재하고 있다는 사실을 확인할 수 있다.

> 그가 실바플라나(Silvaplana) 호수 기슭을 따라 숲길을 걷다가 수를라이(Surlei, 1877m) 마을 근처 피라미드형으로 솟구쳐 있는 거대한 바위 곁에 이르렀을 때 갑자기 그 사상이 떠올랐다고 그는 회고하고 있다. 그의 글의 이 대목에 이르면 나는 바위에 기대어 알프스 연봉을 바라보고 있는 니체의 모습을 떠올려보는 버릇이 있다.[26]

그의 산문은 일상의 사색으로부터 나온다. 그래서 그의 시와 산문은 종종 철학적이고 현학적이라는 평을 듣는다. 그의 말에 따르면, "내 시가 철학적이란 평을 이따금 듣는다. "허만하의 시는 …(중략)… Platonic Poetry란 말이 가장 잘 어울리는 그런 관념시. 그가 세밀한 관찰 끝에 포착한 질료(質料)의 저 켠, 노장적으로 말을 하자면, 무(無)라고 하는 이름붙일 수 없는 세계에 대한 짙은 향수를 깔아 놓고 있다."[27] 김춘수의 이런 평가도 내 시의 철학성의 한 성격을 피력한 것이라 생각된다."[28]고 진술하고 있다. 그의 시가 철학적이라는 말은 등단 소감을 피력한 「현미경(顯微鏡)」이라는 글에서 스피노자

---

26 허만하, 「텍스트의 풍경」, 『시의 근원을 찾아서』, 11쪽.
27 김춘수, 『김춘수 사색사화집』, 현대문학사, 2002.
28 허만하, 「시와 시적 표현물에서 만나는 무(無)의 논리」, 『시와 세계』, 2019.6, 18쪽.

의 글을 인용한 데서도 충분히 짐작할 수 있을 것이다. 그의 시는 서구의 시인들에게서 영향을 받은 부분이 많지만, 특히 릴케(Rilke)의 시는 그의 문학적 자장을 형성하는 데 많은 영향을 주고 있다. 그는 릴케의 작품뿐만 아니라, 사생활까지 깊이 탐색하고 있음을 다음 인용문에서 잘 알 수 있다.

> 릴케는 철학자가 아니고 시인이기 때문에 사색의 결과를 개념으로 체계화하지 않았다. 그는 시작을 통한 독자적인 사색을 전개하여 철학자들을 놀라게할 차원의 경지에 도달한 희귀한 시인이다. 그의 작품이 철학적이긴 하지만 미리 형성되어 있는 사상을 시의 형식에 빌려 표현한 억지가 보이지 않는다. 생시에 그가 되풀이 이야기 했다시피, 그는 오히려 철학과 연고가 없는 먼 곳에서 지냈다. 그가 섰던 자리는 시작과 사색이 분화되기 이전의 원초적 지점이었다. 릴케의 시작은 그렇게 근원적이었다고 말할 수밖에 없을 것 같다.[29]

릴케에 대한 깊은 연구는 그의 시적 경향을 새로운 형식미와 새로운 사상을 담아내는 방향으로 나아가게 했다. 시에 사상을 담아내면서 억지로 자신의 시 형식에 담아내지 않는 자연스러운 방식이 중요했다. 이 때문에 그는 현대시의 새로운 방향의 모색을 위해 끊임없이 탐구하는 사상가로서의 시인이 되고 싶었던 것이다. 그는 그의 시적 근원을 말하면서 보는 것을 배우고 있다는 릴케의 말을 늘 떠올리고 있으며, 릴케의 행적까지도 소상하게 연구해서 보고하고 있다. 그만큼 릴케의 시와 사상은 허만하의 시적 근원을 이루는 데 중요한 부분을 차지하고 있다고 할 수 있다.[30] 릴케가 그의 시를 이루는 근원적 사상에 영향을 끼쳤다면 롤랑 바르트(Roland Barthes)는 그의 시에

---

29 허만하, 「존재의 용담꽃 – 하이데거와 릴케」, 『시의 근원을 찾아서』, 80쪽.
30 릴케에 대한 집요한 관심은 "그 뒤 내가 살펴본 바에 따르면 릴케가 처음으로 파리의 흙을 밟았던 것은 1902년(27세) 더위가 가시지 않은 8월 28일의 일이다."(허만하, 「김춘수와 천사의 궁둥이 자국」, 『낙타는 십리 밖 물 냄새를 맡는다』, 96~97쪽)라는 부분에서도 충분히 짐작할 수 있다.

서 풍경의 의미가 무엇인지를 깨닫게 했다고 할 수 있다. 그는 시의 근원을 밝히는 글에서 "나는 내 경험에 비추어 풍경과의 만남이 뜻밖의 사건이었다는 바르트의 말을 의미 있게 읽을 수 있었다."[31]고 진술하고 있다. 또한, 허만하의 시적 사유 방식은 실존주의 철학자 하이데거(Heidegger)의 영향을 빼놓을 수 없다. 하이데거는 실존주의 철학자로서 서구 사상가나 철학자들에게 깊은 영향을 주는 철학자이다. 허만하는 한국전쟁 직후 폐허의 전쟁 상황 속에서 나타난 실존주의 철학에 깊이 매료되어 있었다. 그는 실존주의 철학자 중에서도 특히 하이데거에 관심이 많았다. 그는 하이데거의 사유 방법을 "언어적인 사태는 의식을 가진 주체 쪽에서도, 더욱 형식 체계를 가진 '언어 자체' 쪽에서도 풀 수 없는 아포리아로 그대로 숨 쉬고 있는 것을 알게 된 난감한 때 하이데거의 초월론적 방법이 출현한 것이라"[32]고 생각하면서 시와 언어의 문제에 천착하고 있다.

> 나에게 더욱 인상적인 것은 우리가 앞으로 나갈 때마다 새롭게 낯선 것으로 다가서는 '가까움' 속으로 나간다는 그의 표현이었다. 지팡이에 의지한 걸음이나 차편으로 새로운 풍경을 헤집고 들어갈 때 내가 느꼈던 감각이 바로 그런 것이었기 때문이다. 그리고 그는 첨언하기를, 우리들이 끊임없이 따라잡는 가까움은 우리를 다시 뒤로 돌린다는 것이다. 어디로 되돌린다는 말이냐는 질문에 그는 출발점이라 대답한다.[33]

그는 「하이데거와 길에 대하여」라는 글에서 하이데거가 그의 인상에 남은 장면을 이렇게 서술하고 있다. 하이데거가 사유하고 있는 존재의 문제는 결국 '존재의 언어 : 언어의 존재'로 귀결된다고 한다. 그의 하이데거에 대한

---

31 허만하, 「텍스트의 풍경」, 『시의 근원을 찾아서』, 13쪽.
32 허만하, 「시원을 향한 언어의 향수」, 위의 책, 23~24쪽.
33 허만하, 「하이데거의 길에 대하여」, 위의 책, 89쪽.

관심은 또 다른 글 「시와 사유의 관계에 대하여」에서도 하이데거의 실존주의 철학을 중심으로 하이데거의 사유 체계를 살피고 있다. 하이데거의 이론을 바탕으로 그는 "진짜 사유는 운율을 가진 시의 형식을 빌리지 않아도 본질적으로 시적이다. 시의 대극은 산문이 아니다. 순수한 산문은 시보다 더 시적이다. 왜냐하면 시는 진리의 말이기 때문이다. 존재의 드러남이 말이기 때문이다."라고 시와 언어의 관계를 정리하고 있다. 하이데거의 이러한 사상은 그의 시론과 시 창작에 많은 영향을 끼치고 있다는 것을 확인할 수 있다. 이러한 존재와 언어에 대한 사유를 통해서 그는 "시는 언어를 자기 통제 아래 두기를 단념한다. 시는 언어를 자기 손에서 떠나게 한다. 시는 풀어놓음(Gelassenheit)"[34]이라고 정의하고 있으며, "존재와 인간은 언어의 터전에서 서로 사귀고 저마다 자기의 고유성을 얻어 그 자신이 된다. 언어 안에서 인간과 존재가 어울리는 것"[35]이라고 생각하기에 이른다. 언어와 존재는 필연적 관계를 가지고 있는 것이다. 그렇기 때문에 언어는 존재를 기록하고 설명하는데 기여해야 하며, 시는 존재의 의미를 찾는 데 궁극의 의미가 있다고 보는 것이다. 그는 존재와 언어의 관계를 분명하게 인식하면서 "시에 있어서 가락은 소중한 것이다. 그러나 참된 시는 겉으로 드러난 가락에만 기대지 않는다."[36]고 생각하기에 이른다. 시의 운율을 시적 바탕으로 생각하던 근대적 시적 방법론을 벗어나 가락에만 의지하지 않는 시가 시의 본질일 수 있다는 것이다. 그의 시적 방법론과 부합하는 철학자는 메를로퐁티(Merleau-Ponty)이다. 그는 "메를로퐁티의 '야성(savage)'이란 관념을 좋아하게 된 것도 그런 배경 위에 자리하고 있다는 사실을 자각했던 것은 길이 구천동 숲길에 접어들

---

34 허만하, 「시와 사유의 관계에 대하여」, 위의 책, 102쪽.
35 위의 글, 위의 책, 102쪽.
36 위의 글, 위의 책, 103쪽.

시인 허만하의 철학과 사유

어 서늘한 물소리가 들리기 시작한 지 한참을 지난 때였다."[37]고 말하고 있는데, 이 말 속에서 퐁티는 그가 바라본 풍경들 속에 늘 그림자처럼 따라 다니고 있다는 것을 확인할 수 있다.

허만하의 시는 산문시의 새로운 시도로서 많은 의미가 있는데 그의 산문시에 대한 견해는 탁월해 보인다. 줄리아 크리스테바(Julia Kristeva)가 말하는 자연스러운 운율은 산문이든 운문이든 인간이 원초적으로 갖고 있는 것이라고 한다. 시적 언어와 운율의 문제를 언급하면서 "그의 기호학 체계의 손길이 출산 이전의 태아기까지는 미치지 않고 있지만, 소리와 의미가 가지는 리듬의 원형이 태아가 어머니의 태내 공간에서 태반을 매개로 받아들였던 어머니 심장의 박동에 있다는 생각이 자연스럽게 받아들여질 만치 강력한 모성 또는 모성적인 것에 대한 편향을 그의 사상에서 드러내고 있다."[38]고 말하고 있다. 어머니의 심장 박동은 자연스러운 운율이고 이 운율은 모든 언어에 나타날 수 있는 것이다. 그는 산문시라는 규정을 통해서 서정시를 규정하는 것이야말로 시적 영역을 가두는 것이라고 생각한다. 그가 산문시에 대한 시론에 관심을 가지게 되는 것도 이러한 시적 영역의 확장에 있다고 할 수 있다. 그는 보들레르(Baudelaire)의 시가 우리의 시에서는 낯설게 보일지는 모르지만 산문시의 정신 영역은 시에서 새로운 시도를 꾀하는 것이라고 생각한다.[39] 그가 베르트랑(Bertrand)의 시를 읽고 그 시를 번역하는 것은 우리 시에서 산문시의 새로운 영역을 펼쳐보려는 노력이었음은 두말할 필요가 없을

---

37 허만하, 「시원을 향한 언어의 향수」, 위의 책, 25~26쪽.

38 허만하, 「시적 언어와 운율의 계보」, 위의 책, 69쪽.

39 "보들레르에 대한 참된 이해는 풍토를 달리하는 나에게는 언제나 간접적일 수밖에 없다. 특히 프랑스어의 정수를 구사한 그의 시작의 비밀은 번역으로써는 밝힐 수 없는 것으로 남아 있다고 한다. 단지 이 자리에서는 산문시에 관련된 보들레르의 정신 풍경을 멀리서 바라보는 데 그치려 한다."(허만하, 「산문시에 대하여」, 위의 책, 36쪽).

서정의 파문

듯하다.[40] 그만큼 허만하의 시에서 산문시는 그의 시적 출발이면서 동시에 한국시의 지평을 확장하는 데 중요한 위상을 차지한다. 이러한 노력의 연장선상에 프랑시스 퐁주(Francis Ponge)가 놓여 있다. 그는 프랑시스 퐁주를 그의 산문집이나 시론 곳곳에서 언급하고 있다.[41] 그의 산문집에서 고백하고 있는 퐁주의 영향은 그의 시적 영역의 확장에 많은 부분을 차지하고 있다. 다음은 그의 기억에 남아 있는 퐁주의 작품과의 만남에 대한 회고이다.

> 나의 시적 방법론에(전통적 서정이라는 올가미에 갇혀버린 한국 시의 방법론이라 확대해도 옳을 것이다) 한계를 느끼고 탈출구를 찾아 암중모색하던 때 만난 이름이 이 프랑시즈 퐁주였기 때문이다. 지금도 명동 입구의 한 일본 서점에서(이름이 떠오르진 않지만) 일본의 여류 시인 코라 루미코(高良留美子)의 시론집 『사물의 언어─시의 행위와 꿈』(1968)을 망설임 끝에 샀던 날의 저녁 어스름이 선명하게 떠오른다.[42]

> 며칠 전 아마존을 통하여 퐁주의 원서 시집을 몇 권 주문했던 나는 나의 선택이 헛된 것이 아니라는 확신을 가지게 되었다.[43]

---

40 "세계 최초의 산문시 시집 출현은 그렇게 어려웠다. 영역시집에서 임의의 짧은 한 편을 골라 한국어로 옮겨본다. 당연히 시집 첫 머리에 수록되어 있는 대표작 「밤의 가스파르」를 선정하고 싶었으나 너무나 길고 버거웠다. 언젠가 그의 시집이 전문가의 손으로 국역되기를 빌면서, 우선 다루기 쉬운 한 편을 소개하나 그의 시풍에 어울리지 않은 것 같아 망설임이 따른다."(허만하, 「산문시에 대하여」, 위의 책, 38쪽).

41 "프랑시스 퐁주(Francis Ponge, 1899~1988)의 시와 나의 만남에 대해서는 나의 산문집 『길과 풍경과 시』, 277~285쪽의 「숨쉬고 있는 시론」에서 피력한 바 있다. 이번 글에서는 다른 각도에서 그의 시를 다루려고 한다."(허만하, 「산문시에 대하여」, 위의 책, 41쪽). "프랑시스 퐁주에 대해서는 이 저서 3부의 「사물과 언어의 꿈」(262~277)에서 독립적으로 다루게 된다."(허만하, 「산문시에 대하여」, 위의 책, 43쪽)라고 할 만큼 지대한 영향을 끼치고 있다.

42 허만하, 「정신의 섬을 잇는 보이지 않는 선」, 『낙타는 십리 밖 물 냄새를 맡는다』, 155쪽.

43 위의 글, 위의 책, 156쪽.

시인 허만하의 철학과 사유

그가 고백하고 있는 퐁주의 시에 대한 매료는 그가 한국시의 서정성과 운율, 그리고 새로운 시적 방법론에 얼마나 고민했는지를 알게 한다. 랭보의 산문시 「새벽」을 소개하기도 하고, 스튜어트 메릴(Stuart Meryll), 블라이(Bly), 러셀 이드슨(Russel Edson), 프레드리히 슐레겔(Friedrich Schlegel)과 같은 서구 산문시와 히라다 도쿠보쿠(平田禿木), 가와이 수이메이(河井醉名), 안자이 후유에(安西冬衛), 이리사와 야수오(入宅康夫), 요시노 히로시(吉野弘), 요시모도 다카아키(吉本隆明)와 같은 일본의 산문시에 관심을 가졌던 것은 그가 산문시의 새로운 영역을 발견하려고 얼마나 노력했는지를 알 수 있게 한다.

그의 시에 또 다른 영향을 주는 시인으로 김춘수를 들 수 있다. 김춘수 시에 대한 그의 관심은 「김춘수와 실존」, 「김춘수의 천사·기타」, 「김춘수와 역사」, 「김춘수와 언어」와 같은 산문에서 잘 나타나 있다. 김춘수의 철학과 사상, 그리고 언어에 대한 집요한 고민은 김춘수의 시가 그의 새로운 시적 방법론을 모색하는 데 하나의 규범이었다는 사실을 방증하는 것이기도 하다. 그의 시론집에 따르면, "이번에 기회가 닿아, 총 16권에 달하는 김춘수의 시집을 그의 전집(『김춘수 시전집』, 현대문학사, 2004)에서 읽고, 김춘수 시인은 '타고난' 시인이라는 생각을 하기에 이르렀다."[44]라고 하는 말이나, "나는 이런 궤도의 필요성을 언어학적인 국면에서 생각해본다. 인간의 언어 체계는 이중으로 분절된다. 먼저 언설은 의미의 단위(말)로 분절되고 두 번째로 그것은 음소(무의미의 단위)로 분절된다(그림과 사진에는 제2의 분절 작용이 없다). 의미를 빼앗긴 언어가 소리가 가지는 리듬을 향하는 바탕을 이런 언어의 구조에서 찾아볼 수 있다. 이것은 소리를 가지는 언어는 그 생성에 있어서 소리의 의미화라는 생각을 뒤집어본 것이다."[45]라는 분석을 통해서 그가 김춘수의

---

44 허만하, 「김춘수의 천사·기타」, 『시의 근원을 찾아서』, 183쪽.
45 위의 글, 위의 책, 185쪽.

서정의 파문

시에 얼마나 깊이 천착하고 있었는지를 알 수 있게 한다. 특히 그는 김춘수의 시에 나타난 시어 선택의 고민과 사물과 언어의 관계, 시정신의 문제, 방법론의 새로움을 보여주는 시적 노력을 높게 평가하고 있다. 그는 김춘수를 통해서 한국시의 새로운 지평을 확인하고 있으며, 이러한 노력이 한국의 현대시가 나아가야 할 방향이라고 생각하기에 이른다.

물론 그의 시적 방법론의 궁구가 서구의 시인들에게만 국한된 것은 아니다. 중국의 고대 시인에 대한 연구와 관심도 그의 시적 방법론에 스며들어 있다. 다른 많은 시인들도 있지만 그 중의 한 명인 전겸익을 소개한 글에서 그는 "중국 명조 시단의 대종인 전겸익(錢謙益, 1582~1664)은 시를 몸으로 받아들이기를 권한 것으로 알려져 있다. 그는 시가 가지는 네 가지 성질로 성(聲), 색(色), 향(香), 미(味)를 들고, 이것을 코로 분간할 수 있다는 말을 그의 저서 『유학집(有學集)』에 남기고 있다."[46]고 말하고 있는데, 이는 전겸익의 시를 깊이 살펴보고 난 뒤에 분석한 하나의 사례라고 할 수 있다. 이러한 관점에서 볼 때 허만하는 인간의 성과 정을 바탕으로 확장된다고 하는 전통 동양 시론을 근거로 그의 시학을 펼치고 있다고 말할 수 있다.

4. 시론—풍경과 길

허만하의 시에서 풍경은 중요한 역할을 한다. 그는 풍경이야말로 시를 이루는 근원이고 풍경을 언어로 표현하는 것이 시라고 주장하고 있다. 그의 산문집에 그려지고 있는 풍경들은 대부분 그의 시를 이해하는 바탕이 된다. 풍경은 길에서 펼쳐지고 그 풍경을 바라보는 것은 시인이다. 그의 시에서 길과 풍경은 하나의 범주 속에 있으며 그 여정의 끝에서 시를 만난다. 이때 시

---

46 허만하, 「시적 언어와 운율의 계보」, 위의 책, 63쪽.

는 풍경에 대한 사유와 다르지 않다. 풍경은 체험 속에서 비롯하는 것이며, 이 체험이야말로 시인이 만나야 하는 시적 공간이 되는 셈이다. 그래서 그는 "풍경을 인식한다는 일은 내가 풍경의 내부에 들어가고 내 안에 들어오는 과정이었다. 달리 표현하면 나는 풍경 안에서 나를 잃어버리고 마는 것이다."[47] 라고 말하고 있는 것이다. 풍경은 현실과는 다르다. 현실은 시적 화자가 부닥치면서 살아가는 현장이지만 그가 말하는 풍경은 현실을 벗어난 공간에서 만나는 또 다른 체험의 공간이다. 이 공간은 감성이 작용하는 공간이고 이 감성의 작동이 시를 만드는 근원이 되는 것이다.

> 설악산 한계령 바위 빛깔과 황매산 바위 빛깔의 차이같이 미묘한 뉘앙스를 느끼는 일처럼 하찮은 일이 시라는 단상인 것이다. 아니 그 미묘한 차이를 느끼는 감수성의 단련이 시라는 생각이 뒤따랐다. 즉 감성이 일상성(상투성)과 실용성의 올가미에서 벗어날 때 시가 태어나는 것이다.[48]

그가 풍경을 시적 화두로 삼고 있는 것은 설악산 한계령의 바위 빛깔과 황매산 바위 빛깔의 미묘한 차이를 발견하는 것과 같은 섬세함을 바탕으로 하고 있는 것이다. 그는 이러한 미묘한 차이를 인식하고 깨닫는 섬세한 감성으로부터 시가 탄생한다고 생각한다. 일상의 감성과 현실의 감성을 벗어나서 사물에 대한 미묘한 차이를 인식할 수 있는 감성의 단련이야말로 시인의 감수성이라는 말이다. 그의 시론에 따르면 시인은 항상 현장의 감수성을 가지고 있어야 한다는 것이다.

> 시는 현장을 가진다. 시의 현장은 길이다. 길은 보편적인 것이 아니라 언제

---

47 허만하, 「텍스트의 풍경」, 위의 책, 14쪽.
48 허만하, 「시의 현장은 길이다」, 『길과 풍경과 시』, 200쪽.

서정의 파문

나 단 한 번뿐인 고유한 것이다.[49]

시의 길은 낯선 것을 사귀어 낯설지 않은 것으로 만들어가는 과정이다.[50]

시는 현장을 가지되, 그 현장은 단 한 번밖에 만날 수 없는 고유한 속성을 가진다. 그 고유한 속성은 항상 낯선 상태로 있는데 그 낯선 것을 낯설지 않게 만들어가는 것이 시의 길이라고 한다. 그가 말하는 시의 길이란, 풍경 속에서 만나는 것인데 이 풍경은 같은 장소일지라도 항상 낯설게 다가오는 고유한 것이어야 한다는 것이다. 그는 풍경을 늘 낯선 것으로 바라보려고 한다. 그것은 세밀한 감성으로부터 나오는 것이고 그 감성을 단련하여 낯설지 않은 친숙한 공간으로 만들어내는 역할을 한다. 그의 시론에서 시는 낯선 이미지를 발견하고 그것을 단련된 감성으로 친숙한 이미지로 만드는 것이라고 생각한다. 이 때문에 그의 시론은 이미지를 언어로 표현하는 길이 무엇인지를 끝없이 탐구하는 데 놓여 있는 것이다.

길은 우리 몸의 일부다. 길은 우리들 몸(경험) 속에 완전히 녹아들어 있기 때문에 객관적 인식의 대상이 되는 일이 드물다. 길은 성찰을 계기로 인식의 수면 위에 떠오를 때까지 눈에 보이지 않는다. 길 위에 서면 누구나 시인이 된다.[51]

길에 대한 사유는 '길의 시학'이라는 자신만의 시론을 갖게 만든다. 그의 길에 대한 사유는 길이 우리들의 몸과 하나라는 극단적 공감의 상태까지 나아간다. 길과 몸이 하나가 되는 것은 길이 이미 객관적 대상이 아니라는 것

---

49 위의 글, 위의 책, 200쪽.

50 허만하, 「사물과 언어의 꿈」, 『시의 근원을 찾아서』, 274쪽.

51 허만하, 「풀밭과 구름과 시 – '길의 시학'」, 『길과 풍경과 시』, 189쪽.

을 말한다. 객관적 대상은 이성의 작용으로 관찰의 대상이 되지만 주관적 대
상은 감성의 작용으로 내면화되어 있는 것이다. 길은 주관적 감정의 상태로
만나는 것이기 때문에 누구가 길 위에서는 시인이 되는 것이다. 그의 시론에
서 풍경과 길이 중요한 자리를 차지하는 것은 풍경과 길은 이러한 감성의 차
원에 놓여 있기 때문이다. 시의 근원이 되는 것은 이성이 아니라, 감성이라
는 지극히 당연한 논리가 그의 시론의 근원이라고 할 수 있다. 다만 그의 시
가 다른 시들과 다르게 바라보게 하는 지점은 이 감성의 단련이 남다르기 때
문이라 할 수 있다.

(1) 시인에게 시론이란 언제나 현재진행형이다. 따라서 내 시에 영향을 준
시론을 이 시점에서 열거하기란 거의 불가능하다. 시인은 끊임없이 변신하고
싶은 존재다. 끊임없이 새로운 시론(체계란 뜻은 아니다)을 만들어가고 있는
것이다.[52]

(2) 인간에 있어서 무엇인가(Was=Sein)는 어떻게(Wie=Sein)에 지나지 않는
다. 나는 시에 대해서도 같은 원리가 적용되어야 한다고 생각한다.[53]

(3) 시가 그곳에서 처음으로 태어났던 소용돌이치는 어둠의 눈부심이다. 그
것이 시의 고향이다. 이성과 감성, 그리고 의지가 분화되기 이전의 목숨의 총
체다. 그 원초적인 고향을 사람들은 카오스(混沌) 또는 실질적으로 이와 동의
어인 다른 이름을 부른다. 태극도 그런 이름의 하나다. 천지의 뿌리라는 노자
의 현빈(玄牝)도 시의 고향이라 볼 수 있다. 시는 언어 이전의 '언어'다.[54]

(4) 나의 시론이란 것도 이 사이를 쓸쓸히 방황하던 방황 그 자체에 지나지

---

52 허만하, 「숨쉬고 있는 시론」, 위의 책, 281쪽.
53 허만하, 「두 개의 힘과 하나의 화살표」, 위의 책, 274쪽.
54 허만하, 「시에 관한 단상」, 『시의 근원을 찾아서』, 314쪽.

서정의 파문

않는다. 그리고 앞으로도 그럴지는 모른다. 나는 집을 가지지 못했다. ─라고 하는 것은 시인이란 시를 쓰는 과정을 통해서 스스로의 현실을 발견해가는 도리밖에 없다고 생각했기 때문이다.[55]

그의 시론의 일단을 엿볼 수 있는 글의 몇 부분이다. (1)에서 그는 시인의 현재성과 변화성에 대해 언급하고 있다. 시인은 현재에 놓여 있되 현재에만 머물면 안 된다고 한다. 이미 앞에서 살펴본 것처럼 그의 시와 문학에 영향을 준 시인을 열거하라고 한다면 그 수를 이루 헤아릴 수가 없다. 그의 산문집과 시론집을 두루 살펴보면, 동양과 서양의 문인뿐만 아니라 사상가와 철학자, 그리고 우리나라 시인들도 그의 문학에 많은 영향을 주었다는 사실을 확인할 수 있다. 이를테면 카프의 맹원이었던 권환 시인을 찾아가는 그의 여정은 웬만한 문학 연구자보다도 열정적이고 학문적이다. 권환의 사례뿐만 아니라 그의 문학적 자장 안에 들어오는 시인과 문인들은 모두 그의 탐구 대상이 된다. 그의 산문집과 시론집에 언급된 인명만 살펴보더라도 토도로프(Todorov), 콜리지(Coleridge), 치오란(Cioran), 헤겔(Hegel), 야콥슨(Jakobson), 랜섬(Ransom), 에즈라 파운드(Ezra Pound), 로웰(Lowell)과 같은 서구 철학자와 문인도 있으며, 히라다 도쿠보쿠(平田禿木), 가와이 수이메이(河井醉名), 안자이 후유에(安西冬衛), 이리사와 야스오(入沢康夫), 요시노 히로시(吉野弘), 요시모토 다카아키(吉本隆明), 다무라 류이치(展村隆一), 가스야 에이이치(粕谷榮一), 쓰부라이 데쓰조(粒來哲藏), 아라카와 요지(荒川洋治), 마루야마 겐자부로(丸山圭三郎)와 같은 일본의 산문시인들도 있다. 한국 작가로는 이상(李箱), 정지용(鄭知容), 백석(白石), 김구용(金丘庸), 정진규(鄭鎭圭), 김기림(金起林), 김춘수(金春洙), 김준오(金埈五), 김종길(金宗吉)이 있으며, 우리나라 고전작가로는 허목(許穆), 정구(鄭逑), 이정영(李正英), 홍양호(洪良鎬), 홍길주(洪吉周), 김우옹(金宇

---

55 허만하, 「은유와 죽음의 시적 근거」, 『낙타는 십리 밖 물 냄새를 맡는다』, 184쪽.

顯) 같은 인물도 거론된다. 앞에서 거론된 인명만으로만 볼 때, 허만하는 문학뿐만 아니라 예술 전반에 관심을 갖고 있었고, 특히 옛 유물과 서예에 특별히 관심을 갖고 있었다는 것을 알 수 있을 것이다. 그의 시론이 정통 예술론에 기반을 두고 새로운 시론과 예술론을 보여주고 있다는 것은 그의 이러한 관심에서 짐작할 수 있다.

(2)는 그의 시에 대한 관념을 잘 보여주는 진술이다. 시란 무엇인가라는 의문보다도 시는 어떻게 써야 하는가의 문제라는 것이다. 시는 인간의 문제와도 같고 그 인간의 문제를 푸는 열쇠는 인간이 무엇인가라는 근원적인 문제보다도 인간이 어떻게 살 것인가와 같은 실존의 문제가 더 긴요하다는 것이다. 그렇다면 시도 그 존재 방식이 어떻게 쓸 것인가의 문제가 더 중요하다는 것이다. 이는 (3)에서 말하고 있는 것처럼, 언어 이전의 언어가 곧 시라는 것이다. 시는 무엇인가의 물음보다도 언어 이전에 존재하는 것을 어떻게 대할 것인가의 문제가 더 중요하다는 것이다. 이성과 감성 이전의 세계에 이미 존재하고 있는 것이 시이다. 혼돈과 태극, 현빈의 세계와 같은 무한한 공간 속에서 이미 존재하고 있었기 때문에 시는 목숨의 총체이고 언어 이전의 실체이기도 하다. 그에게 있어서 시는 관념 속에 이미 존재하고 있는 모든 것이라고 할 수 있다. 따라서 시는 끝없는 방황 속에서 나오는 것이고 시를 쓰는 과정 속에서 스스로 현실을 발견할 수밖에 없는 운명을 타고난 것이다. 그는 "시는 언제나 천지창조의 순간이다. 이때 언어는 고분고분한 일상적인 도구이기를 그만둔, 말 자체의 새로운 모습으로 우리 앞에 드러난다."[56]고 한다. 그가 말하는 시란 현실의 순간 속에서 발견하지만 그 순간은 늘 천지창조의 순간과 같이 황홀하고 경이로우며 신비로운 것이다. 그 황홀한 경험은 "나는 나의 시의 근거는 어디에 두는가. 나는 죽음을 합한 생의 일회성

---

56 허만하, 「시에 관한 단상」, 『시의 근원을 찾아서』, 313쪽.

에 두고 싶다. 그것은 결코 인간 일반이란 개념이 용해될 수 있는 일인칭 단수 주격인 나의, 나만의 황홀한 가멸성이다. 나는 죽음으로서 나의 생을 완성한다."[57]라는 순간의 소멸과 같은 것이라고 할 수 있다. 이러한 순간의 미학은 바슐라르의 사물에 대한 사유에 근거하고 있지만 더 나아가서는 존재와 시간이라는 하이데거의 철학에도 닿아 있다고 할 수 있다. 삶과 죽음의 모든 경계가 죽음으로서 나의 생을 완성한다는 것은 그가 생각하는 시의 존재 방식과도 같은 것이다. 이 때문에 그는 시의 속성을 다음과 같이 말하고 있는 것이다.

> 시는 시만으로 전달되어야 한다. 시에 관한 모든 이야기는 물거품과 같은 것이다. 시에 관한 이야기를 하고 나면 쓸쓸해진다. 그것은 거의 생리적인 것이다. 시는 알몸의 시만으로 노출되어야 한다. 시는 일상적인 산문으로 분해될 수 없다. 시는 아름다움이다. 그것은 지식이 아니다. 시는 언어의 의미 내용만이 아니라 그것을 떠받치고 감싸고 또 그것과 혼연일체가 되어 있는 향내 같은 분위기를 지니고 있다. 시는 벙어리 소녀의 눈빛과 같은 것이다. 시가 전달하는 것은 하나의 침묵이다. 시의 근거는 체험이다. 고유한 그리고 단 한번뿐인 그리고 가멸적(可滅的)인 목숨의 가장 개성적인 경험이다. 그러나 우리에게 소중한 것은 무엇을 경험하느냐가 아니고 어떻게 경험하느냐 하는 것이다. 다 같은 경험 소재라도 경험하는 사람의 정신의 간섭에 따라 그 내용이 달라진다. 가장 특수한 것을 통하여 가장 일반적인 것에 이르는 길을 시는 걷는다. 그리고 이 세상에는 과학의 방법론으로는 절대로 표현할 수 없는 영역이 있다. 그것은 시의 형태로밖에 표현할 수 없다.[58]

인용한 글에서 그는 시에 대한 다양한 방식을 보여주고 있다. 시는 시라는 독창적인 영역 속에서 존재하는 것이며, 시는 물거품과 같이 순간적으로 나

---

57 허만하, 「가멸성(可滅性)의 시점(視點)」, 『모딜리아니의 눈』, 166쪽.
58 허만하, 「낙타의 물 냄새」, 위의 책, 169쪽.

타났다가 사라지는 것이다. 시는 일상적 산문으로 분해될 수 없는 오직 시만으로 존재하는 아름다움이다. 시 한 편에는 언어의 의미 내용만 존재하는 것이 아니라, 언어를 감싸고 있는 훈향(薰香)도 존재하는 것이다. 그래서 그는 시를 "벙어리 소녀의 눈빛"과 같은 것이라고 말한다. 시는 말을 할 수 없지만 눈빛으로 그 의미와 내용이 은은하게 전해지는 것이다. 시는 침묵의 세계에 있지만 그 침묵은 향기를 품고 있다. 그 향기는 단 한 번뿐인 개성적인 체험을 드러낸다. 시는 가멸적(可滅的)인 목숨인 존재가 세계를 어떻게 경험하고 그 경험을 어떻게 표현하느냐에 달려 있다는 것이다. 시는 과학의 방법론으로는 도저히 표현할 수 없는 세계를 시의 형태로 표현하는 것이다. 이것이 그가 시를 위대한 존재로 생각하는 까닭이다. 그럼에도 불구하고 그에게 있어서 시란 또 다른 의미에서 "논리의 손가락 사이를 새어 나가는 모래"와 같은 것이라고 생각한다. 왜냐하면 "언어란 본질적으로 그렇게 무력한 것이고 시는 그 무력한 언어의 진공에서 잉태"[59]하기 때문이다. 이러한 그의 시론은 체험의 순간을 표현하는 황홀한 아름다움이 시이긴 하지만 본질적으로 무기력한 언어로 표현된 것이기 때문에 나타났다가 사라지는 것이라는 관점을 취하고 있다.

> 시는 같은 강물에 두 번 발을 담글 수 없다. 시인은 순간마다 새로워져야 하는 의무를 지고 있다. 그 의무는 세계에 대한 것이기도 하고 동시에 언어 자체에 대한 것이기도 하다. 시는 시론으로 잡을 수 없다. 시는 산문으로 번역되지 않는다.[60]

이와 같이 시는 사라지는 존재의 속성을 가지고 있다. 그가 말하는 가멸적

---

59 허만하, 「꽃과 P」, 위의 책, 180쪽.
60 허만하, 「시에 관한 단상」, 『시의 근원을 찾아서』, 315쪽.

(可滅的)인 목숨의 운명과 같은 것이다. 인간이라는 존재도 사라지는 존재이 듯이 시도 체험의 순간을 표현하는 순간 사라지는 존재인 것이다. 따라서 시 는 시의 이론으로 시를 붙잡아놓을 수 없고, 산문으로 번역되거나 옮겨지지 않는다. 이 가멸성의 존재인 시의 운명은 순간마다 새로워져야 하는 의무를 지고 있는 것이다.

시론은 사실 시인의 작품 안에 살아 숨쉬고 있는 것이 아닐까. 한 편의 시를 참되게 이해하기 위해서는 그 시를 산문으로 고쳐 쓸 때 도저히 고쳐 쓸 수 없 는 부분에 살아 있는 성분을 느끼는(꽃향내 맡듯 느끼는) 감수성의 수련이 필 수적이다. 그것은 상당 부분 기법과 관련되어 있다. 시는 언어가 산문의 속박 에서 벗어날 때 태어나는 것이다.[61]

시는 시론에 얽매이는 것이 아니기 때문에 시론은 시인의 작품 속에 녹아 있는 것일 뿐이다. 시인의 감수성을 연마하여 굳이 산문으로 설명하지 않아 도 느껴지는 것이다. 한 편의 시 속에는 순간의 풍경이 스며들어 있긴 한데 그것을 도저히 산문으로 도저히 고쳐 쓸 수 없으면서도 그 분위기를 은은하 게 느낄 수 있어야 한다는 것이다. 시가 산문의 속박으로부터 벗어나야 한다 는 것은 시의 감수성은 산문의 감수성과는 달리 독특한 향기로 표현되기 때 문이라고 할 수 있다. 그래서 그에게서 "시론은 언제나 하나의 점이다. 한 점 은 무수한 방향을 가지고 있는 가능태다."[62]라고 말하고 있는 것이다. 이 하 나의 점은 태극이고, 원형이고 천지의 뿌리이다. 시는 하나의 시론으로 말할 수 없고, 시론으로 구속되는 것이 아니다. 시는 자율성이면서 동시에 무한한 가능태로 나아갈 수 있는 언어 예술이다. 언어 이전에 시가 존재하고 있었다

---

61 허만하, 「추사의 벼랑」, 『길과 풍경과 시』, 209쪽.
62 위의 글, 위의 책, 210쪽.

는 것은 이러한 시론의 자율성과 닿아 있다. 인간의 사유 방식이 수만 갈래로 나누어지듯이 시는 인간의 사유 방식을 바탕으로 창조되는 언어 예술인 것이다. 시의 궁극적인 존재 방식은 끝없는 사유와 질의 속에 놓여 있다. 그래서 그는 "시인이 관여하는 것은 언제나 궁극적인 질의다. 나는 시의 모태는 숙련공의 솜씨가 아니라 집요하게 다져진 사색"[63]이라고 생각하기에 이르게 되는 것이다. 그는 사물에 이름을 부여하는 것이야말로 '인간 최초의 창조'라고 말하고 있는데 이는 시적 언어야말로 친숙한 질서를 이루는 방편이라는 것이다. 이와 같이 그는 시어의 선택과 시적 언어에 대한 철저한 사유를 통해서 한 편의 시를 완성한다. 소쉬르는 언어가 먼저 존재한 뒤에 이에 상응하는 사물이 탄생한다고 생각했는데, 그는 메를로퐁티의 입장을 취하면서 사물의 명명은 인식의 뒤에 이루어지는 것이 아니라 인식 그 자체라고 생각한다. 언어 이전에 이미 존재하고 있듯이 언어는 그 존재의 혼돈에 질서를 부여하는 의미를 가질 뿐인 것이다.

허만하의 시에서 산문시의 경향은 중요한 지점을 차지한다. 그는 산문시에 대한 해박한 연구를 통해서 산문시의 영역이야말로 한국의 현대시를 풍요하게 하는 것이라고 생각하기에 이른다. 산문시는 그가 시의 모태로 삼고 있는 집요하게 다져진 사유의 세계를 표현하는 데 효과적인 시적 방법론이다. 그가 말하는 산문시의 방법론은 이미 운율이라는 음악성에 갇혀 있던 한국 현대시에서 새로운 방향을 제시하는 시적 방법론이기도 하다.

(1) 나는 산문시의 탄생은 시의 탄생과 본질적으로 다를 바 없다고 생각한다. 인류의 문화사 가운데서 최초의 시가 발생한 경위는 알 길 없지만, 탄생한 시는 소리의 음악성과 무관할 수 없었다. 말의 가락을 자각하게 된 시인들은 게임에 룰을 만들 듯 시를 제약한 규칙을 만듦으로써 시가 가지는 음악성을

---

63 허만하, 「시의 현장은 길이다」, 위의 책, 201~202쪽.

서정의 파문

굳혀갔다. 가슴에서 우러난 시를 몸(심장 또는 발성장치)의 장단에 맞추어 나갔다고 볼 수 있다.[64]

(2) 산문시의 탄생은 시니피앙의 반란이라 볼 수 있다. 시니피앙의 질적인 팽창은 시니피에의 제한된 공간에 대한 회의를 품기 시작하고 급기야 시니피에 자체를 개혁하기에 이른 것이다. 이러한 문화적 현상을 언어 내부에서 본다면, 살아서 발전하는 유기체로서의 시가 임계점에서 잉태하고 분만한 제2의 자아가 산문시라 할 수 있을 것이다.[65]

산문시는 태생적으로 나타나는 운율을 회복하는 것이라고 생각한다. 최초로 시가 나올 때 그것은 음악성과 함께 나타났다고 한다. 말의 가락에 일정한 법칙을 만든 것이 운율이라는 것이다. 이 운율에 갇혀서 시가 제약을 받기 시작하면서 태생적으로 존재하던 운율을 잃었다는 것이다. 이 때문에 산문시야말로 기표(記表, 시니피앙)의 반란을 통해서 기의(記意, 시니피에) 자체를 개혁하기에 이르렀다는 것이다. 운율의 제약이 전근대적인 시의 방법론이라고 한다면 운율 자체를 언어 내부에 존재하는 것으로 생각하는 산문시는 현대시의 방법이어야 한다는 것이다. 언어 기표는 근본적으로 운율을 가지지 않을 수 없기 때문에 굳이 운율의 제약을 받아가면서 기표를 해야 할 까닭이 없는 것이다. 언어 내부에 태생적으로 존재하는 운율의 발견은 말 그대로 유기체로서의 시를 바라보는 관점이다. 시가 언어의 율격론에 갇혀서 그 의미를 제대로 전달하지 못한다면 그것은 시적 방법론의 한계일 수밖에 없는 것이다.

언어는 살아 있는 목숨을 가지고 있다. 언어가 가지고 있는 생기도 생기려

---

64 허만하, 「산문시에 대하여」, 『시의 근원을 찾아서』, 34쪽.

65 위의 글, 위의 책, 34~35쪽.

니와 새로운 모습으로 부활하려는 힘을 언어는 시를 통하여 표현한다. 시인이 언어를 다루는 것이 아니라, 세미오디크가 시로 분화하여 시인의 욕동으로 분출한다고 생각할 수 있는 것이다.[66]

줄리아 크리스테바와 롤랑 바르트의 견해에 따라 그는 언어의 생기를 이와 같이 정리하고 있다. 기운생동과 언어는 동양의 미학적 견해이기도 한데, 이는 동양과 서양에서 말하는 생동하는 언어관점으로서 허만하가 동서양 언어관의 공통성을 발견했다는 것을 확인하게 하는 대목이다. 산문시에서 언어의 자율성을 발견한 그는 "언어의 자율성의 확립이 바로 현대시의 탄생과 일치하는 것이다."[67]라고 말하기도 하고, "시는 동일률(同一律), 모순률(矛盾律), 또는 배중률(排中律) 등에 묶여 있을 수 없다."[68]라고 말하기도 한다. 그는 이러한 시론의 자율성야말로 현대시의 새로운 방법론이라고 생각하기에 이른다. 그는 시를 "존재는 다른 존재와의 차이에 의해서 비로소 존재한다. 그것은 시에 있어서도 마찬가지다."[69]라는 존재론의 관점으로 바라보면서 시를 살아 있는 유기적 존재로 인식하게 되는 근거를 마련한다. 이 때문에 그의 시론에서 언어의 자율성은 매우 중요한 하나의 관점이라고 할 수 있는 것이다. 생래적으로 존재하는 운율을 제약하는 것은 존재의 방식을 제약하는 것이나 마찬가지다. 그렇다고 그가 처음부터 시에 나타나는 가락이라는 음악성의 기율로부터 벗어나려고 한 것은 아니었다.

시가 가지는 디오니소스적 운율이 아폴로적 이미지의 등장으로 실질적으로

---

66 허민하, 「시의 언어와 운율의 계보」, 위의 책, 70쪽.

67 허만하, 「꽃과 P」, 『모딜리아니의 눈』, 177쪽.

68 위의 글, 위의 책, 181쪽.

69 허만하, 「낙타의 물냄새」, 위의 책, 170쪽.

서정의 파문

시의 성격에 변화를 일으킨 사실을 우리는 시의 역사에서 보았다. 노래에 지나치게 기대는 노출을 반성하고 가락을 글 안에 묻어두는 솜씨도 보았다. 시가 언어인 이상 가락(세미오티크)을 벗어날 수 없는 것이 시의 운명이다.[70]

시가 언어로 된 이상 가락을 벗어날 수 없는 것은 분명한 일인데, 이 가락에 지나치게 의존하거나 그 제약에 구속된다면 언어의 자율성을 갖지 못한다는 것이다. 시의 역사에서 음악성을 지나치게 강조하는 시적 방법론의 시대도 있었고, 시의 음악성을 안으로 끌고 오는 시적 방법론의 시대도 있었다. 어떻든 시는 가락을 벗어날 수 없는 운명인 것은 분명하다. 그럼에도 불구하는 그는 지나치게 가락에 의존하는 것은 좋아하지 않는다.

나는 시가 지나치게 가락에 기대는 것을 좋아하지 않는다. 시은 언어만으로 직립해야 한다. 그는 운율에 기댄 작품을 전통이라는 말의 권위에 연결시키는 일을 보는 일은 여전히 나를 쓸쓸하게 한다. 우리의 시도 이제 그 용량을 더 넓힐 수 있는 시점에 이른 것은 틀림없는 사실이다.[71]

그가 산문시의 영역을 강조하는 까닭은 이 지점에서 만날 수 있다. 운율이라는 장치를 시의 전통이라고 생각하는 관념으로부터 벗어나려고 한다. 우리의 시가 확장되기 위해서는 그 용량을 넓히는 것이 중요한데 그중의 하나가 운율이라는 제약으로부터 벗어나는 것이라고 생각한다. 가락을 벗어날 수 없는 것이 시의 운명이긴 한데, 그 운명을 다른 방법으로 극복하는 방법이 필요한 것이다. 언어 기표의 자율성이 언어 의미의 영역을 확장하는 길인데, 그 기표의 제약에 갇혀서 시의 본질을 잃어서는 안 된다는 것이다. 언어 이전에 시가 존재했다는 말은 이러한 논점과 일치하고 있다.

---

70 허만하, 「시적 언어와 운율의 계보」, 『시의 근원을 찾아서』, 73쪽.
71 허만하, 「「영암사지 가는 길」을 말한다」, 위의 책, 258쪽.

당분간 내 시는 외형에 드러나는 가락에 기대지 않을 것 같다. 깊은 강물처럼 안으로 흐르면 된다. 나는 사유의 깊이가 따르지 않는 단순한 기교를 좋아하지 않는 편이다. 길은 끊임없이 있어야 할 자아를 찾아가는 과정이다. 길 위에 있다는 것은 느끼기와 생각하기의 상응에서 비롯되는 실존의 각성이다.[72]

그가 생각하는 운율이란 깊은 강물처럼 안으로 흐르는 것이다. 그래서 그는 가락에 기대지 않는 시를 쓰겠노라고 말하고 있다. 가락의 제약에서 자율성을 강조하는 대신 그는 시에서 사유의 깊이를 끌어들이고 있다. 시는 언어로 표현하는 것인데, 그 표현은 사유의 깊이를 드러내는 것이어야 한다. 사유는 길에서 시작되고 그 길에서 본 체험을 느끼고 생각한 것이다. 그러나 사유를 언어로 완전히 표현하는 것은 불가능한 일이다. 그는 그 틈을 메우는 것이야말로 시라고 생각한다. 시란 말 그대로 말할 수 없는 것을 말로 표현해야 하는 자기모순의 예술이기 때문이다. 그래서 그는 "시는 언어로 잡을 수 없는 것을 언어로 잡아야 하는 역설적 기능을 가지고 있다."[73]고 선언하고 있는 것이다. 그에게 있어서 산문시는 시의 새로운 방법론을 제시하는 의미 있는 시적 방법론이라 할 수 있다. 허만하의 시가 현대시에서 갖는 위상은 이러한 운율의 제약으로부터 벗어난 산문시의 새로운 영역을 개척한 것이라고 말할 수 있다. 그의 산문시는 안으로 스며들어 있는 가락에 사유의 깊이를 담아내는 작품이라고 말할 수 있을 것이다.

5. 예술론

시론에서 보여준 언어의 문제는 사실 그의 예술론과 무관하지 않다. 그의

---

72 허만하, 「풀밭과 구름과 시」, 『길과 풍경과 시』, 191쪽.
73 허만하, 「시의 길과 철학의 길」, 『시의 근원을 찾아서』, 104쪽.

서정의 파문

예술에 대한 관심은 어릴 때 그림을 그리기를 좋아하고 관찰하기를 좋아하는 습관에서 비롯되었다고 할 수 있다. 그의 예술에 대한 관심은 고기에서 발견할 수 있는 아름다움, 폐허의 절터에서 느끼는 상상의 힘, 그림에서 만나는 질감과 색채의 미학, 서예 작품에서 발견하는 아름다움과 같이 전 예술 영역으로 펼쳐져 있다.

> 무지개는 물방울 프리즘이 분광하는 가시광선 범위 내의 연속적인 파장이다. 무지개의 색채는 적외선에서 자외선 사이에서 스스로 펼친다. 이 색채의 띠는 빨강에서 시작해서 무한히 미세한 색채의 변화를 보이면서 연속적으로 변화한 끝에 보라색에 이른다. 그러나 그 변화에 상응하는 무한한 어휘를 가지고 있는 언어는 지상에 없다. 그만치 인간의 언어는 허약한 것이다.[74]

언어의 한계는 경계를 지을 수 없는 것이 있다. 그가 무지개의 색채를 통해서 말하고자 하는 것은 언어의 한계이다. 그의 시론이나 예술론에서 가장 중요하게 생각하는 것은 언어의 한계이다. 언어의 한계는 다른 예술 장르에서도 마찬가지다. 그의 지론에 따르면, 완벽한 아름다움은 존재할 수 없기 때문에 끝없이 변화하는 과정 속에서 예술의 본질이 있다고 생각한다. 무지개의 색깔을 언어로 완벽하게 표현할 수 없듯이 모든 예술은 그 과정 속에서 참된 예술의 의미가 있다는 것이다. 따라서 창작의 행위 이전에 예술을 보는 행위가 있어야 하는 것이다. 그는 풍경과 체험을 그의 시의 현장이라고 말하고 있는데, 이것은 본다는 행위야말로 예술의 근원이라고 말하고 있는 것과 동일한 관점이다.

> 본다는 것은 근대과학이 낳은 획일적인 세계에서 개성과 구체성과 또한 의미를 탈환해 온다는 지평에서 이루어지는 실천인 것 같다. 바꾸어 말해서 실

---

74 허만하, 「이름과 인식의 창조」, 위의 책, 110쪽.

존의 자기 확인이고 그 표현의 탐구인 것 같다. 그것은 말할 것도 없이 세계를 일원적인 원근법에서 바라보던 르네상스 시대의 투시도 위에서 발생한 눈알과 정신의 반란이다.[75]

본다는 행위는 실존의 자기 확인이고, 그 표현을 탐구하는 것이라고 한다. 사물을 보는 행위가 원근법에서 투시도로 바뀌었듯이 획일적인 예술관에서 개성과 구체성과 의미의 탈환으로부터 현대 예술로 나아가는 지평을 열었다는 것이다. 그만큼 본다는 행위는 눈알과 정신의 반란과 같은 예술의 변화를 초래하는 기제가 되는 것이다. 그가 첫 시집을 내고 오랫동안 풍경과 체험, 사유 속에서 거닐었던 것은 바로 이러한 보는 행위를 중요하게 생각했기 때문이 아니었을까 생각한다. 창작하는 것은 예술의 기본 태도이지만 그 창작의 배경에는 보는 행위가 있어야 하고, 그것도 사유를 통해서 보는 행위가 있어야 하는 것이다. 그의 예술론에서 보는 행위는 관조의 미학이라는 동양의 예술론을 바탕으로 하고 있는데, 그는 작품 감상을 통해서 예술의 안목을 길렀다고 할 수 있다.

동양에 있어서도 음악의 뿌리는 인간의 마음이고 마음이 바깥 상황을 느껴 동할 때 소리가 되어 나타나고 소리의 대응이 높낮이의 변화를 낳는다는 생각이 『악기(樂記)』에 있다. 그러나 공자의 음악론은 고대 공동체적 제의(祭儀)를 위한 예약에 흐른 한계를 가지고 있다. 그것은 아직 예술의 능동성·자율성에는 생각이 미치지 못하고 있던 시대의 한계를 반영하는 것이라 해석할 수 있다. 더욱 이러한 한계 안에 있는 사유 체계에서 언어(시)와 가락의 관계에 대한 깊이 있는 접근을 찾아보기는 거의 불가능한 일인 것 같다.[76]

---

75 허만하, 「본다는 것은 무엇인가」, 『모딜리아니의 눈』, 114쪽.
76 허만하, 「시적 언어의 운율의 계보」, 『시의 근원을 찾아서』, 66~67쪽.

인용한 부분은 시와 운율에 대한 얘기를 하면서 동양 음악에 대한 소견을 밝히고 있는 부분이다. 동양 음악에 대한 시원(始原)을 밝히면서 공자의 음악론이 갖는 제의적 한계를 지적하고 있다. 물론 고대의 음악은 제의뿐만 아니라 통치의 수단으로서의 기능도 했다. 정악(正樂)과 속악(俗樂)으로 나눈 것도 음악의 변질을 경계한 것이라고 말할 수 있다. 정(鄭)나라의 음악을 혼돈의 음악으로 규정한 것은 공자 시대 당시의 한계라고 할 수 있다. 이러한 한계는 동양 음악뿐만 아니라 서양의 음악에서도 마찬가지로 적용할 수 있을 것이다. 어떻든 그의 음악론은 예악의 한계를 극복하고 능동성과 자율성을 갖는 음악으로 나아가는 것이라고 할 수 있다. 능동성과 자율성은 현대 예술이 나아가야 할 방향이라고 할 수 있다.

> 그의[김종길] 시가 가지는 가을의 경지를 이해하기 위해서는 백낙천(白樂天, 772~846)의 시론에 기대야 할 것 같다. 백낙천은 시에는 규(竅)와 골(骨)과 수(髓)의 세 가지 체가 있는데, 성률(聲律)로써 규로 하고 물상(物像)으로 골로 하고 의격(意格)으로 수로 한다 하였다. 이에 더하기를, 그는 시에 있는 네 가지 수련을 말하고 자구와 뜻의 수련은 격의 수련에 미치지 못한다 하며 격을 최상의 자리에 두었다. 이 격에 대해서 그는 다시 시의 의미에서 접근하고 있다. 시에는 내의(內意)와 외의(外意)가 있으며 내의는 이치를 따지려 하고 외의는 형상을 따지려 한다. 내의와 외의를 두루 함축할 때 비로소 시의 격에 든다고 하고 있다.(來意欲其理 外意欲其象 內外含蓄方入詩格) 격은 안팎을 두루 함유하는 순일(純一)한 경지임을 이야기하는 것 같다.[77]

그는 동양 시학의 근원을 끌어와서 김종길의 「가을」은 이치를 넘어선 격을 느끼게 한다고 마무리하고 있다. 시의 격은 안과 바깥이 사방에 함축하고 있는 경지를 이르는 말이다. 인용한 글에서 그는 동양 문예학을 두루 섭렵하

---

77 허만하, 「「바다와 나비」 · 가을편지」, 위의 책, 148쪽.

시인 허만하의 철학과 사유

고 있음을 알 수 있다. 백낙천의 시론에서 규(竅)는 중요한 부분을, 골(骨)은
중심 뼈대를, 수(髓)는 사물의 중심이 되는 골자를 의미한다. 이 세 가지는 내
용의 의미라고 말할 수 있고, 수련은 창작의 태도라 말할 수 있고, 격(格)은
안과 바깥을 두루 함축하는 것이다. 그의 시론이 동양 문예미학으로부터 서
양의 시론으로 나아가고 그것을 하나의 관점으로 바라보는 데 있음을 인용
부분에서 충분히 짐작할 수 있을 것이라고 생각한다.

> 동양에서 사물이 생명을 가진 것으로 우주와 대등한 가치를 가지는 근거를
> 얻은 것은 한(漢)에 이르러 음양의 기상 위에 원기(元氣)라는 관념을 설정한
> 때부터라 생각되오. 인간도 원기의 표현이었으니 인간과 사물의 교류는 동기
> (同氣)간 교류로 자연스럽게 이해될 수 있었던 것이오.[78]

그의 동양 문예미학의 기저에는 이와 같은 사물론이 바탕에 깔려 있다. 동
기감응(同氣感應)이나 물아일체(物我一體)는 이미 잘 알려진 동양 시학의 근원
이라고 할 수 있다. 인간과 사물이 우주라는 큰 기운 속에서 하나라고 보는
관점은 그의 예술론의 바탕이라고 할 수 있다. 그래서 그는 "내가 서실 입구
에 벽산의 대를 걸어둔 것은 대숲을 건너는 허허한 바람소리와 함께 지조 높
은 선인들의 맑은 이마를 본받고자 함이다."[79]라고 말하고 있는 것이다. 지조
높은 선인들이란 옛 사람들의 예술론이라고 할 수 있다. 그의 시론이 동양의
예술론을 바탕으로 해서 서양의 예술론을 담았기 때문에 그의 시적 세계관
은 더 깊어진 것이 아닌가 생각한다. 그의 동양 문예미학은 시론에서만 머무
는 것이 아니라, 시와 회화의 인식을 바탕으로 하고 있다.

---

78 허만하, 「「영암사지 가는 길」을 말한다」, 위의 책, 295쪽.
79 허만하, 「벽산(碧山)의 대」, 『모딜리아니의 눈』, 87쪽.

동양에서의 시에 관한 논의를 언급하기 위해서 회화에 대한 인식을 살피는 것이 도움이 될 것이다. 우선 가장 대표적인 견해는 곽희(郭熙)의 『임천고치(林泉高致)』의 화의(畵意)에 나오는 "전인(前人)의 시는 곧 무형(無形)의 화(畵)이고 화는 곧 유형(有形)의 시"라는 시화일률(詩畵一律)의 사상은 중당(中唐)이래 거의 정착된 지배적인 철학이다.[80]

이 말에서 그의 해박한 동양 문예미학의 관점을 만날 수 있을 것이다. 동양의 시화일률(詩畵一律) 사상은, 시는 형체가 없는 그림이고, 그림이 형체로 나타난 것이 시라는 것이다. 언어 예술이야말로 무형과 유형을 오고가는 것이라고 말할 수 있다. 그의 예술론에서 살필 수 있는 것은 사물과 인간이 하나의 유기체로 연결되어 있다는 것이다. 이러한 관점에서 볼 때, 시는 인간과 사물의 유기적 관계를 연결하는 중요한 기제가 된다고 할 수 있다. 그의 시는 풍경과 길, 체험, 그리고 사유라는 과정을 거쳐서 만들어지는 하나의 유기체라고 말할 수 있다. 시가 유기체이듯이 시는 살아 있는 생명체라고 할 수 있다. 그의 시는 하나의 작품이면서 동시에 하나의 생명체로서의 존재하는 것이라고 할 수 있다. 이 때문에 그의 시론과 예술론은 생명론이면서 동시에 창조론이라고 말할 수 있다.

6. 자료 분석의 기초

허만하는 문학 작품에 있어서 텍스트의 의미를 깊이 탐구했다. 이는 롤랑 바르트나 토도로프, 데리다의 텍스트에 대한 공부에서 비롯하는 것인데, 텍스트야말로 독자와 작가의 위상을 규정짓는 중요한 의미이기도 하지만 텍스트를 통해서 작가의 사상과 사유의 세계를 만날 수 있는 유일한 창구이기도 하다.

---

80 허만하, 「이미지 · 수직성 그리고 물」, 『낙타는 십리 밖 물 냄새를 맡는다』, 160쪽.

교조적 향토주의도 화석이 된 정치적 이데올로기 못지않게 문학 이해를 방해하는 함정이다. 부권적 권한을 가졌던 작가의 위상이 무너지고 독자가 주권을 가지고 태어나기는 했지만 텍스트라는 개념이 필연적으로 도입하는 독자의 책무는 가볍지만은 않다. 독자는 쓰는 일과 읽는 일 사이에서 새로운 의미의 창조를 시작해야 하기 때문이다. 읽기가 바로 쓰기가 되는 것이 텍스트의 공간이다.[81]

이 말은 비록 롤랑 바르트의 텍스트에 대한 연구에서 밝히고 있는 견해이지만 이는 허만하의 문학에서도 독자와의 관계성으로 적용할 수 있을 것이다. 읽기가 바로 쓰기가 되기 위해서는 독자의 몫이 중요한 만큼 쓰는 일만큼이나 읽는 일도 중요한 것이다. 그런 점에서 바르트의 말은 독자의 입장에서 시를 공부하고 궁구하는 그의 문학적 태도에 모범이 될 만한 진술이라고 생각한다. 그는 쓰는 일보다도 읽는 일을 더 즐겼고, 읽는 것이 곧 쓰는 일과 연결되기도 했다.

허만하는 첫 시집을 발간하고 난 뒤에 산문을 주로 많이 쓴다. 그가 발표한 글을 살펴보면 첫 시집 발간 이후 꾸준히 산문을 써왔고, 두 번째 시집이 나오기 전에 이미 산문집을 두 권 묶어내기도 했다. 그의 텍스트가 독자들에게 어떻게 다가갔는지를 살피기 위해서 그의 산문집에 실린 글들과 시집에 실린 작품들을 중심으로 발표 자료의 재수록에 대해 살펴볼 필요가 있다. 작품의 원전 텍스트는 중요한 의미를 가지기 때문에 여기에서는 이미 발표된 글들이 단행본으로 묶여지는 과정에서 어떤 작품들이 중복해서 실렸으며, 어떤 작품들이 실리지 않았는지를 살펴보려고 한다.

먼저 그의 산문집을 통해서 재수록의 의미를 살펴보기로 하자. 이 글의 서론에서 이미 그의 글쓰기가 이미 발표된 글의 재수록 과정에서 **빼고 넣었던**

---

81 허만하, 「텍스트의 풍경」, 『시의 근원을 찾아서』, 16~17쪽.

일이 있었다는 것을 확인했듯이, 그의 산문집 두 권을 비교 분석해보면서 재수록에 어떤 의미가 있는지를 파악해보기로 하자. 허만하의 산문선『모딜리아니의 눈』은 '시와 그림에 대한 산책'이라는 부제를 달고 1997년 8월 20일 부산의 도서출판 빛남에서 출간되었다. 여기에는 부록으로 허만하 시인 발표 산문 목록이 실려 있다. 1부가 '시와 그림', 2부가 '나의 시론'으로 1부에 열세 편, 2부에 일곱 편, 전체 스무 편의 산문이 실려 있다. 그런데 두 번째 산문집으로 발간하는『낙타는 십리 밖 물냄새를 맡는다』(솔 출판사, 2000.10.16)에 첫 번째 산문선에 실린 글 열다섯 편이 재수록되어 있다. 두 번째 산문집은 1부 풍경에 열한 편, 2부 정신의 섬에 열세 편, 3부 시인의 뒷모습에 열 편, 전체 서른네 편이 실려 있다. 두 번째 산문집은 열아홉 편만 새로운 글이고 나머지는 첫 번째 산문집에서 재수록하고 있다. 그는 두 번째 산문집 서문에서 다음과 같이 그 경위를 밝히고 있다.

"이 무잡한 시대의 겨울을 견디기 위해서는 창조적 정신의 불씨를 지키는 새로운 사색이 필요하다는 생각에 사로잡혔습니다."라고 전제하면서 "시를 찾는 짧지 않은 순례의 길 위에 남긴 내 발자국 가운데서 34편의 산문을 엮어『낙타는 십리 밖 물 냄새를 맡는다』라 이름 지은 제2산문집으로 삼기로 결심하게 되었습니다. 정년 퇴직 때 젊은 병리학도들이 꾸며준 병리학 논문집 부록으로 소수의 친지에서 나누었던 지난 산문집 가운데서 시간의 풍화를 견딜 만한 것은 이번 새 산문집에 수습하고 나머지는 파기하여 나의 내면세계를 다시 가다듬고자 하는 것입니다.[82]

그의 말에 따르면, 스무 편 중에서 열다섯 편은 재수록하고 나머지 다섯 편은 파기한 셈이다. 파기된 다섯 편은「율동적 인식에의 지향─최욱경의 그림」,「아우트사이더들─서석제(徐石齊) 유사」,「시(詩)와 추억(追憶)」,「가멸

82 허만하,「가을의 길 위에서」,『낙타는 십리 밖 물 냄새를 맡는다』, 6~7쪽.

성(可滅性)의 시점(視點)」, 「복수(複數)의 바다」이다. 「율동적 인식에의 지향-
최욱경의 그림」은 『월간미술』 1989년 3월호에 실린 글이다. 1979년 『국제신
문』 문화부 박숙자 기자의 소개로 만난 일부터 그의 그림에 빠지게 된 일들
을 소개하고 있다. 그림에 대한 그의 안목을 엿볼 수 있는 산문이다. 「아우트
사이더들-서석제(徐石齊) 유사」는 서예가 석제 서병오 선생을 다룬 글이다,
「시(詩)와 추억(追憶)」은 화가 벤 샤안의 『말테의 수기』로 떠올린 릴케의 추억
을 쓴 글이다. 「가멸성(可滅性)의 시점(視點)」은 실존과 죽음 그리고 시에 대
한 사색을 담은 글이다. 「복수(複數)의 바다」는 미국의 여류 시인 실비아 플
래스(Sylvia Plath)의 시세계를 다루고 있다.

산문집 『낙타는 십리 밖 물 냄새를 맡는다』에 새로 실은 열아홉 편의 산문
은 다음과 같다. 「시에 관한 단상-진하를 다녀온 날」, 「가릉빈가」, 「연꽃과
거북의 민화」, 「로마기행」, 「나무를 찾아 길 위에 선다」, 「김춘수와 천사의
궁둥이 자국」, 「천인과 천사」, 「새의 상징」, 「정신의 섬을 잇는 보이지 않는
선-데리다의 「입장들」 주변」, 「이미지·수직성 그리고 몸」, 「촛불의 시학」,
「은유와 죽음의 시적 근거」, 「참호 밖의 꽃과 가슴 안의 꽃-나의 첫 시집에
대하여」, 「6월에 바라본 한 시인의 뒷모습」, 「조그마한 지적 고고학」, 「시인
권환의 김해평야」, 「눈을 감고 잇는 초상화-이인성 유사」, 「박수근과 경주
계림」, 「해운대 바다를 찾던 날」이다. 이러한 재수록의 과정에 대해서 그가
발표한 산문에서 다음과 같이 밝히고 있다.

> 나도 내가 쓴 작품에 이름이 붙지 않아도 즐거울 만한 경지에 이르고 싶다.
> 내가 나를 버릴 수 있을 때 비로소 내가 시인으로 전신하는 것이리라.[83]

이러한 각오로 작품 활동을 했기 때문에 그는 재수록의 과정을 거치면서

---

83 허만하, 「연꽃과 거북의 민화」, 위의 책, 60쪽.

서정의 파문

버려야 할 글들과 남겨야 할 글들을 수시로 정리했던 것이다. 나를 버리듯이 내가 쓴 글도 과감하게 버릴 수 있을 때 참된 작품만 남는 것이다. 그의 이러한 글쓰기 태도는 재수록의 과정에서 거치는 자기 단련의 한 방편이 되었을 것이다. 이제 그의 책 세 권을 놓고 재수록을 비교해보기로 하자. 허만하는 청마 유치환과 특별한 문단 관계를 갖고 있었다. 허만하의 결혼식 주례를 유치환이 섰다는 사실에서도 두 사람의 친분 관계를 짐작할 수 있을 것이다. 이러한 문단 관계가 있었기 때문인지 몰라도 그는 유치환의 시세계를 깊이 탐구한 산문을 많이 썼다. 청마 유치환과 관련한 글을 모아서 두 권의 단행본 『부드러운 시론(詩論)』(열음사, 1992.7.20), 『靑馬풍경』(솔, 2001.12.15)을 발간했다. 그리고 『부드러운 시론(詩論)』은 오사키 세쓰코(大崎節子)가 일본어로 번역해서 『柔らかな 詩論』(紫陽社, 1994.5.10)라는 동일한 제목으로 발간했다. 이 세 권을 놓고 서로 재수록의 과정을 비교해보기로 하자. 『부드러운 시론(詩論)』은 김종길이 서문을 대신 썼고, 허만하의 『靑馬풍경』에는 서문이 없다. 일역판 『柔らかな 詩論』은 허만하가 후기를 썼다. 세 권의 단행본에서 일역판에만 허만하의 글이 있기 때문에 여기에 그 전문을 인용하면 다음과 같다.

日本版によせて

私の拙い散文集『柔らかな詩論』が日本のことばになって、なつかしい紫陽社から出版されることになり、非常に嬉しく思っています。荒川洋治さんとのほぼ二十年にわたる友情のたまものなので私の嬉しさはひとしお 意味深いものになります。一時, 詩と美術に關しての藝術論風エツセイをこちらの月刊詩誌と美術誌に連載したことがあります。そのなかから、韓國の代表的詩人のひとりである靑馬・柳致環に關したものを選び、さらに他紙誌に書いたものを 加えてまとめたものが『柔らかな詩論』となって、一昨年ソウルのヨルム社から上梓されました。たまたま書き直したい衝動にかられているところ、紫陽社から日本版が出ると言うことになり恥ずかい思いを消しきれないでいます。ちな

みに、『柔らかな詩論』という題は、詩に對しては論文風なアプローチより感性的・體驗的アプローチのほうがかえつて詩の本質にかならものかもしれないという氣持から名づけてみたものだということを申し上げます。一人のすぐれた詩人の生の軌跡と作品に交わる樂しみは、國境を越えるものだということを確かめたいささやかな望みが、果たしてこの日本版でかなえられるでしょうか。

　荒川洋治さん、譯者の大崎節子さん、スタツフの皆さま、ありがとうございました。一九九四年 一月四日 許萬夏。

　일본어판에 부쳐
　나의 졸저 『부드러운 시론(詩論)』이 시요사(紫陽社)에서 일본어로 출판되어 매우 기쁘게 생각합니다. 아라카와 요지 씨와는 거의 이십 년에 걸쳐 우정을 나누고 있기 때문에 나의 기쁨은 한층 더 의미 깊은 것이기도 합니다. 한때, 시와 미술에 관한 예술론에 가까운(예술론풍(藝術論風)의) 에세이를 한국의 월간 시 잡지와 미술 잡지에 연재한 적이 있습니다. 그중에서 한국의 대표적인 시인 중 한 명인 청마 유치환에 관한 것을 선별하고, 다른 잡지에 쓴 글을 더해 정리한 결과물이 『부드러운 시론』이 되었고, 재작년 서울의 열음사에 상재하였습니다. 이따금 고치고 싶은 충동에 휩싸여 있을 즈음, 시요사에서 일본어판을 출간하게 되어 부끄러운 마음을 떨쳐버릴 수 없게 되었습니다. 덧붙여서, 『부드러운 시론』이라는 제목에 대해서도 언급해두고 싶습니다. 시에 대해서는 논문풍의 어프로치(approach, 방법)보다 감성적이고 체험적인 접근이 도리어 시의 본질에 더 적합할지도 모른다는 생각에서 착안한 제목임을 밝힙니다. 한 명의 뛰어난 시인의 삶의 궤적과 작품을 교차시켜 얻는 즐거움은 국경을 넘는 것이라는 사실을 확인하고 싶은 자그마한 소망이 과연 이 일본어판을 통해 이루어질 수 있을까요. 아라카와 요지 씨, 번역자 오사키 세쓰코 씨, 스태프 모두에게 감사드립니다.

1994년 1월 4일 許萬夏[84]

84　이 글의 한글 번역은 허만하 아카이빙 사업 연구원 양순주 선생님의 번역본이다.

서정의 파문

한국에서 낸 두 권의 청마 관련 산문집에는 본인의 서문이 없는 대신에 일역판에는 일어로 후기를 썼다. 그 까닭이야 여기서 밝힐 수 없지만, 그가 쓴 일역판 후기를 읽으면 국내판보다 일역판에 대한 감회가 남다르다는 것을 확인할 수 있다. 그의 수상 경력에 따르면, 그는『靑馬풍경』으로 2004년 청마문학상을 수상했다. 청마문학상까지 받은『靑馬풍경』의 산문집이 다른 책에서는 어떻게 수록되었는지를 살펴보기로 하자.『靑馬풍경』은『부드러운 시론(詩論)』이 나오고 2년 뒤 일역판『柔らかな 詩論』을 발간하고 난 뒤 7년이 지난 뒤에 단행본으로 묶인 산문집이다. 산문집『부드러운 시론(詩論)』에는 스물한 편의 산문이 수록되어 있고, 일역판『柔らかな 詩論』에는 이 중에서 열한 편만을 수록했다.『靑馬풍경』에는 스물여덟 편의 산문이 수록되어 있다. 그중에 열한 편은 새로 쓴 글이고 나머지 열일곱 편은『부드러운 시론(詩論)』에 실린 산문을 재수록했다. 그의 산문집『靑馬풍경』은『부드러운 시론(詩論)』을 일부 증보해서 발간한 책이다. 먼저『부드러운 시론(詩論)』의 목차는 다음과 같다. 이 산문집에 실린 글은 1부 세 편, 2부 세 편, 3부 네 편, 4부 세 편, 5부 여덟 편으로 도합 스물한 편이다.

1부 원원사(遠願寺)의 사천왕상(四天王像)(부)[85] / 시와 공간(부) / 천문학자가 되었을끼라(부)

2부 실존과 사랑(부) / 노래하며 퇴장한 시인(부) / 역광의 청마(부)

3부 예술가의 만남(부) / 등 뒤에 실을 늘이고(부) /「육 년 후」 그리고「뜨거운 노래는 땅에 묻는다」(부) / 두 개의 손(부)

4부 미켈란젤로의 시(부) / 계곡의 물소리 같았던 새벽 성경(부) / 큰 나의

---

[85] 이하 괄호 안의 (부), (일), (청)은 각각의 책 제목을 구분하기 위해 임의로 붙인 것이다. (부)는『부드러운 시론』, (일)은 일역판『柔らかな詩論』, (청)은『靑馬풍경』이다. 전체 작품의 중복과 재수록 과정을 파악하기 위해서 간략화한 것이다. 세 곳에 다 실린 경우는 (부)(일)(청)이다.

밝음(부)

5부　오로지 맑고 곧은 이념의 푯대(부) / 청마의 자장(磁場)(부) / 청마의
두 얼굴(부) / 삼월 이야기(부) / 설사당꽃의 행방(부) / 부산을 노래한
일곱 편의 시(부) / 지평선 너머 숙제처럼(부) / 낙동강과 시적 가능성
(부)

후기 : 연기(緣起)의 말씀을 되새기며 … 황양미

일역판『柔らかな 詩論』에는 모두 열한 편의 글이 번역되어 있다. 열한 편
중에서「青馬の肖像」은「청마의 두 얼굴」이라는 산문의 제목을 바꾼 것이
다. 일역판 수록 산문 목차는 다음과 같다.

序にかえて / 青馬の肖像 / ふたつの手 / 谷間のせせらぎのよな夜明けの
聖書 / ソルサタソ花の行方 /「六年後」そして「熱き歌は地に埋める」/ 實存と
愛 / 大きな自我の明るさ / 遠願寺の四天王像 / 洛東江と詩的可能性 / 背後に
糸を垂らして / 歌いながら退場した詩人

일어판 목차를 우리말로 번역해서 살펴보면 다음과 같다.

시작하기 위해(일) / 청마의 초상화(일) / 두 개의 손(일) / 계곡의 물소리 같
았던 새벽 성경(일) / 설사당꽃의 행방(일) /「육 년 후」그리고「뜨거운 노래는
땅에 묻는다」(일) / 실존과 사랑(일) / 큰 나의 밝음(일) / 원원사의 사천왕상
(일) / 낙동강과 시적 가능성(일) / 등 뒤에 실을 늘이고(일) / 노래하며 퇴장한
시인(일)

『青馬풍경』은 전체 3부로 구성되어 있다. 1부 정신 풍경에 아홉 편, 2부
공간 풍경에 여섯 편, 3부 언어 풍경에 열세 편이 수록되어 있으며, 전체 스
물아홉 편의 산문이 실려 있다. 그 전체 목차는 다음과 같다.

서정의 파문

1부 정신 풍경

　　시와 공간(청) / 천문학자가 되었을끼라(청) / 미켈란젤로의 시(청) /
　　원원사의 사천왕상(청) / 두 개의 손(청) / 어디서나 아름다운 절벽이
　　보인다(청) / 청마의 아포리즘 문학(청) / 큰 나의 밝음(청) / 청마 시의
　　풍경(청)

2부 공간 풍경

　　역광의 청마(청) / 실존과 사랑(청) / 유치환과 이중섭(청) / 예술가의
　　만남(청) / 설사당꽃의 행방(청) / 노래하며 퇴장한 시인(청)

3부 언어 풍경

　　청마(靑馬)라는 호(청) / 모란이 피기까지는(청) / 등 뒤에 실을 늘이고
　　(청) / 「육 년 후」 그리고 「뜨거운 노래는 땅에 묻는다」(청) / 장춘식이
　　라는 시인(청) / 안의에서 대구에 나타난 청마(청) / 잃어버릴 뻔했던
　　시 한 편을 위하여(청) / 휘발유 같은 두 병의 보드카(청) / 부산을 노
　　래한 일곱 편의 시(청) / 낙동강과 시적 가능성(청) / 젊은 청마가 살았
　　던 초량동 그곳에(청) / 오로지 맑고 곧은 이념의 푯대(청) / 청마의 자
　　장(磁場)(청)

　이제 이 세 권에 실린 산문이 어떻게 재수록되었는지를 살펴보기로 하자.
먼저 전체 작품 중에서 세 권에 동시에 수록된 산문 목록은 「「육 년 후」 그리
고 「뜨거운 노래는 땅에 묻는다」」(일)(청)(부) / 「낙동강과 시적 가능성」(부)(일)
(청) / 「노래하며 퇴장한 시인」(부)(일)(청) / 「두 개의 손」(부)(일)(청) / 「등 뒤에
실을 늘이고」(부)(일)(청) / 「설사당꽃의 행방」(부)(일)(청) / 「실존과 사랑」(부)(일)
(청) / 「원원사의 사천왕상」(부)(일)(청) / 「큰 나의 밝음」(부)(일)(청)의 아홉 편이
다.
　다음으로 두 권에 동시에 수록된 산문은 「미켈란젤로의 시」(부)(청) / 「부산
을 노래한 일곱 편의 시」(부)(청) / 「시와 공간」(부)(청) / 「역광의 청마」(부)(청) /

「예술가의 만남」(부)(청) / 「오로지 맑고 곧은 이념의 푯대」(부)(청) / 「천문학자가 되었을끼라」(부)(청) / 「청마의 자장(磁場)」(부)(청)의 여덟 편이다.

끝으로 한 권에만 수록된 산문은 「모란이 피기까지는」(청) / 「안의에서 대구에 나타난 청마」(청) / 「어디서나 아름다운 절벽이 보인다」(청) / 「유치환과 이중섭」(청) / 「잃어버릴 뻔했던 시 한 편을 위하여」(청) / 「장춘식이라는 시인」(청) / 「젊은 청마가 살았던 초량동 그곳에」(청) / 「청마 시의 풍경」(청) / 「청마(青馬)라는 호」(청) / 「청마의 아포리즘 문학」(청) / 「휘발유 같은 두 병의 보드카」(청)의 열한 편이다. 『부드러운 시론』과 일역판에 동시에 실린 산문은 「계곡의 물소리 같았던 새벽 성경」(부)(일) / 「청마의 두 얼굴」(부)(일)이고, 「지평선 너머 숙제처럼」(부) / 「삼월 이야기」(부)는 『부드러운 시론』에만 실려 있다.

지금까지 살펴본 재수록 작품 일람에서 알 수 있듯이, 세 권의 산문집 중에서 일역판이야 어차피 재수록할 수밖에 없는 상황일 터이기 때문에 어쩔 수 없이 이미 발표한 산문 중에서 번역의 의미가 있는 글들을 모아서 발간할 수밖에 없을 것이다. 그런데 한국에서 발간하는 『부드러운 시론(詩論)』과 『青馬풍경』은 그 사정이 다를 수 있을 것이다. 『부드러운 시론(詩論)』은 전체 스물한 편이 실려 있는데 이 중 두 편을 제외하고 대부분 『青馬풍경』에 재수록했다. 이 때문에 두 권의 산문집을 읽을 때 중복된 글들을 잘 살펴서 읽을 필요가 있을 것이다. 이는 그의 말대로 작품을 수련하는 과정에서 빠진 글들의 의미를 되새기면서 읽어야 할 것이다.

다음은 시집에 실린 시들을 중심으로 재수록된 작품을 살펴보기로 하자. 그는 『해조(海藻)』(삼애사, 1969.6.15), 일역판 『銅店驛』(아라카와 요지 역, 紫陽社, 1980.12.25), 『비는 수직으로 서서 죽는다』(솔, 1999.10.20), 『물은 목마름 쪽으로 흐른다』(솔, 2002.12.10) 시선집 『허만하 시선집』(솔, 2005.6.25), 『야생의 꽃』(솔, 2006.4.20), 『바다의 성분』(솔, 2009.7.15), 『시의 계절은 겨울이다』(문예중앙,

서정의 파문

2013.7.25), 『언어 이전의 별빛』(솔, 2018.6.15)의 전체 아홉 권의 시집을 발간한다. 이 중에서 일역판 『銅店驛』과 『허만하 시선집』을 제외하고 단행본으로 발간한 시집은 일곱 권이다. 국내에서 발간하는 시집에서는 재수록 작품이 거의 없지만, 일역판 『銅店驛』은 시집 『해조』의 일역판이 아니면서도 작품의 일부만을 재수록하고 있다. 이는 앞의 일역판 산문집을 발간하는 것과 사정이 비슷하다.

첫 시집 『해조(海藻)』에 실렸으며 일역판 『銅店驛』을 발간하는 과정에서 재수록된 일부 작품을 살펴보기로 하자. 첫 시집 『해조(海藻)』는 등단 후 10여 년 만에 내는 시집으로 박목월의 적극적인 추천으로 발간되었다. 본인의 의지보다는 문인의 권유에 따라 이루어졌고, 제목도 만족스럽지 못했다고 고백하고 있다. 사실 그는 김종길이 추천한 동점역(銅店驛)을 시집 제목으로 삼고 싶었던 것 같다. 첫 시집의 제목이 마음에 들지 않았다는 것은 두 번째 시집을 내고 밝힌 글에서도 잘 나타나 있다. 이런 불만은 일역판 시집 제목을 『銅店驛』으로 했다는 사실에서도 잘 알 수 있을 것이다. 첫 시집 『해조(海藻)』와 일어판 『銅店驛』을 대조해보기로 하자. 시집 『해조(海藻)』은 전체 5부로 나누어져 등단작과 함께 1부에 여섯 편, 2부에 아홉 편, 3부에 아홉 편, 4부에 다섯 편, 5부에 세 편으로 전체 서른두 편의 시를 수록했다. 그 전체 목차는 다음과 같다.

Ⅰ. 꽃 · 其他
　　꽃Ⅰ / 꽃Ⅱ / 熱 / 悲歌Ⅰ / 悲歌Ⅱ / 體驗
Ⅱ. 아침의 物象
　　果實 / 아침 / 날개 / 잎 / 窓가에서 / 꽃잎에 앉은 나비 / 室內 / 橋梁 / 靜物
Ⅲ. 네안데르탈人
　　五月 / 愛撫 / 海藻 / 네안데르탈人 / 球根 / 候鳥 / 地層 / 落葉論 / 울

어라 미네르바의 새여

IV. 山中日記
　移舍 / 시골 理髮所 / 銅店驛 / 山頂 / 다리 위에서

V. 海邊의 詩
　中央通에서 / 동백 / 海邊에서 / 後記

시집 『해조(海藻)』의 후기에서 허만하는 이미 발표한 작품은 제작자와 관계없이 객관적 존재라고 생각한다고 말하고 있다. 그러면서 시집으로 정리하는 과정에서는 '破棄하기로 決心'한 작품은 수록하지 않았다. 달리 말하면 그는 첫 시집을 묶어내는 과정에서도 작품의 엄정성을 꾀하려고 노력하고 있다는 것을 알 수 있다. 다음은 첫 시집 『해조(海藻)』의 후기 전문이다.

　　이 詩集은 지난 十年 남짓한 期間 동안, 餘技처럼 간간이 이곳저곳에 (一部는 地方紙에) 發表했던 作品들을 整理한 것이다. 끝내 찾지 못했거나, 또는 破棄하기로 決心한 너덧 作品은 제외되었다. 비록 그것이 詩다운 詩가 못되더라도, 일단 發表된 作品은, 嚴正히, 나와는 無關한 獨自的인 에너지를 가지는 客觀的인 存在다. 다만, 制作者로서의 나는 그 客體들이 스스로 제 存在를 決定하는데 간섭하지 말아야 한다는 倫理를 조용히 지키기로 했다. 이 詩集은 보잘 것 없는 대로, 詩人으로서의 나를 反省하는 좋은 機緣이 되어 주었다. 이러한 機緣을 마련해주신, 또 시들기 일쑤였던 나의 詩作을 激勵해 주신 몇 분의 溫情에 넘치는 關心에 대하여 마음에서 우러나는 感謝를 드린다.

　　　　　　　　　　　　　　　　　　　　　1969년 立夏 許萬夏

그는 이 글에서 시집이 발간된 경위를 소상하게 밝히고 있지만 그 깊은 내막은 드러내지 않고 있다. 나중에 첫 시집에 대한 원고를 청탁받았을 때 첫 시집 발간에 대한 불만을 털어놓기도 한다. 이 시집은 몇 분의 온정에 힘입어서 발간했지만 이것을 시작의 새로운 기회와 인연으로 삼으려고 한다는 사실을 밝히고 있다. 첫 시집 『해조(海藻)』가 나오고 난 뒤에, 어떤 사연으로

출간하게 되는지 알 수 없지만, 첫 시집의 일부와 새로 쓴 시 몇 편을 모아서 일역판 『銅店驛』을 간행한다. 이 시집은 아라카와 요지의 번역으로 1980년 12월 25일 시요샤(紫陽社)에서 출간되었다. 이 시집은 발문도 후기도 없이 시만 열다섯 편 실려 있는데, 그 전체 목차는 다음과 같다.

地層 / 地動說 / 夏の終末 / 夜の林檎 / 海の理由 / モナリザ斷想 / 手 / ト ルソ / 火の誕生 / 果実 / 花の構圖 / 花・蝶 / 愛撫 / 古墳發掘 / 銅店驛

일역판에 실린 작품 중에서 「地層」, 「果実」, 「花・蝶」, 「愛撫」, 「銅店驛」 의 다섯 편은 첫 시집 『해조(海藻)』에 실려 있는 작품이고,[86] 「地動說」, 「夏の 終末」, 「夜の林檎」, 「海の理由」, 「モナリザ斷想」, 「手」, 「トルソ」, 「火の誕 生」, 「花の構圖」, 「古墳發掘」의 열 편은 새로운 작품이다. 첫 시집 후기에 서 밝히고 있는 것처럼, 일역판에 실린 시들은 파기할 수 없는 작품이라 할 수 있다. 특히, 일역판 시집의 제목이 『銅店驛』이라는 점에서 그가 첫 시집 발간 때 붙이고 싶었던 제목을 그대로 썼다고 볼 수 있다. 그가 첫 시집과 두 번째 시집 사이에서 유독 애착을 가지고 있었던 작품이 「동점역(銅店驛)」이 아닌가 한다.[87] 그런 점에서 「동점역(銅店驛)」은 그의 초기시에서 빼놓을 수 없는 작품이라고 볼 수 있을 것이다.

---

86 이 중에서 「花・蝶」은 원래 제목이 「꽃잎에 앉은 나비」이다. 일역판의 제목은 「꽃・나 비」이다.

87 자선 대표시로 『시와세계』, 2005년 봄호, 139~150쪽에서는 「동점역(銅店驛)」, 「낙동강 하구에서」, 「대정고을 수선화」, 「물결에 대하여」, 「지명에 대해서」, 「흙의 꿈」, 「대구 향 촌동에서」의 일곱 편을 꼽았고, 『모 : 든시』, 2018년 겨울호, 34~41쪽에서는 「동점역」, 「낙동강 하구에서」, 「바다의 성분」, 「프라하 일기」, 「이별」의 다섯 편을 꼽았다. 그리고 자선 나의 번역시는 『현대시학』, 2007년 1월호, 192~203쪽에서는 「銅店驛」, 「무희」, 「마 른멸치를 위한 에스키스」, 「낙동강 하구에서」, 「비누」의 다섯 편을 꼽고 있다. 그의 대표 시를 꼽은 자리에서는 으레 「동점역」이 들어 있음을 확인할 수 있다.

성난 잇발같이 다가선
壯年期 山의 銀빛 살갗—
그 강파른 벼랑 발치를 깨물며
悠然히 흐르는 검은 山峽의 물
그 기슭에 추락할 듯 간신히 붙어선
한없이 조용한 시골驛.
몇 갑의 質나쁜 담배와 대포를 파는
屬國같이 엎드린 두서 채의 판자집,
연방 기침을 하는
어린애를 업은 아낙네의 지친 얼굴.
총총히 出札口를 들락거려 쌓는
고향을 등진 파리한 男女老少.
아, 너는 無垢하게 쫓겨가던 아이누族같은
江原道 炭田地域의 첫 째驛.

먼 道境의 山들이
첫눈의 豫感에 떨고 있는 어느 날 午後—
나는 앓는 쪽 딸애의 손목을 잡고
싸락눈같이 뿌리는 햇살을 헤치며
표표히 나들이를 떠날 것이다.
어쩌면 人情같이 구수한 냄새를 풍기는
馬糞紙 차표라도 만지작거리면서,
또는 墓地를 찾아 密林을 橫斷하는
코끼리의 覺悟에 찬 鈍重한 걸음같이.
그럼, 내가 떠난 뒤에도
누구의 記憶에도 없는 生活의 奧地에서
너, 성냥갑만 한 銅店驛은
被壓迫民族처럼 가느다란 숨을 쉬고 있을 것이다.
마치, 온 人類가 滅한 먼 後ㅅ날에도
몇 개의 虛無한 追憶을 싣고
廣漠한 虛空을 치닫고 있을 地球처럼

서정의 파문

그렇게 信號機는 目的없는 손을 들고 있을 것이다.

—「동점역(銅店驛)」 전문

　이 시는 그의 시 중에서 서정적 풍경이 유독 돋보인다. 그의 시가 풍경과 길이라는 이미지를 중요한 시적 방법론으로 제시하고 있다면 이 시는 그의 이러한 시적 방법론을 그대로 적용한 작품이라고 말할 수 있다. 이 시를 두고 '풍경의 발견'[88]이라고 말하는 것은 이 시에서 화자의 시야 앞에 동점역을 중심으로 한 풍경이 가로놓여 있기 때문일 것이다. 이 시는 풍경 속에서 발견할 수 있는 잔잔한 감성이 전체 시의 내면에 흐르고 있다. 모든 것이 떠난 뒤의 쓸쓸함을 안고도 언제나 그 자리에서 변하지 않고 있는 견고한 이미지가 이 시의 바탕을 이루고 있다. 그가 이 시에 유독 애착을 가지고 있었던 것은 삶의 이정표로서 동점역의 기억과 한국전쟁의 체험에서 오는 실존에 대한 깊은 회의가 한꺼번에 스며들어 있기 때문일 것이다. 이 시는 초기의 허만하 시를 연구하는 데 중요한 지점에 놓인 시라고 할 수 있다.

　일역판 『銅店驛』에만 실린 번역시는 「地動說」, 「夏の終末」, 「夜の林檎」, 「海の理由」, 「モナリザ斷想」, 「手」, 「トルソ」, 「火の誕生」, 「花の構圖」, 「古墳發掘」의 모두 열 편인데, 이 중에서 「海の理由」는 시집 『언어 이전의 별빛』에 같은 제목으로 수록되어 있고, 「トルソ」와 「古墳發掘」은 시집 『비는 수직으로 서서 죽는다』에 같은 제목으로 수록되어 있으며, 「手」, 「花の構圖」의 두 작품은 『허만하 시선집』에 같은 제목으로 수록되어 있다. 그런데 「地動說」, 「夏の終末」, 「夜の林檎」, 「モナリザ斷想」, 「火の誕生」의 다섯 작품은 일역판으로만 남아 있다.[89] 이 시의 원본은 어느 시집에도 발표되지

88　이건청, 「강한 투시력과 견고한 이미지」, 『해방 후 한국 시인연구』, 새미, 2004, 378쪽.

89　필자의 조사에 의하면 「地層」처럼 제목은 같고 내용이 다른 작품이 있지만, 일어판의 제목과 같은 작품은 시집에 수록되지 않았다.

않았다. 그의 말대로 시집 수록에서 제외된 작품들이다.

첫 시집 『해조(海藻)』 이후 발표한 시집의 목차와 수록 작품은 다음과 같다. 두 번째 시집 『비는 수직으로 서서 죽는다』는 전체 6부로 나누어져 있으며, 1부에 열네 편, 2부에 아홉 편, 3부에 열다섯 편, 4부에 아홉 편, 5부에 열네 편, 6부에 열두 편이 수록되어 있다. 전체 수록 작품은 73편이고 그 목차는 다음과 같다.

> Ⅰ부 지층 / 바위의 적의 / 틈 / 투우 / 깃털의 冠 / 사하라에서 띄우는 최후의 엽서 / 강은 사막에서 죽는다 / 잔열의 마을 / 카이로의 일기 / 코네티컷 강 / 프라하 일기 / 조오지湖에서 / 물질의 꿈 / 이별
>
> Ⅱ부 이름없는 절터 / 長有의 수채화 / 二加里 뒷길 / 산은 일어서서 달려온다 / 슬픈 적설량 / 여름풀 노래 / 신현의 쑥 / 大邱線 / 낙동강 하구에서
>
> Ⅲ부 길 / 새 / 하늘 / 데스마스크 / 한 시인의 데스마스크 / 내면의 바다 / 독 / 드라이 마티니 / 낙타는 십리 밖에서도 / 시의 등 / 섬 / 장미의 가시 · 언어의 가시 / 무희 / 畫家의 죽음 / 創子에 대하여
>
> Ⅳ부 오베르의 들녘잔설 / 쓸쓸한 포옹 / 한 켤레 구두 / 복사꽃 한 그루 / 발화점 / 삼목나무가 있는 길 / 미완의 자화상 / 고호의 풍경
>
> Ⅴ부 기하학 연습장 / 진흙에 대하여1 / 진흙에 대하여2 / 진흙에 대하여3 / 눈길 / 토르소 / 退來里의 토르소 / 깡통 素描 / 조약돌을 위한 데생 / 지리산을 위한 습작 / 피라미를 위한 에스키스 / 마른 멸치를 위한 에스키스 / 안개를 위한 에스키스 / 솔방울을 위한 에스키스
>
> Ⅵ부 原形의 꿈 / 뇌출혈 / 우주의 목마름 / 백목련 / 상처 / 고분발굴 / 눈의 발생 / 목숨의 함정 / 털실 뭉치의 지구 / 한 닢의 낙엽을 위하여 / 구름의 세 발 자전거 / 잃어버린 바다
>
> 해설 : 보려는 의지와 시 – 김우창

세 번째 시집 『물은 목마름 쪽으로 흐른다』는 전체 6부로 구성되어 있는데, 1부에 열세 편, 2부에 열한 편, 3부에 열여섯 편, 4부에 열다섯 편, 5부에

아홉 편, 6부에 열여섯 편이 실려 있다. 전체 80편의 시가 수록되어 있으며, 그 목차는 다음과 같다.

Ⅰ부　높이는 전망이 아니다 / 육십령재에서 눈을 만나다 / 풍경의 변신 / 부항재 고갯마루에 기대어 / 비어 있는 자리는 눈부시다 / 불두화 / 정신의 피 / 내리막의 끝 / 눈부신 어둠의 벼랑 / 멀어지기 위하여 높이를 가진다 / 가릉빈가의 날개 / 아득히 먼 길을 새라 부르다가 / 길이 끝난 곳에서 길은 시작한다

Ⅱ부　물결에 대하여 / 물의 그림자 / 평형의 풍경 / 하늘 언저리에서 물결은 / 후포 뒷길에서 분노한 바다를 보다 / 물은 기다리고 있다 / 물의 성상 / 물에 대하여 / 아침의 풀밭에서 / 선운사 감나무 / 파도의 옆얼굴

Ⅲ부　왕피천 어귀에서 / 월정사 금강교 위에서 / 대정 고을 수선화 / 석탄 / 세 개의 시계 / 겨울 동해 나들이 / 7번 국도와 꽃잎의 힘 / 다슬기 / 바람꽃 / 이슬에 대해서 / 늦더위 / 인제길 / 가을의 성문 / 탈레스의 각성 / 지명에 대하여 / 춤추는 가릉빈가

Ⅳ부　한밤에 외로운 책을 읽다 / 말의 반란 / 세계는 숨기고 있다 / 맨발의 배고픔 / 스핑크스의 꿈 / 가뭄 든 마콘도 마을 소식 / 썰물 / 얼음 / 소쿠리에 관한 각서 / 정오의 마을 / 지리산 / 멸망의 이유 / 치자꽃 / 개 3제 / 의자와 참외

Ⅴ부　새 / 풀밭에 눕다 / 용머리 해안에서 / 대정 고을 목거리 / 바람 소리는 죽지 않는다 / 수평선 / 성산리에서 / 쑥돌 해시계 / 재회

Ⅵ부　내호리 감나무 / 영암사지 가는 길 / 나무를 위한 에스키스 / 검은 염소 떼와 미루나무 / 대흥사 숲길 / 목어와 가랑잎 / 은행나무를 위한 에스키스 / 미래의 가을 / 낙엽 / 가을 써리는 연기를 내지 않는다 / 슬픔이 의지가 되는 때 / 오천 년의 풍경 / 겨울 참나무 숲 / 체중계 위에 서는 여자 / 아름다운 것은 가늘게 떤다 / 나의 계절은 가을뿐이다

해설 : 과학과 철학과 시-김종길 / 시의 생태계, 마음의 생태학-임우기

시선집 『허만하 시선집』은 전체 3부로 구성되어 있는데, 1부에 열다섯 편, 2부에 스물여덟 편, 3부에 마흔여섯 편이 실려 있다. 전체 89편의 시를 가려 뽑아서 수록했다. 네 번째 시집 『야생의 꽃』은 전체 7부로 구성되어 있는데, 1부에 일곱 편, 2부에 열세 편, 3부에 열한 편, 4부에 열일곱 편, 5부에 여덟 편, 6부에 일곱 편, 7부에 네 편으로 전체 67편이 실려 있다. 그 목차는 다음 과 같다.

Ⅰ부 수평선 / 계면은 흐리다 / 흙의 꿈 / 한 그루 겨울나무를 위한 에튀드 / 흉노의 지평선 / 귀가 / 운봉길

Ⅱ부 야생의 꽃 / 강원도의 Ecce Home / 花式圖의 역사 / 땀을 흘리는 돌 / 계절의 무한 순환 / 물결의 화석 / 同氣의 바위 / 내린천 / 산이 일곱 가지 빛깔로 물들 때 / 동해 과메기 덕장을 지나며 / 강의 계절 / 소년 의 위치 / 폭포는 물길을 거슬러 오른다

Ⅲ부 닭섬을 보던 날 / 돌미나리의 봄 / 참나무의 봄 / 금목서 향기 / 공항 엽서 / 하굣길 / 보림사 돌담에 기대어 / 미량에서 우리는 어스름이었 다 / 강진 앞바다 해거름 / 나로도 복수초 / 보릿짚 모자

Ⅳ부 함양 상림에서 / 영원사 숲길에서 첫눈을 만나다 / 가을 싸리꽃 / 레 인 트리 / 중세의 釉藥 / 첫 추위 출근길 / 한겨울 미나리꽝에서 / 시 인의 지도 / 말이 있는 풍경 / 만 리의 가을 만 번의 여름 / 낙동강 길 곡 굽이에서 / 겨울밤 피리 소리 / 엷은 풀빛의 가벼움 / 속도 / 설천 의 반딧불 / 제비가 돌아오던 때 / 코끼리의 숲

Ⅴ부 마타리꽃 / 닭똥집 향수를 씹는다 / 대구 향촌동에서 / 소양호 / 가늘 고 가는 실체 / 언어의 빨치산 / 아르키메데스에게 / 매화는 은유가 아니다

Ⅵ부 비누 / 비닐에 대하여 / 포환던지기 / 백 미터 경주 / 두 개의 동그라 미 / 가로수의 나들이 / 바람의 행보

Ⅶ부 결단의 하늘 / 고니의 실체 / 가창오리 군무 / 오리는 순간을 기다린 다

해설 : 주체적 시선으로 자연을 바라보기―황현산

다섯 번째 시집 『바다의 성분』은 전체 5부로 나누어져 있는데 1부에 열여덟 편, 2부에 열한 편, 3부에 열다섯 편, 4부에 열여덟 편, 5부에 네 편이 각각 실려 있으며, 전체 66편의 작품이 수록되어 있다. 그 목차는 다음과 같다.

Ⅰ부 목성에 강이 있었다 / 사금 / 틈새의 말 / 강설기의 언어 / 바다의 문체 / 갈매기 소묘 / 부엉새 바위 / 겨울밤 한 나그네가 / 나는 고흐의 미래다 / 바위 벼랑 어루만지며 / 높이에 대해서 / 물 냄새 / 호우주의보 / 화천강 여름 아침 / 강의 초상 / 바다의 성분 / 빙하에서 피는 꽃 / 야생의 물

Ⅱ부 경계에 대하여 / 순록이 한 줄지어 걷는 것은 / 그리움은 물질이다 / 새에 관한 관찰 / 自轉 / 가벼움은 무게다 / 구름의 무게 / 마르크스의 목욕 / 노천 옷가게 / 뒷모습은 의지다 / 안과 바깥

Ⅲ부 사물은 조용히 듣고 있다 / 비트겐슈타인의 사다리 / 미시령터널 / 횟집 어항 앞에서 / 서쪽 하늘 / 역광의 새 / 어느 인민 전선과 병사의 죽음 / 로버트 카파의 귀향 / 광장의 적설량 / 산협의 바람 / 가을바람 / 순간 / 바람의 이정표 / 조지훈의 가슴팍 / 청천강 물빛

Ⅳ부 왕피천 은어 / 落花流水 / 채석강의 공포 / 주남저수지 어느날 / 불멸의 자세 / 大悲寺 / 운문사 들머리에서 / 그의 신호 대기 시간 / 시와 자본주의 / 시작과 끝이 없는 길 / 비스듬한 햇빛 / 물의 긴장 / 운문호 / 擲板庵 숲에서 / 아프리카 환상 / 쉬페르비엘의 말 / 행선지 / 아무르에서 눈을 만나다

Ⅴ부 영천약국 가는 길 / 엄마는 언제나 정지에 있었다 / 그리움은 길을 남긴다 / 킬리만자로의 시

해설 : 물질과 의지의 시적 평행론-조강석

여섯 번째 시집 『시의 계절은 겨울이다』는 전체 7부로 1부에 열일곱 편, 2부에 아홉 편, 3부에 열 편, 4부에 여섯 편, 5부에 열일곱 편 6부에 세편, 7부에 네 편이 각각 실려 있으며, 전체 66편이 작품이 실려 있다. 그 목차는 다음과 같다.

시인 허만하의 철학과 사유

1부 눈송이 지층 / 시의 계절은 겨울이다 / 나는 피와 흙이다 / 고원에 나무가 한 그루 서 있는 것은 / 모래사장에 남는 물결무늬처럼 / Homo erectus의 회상 / 윤곽 / 겨울비 지적도 / 거울에 대하여 / 가야 토기 / 인체 해부도 / 골목 / 간절곶 등대 / 집중 / 순백의 졸음 / 맨드라미의 정오 / 기다림은 언제나 길다

2부 말머리 성운 / 별이 내리는 터전 / 외로운 벼랑 / 벼랑에 대하여 / 사랑의 별빛 / 추락 / 낙화암 / 날개에 대하여 / 확산

3부 그럴 수 없이 투명한 푸름 / 바다 물빛에 대한 몇 가지 질문 / 야생의 빗소리 / 시간의 상흔 / 아프리카 감탄사 / 버드나무 잎 하나의 시간 / 한 마리 매미가 우는 것은 / 바람의 기슭 / 달빛 귀뚜라미 소리 / 돌고래가 뛰어오르는 것은

4부 바다 / 워낭소리 / 모과 / 절개지 / 의자의 교감 / 부재의 거울

5부 비의 동행 / 암스테르담의 헌책방 / 하루살이의 날개 / 저녁노을 식탁 / 이란의 가을 / 뿔의 기억 / 오백 광년의 노을 / 제주도 / 제주도의 추억 / 섬진강 물방울 / 밀양강 둔치에서 / 철길에 대한 에스키스 / 소나기가 지난 뒤의 풍경 / 세잔의 시론 / 눈동자 거울 / 물질은 이유를 초월한다 / 순서

6부 균열 / 석유 냄새의 방정식 / 전후의 내력

7부 나는 시의 현장이다 / 흰 종이의 전율 / 불타오르는 가을 숲까지 / 나비의 이륙

해설 : 내면의 거울, 주체의 풍경 – 최현식

일곱 번째 시집 『언어 이전의 별빛』은 전체 4부로 구성되어 있는데 1부에 열아홉 편, 2부에 스물네 편, 3부에 열여섯 편, 4부에 일곱 편, 전체 66편의 시가 수록되어 있다. 이 시집에는 일역판 『銅店驛』에 실렸던 「바다의 이유」가 실려 있다. 서문에서 밝히고 있는 것처럼 "몇 편 잊어버렸던 작품" 중의 하나일 것이다. 그 목차는 다음과 같다.

1부 역사 / 지층 / 서낙동강 강변에서 / 폐역 / 수성암 기억 / 하늘의 물결

소리 / 시간 이전의 별빛처럼 / 새 / 백열의 정오 / 거울의 깊이 / 얼굴 / 대면 / 풀밭과 돌 / 풀밭과 돌Ⅱ / 돌의 이유 / 순간의 표면에서 반짝 인다 / 낙엽은 성실하게 방황한다 / 눈송이 회상 / 바깥은 표범처럼

2부　물의 시생대 / 그곳에 개울이 있었다 / 도르래 소리 가을 / 표본실 / 물은 촉감이다 / 물의 순수 / 피부의 깊이 / 설원은 나의 피부다 / 깊 이의 순수 / 풀밭을 걷는 시인 / 그는 지금도 걷고 있다 / 지난해의 새 / 경주 인상 / 나비 / 마지막 반전 / 말은 뛰어 오르기 직전이다 / 첫 추위 오던 날 / 조약돌을 위한 데생Ⅱ / 연주 / 또 하나의 벽 / 초겨울 날씨 / 1초의 지각 / 물의 순도 / 발가벗은 물은 희다

3부　최후의 사냥꾼 / 남대천 물살 바라보며 / 우산을 들고 서 있는 사나이 / 공포의 앞뒤 / 고무신 한 짝의 위치 / 최후의 풍경 / 만리장성 / 나는 내릴 수 없었다 / 50년의 증거 / 바람의 텍스트 / 바다의 이유 / 의자 의 어스름 / 회전문 단상 / 이유를 느끼다 / 밀밭에서 / 갈릴레이의 해 명

4부　바람에 관한 노트 / 삼랑진 철교 곁에서 / 그늘에 관한 노트 / 살에 대 해서 / 맨발의 바다 / 지명은 별빛처럼 / 눈부신 절벽

해설 : '수직의 고독'으로 사유하는 존재 생성의 역설 – 유성호

　지금까지 조사한 바에 따르면 첫 시집에 32편, 두 번째 시집에 73편, 세 번째 시집에 80편, 네 번째 시집에 67편, 다섯, 여섯, 일곱 번째 시집에는 각각 66편의 시를 실었다. 단행본 시집에 실린 전체 작품 편수는 모두 450편이다. 1969년 첫 시집에 서른두 편을 묶어 낸 이후에 1999년 두 번째 시집을 간행한 이후에 발표하는 시가 418편이다. 20여 년 만에 무려 400편이 넘는 작품을 발표한다. 한 해에 평균 스물두 편의 시를 썼다고 할 수 있다. 한 달에 두편 정도의 작품은 꾸준하게 썼다는 말이 된다. 문예지에 발표한 시를 전부 시집에 실었다고 가정할 경우에 그렇다는 말이고, 문예지에 실린 시들의 일부를 파기하거나 싣지 않았다고 한다면 더 많은 시를 썼다고 할 수 있다. 앞에서 살펴본 산문을 발표한 것과 함께 본다면, 한 달에 평균 두 편의 산문과 두

편의 시를 썼다고 볼 수 있다. 30년간 침묵의 시간으로 보냈던 한 시인의 폭발적인 글쓰기는 어디에서 나오는 것일까. 모르긴 해도 그동안의 사유와 끊임없는 변화를 요구하는 자신의 성찰 속에서 비롯된 것이 아닌가 생각한다.

7. 시와 언어에 대한 사유의 삶

지금까지 살펴본 바에 따르면, 시인 허만하의 삶과 문학의 길은 삶 자체가 문학과 철학 속에 영글어 있음을 알 수 있을 것이다. 그는 의과대학 교수로 병리학을 연구한 의학도로서 사물을 관찰하는 방법론이 현미경과도 같이 정밀했다는 것을 알 수 있었다. 시는 사물을 언어로 구현하는 예술이라고 할 때 그의 시는 이러한 사물과 언어의 관계에 있어서 치밀한 언어야말로 시어 선택의 가장 중요한 요건이 되어야 함은 두말할 필요도 없다. 이와 더불어 시에서 철학적 사유의 세계를 드러내는 것도 마땅한 일이다. 시가 운율의 문제에만 국한될 때 시의 지평은 더 이상 확대될 수가 없다. 운율은 태생적으로 갖고 있다는 그의 시론으로 볼 때 산문시는 외려 현대시의 새로운 지평을 여는 것이라고 할 수 있다. 그의 산문시에 나타난 수직의 이미지와 존재의 의미들은 한국 현대시의 한 방향을 보여주는 것이기도 하다. 그런 점에서 오랫동안 숙성된 채로 발표된 두 번째 시집 이후 그의 시집은 서정과 운율이라는 보편적인 시적 방법론을 벗어나는 획기적인 시도라고 할 수 있다.

이 글에서 그의 삶과 문학의 길에서 만나는 시론과 예술론이 무엇인지를 살펴보았고, 이를 바탕으로 그의 시적 방법론이 취하고 있는 근원이 무엇인지를 제시해보았다. 그의 문학이 기초를 이루고 있는 것이 무엇인지를 살펴보는 것은 삶과 문학, 그리고 시론과 예술론의 기초 연구가 될 것이다. 이 기초연구는 앞으로 그의 작품을 연구하는 데 하나의 출발점이 될 것이라고 생각한다. 그는 등단 이후 시와 언어에 대한 사유의 삶을 살았다고 할 수 있으

서정의 파문

며, 이 사유가 바탕이 되어 그의 시론과 예술론을 만들어냈으며, 동양과 서양의 예술론을 근간으로 지평을 넓혔다고 할 수 있다.

　이 글에서는 그의 시집에 대한 분석을 하지 않았다. 그의 생애와 여러 가지 산문과 시론을 통해서 그의 시적 세계관이 무엇인지를 중심으로 살펴보았다. 두 번째 시집 이후 허만하 시에 대한 연구는 많은 진척을 보았고, 다양한 방법으로 그의 시를 해석하고 있다. 그의 시론과 예술론은 그의 시를 이루는 바탕이 될 것이라는 생각에 이번 논문에서는 그의 시를 이루는 바탕이 무엇인지를 중심으로 천착해보았다. 그의 창작 태도와 시적 사유는 앞으로 그의 시를 이해하는 데 하나의 방편이 될 것이라고 생각한다. 그의 시집에 나타나는 무한한 사유의 세계를 분석하는 것은 추후의 과제로 남겨둔다.

시의 근원을 잃지 않는 서정의 힘

— 시의 소통에 대하여

1. 시의 소통

한국 현대시의 발전 과정 속에서 2000년대는 어느 때보다도 격변기에 놓여 있었던 때가 아닌가 생각한다. 세기말의 징후를 상징하듯이 미래파가 등장하면서 시의 의미망을 확장했던 때이고, 서구의 포스트모더니즘의 영향으로 시적 방법론의 혼재 현상이 너무나도 자명하게 나타났던 때이기도 했다. 1980년대 노동문학, 민중문학, 민족문학과 같은 리얼리즘 시의 경향으로부터 벗어나서 인간 정신의 문제로 회귀하는 것은 일견 한 시대의 풍조로 나타난 현상이었다.

그러나 이러한 시적 경향의 등장으로 시적 소통의 문제가 제기되었다. 시적 방법론의 다양성은 시어 선택의 다양성을 꾀하게 되었고, 인간 정신의 문제로 향하는 시적 경향은 보다 복잡한 서정의 영역으로 몰고 가는 결과를 낳았다. 미래파 이후의 서정의 문제는 서정시의 영역을 확장하기는 했지만 이 때문에 시의 근원이 무엇인지에 대한 의문이 제기되기도 했다. 개인의 주관을 표현하는 것이 서정시라는 페르소나의 강조는 결국 독자와의 소통을 단절시키게 했고, 자기 위안으로서의 서정시라는 극단의 선택으로 나아간 셈이 되고 말았다. 2000년대의 새로운 서정시에 대한 갈망이 무디어지면서 이

서정의 파문

제 다시 서정시의 본령이 무엇인지를 반성하는 움직임이 일어나고 있다. 시가 소통을 하지 않으면서 독자들이 외면하는 결과를 낳았고, 이는 시가 소통하기 위한 방법이 무엇인지를 고민하게 하는 계기가 되었다.

한마디로 말해서 시가 독자들과 소통하는 자리에 있기 위해서는 시의 본령으로 돌아가는 길뿐이다. 막히면 다시 돌아가서 원래의 모습에서 시작해야 한다. 순수함은 서정시의 본령이다. 방법론이 변하고 다양화되더라도, 시의 본령이 변하지 않으면 언제든지 소통의 길을 찾을 수 있다. 세대 간에 소통이 되지 않는 궁극의 지점에는 변화의 형태와 질이 있기 마련이다. 그 변화의 형질이 거리가 멀수록 소통의 길은 더 아득할 수밖에 없는 법이다. 여기에 한국 현대시의 소통 문제가 제기될 수 있다. 순수 서정이라는 본령의 길을 벗어나 시적 방법론의 전환만을 꾀하면서 독자들을 매개로 하지 않는 시가 양산되기 시작했고, 자기만의 위안을 위한 시들이 판을 치게 되었다. 스스로는 고도의 기법으로 쓴 시라고 자부하고 있지만, 독자들은 무슨 시인지를 모르는 판국으로 나아가게 된 것이다. 이러한 시적 위기의 시대에 시의 소통 문제를 제기하면서 새로운 활로를 모색하는 것은 지극히 당연한 흐름이라고 생각한다. 동양 문예미학에서는 시적 비유의 방식에 대해 "자연스럽게 나타난다면 여유롭게 보이지만, 그것이 창작하는 사람의 손에 있다면 만족스럽게 보이지 않을 수 있다(若揮之則有餘, 而攬之則不足矣)."[1]고 말하고 있다. 이는 시에서 기교주의보다는 자연스러운 시적 본령이 중요하다는 것을 말한다. 서정의 본령을 잃지 않는 것은 시의 근원을 추구하는 길이다. 이 글에서는 그동안 한국 서정시의 맥락에서 변하지 않는 서정의 힘으로 시의 근원을 지켜가고 있는 시들을 중심으로 소통의 문제를 생각해보기로 한다.

---

1   유협, 『문심조룡』, 황선열 역, 신생, 2018, 430쪽.

2. 시의 본령 — 은유의 미학

동양 전통 시학에서 말하는 시의 근원은 비(比)와 흥(興)이다. 이는 근대 시
론을 설명하는 자리에서도 변하지 않는 시적 원리이기도 하다. 그러나 이러
한 시적 원리가 해체되고 분화되는 과정 속에서 현대시가 발전해왔다. 현대
시는 비와 흥의 문제만을 따지지 않는다. 비와 흥은 시를 이루는 하나의 요
소일 뿐이다. 현대시에서 말하는 시는 언어, 리듬, 이미지, 비유, 상징, 시제,
어조뿐만 아니라, 화자와 청자, 시적 화자의 거리까지도 포함하는 다양한 요
소가 작용하고 있다.[2]

이와 같은 다양성을 염두에 두고 시의 소통 문제를 생각할 때 시의 근원을
잃지 않는다면 소통의 문제는 발생하지 않을 것이지만, 시의 근원에서 벗어
나 다양한 시적 방법론에 의존하거나 지나친 개인의 서정성에 빠진다면 소
통의 문제가 발생할 수밖에 없을 것이다. 비유의 방식으로 말한다면 낯선 비
유를 통한 거리의 문제라고 말할 수 있을 것이다. 그럼에도 불구하고 좋은
시들이 독자들과 소통하는 까닭은 무엇일까? 그것은 시의 근원을 지키면서
시적 방법론을 적용하기 때문이다.

긴 상이 있다
한 아름에 잡히지 않아 같이 들어야 한다
좁은 문이 나타나면
한 사람은 등을 앞으로 하고 걸어야 한다
뒤로 걷는 사람은 앞으로 걷는 사람을 읽으며

---

2   김준오의 『시론』(문장, 1984)에서는 시의 관점, 시의 요소를 시의 근원으로 다루고 있으
며, 이에 확장하여 현대시에는 다양한 상황과 발상에 따라서, 그리고 리얼리즘뿐만 아니
라 전통 설화의 수용, 자연의 문제까지도 작용하고 있다고 말하고 있다. 현대시의 해체
과정은 이러한 다양성에 근거하고 있다고 볼 수 있다.

서정의 파문

걸음을 옮겨야 한다
잠시 허리를 펴거나 굽힐 때
서로 높이를 조절해야 한다
다 온 것 같다고
먼저 탕 하고 상을 내려놓아서는 안 된다
걸음의 속도도 맞추어야 한다
한 발
또 한 발

— 함민복, 「부부」 전문[3]

이 시는 밥상을 안고 가는 두 사람의 모습을 통해서 부부의 모습을 끌어내고 있다. 여기서 상을 옮기는 두 사람은 부부에 비유되고 있음은 누구나 알수 있을 것이다. 그리고 상을 들고 가는 두 사람이 겪고 있는 상황은 부부 생활과 같이 서로 보조를 맞추어야 한다는 사실도 알 수 있을 것이다. 상을 마주 들고 가는 사람들처럼 부부란 어떤 일을 하더라도 서로 보조를 맞추면서하지 않으면 안 된다. 그리고 늘 마주 보고 있으면서도 가끔씩 티격태격하면서 살아가는 것이다. 그러면서도 두 사람은 서로 조심조심 관찰하지 않으면안 된다. 서로의 눈높이도 조절해야 되고, 먼저 상을 탕 하고 내려놓으면서부부 관계를 끝내어도 안 된다. 상을 조심조심 옮기듯이 걸음의 속도도 조심스럽게 맞추어나가야 한다. 한 발 한 발 조심스럽게 걸어가야 하는 것이 부부의 모습이다.

이 시는 원관념만으로 읽으면 밥상을 옮기는 두 사람의 모습을 그리고 있지만, 그 안에는 부부 관계를 비유하는 상황이 놓여 있다. 왜냐하면 이 시의제목이 부부이기 때문이다. 만약에 이 시의 제목을 밥상이라고 했다면 비유가 될 수 없으며 단순히 밥상을 옮기는 두 사람의 모습을 형상화하는 것에

---

3 함민복, 『말랑말랑한 힘』, 문학세계사, 2005, 21쪽.

시의 근원을 잃지 않는 서정의 힘

불과할 것이다. 이 시의 제목이 주는 가장 중요한 의미는 비유의 의미를 끌어내는 데 있다.

이 시는 시의 근원이 비유에 있다는 것을 제목을 통해서 보여주고 있다. 이 때문에 이 시는 독자들과 쉽게 소통할 수밖에 없다. 낯선 비유의 방식을 쓴 시도 아니면서 누구나 이해할 수 있는 방식을 사용함으로써 시적 의미를 깊게 만든다. 이 시가 다른 서정시와 다른 점은 비유의 근원을 충실하게 따랐다는 것이고, 이를 통해서 부부 관계의 의미를 효과적으로 드러내고 있다는 것이다. 다음 시도 그런 점에서 있어서 큰 차이가 없다.

> 마늘과 꿀을 유리병 속에 넣어 가두어두었다 두 해가 지나도록 깜박 잊었다 한 숟가락 뜨니 마늘도 꿀도 아니다 마늘이고 꿀이다
>
> 당신도 저렇게 오래 내 속에 갇혀 있었으니 형과 질이 변했겠다
>
> 마늘에 緣하고 꿀에 연하고 시간에 연하고 동그란 유리병에 둘러싸여 마늘 꿀절임이 된 것처럼
>
> 내 속의 당신은 참 당신이 아닐 것이다 변해버린 맛이 묘하다
>
> 또 한 숟가락 나의 손과 발을 따뜻하게 해줄 마늘꿀절임 같은 당신을,
>
> 가을밤은 맑고 깊어서 방 안에 연못 물 얇아지는 소리가 다 들어앉는다
> ──조용미, 「가을밤」 전문[4]

이 시도 독자들이 읽어서 쉽게 이해할 수 있는 시이다. 독한 마늘이 꿀과 함께 오래 있으면 마늘도 아니고 꿀도 아닌 존재가 된다. 사람들의 관계도

---

4 조용미, 『기억의 행성』, 문학과지성사, 2011, 9쪽.

서정의 파문

서로 오래 갇혀 있으면 하나가 되는 법이다. 원래의 모습이 변해서 다른 모습으로 변해가는 것이 사람들의 관계이다. 그 관계가 희석되어서 하나가 되는 순간에 "내 속의 당신은 참 당신"이 아닌 존재이면서 나와 같은 존재가 되는 법이다. 이 아이러니한 상황이 사랑하는 사람들의 관계인 것이다. 이 시의 제목이 가을밤인 까닭은 여름의 들끓던 사랑이 가을과 같이 익어가면서 영글어간다는 것을 의미한다. 이 시는 사랑하는 사람의 관계야말로 마늘이 꿀과 함께 어울리면서 꿀도 아니고 마늘도 아닌 것으로 변해가는 것이라고 말하고 있다. 이 시가 독자들과 소통되지 않는 부분은 없다. 그러면서도 이 시는 함민복의 「부부」와 같이 제목을 통한 직접 비유의 방식을 취하지 않는다. 다만 원래의 모습이 변해가는 모습을 통해서 가을밤을 떠올리고 있을 뿐이다. 이 부분에서 함민복의 시와 조용미의 시는 이해의 층위를 달리하고 있다. 비록 두 시는 같은 비유의 방식을 쓰고 있지만, 그것을 드러내는 방식은 확연히 다르다.

이 사소한 차이 때문에 두 시가 소통 불능의 상황까지는 이르지 않는다. 그것은 두 시가 비와 흥의 방식이라는 서정시의 근원을 지키고 있기 때문이다. 시의 근원에서 벗어나지 않으면 소통의 문제는 일어나지 않는다. 소통이 이루어지지 않는 근원에는 시의 근원을 벗어나는 비유의 방식과 지나친 기교주의와 자아 중심주의가 놓여 있기 때문이라고 할 수 있다. 다음 시들은 같은 소재를 사용하고 있는 시들이지만 소통의 문제가 제기되지 않는 시들이다.

불빛 나가는 창가에 줄을 쳐 놓았다

새소리와 꽃향기를 가로막고

내 집을 기둥 하나로 삼아

농부가 논두렁에 쪼그려 앉아 있다

— 함민복, 「거미」 전문[5]

저것 봐!
아침 숲의 거미줄에 맑게 맺혀 있는 물방울들을
거미가 하나씩 땅에 떨어뜨리고 있네
마치 두 손바닥을 오므려 샘물을 뜨듯, 앞발을 모아 포옥 떠서
혹은, 이빨로 콕, 깨물어 터트려서, 아래로 떨어뜨리고 있네
꼭 마당으로 굴러들어 온 귀찮은 돌멩이를 치우는 것 같네
아니, 씨알이 튼실히 영글도록 감자꽃밭에서
감자꽃을 따주는, 摘花의 손길 같네
그러니까 거미는, 숲의 아침, 맑게 거미줄에 맺힌 물방울들이
그 투명하고 영롱하게 핀 물방울꽃들이
녹으면 물이 되어 흘러내리는, 물이 되어 흘러내려
새 꽃 물고기 같은 형상들을 지우고, 무정형의 물의 본래의 얼굴로 되돌아
가는
얼음 彫刻 같은 것이란 것을, 알고 있는 듯한 눈빛이어서
비 온 후, 아침에 거미줄에 맺혀 있는 거미가
이슬의 눈처럼 맑네

— 김신용, 「섬말시편 – 이슬의 눈」 전문[6]

　　이 두 시를 비교해보면 시적 방법론과 내용에 있어서 서정시의 근원을 유
지하고 있기 때문에 비록 같은 소재를 사용하더라도 그 소재를 인식하는 차
원만 다를 뿐, 시적 의미의 전달에는 문제가 제기되지 않는다. 함민복의 시
는 거미를 논두렁에 쭈그리고 있는 농부의 모습에 비유하고 있으며, 김신용
의 시는 거미가 줄을 친 곳에 맺힌 물방울에 초점을 두고 있다. 거미라는 소

5　함민복, 앞의 책, 23쪽.
6　김신용, 『바자울에 기대다』, 천년의 시작, 2011, 78쪽.

서정의 파문

재를 같이 사용하면서도 그 소재에 접근하는 방식은 각기 다르다. 함민복의 시는 거미를 농부에 비유하고 있으며, 김신용의 시는 거미줄에 걸린 물방울을 걷어내고 있는 거미의 행위를 통해서 거미를 이슬의 눈처럼 맑다고 비유하고 있다. 이 두 시는 사물을 비유하고 있는 접근 방식의 차이만 있을 뿐 시적 전달 방식은 동일하다. 거미와 농부의 거리와 거미가 물방울을 걷어내는 행위에서 자연의 위대함을 발견하고 있는 거리만 존재할 뿐이다.

이 두 시를 통해서 시의 근원을 지키면서 쓴 서정시는 그 비유의 방식이 어떠하든지 독자와의 소통은 문제가 되지 않는다는 것을 알 수 있을 것이다. 비록 같은 시적 소재를 사용하더라도 그 의미를 전달하는 방식만 다를 뿐 독자와의 소통이 문제되는 것이 아니라는 것이다. 시의 근원을 벗어나지 않는 서정시가 오랫동안 생명을 가진 시로 읽혀지는 까닭은 시의 근본을 붙들고 있기 때문일 것이다. 이 때문에 동양의 전통 시학에서는 시의 근원을 벗어나지 않으면서 시의 품격을 유지하기 위해 노력했다. 벗어남은 일시적인 유행을 일으킬 수 있을지는 몰라도 공시성과 통시성을 동시에 함의하지는 못한다. 동서고금을 통하여 오랫동안 회자하는 시의 공통점을 살펴보라. 그 시들은 보편성을 벗어나지 않으면서도 시의 근본을 지키고 있다는 것을 알 수 있다. 시적 방법론에서 벗어남을 취하더라도 시의 근본은 벗어나지 않아야 한다.

3. 전통 서정시의 미학—생명과 감성

그러면 서정시의 근본은 무엇일까? 시적 방법론은 비유, 혹은 은유의 방식이며, 시의 내용은 인간의 감성에 근원을 두고 있는 것이다. 여기서는 혜강의 「성무애락론」에서 말하는 인간의 감성이 먼저냐 시가 먼저냐의 문제를 떠나서 시에는 근원적으로 인간의 감성을 건드리는 내용이 들어 있어야 한다는 것이다. 조지훈은 『시(詩)의 원리(原理)』에서 시의 언어를 정의하면서 시의 본질은 "감성으로 받아들이는 생명, 감성으로서 표현하는 생명, 감성에 자극하는 생명"[7]이라고 말하고 있다. 여기서 말하는 생명은 자연의 미학으로부터 나오는 것이지만, 어떻든 시는 하나의 생명을 가진 문예작품이라는 점에서는 이견이 없을 것이다. 시가 생명이라는 말은 시에는 감성이 들어 있어야 한다는 말과도 같다. 감성이 있는 존재는 생명이 있는 존재이고, 생명이 있는 존재는 감성을 드러낸다는 말이다. 이 때문에 시는 생명의 존재와 같이 살아 있는 의미가 있어야 한다고 말하고 있는 것이다. 좀 더 분석적으로 접근한다면, 시에는 시어가 살아 있어야 하고, 리듬이 살아 있어야 하고, 이미지와 비유, 상징이 살아 있어야 한다. 덧붙여 우리가 살아가고 있는 현실도 녹아 있어야 한다. 이 때문에 시적 소통은 인간 사회의 윤리의 문제와 닿아 있다고 할 수 있는 것이다.

한 편의 시가 서정성을 갖느냐 반서정성을 갖느냐의 문제는 생명이 있는 시이냐 아니냐의 문제라고 할 수 있으며, 이는 독자와 소통하는 서정이냐 소통하지 않는 서정이냐의 문제라고 할 수도 있다. 시가 생명을 가진다는 말은 한 편의 시가 시로써만 머물지 않고, 다른 장르로 나아가 그 시적 의미를 증폭시킨다는 것을 말하는 것이기도 하다. 이 때문에 전통 시학에서는 시를 시가(詩歌)라는 말로 부르면서 시와 노래를 하나로 보았던 것이다. 시 속에는 리듬과 어조가 이미 노래라는 요소와 결합하고 있다고 생각했던 것이다. 문학이론을 다루는 유협의 『문심조룡』에서는 성률(聲律)이라는 장을 따로 두고서 시에서 음악성이 중요하다고 말하고 있다. 이 때문에 전통 서정시는 시와 음악의 경계를 넘나드는 창작 방식을 택했던 것이다. 시를 짓고 난 뒤에 가창(歌唱)하거나 송(頌)을 했던 까닭은 시가 음악의 요소를 담고 있다는 것을

---

7   조지훈, 『시의 원리』, 신구문화사, 단기 4292년(1959), 44쪽.

말하는 것이다.

> 떠나는 그대
> 조금만 더 늦게 떠나준다면
> 그대 떠난 뒤에도 내 그대를
> 사랑하기에 늦지 않으리
>
> 그대 떠나는 곳
> 내 먼저 떠나가서
> 그대의 뒷모습에 깔리는
> 노을이 되리니
>
> 옷깃을 여미고 어둠 속에서
> 사람의 집들이 어두워지면
> 내 그대 위해 노래하는
> 별이 되리니
>
> 떠나는 그대
> 조금만 더 늦게 떠나준다면
> 그대 떠난 뒤에도 내 그대를
> 사랑하기에 아직 늦지 않으리

— 정호승, 「이별노래」 전문[8]

이 시는 포크 가수 이동원이 1984년 발표한 통산 다섯 번째 솔로 앨범에 들어 있는 노랫말이다. 이 앨범에는 익히 알고 있는 고은의 「가을편지」, 정지용의 「향수」 등과 함께 정호승의 「이별노래」가 수록되어 있다. 가요 「이별노래」는 정호승의 시에 최종혁이 곡을 붙인 것으로 노랫말이 아름다운 대표

---

8 정호승, 『서울의 예수』(개정판 4쇄), 민음사, 1997, 67쪽.

시의 근원을 잃지 않는 서정의 힘

적인 가요 중 하나로 꼽히기도 한다. 정호승의 시는 이 노래 말고도 대중가요와 가곡을 합쳐 60여 곡의 노래에 가사로 쓰였다. 시가 대중가요의 노랫말이 된 것은 정호승의 경우에만 국한된 것이 아니라 일제강점기 대중가요사를 살펴보면 작사가들이 시인인 경우는 허다하게 많다는 것을 확인할 수 있다. 사실 1980년대 이후 시와 가요가 나누어지는 경향이 있었지만, 시가 가요이고 가요가 시라는 근본 원리는 변하지 않는다고 말할 수 있다. 좋은 노랫말이 좋은 시인 경우도 있지만, 좋은 노래 가사는 인간의 감성에 근원을 두고 있다고 말할 수 있다. 마찬가지로 좋은 서정시는 인간의 감성에 울림을 준다고 말할 수 있다.

이러한 감성을 울리는 서정시는 사물과 하나가 되는 동일성의 원리에 있으며, 모든 사물에 생명이 가로놓여 있다는 감성의 작용에 근원을 두고 있다. 시에서 소통의 문제가 제기되는 것은 이러한 생명성과 반생명성에 대한 접근 방식의 차이 때문에 일어난다고 할 수 있다. 하나의 소재를 두고 그 소재에 자아의 그늘이 짙어서 사물에 다가가지 못하면 사물과 거리가 생기게 되고, 객관적 화자의 입장에서 사물을 바라보게 된다. 자아와의 동일성에서 차이성으로 나아갈 때, 사물을 두고 소통이 되지 않는 결과를 낳게 된다. 그러나 전통 서정시에서는 자연의 도리를 강조하면서 자연의 일부로서의 시적 자아를 인식하고 있다. 이 때문에 시가 생명이라는 논리는 동양 시학에서 강조하는 자아와 소재의 동일성의 관점에서 출발한다고 할 수 있다.

> 저 여자, 입술 참 붉다
> 입맞춤도 못 하겠다 타오른 정염, 다디단 그 속살에 내 몸 다 녹아버리겠다
>
> 여름날의 폭풍우가 사나흘 열 번도 더 멍 시퍼렇게 들도록 후둘겨도 울음 한 번 터트리지 않던 여자
> 초가을 잠자리 날개 같은 볕살의 유혹에도 그저 홍저 한번 띠고 말던 여자

서정의 파문

그 무엇이 삶의 꺾임과 휘어짐을 먹어치운 것일까
높다란 가지 창천 가운데 걸쳐, 붉디붉으나 천박하지 않고 매혹적이나 함부로 웃음 던져줄 것 같지 않은 여자

가을이면 노랗게 익어 추자라 부르는 치자도 있고
가을 첫머리 붉게 익어 추희라고 부르는 자두도 있지만,
서리 맞아 더 시뻘개진 늦가을 홍시
너는 태양의 따님

가을과 하늘과 혼인하여 우주의 기운 나무 몸속으로 받아들이는 태양의 따님
아무도 모르는 신음이
나무 몸피를 타고 땅으로 내려오고 있다
세상 다 녹이고도 남을 붉은 입술의 힘, 어느새 감나무 뿌리 감싸고 있다.
— 배한봉, 「태양의 따님」 전문[9]

이 시는 가을에 빨갛게 익은 홍시를 여인의 입술로 비유하고 있다. 객관적 사물로만 존재하는 홍시가 어느새 자아의 존재가 흠모하는 대상으로 다가오고 그 존재가 온 우주의 기운을 받고 서 있는 존재로 부각되고 있다. 이 시의 소재인 홍시는 자아와의 동일시를 넘어서 우러러보는 존재로서 승화되고 있다. 자연물을 소재로 하고 있다는 점에서 전통 서정시의 맥락이라고 말할 수도 있지만, 그 바탕에는 자연을 통해서 생명의 근원을 밝히고 있다는 점에서 전통 서정시에 닿아 있다고 말할 수 있다. 홍시라는 자연물에서 삶의 의미를 비유하고 그 비유를 통해서 생명의 소중한 의미를 밝히고 있다. 시가 생명이라는 말은 시의 방법론에 나타나는 율동성에도 있지만, 그 내용이 담고 있는 생명성에도 있다고 할 수 있다. 물아일체, 주객일체라는 말은 서정시의 근본을 이루는 말이라고 할 수 있다. 전통 서정시는 대상에 생명을 부여하고 그

---

9 배한봉, 『주남지의 새들』, 천년의 시작, 2017, 106쪽.

생명이 자아와 객체가 하나로 존재하는 것이라는 인식에서 출발하는 까닭은
여기에 있다.

> 이렇게 작은 풀씨 하나가
> 내 손에 들려 있다
> 이 쬐그만 풀씨는 어디서 왔나
>
> 무성하던 잎을 비우고
> 환하던 꽃을 비우고
>
> 마침내 자신의 몸 하나
> 마저 비워버리고
> 이것은 씨앗이 아니라
> 작은 구멍이다
>
> 이 텅 빈 구멍 하나에서
> 어느 날 빅뱅이 시작된다
> 150억 년 전과 꼭같이
> 꽃은 스스로 비운 곳에서 핀다
>
> 이렇게 작은 구멍을 들여다본다
> 하늘이 비치고
> 수만리 굽이진 강물소리 들리고
> 내 손에 내가 들려 있다
>
> — 백무산, 「풀씨 하나」 전문[10]

　이 시도 배한봉의 시와 마찬가지로 작은 풀씨 하나에 우주의 생명이 깃들

10　백무산, 『길은 광야의 것이다』, 창작과비평사, 1999, 8쪽.

서정의 파문

어 있다고 생각한다. 모든 생명들의 근원이 되는 풀씨야말로 하찮은 존재가 아니라, 우주 생명의 근원을 이룬다고 생각한다. 결국 이 작은 생명의 풀씨는 "내 손에 내가 들려 있"는 것과 같은 동일한 존재가 되는 것이다. 이 시도 시가 생명이라는 근본의 문제를 벗어나지 않고 있다. 백무산은 오래전 노동문학이라는 현실의 문제를 비껴가지 않은 시를 쓴 시인이지만 그의 시적 근원은 서정성에 있다는 것을 확인할 수 있다. 서정시의 근원이 되는 생명과 감성의 문제를 벗어나지 않는 한 인간의 보편적 정서에서 만날 수 있는 접점이 있기 마련이다. 그러나 이 감성의 차원에서 벗어나 개인의 의식을 낯선 비유의 방식으로 표현한다면 만날 수 있는 궁극의 지점에서 벗어날 수밖에 없다. 『역경』에서 흰색이야말로 궁극의 지점에 이르는 길이라고 말하듯이, 근본 바탕을 벗어나지 않는 시는 소통의 문제가 제기될 까닭이 없는 것이다.

> 사나운 뿔을 갖고도 한 번도 쓴 일이 없다
> 외양간에서 논밭까지 고삐에 매여서 그는
> 뚜벅뚜벅 평생을 그곳만을 오고 간다
> 때로 고개를 들어 먼 하늘을 보면서도
> 저쪽에 딴 세상이 있다는 것을 알지 못한다
>
> 그는 스스로 생각할 필요가 없다
> 쟁기를 끌면서도 주인이 명령하는 대로
> 이려 하면 가고 워워 하면 서면 된다
> 콩깍지 여물에 배가 부르면
> 큰 눈을 꿈벅이며 식식 새김질을 할 뿐이다
>
> 도살장 앞에서 죽음을 예감하고
> 두어 방울 눈물을 떨구기도 하지만 이내
> 살과 가죽이 분리되어 한쪽은 식탁에 오르고
> 다른 쪽은 구두가 될 것을 그는 모른다

시의 근원을 잃지 않는 서정의 힘

사나운 뿔은 아무렇게나 쓰레기통에 버려질 것이다

— 신경림, 「뿔」 전문[11]

이 시는 뿔이라는 제목을 붙였지만, 소의 일생을 다루고 있다. 소의 일생을 측은하게 바라보는 화자의 시선에는 생명에 대한 사랑이라는 보편적 정서가 바탕을 이루고 있다. 신경림 시인도 한때는 현실 문제를 날카롭게 드러낸 시인으로 알려져 있지만, 그 현실 문제의 근원에는 생명에 대한 사랑이라는 근원의 문제를 벗어나지 않고 있다는 것을 확인할 수 있다. 인간들이 살아가면서 보편의 문제를 시적 근원으로 삼을 때, 시는 소통의 문제에 있어서 자유로울 수 있다. 반대로 인간의 보편적 감성을 벗어나는 자리에 개인의 체험 속으로 독자를 유인하려고 한다면 소통되지 않는 시들이 양산될 가능성이 있다. 개인의 체험을 보편의 감성으로 확장할 때 보다 넓은 소통의 장이 마련되는 것은 당연한 일일 것이다.

4. 소통을 넘어서 감응으로

시에서 소통의 문제는 시의 근원이라고 한다면 더 나아가 감응한다는 것은 소통을 넘어서는 자리에 존재한다. 소통이 되고 나면 서로 감동을 하고, 감동을 넘어서 감응(感應)하는 자리까지 나아가게 된다. 한 편의 시를 읽고 많은 독자들이 소통을 하고 감응을 한다면 시가 할 수 있는 모든 기능을 다 했다고 말할 수 있다. 시가 인간의 윤리를 바로잡는다는 고전적인 명제로부터 시가 인간의 정서를 정화한다는 근대적 기능주의에 이르기까지 소통의 문제로부터 자유로울 수 있기 위해서는 시의 근본을 벗어나지 않아야 한다.

11　신경림, 『뿔』, 창비, 2002, 38쪽.

서정의 파문

이를 전제로 시를 통해서 서로 감응하는 자리에 놓이게 될 때, 시는 독자에게 더 가까이 다가갈 수 있을 것이다. 시적 기교주의에 빠져서 독자도 알지 못하는 옹알이에 빠지지 말고, 기교의 그늘을 벗어던지고 시의 근본 원리에 충실한 방법을 써서 독자들에게 다가갈 때 시로써 소통하는 세상이 될 수 있을 것이다.

전통적으로 시를 지을 때는 시제(詩題)를 두고 그 자리에서 자신의 심정을 표현하는 방식을 택하기도 했고, 즉흥적인 시로써 사람의 품격을 저울질하기도 했다. 고려시대 문인 이인로의 『파한집』에는 시로써 문답을 하거나 시로써 자신의 품위를 나타낸 사례가 숱하게 많이 나오는데, 이는 시의 기능이 모든 일상의 처음과 끝이었다는 것을 말하는 것이다. 그만큼 일상화된 시들은 서로 소통되지 않을 수가 없는 것이다. 간혹 비유의 방식이 엉뚱한 곳으로 나아가서 오해를 불러일으킬 수는 있지만, 소통 자체가 불가능한 경우는 없었다고 할 수 있다. 위 촉 오 삼국시대를 평정한 조조는 뛰어난 무장이면서도 당대의 시인으로 손색이 없었다. 그것은 전통적으로 시는 문과 무의 경계가 없었다는 것을 의미하고, 그것은 모든 인간의 문제가 시로부터 출발하고 있다는 것을 의미한다.

현대에 이르면서 시가 일반인이 아닌 시인이라는 특정 문인들의 전유물이라고 생각하는 관념이 늘어나면서 소통보다는 개인의 취향을 강조하거나, 이른바 문예미학의 방법론적 기교주의를 강조하는 경향으로 나아가게 되면서 소통의 문제가 제기된 것이다. 시에서 기교와 방법론의 전환을 꾀하기 전에 시의 근원을 놓치지 않아야 한다. 그것이 현대시에서 소통의 문제를 벗어나는 길이다. 궁하면 변해야 하고 변했으면 다시 근원으로 돌아가야 한다. 이것이 서정시가 독자로부터 외면당하지 않는 길이며, 서정시의 근원을 회복하는 길이다. 궁극적으로 시적 소통의 문제는 시의 근원을 지키느냐 지키지 않느냐의 문제로부터 출발하지 않으면 안 된다.

시의 근원을 잃지 않는 서정의 힘

여순의 기억, 확대와 심화

1. 여순사건과 피해 규모

여순사건은 해방 정국에서 파생된 사건이자 한국 현대사의 비극적 사건이다. 1945년 일제의 폭압적 식민통치가 끝나고 해방을 맞이했지만, 남쪽은 미군이, 북쪽은 소련군이 주둔하면서 한반도는 분할되었다. 해방 후 3년 미·소 양국의 신탁통치가 끝나는 시점에서 남한과 북한은 각각 단독정부 수립을 모색하기 시작했다. 남북의 유력 지도자들은 이를 막으려 남북 연립정부를 구상했지만, 건국준비위원회를 이끌었던 여운형(1947.7.19)과 김구의 암살(1948.6.26)로 무산되고 말았다. 결국 이승만과 한민당의 주도로 남한 단독정부가 수립되었다. 남한 단독정부 수립이 이루어지고 난 뒤 전국 곳곳에서는 당시의 어려운 경제 사정과 맞물리면서 반정부 운동이 일어났다. 1948년 10월 여순사건이 일어나기 전부터 전국 곳곳에는 소요 사태가 일어나고 있었고, 친일 경찰과 맞서는 군경의 충돌이 잦았다. 전라도 지역뿐만 아니라, 전국에서 일어난 무력 충돌은 이승만 정권의 남한 단독정부 수립에 반대하여 일어난 민중항쟁이었다. 여순사건은 14연대가 제주 4·3사건의 진압군으로 출동하라는 명령을 거부하면서 일어난 군사적 항명이었다. 여수 14연대는 순천과 구례, 광양 등지로 진출하며 전남 동부 지역에 항쟁의 불씨를 댕겼

서정의 파문

다. 이 지역에서 빠른 속도로 항쟁이 확산될 수 있었던 것은 그만큼 이승만의 남한 단독정부 수립과 친일 경찰에 대한 민중의 반발이 거셌다는 것을 말하고 있다. 여순사건은 국가 체제 형성기에 일어난 민중항쟁의 하나였고, 그 당시의 정치, 경제 상황과 맞물리는 역사적 사건이라고 할 수 있다.

1948년 10월 19일 여순사건이 일어나면서 많은 민간인 피해가 있었다. 10월 19일 14연대의 봉기가 일어나고부터 여수가 진압되는 27일까지 여수인민위원회가 여수를 장악했는데, 이 기간 중 즉결처분 등에 의해 피살된 인원수는 200여 명이었으며, 그중 경찰이 74명 포함되어 있었다고 한다.[1] 이들 우익인사들과 경찰들의 희생도 문제가 되긴 하지만, 더 심각한 문제는 여수 탈환 이후에 자행된 진압군의 민간인의 대규모 학살에 있다. 육군 사령부는 1949년 1월 10일 여순사건과 관련하여 군사재판에 회부된 반란군 혐의자의 재판 결과를 발표했는데, 총 2,817명이 재판을 받아서 410명이 사형, 568명이 종신형, 나머지는 유죄 혹은 석방되었다고 보고하고 있다.[2] 이는 어디까지나 정부의 공식 발표일 뿐이고, 여수 진압 후 봉기군 및 부역자 색출 작업 과정에서 수개월간 지속된 대규모 민간인 학살이 있었다는 것은 은폐되었다. 비공식 자료에 따르면, 순천에서는 순천북국민학교 교정에 다수의 읍민이 집결되었고, 이들 중 대다수가 즉결처분을 당했다고 한다. 여수에서는 여수읍민 다수가 서국민학교에 수용되었고, 그곳에서 일부는 즉결총살을 당했고, 나머지는 동국민학교, 종산국민학교, 진남관, 공설운동장, 오동도로 재분류되어 심사를 받았으며, 그들 중 다수는 만성리로 가는 터널 뒤쪽에서 집단 총살되었는데 그 수효를 이루 헤아릴 수 없었다고 한다. 이처럼 여수와 순천 지역은 가장 많은 희생자가 발생한 장소였음에도 불구하고 그 사건은

---

1 황남준, 「전남지방정치와 여순사건」, 『해방전후사의 인식 3』, 한길사, 1987, 461쪽.
2 위의 글, 471쪽.

오랜 세월 동안 이념의 굴레 속에 묻히고 말았다. 여순사건에 대한 해원(解冤)의 실마리는 그 많은 희생자들의 넋을 찾아내고 위로하는 데 있다. 이 때문에 여순사건의 문학적 형상화 작업은 장소성과 함께 역사성을 동시에 함의하는 지점에서 출발하는 것이 타당할 것이다.

순천대학교 10·19연구소에서는 여순사건과 관련해서 항쟁 관련지와 토벌 작전 관련지, 그리고 학살지(혹은 매장지)를 정리하고 있다. 이 중 학살지는, 여수에는 구봉산, 서초등학교, 진남관, 종산국교, 오동도, 만성리 학살지, 미평지서 등지가, 순천에는 매산등, 북교, 순천대, 수박등, 낙안 신전마을, 해룡면, 도롱마을, 서면 구랑길재가 있다. 그리고 보성에는 벌교 소화다리, 웅치 강산리, 웅치 삼수마을, 미력 도개리, 보성 회천지서, 득량도촌, 율어 이동, 벌교 석거리재가 있으며, 고흥에는 운대리 금오마을, 남양면, 장담마을, 고흥 오리정, 소록도, 두원 풍류, 포두 장수, 점암 당고개, 동강 너릿재가 있다. 광양에는 반송쟁이, 솔티재, 검단재, 초남리, 봉강지서 일대, 골약 통사마을, 다압 고사리, 다압 금천리 염창마을, 고사리 다압지서, 다압 신원지서가 있으며, 구례에는 산동 꽃쟁이, 봉성산 공동묘지, 산동애가 노래비, 간문천변, 섬진강 양정지구, 서시천변 등지의 학살지가 존재한다.[3]

전남 동부 지역 일대에 이렇게 많은 장소에서 학살과 매장이 이루어졌음에도 불구하고 그동안 여순사건을 다룬 작품들은 극히 일부 지역의 학살 현장만을 다루고 있었다. 여순사건의 희생자를 기리는 해원의 노래는 보다 넓은 지역으로 그 서사의 폭을 넓혀가야 할 것이다. 이미 학살지와 매장지가 조사되어 있는 상황이니 그 장소를 통해서 그들의 아픔과 고통을 문학적 서사와 서정으로 펼쳐보여야 할 것이다. 이것이 여순사건으로 희생된 피해자

---

3 박병섭, 「진실을 캐며 새로운 세상을 꿈꾸는 여순 10·19 답사길」, 『시선 10·19』 제4호, 순천대학교 10·19연구소, 2021, 77쪽.

서정의 파문

들의 한을 풀어주는 확대된 문학적 승화 방식일 것이다. 여순사건은 여수와 순천 지역만으로 한정된 공간이 아니다. 좁게는 전남 동부 지역이 해당되고, 넓게는 여순사건을 전후하여 발생한 모든 지역으로 확대될 수 있을 것이다. 더 나아가서는 여순사건 진압 이후 한국전쟁이 일어난 1950년 이후의 좌우 이념의 대립으로 희생된 민중까지도 포함할 수 있을 것이다. 이것은 여순사 건이 역사적으로 어디까지 닿아 있는지를 폭넓게 바라보는 시선을 가질 때 가능한 일이라고 생각한다. 여순사건 희생자들의 넋을 위로하는 『해원의 노래』가 세 권까지 발간되는 시점에서 여순사건의 희생자들을 새롭게 바라보는 것은 중요한 과제가 아닐 수가 없다. 『해원의 노래 3』을 발간하는 시점에서 문학은 여순사건의 무엇을 말해야 하고, 여순사건을 어디까지 접근해야 할 것인지의 문제를 고민하지 않을 수가 없을 것이다. 이 글은 여순사건의 진실이 어디에 있느냐를 규명하려고 하는 것이 아니라, 이 사건으로 부당하게 피해를 입은 사람들을 어떻게 문학으로 승화할 것인가의 문제를 함께 생각해보려고 하는 것이다. 이는 여순사건의 진실 규명과 함께 앞으로 그들에 대한 평가와 보상이 어떻게 이루어져야 할 것인지에 대한 논의의 출발점이라고 할 수 있을 것이다.

2. 심화와 확대를 위하여

이번에 발간하는 『해원의 노래 3』에는 전체 55편의 시가 실려 있다. 1부에 열일곱 편, 2부에 열네 편, 3부에 스물네 편의 시가 실려 있다. 이번 시집의 편제 과정이 어떤 방식으로 짜여졌는지는 모르겠지만, 시집을 전체적으로 읽으면서 드는 생각은 각각의 시들이 여순사건의 단편적인 부분만을 건드리고 있는 것이 아닌가 하는 것이다. 시집 전체를 내용에 따라 나누어보면, 여순사건 희생자들의 한을 위로하려는 시들, 학살의 장소를 기억하고 그 현장을 소환하는 시들, 여순사건의 역사적 사건을 어떻게 바라볼 것인지를 고민한 시들로 나눌 수 있다. 전체 시들이 드러내고 있는 내용에서 알 수 있듯이, 이번 시집은 여순사건을 말 그대로 한국 현대사에서 정치, 경제, 사회의 여러 문제들이 복합적으로 나타난 하나의 역사적 사건으로 접근하고 있다. 여순사건의 문학적 승화는 해방 공간의 역사적 상황, 전남 동부 지역이라는 지역성, 그리고 피해자들에 대한 소환이 주요한 소재로 쓰일 수밖에 없다. 그런데 이번 시집에서는 역사성과 지역성, 그리고 피해자들의 소환 방식이 지극히 한정된 지역과 피해자에 국한되어 서술하고 있다는 것이다. 여순사건의 문학적 승화는 보다 폭넓은 시선으로 접근할 필요가 있다. 이를테면, 여순사건의 역사성은 해방 공간의 특성을 드러내는 서사로 풀어쓸 필요가 있으며, 장소성은 여순 지역뿐만 아니라, 그 뒤에 일어났던 지리산과 남한 일대를 중심으로 일어난 빨치산 활동 지역까지 확대할 필요가 있으며, 희생자들을 소환하는 방식은 구체적 기억의 소환과 증언을 통해서 사실적이면서 서정적으로 승화하는 작업이 필요할 것이다.

더불어 여순사건의 문학적 승화는 그 사건의 진실성을 해명하는 서사성과 그 과정에서 일어난 일들에 대한 서정성이 동시에 나타나야 할 것이다. 이번에 묶어내는 『해원의 노래 3』은 여순사건에 대한 서사와 서정을 각각의 시선으로 다양하게 형상화하고 있다는 점에서 그 시적 성취도를 높이 평가할 수 있지만, 구체적 서사의 확대와 서정의 심화가 부족하다는 점에서 한계점이 있다고 지적할 수 있을 것 같다. 좀 더 구체적으로 살펴보기 위해서 전체 시들을 기억의 소환, 사건의 현장을 드러내는 장소, 여순사건을 바라보는 역사적 관점으로 나누어 살펴보기로 하자.

1) 기억과 회상-한의 승화

먼저 기억의 소환이라는 문제부터 살펴보기로 하자. 전체 시들 중에서 장소에 대한 기억을 떠올리면서 그 한을 승화하려는 시들을 간추려보면 스물 아홉 편의 시가 이러한 내용을 담아내고 있다. 전체 55편의 시 중에서 절반 이 넘는 작품이 여순사건의 기억을 회상하면서 그 한을 풀어내는 시들이라 는 것이다.

그 하나하나의 작품 내용을 간추려보면, 네 살 때 여순사건을 경험한 노인 이 70년 뒤에 어릴 때의 기억을 소환한 강병철의 「해원의 그 사연은」, 곡성 군에 살고 있는 96세 노인의 증언을 바탕으로 그때의 고통을 사설로 늘어놓 은 고명자의 「늙은 증언자의 노래」, 어느 산속 싸리골에서 죽은 젊은이의 죽 음을 회상하면서 그 한을 승화하고 있는 김도수의 「싸리골 소나무」, 화엄사 의 데크길에서 만난 자귀꽃을 보면서 여순사건 때 전남 동부지역에서 죽어 간 죽음들을 떠올린 송태웅의 「자귀꽃」, 여순사건으로 남편과 자식을 잃고 혼자 살아왔던 한 어머니의 기억을 소환하면서 그 어머니의 한을 풀어드리 려는 오미옥의 「동백꽃 피는 어머니」, 빨치산에게 보리밥 한 그릇을 주었다 는 이유 때문에 죽어간 어느 산골마을 사람들의 한을 소환하고 있는 이지담 의 「보리밥 한 그릇」과 같은 시들은 여순사건의 기억이 어떤 한으로 소환되 고 있는지를 알 수 있게 하는 작품들이다.

구체적인 인명이나 지명을 밝히면서 그곳의 희생자를 추모하는 시들도 있 다. 김미승의 「지리산 얼레지」는 망실공비 정순덕의 삶을 서사로 풀어내기 도 하고, 지연의 「십자수」는 청석산 폐금광에서 토벌군에게 죽은 민간인 육 백오십 명의 영혼을 소환하기도 한다. 신기훈의 「울컥, 피는 바다」에서는 1950년 7월 1일의 마산 앞바다의 학살을 다루고 있으며, 박미경의 「그날들 의 기억」에서는 형제묘 앞바다에 보이는 모자섬의 학살을 떠올리고 있다. 박관서의 「다순구미」는 전남 목포의 어촌 마을의 일을 전라도 사투리로 유 장하게 표현하기도 하고, 안민의 「수수눈꽃」은 빨치산으로 몰려 죽은 할아 버지의 넋을 위로하기도 한다.

이 밖에도 서수경의 「기억의 해각(海角)」, 우동식의 「풍장(風葬)」, 유종의 「흰 꽃을 엿보다」, 임내영의 「뿌리」, 조미희의 「우물」, 조삼현의 「골짜기로 간 사람들」, 강대선의 「위령」, 공현혜의 「살아야지」, 박미경의 「시월의 바람 처럼」, 석연경의 「붉은 땅 등나무」, 안준철의 「어머니」, 양채승의 「여순」, 오선덕의 「소리쳐 부르고 싶다」, 이복현의 「그침 없는 메아리」, 조경일의 「실태조사 2」, 주선미의 「순천만 일몰」, 조성국의 「동백」과 같은 시들은 여순사건의 기억을 각각 독특한 방식의 한으로 소환하고 있다.

지금까지 열거한 시들은 장소와 특정 인물을 통해서 기억을 소환하기도 하지만, 대부분은 일상의 소재를 통해서 그들의 한을 푸는 방식을 취하고 있다. 어머니의 한 자체를 여순사건의 한으로 바라보기도 하고, 동백꽃만 보아도 여순사건의 한을 떠올리기도 한다. 장소에 국한되지 않고 계절마다 바뀌는 꽃들과 풍경을 통해서 여순사건 희생자들의 죽음을 위로하고 있다. 여순사건의 고통은 한반도 어느 곳에든지 닿지 않는 곳이 없다는 측면에서 문학적 확대를 꾀하고 있다고 말할 수 있지만, 자칫 여순사건을 너무 추상적으로 바라보고 있는 것이 아닌가 하는 우려가 들기도 한다. 여순사건은 관념이 아니라 현실이며, 추상성이 아니라 구체성이며, 허위가 아니고 진실이다. 여순사건은 엄연히 역사적으로 일어났던 사실이고, 그 희생자가 분명히 존재하는 사건이다. 그러니 여순사건을 문학적으로 승화하기 위해서는 그 기억을 구체적 장소와 함께 떠오르게 해야 할 것이다. 그것이 여순사건의 기억을 한으로 승화하는 방식일 것이다.

2) 장소성의 문제 - 공간의 확대

여순사건의 피해 지역은 여수를 시발점으로 해서 순천과 광양, 보성, 고흥 등지에 이르는 전라남도 동부 지역 일대에까지 이르고 있다. 이번 시집에서는 두 번째 발간한 『해원의 노래 2』보다는 그 지역이 확대되고 있다는 것을

서정의 파문

확인할 수 있다. 이번에 발간하는 책에는 장르를 시만으로 한정했기 때문에 더 많은 작품을 실을 수 있었으므로 장소가 확대된 것이라고 할 수도 있을 것이다. 어떻든 장소의 확대는 여순사건의 역사적 지평을 확장하는 계기가 될 것이라는 사실은 분명하다.

그러면 하나하나의 작품 속에서 어떤 장소가 기록되고 있는지를 살펴보기로 하자. 김승립의 「처음 보는 노을」은 전남 고흥군 배일엽(97세) 할머니의 증언을 바탕으로 여순사건을 회상하고 있다. 이 시는 당시의 현실을 증언하는 기록의 의미에서도 의미가 있지만, 무엇보다 중요한 것은 고흥 지역까지 여순사건의 장소가 확대되고 있다는 것이다. 김황흠의 「미항(美港)의 바다에는 피 냄새가 난다」는 아름다운 바다라는 상징적 공간을 통해서 바다라는 공간으로 여순사건을 확장하고 있으며, 박정인의 「그곳에 살고 있었다는 죄」는 순천시 낙안군 신전마을의 집단 학살을 장소의 기억으로 불러들이고 있다. 또한 이 시는 같은 공간에서 학살당한 일곱 살 홍동호의 죽음을 고발하기도 한다. 안오일의 「울밑에 선 봉선화」는 봉화산 학살 현장에서 죽은 김생옥 씨의 사연을 풀어놓기도 하고, 이창윤의 「마래터널을 지나며」, 정선호의 「마래터널에 마음을 새기다」, 김영숙의 「당신의 이름을 부릅니다」, 김정애의 「검은 바다 눈 뜨는」, 김지란의 「백비」는 여수 지역의 학살 장소로 잘 알려진 마래터널과 만성리 일대를 소환하기도 한다. 또한 윤석홍의 「여순사건의 눈물은」에서는 여러 장소를 한꺼번에 기록하기도 한다. 여순사건의 고통과 아픔을 제주 지역으로 확대하고 있는 강덕환의 「제주여자, 순이」와 1950년 7월 중순경에 전라남도 해남과 진도 사이에 있는 갈매기섬에서 일어난 집단 학살 사건을 소환하고 있는 김경윤의 「갈매기섬」은 여순사건과 동일한 맥락에 놓여 있는 학살 현장을 고발하는 방식으로 그 장소를 확대하고 있다는 점에서 돋보인다.

여순사건은 여수와 순천이라는 지역에만 국한된 것이 아니다. 여순사건은

해방 이후 미군정 3년, 그리고 이승만 정권이 반공을 국시로 한 정책의 연장
선상에서 일어난 수많은 민중 학살 장소로 확장되어야 한다. 여순사건은 해
방 정국의 혼란 시기에 전국에서 죽어간 넋들의 상징적 장소와 사건으로 받
아들여야 할 것이다. 이승만 정권은 제주의 4·3과 여순사건의 진압으로 반
공을 국시로 한 국가 체제를 공고히 했지만, 그에 따른 희생은 한국전쟁이
끝나는 시점까지 계속되었다. 여순사건은 남한 단독정부 수립 이후 이어진
국가의 체제 유지를 위해서 얼마나 많은 민중이 학살당했는지를 상징적으로
보여주는 역사적 사건이라 할 수 있다. 여순사건이 일어나고 난 뒤 70여 년
의 세월이 흐르는 동안 여순사건의 희생자들은 그 기억 속으로 희미하게 사
라져가고 있지만, 그날 이후 무모하게 죽어간 이 시대의 죽음은 또 다른 여
순사건의 희생자로 받아들여야 하지 않을까 생각한다.

3) 역사성의 문제－관념을 넘어서 심화로

여순사건은 역사적 사실이며, 많은 희생자가 있었던 사건이다. 여순사건
은 관념의 역사가 아니라 구체적 역사이다. 이 때문에 여순사건을 문학적으
로 승화할 때는 그 사건을 객관적 시선과 함께 주관적 감성으로도 바라보는
시선이 있어야 할 것이다. 여순사건의 문학적 승화는 객관적 관념의 차원을
넘어서 주관적 서정의 차원으로 이어지는 자리에 놓여 있어야 할 것이다. 이
번 시집에서 여순사건의 객관적 역사의 현장을 주관적 서정으로 다룬 시들
은 열네 편이 있다.

김요하킴의 「손가락 근대사」는 여순사건이 진압되고 난 뒤 진압군이 여수
읍민을 모아놓고 불온분자를 색출하는 과정에서 그 대상자를 손가락으로 지
목하도록 했던 일을 고발하고 있다. 박두규의 「1948.10.19.」은 제목 자체가
여순사건을 가리킨다. 이 시는 70년 동안 떠날 수 없는 영혼들을 위로하고
있는 시인데, 여수 지역의 만성리, 구랑실, 애기섬, 신전마을, 간문천, 형제

묘, 백월마을이라는 역사적 장소를 구체적으로 소환하면서 그 아픔을 서정으로 드러내고 있다. 박철영의 「가슴으로 불러야 할 노래」는 여순사건을 관찰자의 입장에서 바라보고 있으며, 성미영의 「빈자리」는 여순사건 때 죽은 이름을 알 수 없는 스물아홉 젊은 농부와 그의 아내의 일을 서사로 풀어쓰고 있다. 이민숙의 「게르니카 여수」는 스물다섯에 죽은 사람과 조선의 소를 피카소의 게르니카와 같은 학살 장면으로 끌어오고 있으며, 이원규의 「당산나무의 말씀」은 친일에서 서북청년단으로 변신한 인물을 통해서 여순을 넘어선 근대사의 한 단면의 모순을 비판하고 있다.

또한, 경종호의 「모든 꽃은, 문득」에서는 제주 4 · 3에서 여순 10 · 19로 이어지는 사건의 전말을 꽃의 서사로 전달하고 있으며, 권위상의 「여순10.19에서 10.19로」에서는 여순사건에서 여순이라는 말을 떼어내어 10 · 19라는 날짜만으로 정하자는 제안을 하면서 여순사건은 여순 지역의 사건만이 아니라는 인식의 확장을 보여주고 있다. 그런가 하면 김경훈의 「여수인민위원회」에서는 여순사건 당시 여수인민위원회의 활약상을 구체적으로 형상화하고 있으며, 김영란은 「동백 졌다 하지 마라」에서 여순사건의 저항 정신을 이어받아서 운명의 역사를 극복하자고 제안하기도 한다. 김칠선은 「여순 항쟁이 꽃필 때」에서 여순 항쟁 특별법 제정이 갖는 의미를 되새기기도 하고, 박몽구는 「순천만 갈대밭」에서 제주 4 · 3을 회상하면서 순천과 제주의 운명을 하나로 바라보기도 한다. 주명숙의 「여순, 숨겨진 진실」과 진창윤의 「10월 19일이라고 했나요」에서는 여순사건의 진실을 똑바로 바라보고 그 진실을 다양한 관점으로 인식할 필요가 있다고 말하고 있다.

여순사건이 역사적 사실이라는 서사의 관점에서 주관적 정서의 전달이라는 서정의 관점으로 넘어가기 위해서는 사실에 대한 심화된 인식이 필요하다. 여순사건은 그 하나만으로 끝나는 사건이 아니라 해방 후 끊임없이 이어지는 모순의 역사 속에 있다는 인식을 바탕으로 현재의 삶을 조망한다면, 여순사건은 단순한 과거의 기록만으로 끝나지 않는 자신의 현실 속에 놓인 삶 자체가 될 수 있을 것이다. 뿐만 아니라 과거와 현재가 만나는 지점에서 문학적 미학을 발견할 수도 있을 것이며, 과거의 아픔이 현재의 고통과 함께 놓여 있을 때, 문학적 승화는 더 깊어질 것이다. 그런 점에서 이번에 발간하는 『해원의 노래 3』은 그 시도의 첫 단추를 꿰는 일이라는 점에서 분명한 의의가 있다고 할 수 있다. 여순사건에 대한 보다 확대된 서사와 심화된 문예 미학의 획득이야말로 여순사건이 현재의 삶을 바꾸어가는 동력으로 작동할 수 있을 것이다.

3. 열린 지평을 향하여

여순사건이 일어나기 전부터 전남 영암에서는 군경 사이에 충돌이 일어나 사상자가 생겼고, 1948년에는 전라남도 일대에 구국투쟁이 일어나 수많은 사상자가 발생했다. 여순사건은 이러한 해방 정국에 일어난 여러 사건들의 연장선상에 놓여 있다. 1948년 11월 1일 현재 여순사건 인명 피해 상황을 조사한 보고서에 따르면, 여수는 사망 1,300명, 중상 900명, 경상 350명, 행방불명 3,500명이고, 순천은 사망 1,135명, 중상 103명, 행방불명 818명, 보성은 사망 80명, 중상 31명, 경상 30명, 행방불명 7명, 고흥은 사망 26명, 중상 42명, 경상 8명, 광양은 사망 57명, 구례 지역은 사망 30명, 중상 50명, 경상 100명, 곡성은 사망 6명, 중상 2명으로 기록하고 있다.[4] 가장 피해가 컸던

---

4 황남준, 앞의 글, 474쪽. 여수·순천 10·19사건 진상규명 및 희생자 명예회복에 관한 특별법(약칭 여순사건법)에 따르면, 여순사건은 정부 수립의 초기 단계에 여수에서 주둔하고 있던 국군 제14연대 일부 군인들이 국가의 '제주4·3사건' 진압 명령을 거부하고 일으킨 사건으로 인하여, 1948년 10월 19일부터 지리산 입산 금지가 해제된 1955년 4월 1일까지 여수·순천 지역을 비롯하여 전라남도, 전라북도, 경상남도 일부 지역에서 발생

서정의 파문

지역은 여수이지만 다른 지역은 약 2천 명(700명 봉기군, 1,300명 민간인)의 무장 세력을 형성하여 백운산과 지리산 등에 거점을 확보하고 유격 근거지를 구축하였다고 한다.[5] 이 보고서만 보더라도 여순사건은 그 피해 규모가 상상을 초월하고 있다는 것을 알 수 있다. 그리고 무장 세력들이 유격 근거지로 이동했다는 사실에서 더 많은 희생자들이 있었을 것이라고 짐작할 수 있다. 이렇게 많은 희생자의 넋을 찾고 그들의 한을 승화하는 것은 앞으로 해야 할 문학적 작업이지 않을까 생각한다.

여순사건이라는 하나의 주제를 두고 집단 창작의 형태로 발간하는 『해원의 노래 3』은 여순사건의 문학적 승화라는 일차적 의미만으로도 충분한 가치가 있다. 그러나 기왕에 발간하는 귀한 책이니만큼 더 많은 기대를 할 수밖에 없다. 그것은 여순사건의 의미를 좀 더 다각도로 살펴보자는 측면에서도 그렇고, 한국 현대사의 연속성 속에서 여순사건을 확대와 심화의 관점으로 바라보자는 측면에서도 그러하다. 『해원의 노래』가 연속성을 갖고 계속 발간된다면, 여순사건의 학살지와 매장지 한 곳 한 곳을 소환하면서 각 시인들에게 그 장소를 제시하고, 그 장소에 대한 의미들을 시로 발표하면 어떨까 하고 제안을 하고 싶다. 지금 여순사건은 과거와 현재를 이어가는 확장된 역사 인식과 공간 인식으로 확대해나가야 할 때이다. 과거에 갇히지 않기 위해서는 과거를 통해서 끝없이 현재를 바라보는 길뿐이다. 그 상징적 길이 여순

한 혼란과 무력 충돌 및 이의 진압 과정에서 다수의 민간인이 희생당한 사건을 말한다. 그리고 이와 같은 시간적·공간적 범위를 바탕으로 주철희는 여순사건 피해인원을 최소한 15,000명으로 추산하고 있다. 구체적으로는 1949년 11월 11일 전라남도에서 발표한 11,131명에, 보도연맹사건 피해자 3,400명 정도, 형무소 재소자 1,000명 정도, 그 이후의 희생자를 포함하면 15,000명에 이른다는 것이다. 주철희, 『동포의 학살을 거부한다』, 흐름, 2017, 252~260쪽 참고.

5 김남식, 「1948~50년 남한 내 빨치산 활동의 양상과 성격」, 『해방 전후사의 인식 4』, 한길사, 1989, 213쪽.

사건을 확대하고 심화하는 길이며, 여순사건이 열린 지평으로 나아가는 길이다.

제2부

깨달음과 실천궁행의 길

— 시인 오정환의 유고시

1. 전통 서정시의 길

시는 어디에서 출발하는가? 시의 근원을 말한다면 모든 시는 서정시라고 할 수 있다. 시에서 주관의 정서를 풀어내지 않은 시가 어디 있는가? 그렇기 때문에 모든 시는 서정시라고 할 수 있다. 그러나 그 서정시에 기교가 너무 많이 들어가거나 기교가 넘치면 기이한 시로 나아갈 수 있다.

오정환 시인은 철저한 서정시인이다. 그것도 동양의 전통 서정시의 방법론을 고수한 서정시인이다. 그는 등단한 이후 줄곧 서정시만을 썼고 서정시만을 고집하면서 시적 방법론을 모색했다. 오정환 시인은 그야말로 서정시의 근본을 오롯하게 지켜온 시인이었다. 숱하게 많은 시인들이 자신들의 시적 지평을 확장하고 넓혀나가는 과정 속에서 변화를 거듭해나갔지만 오정환 시인만은 오직 서정시만이 시라고 고집해왔다. 그는 가볍게 쓴 시들을 철저히 비판하고, 시를 함부로 짓는 일을 거부해왔다. 1981년 등단 이후 36년 동안 시작 활동을 하면서 네 권을 시집을 낸 그야말로 과작(寡作)의 시인이었다.

오정환 시인은 유협이 말하고 있는 것처럼, "글자체의 가치를 제대로 깨닫지 못했다면, 글자를 단련시키는 방법을 정통하게 이해하지 못한 것(值而莫

悟, 則非精解)"[1]이라는 문자의 가치를 제대로 이해하고 시를 썼다. 그는 전통 서정시에서 강조해온 문자의 단련에 누구보다 철저했고, 낯선 시어를 사용하거나 너무 가볍고 쉬운 시어를 써서 시적 경지를 조악(粗惡)하게 만드는 것도 배제했다. 시어의 단련을 통해서 고결(高潔)함을 지향하고, 공부를 통해서 사물의 내면을 들여다보면서 깊은 사유의 세계로 나아갔다. 그는 동양시론에서 말하는 "시적 내용에 의거해서 신기한 표현을 버리고, 이를 통해서 문자를 바르게 사용하기 위해 힘썼다(依義棄奇, 則可與正文字矣)."[2] 시어의 단련은 탁마(琢磨)의 자세를 말하고, 문자를 바르게 사용하는 것은 인격의 수양이다. 시인의 덕목 중에서 가장 중요한 덕목이 수양의 자세에 있다고 한다면, 오정환 시인이야말로 시의 방법론으로 전통 서정시의 방법을 선택했고, 스스로는 인격 수양의 길로 나아갔다고 할 수 있다. 끊임없는 자기 수양의 자세는 생애의 마지막 순간까지 붙들고 있었던 「주역시편」에서 고스란히 드러나고 있다. 오정환 시인의 「주역시편」은 삶과 죽음의 경계를 넘어서 그의 시가 지향하는 궁극의 세계를 잘 보여주고 있다. 죽음을 예감한 「이슬」을 떠올려보면 그의 시는 작고 소소한 일상으로부터 건져 올린 주옥과 같은 시편들이라고 할 수 있다.

2. 깨달음의 길

워낙에 과작(寡作)의 시인인지라 남아 있는 작품이 많지 않을 것이라고 생각했는데, 이번에 유고시집을 묶어내면서 살펴보니 꽤 많은 작품이 남아 있었다. 유고시집에 남아 있는 작품을 따라 읽어보니 여전히 그의 시는 서정의

---

1   유협, 『문심조룡』, 황선열 역, 신생, 2018, 425쪽.

2   위의 책, 426쪽.

서정의 파문

세계를 굳건하게 견지하고 있었다. 사물에 대한 깊은 사유의 세계는 그의 시에서 만날 수 있는 중요한 장점이다. 그의 시는 순수 서정의 세계를 추구하는 시들이 대부분이며, 그중에서 사물을 맑은 정신으로 바라보고, 자신의 주변에 펼쳐지는 풍경의 세계를 순수한 마음으로 받아들인다. 자본과 권력으로 혼탁한 세계에서 이슬방울과 같이 맑은 시심을 보여주고 있다. 어른이 되고 늙어가면서 순수한 심성들은 사라지게 마련인데 그의 시에서 만나는 맑은 정신은 서정의 깊이를 더하고 있다.

> 어스름 속에 창을 열면
> 결 곱게 밝아오는 가지 사이
> 둔덕마다 풀씨 하얗게 피워 올리는
> 푸르디푸른 봄날 아침
> 새로이 눈뜨는 채색의 나날
>
> 가녀린 연둣빛 잎새
> 몇 날 며칠 쏟아부은 빗발
> 낮은 물소리의 싱그러움 속
> 나른한 햇살 부스러기
> 제 홀로 언덕 거슬러 넘어가는
> 저 하얗게 반짝이는 길

—「봄날」 전문

이 시를 읽으면 봄날의 싱그러움을 한껏 뽐내고 있는 장면이 슬며시 다가온다. 이 시의 색채 이미지는 흰색, 푸른색, 연둣빛이며, 이들 색채들은 하나같이 밝고 화사하다. 이 시의 시어들은 대부분 섬세하고 가늘고 부드럽다. 이 시는 시어뿐만 아니라, 주변의 풍경까지도 봄의 기운에 흠뻑 젖어들게 한다. 결 고운 가지, 하얀 풀씨, 가녀린 잎새, 낮은 물소리, 나른한 햇살과 같은 풍경에서 봄날의 기운을 섬세하고도 부드럽게 어루만지고 있다. 이 시는 봄날의 밝고 건강한 이미지를 시적 표현 방식과 시어 선택을 통해서 순수 서정시로 형상화하고 있다. 그가 표현하고 싶은 봄날의 이미지는 "저 하얗게 반짝이는 길"이라는 시행에 집약되어 있다. 흰색은 허물이 없는 색이다. 그것은 바탕이 되는 색이고, 모든 색채를 채색할 수 있는 근원이 되는 색이다. 그는 봄날의 이미지를 순수한 마음으로 받아들이고 있으며 그것은 흰색의 순수성으로 형상화하고 있다.

「순금」에서도 맑은 근원을 지향하려는 화자의 의지를 잘 보여주고 있다. 도금을 하지 않는 순금은 어떤 것일까? 불순물이 섞이지 않은 것을 순금이라고 한다. 순금과 같이 맑은 상태는 "맑게 닦인 거울일수록/온 세상 때 먼지 감출 수 없다"라고 말한다. 맑을수록 혼탁함이 드러나는 법이고, 순금일수록 불순물을 구별할 수 있는 척도가 되는 것이다. 순수한 세상의 균형을 이룰 수 있는 잣대는 순금과 같은 맑은 정신에 있다는 것이다. 사납고 용맹스러운 짐승은 머물 때도 발톱을 세우고 "아름다운 나무 그늘마저 짙푸르다"고 한다. 평상심이 순수한 마음 그 자체이고, 아름다움은 어디에서도 빛이 나는 법이다. 그는 순수한 세계를 온 세상을 비추는 거울로 보고, 그 순수한 서정의 세계야말로 세상의 먼지들이 어떤 것인지를 알게 한다고 말한다. 이러한 순수의 세계를 지향하려는 화자의 의지는 「쇠[金]」라는 시에서는 "어둠 속에 던져도 빛을 발하며", "반짝이는 눈, 야광생물처럼/살아 있는 금"으로 나타난다. 순도 99.9퍼센트의 금, 단단하고 강철이 되는 무쇠와 같은 변하지 않은 정신이 그가 지향하는 순수의 세계이다. 그 순수의 세계는 「고요한 물」에서는 정화수 한 사발 떠놓는 "한결 출렁임도 없는" 잔잔한 어머니의 마음 자락으로 나타나기도 한다.

한 잔의 차가운 물

120

단순한 목축임만일까

푸르른 하늘 뜻을 따르는
저 순천한 강물도, 바다도
끊임없이 소리쳐 외쳐대는 폭포도
창문에 쏟아지는 소나기도
비 그친 후 한 방울씩 듣는
낙숫물 소리에도

해독할 수는 없지만
경건한 독경소리 스며 있는 건 아닐까

바람에 일렁이며 햇살 받아 반짝이는
저 황금빛 그림 글씨
심오한 깨우침의 경전 아닐까

—「물의 경전」 전문

그의 시에서 물은 일종의 종교적 세례의식과도 같은 순결함이 있다. 낮은
곳으로 향한다는 노자의 철학을 담고 있으면서도 그 물은 이른바 깊은 사유
의 세계로 이끄는 소재가 된다. 그의 시에서 물에 대한 사유는 이미 시집 『노
자의 마을』과 『물방울의 노래』에서 보여주고 있지만, 그 사유의 확장은 이번
유고집에서도 여실히 드러나고 있다. 「폭포」에서는 "버려야 할 것/모두 버
려버리는 단호한 기세"로 나타나기도 하고, 「강물」에서는 "눈물같이 이어온
인생"을 부둥켜안는 "더없이 넉넉한 가슴"으로 형상화되기도 한다. 「물의
경전」에서 물은 시의 제목과 같이 경전(經典)으로 통한다. 경전은 변하지 않
는 원리를 담은 책이며, 씨실과 날실이 완벽한 조화를 이루어서 전범(典範)이
될 만한 책이다. 물이 경전이라는 말은 물이야말로 세상의 변하지 않는 근본
을 이루는 것이라는 말이다. 그의 시에서 물은 순수하고 맑은 정신세계를 상

징하기도 하고, 올곧고 힘찬 기세를 의미하기도 하고, 모든 것을 끌어안는 넉넉한 가슴을 말하는 것이기도 하다. 그야말로 물은 세상 만물의 척도가 되는 저울이라 할 수 있다. 그 저울은 순수한 서정을 바탕으로 하고 있다. 물은 불순한 것을 가늠할 수 있는 잣대라 할 수 있다.

그의 시는 이러한 순수한 서정을 바탕으로 사물을 바라보고 관찰하고 내면화하고 있다. 그는 사물과의 동일시의 차원을 넘어서 그 사물을 통해서 깊은 사유의 세계를 보여주고 있다. 「길」에서 "어둡고 추운 혜안(慧眼)의 길"을 찾아가는 길을 형상화하기도 하고, 「유리창」에서 안과 밖이 소통하는 길이 무엇인지를 유리창이라는 사물을 통해서 형상화하기도 한다. 이와 같이 그의 시는 사물에 대한 사유를 바탕으로 삶의 의미를 이끌어내고 있으며, 그 사물의 순수한 속성이 무엇인지를 발견하려고 노력하고 있다. 그의 시에서 사물들은 모든 만물의 바탕이라고 할 수 있는 흰색의 무구한 세계를 상징하고 있다.

이러한 사유의 깊이는 사물에만 국한된 것이 아니다. 그는 시를 통해서 우리가 살아가는 삶의 모든 것들에 대해서 사유하고 있다. 그는 사물을 보는 순수한 정서를 바탕으로 해서 삶의 근원을 탐색하고 있다. 유고시집에 실린 시들 중에는 삶에 대한 진지한 물음뿐만 아니라 삶에 대한 깨달음을 보여주기도 한다. 순수 서정의 세계를 통한 사유의 깊이를 보여주는 시들은 대개 삶의 철학이 담긴 시들이라 할 수 있다.

세상 보기 좋고 고운 것들
사실, 더럽고 추한 것이라네

진정한 있음과 없음도
쉬움과 어려움의 분별(分別)도
길고 짧음, 높낮이도 불명(不明)일 뿐

서정의 파문

악음(樂音)도 소음 있어 화음(和音) 되고
앞과 뒤마저 끝없이 연이은 관계
함부로 구분(區分)지을 수 없는 것

오로지 무위(無爲)로써
나서지도 말하지도 말고
이루어도 가지거나 기대지 말고

떠남 없이 다만 머물러 있는 것
머무름! 아, 머물러 있음이여

—「머무름」 전문

이 시는 머무른다는 것이 무엇인지에 대해서 생각하고 있다. 아름다움과 추함, 있음과 없음, 길고 짧은 것, 높고 낮은 것, 화음과 불협화음은 모두 분별과 구분으로 이루어진다. 이 불분명한 경계는 인간의 인식 체계 안에서 존재하는 것이다. 이 인식의 구분이 없는 무위(無爲)의 상태에 이르게 되면, 머무름만 존재한다. 동양 문예미학에서 머무름의 상태를 응려(凝慮)라고 말한다. 응려는 생각의 꼬투리들이 서로 엉기어져서 그 사유가 끝없이 나아가고 있는 것을 말한다. 응려의 상태에서는 그 사유의 세계가 천년의 세월을 훌쩍 뛰어넘어 가기도 하고, 판단과 해석의 방식을 초월하기도 한다. 머물러 있는 상태에서는 구분과 분별이 없다. 오로지 무위만으로 말할 수 있을 뿐이다. 이 때문에 머무름은 함축(含蓄)의 사유 방식을 말하는 것으로 여기서 함축이란 쌓여서 머금고 있는 상태를 의미한다. 응려와 함축의 사유 방식으로 세상을 바라보면 경계의 구분이 사라지게 된다. 이 시를 통해서 그는 머무름의 순수한 상태야말로 순수한 삶의 길을 찾아가는 길이라고 말하고 있다.

완전히 가득 찬 것

깨달음과 실천궁행의 길

빈 듯하지만
그 쓰임에 끝이 없다

완전히 곧은 것 굽은 듯하고
완전한 솜씨 서투르게 보이고
훌륭한 웅변 눌변으로 들린다

서성임은 추위를 이기고
고요함은 더위를 이긴다

맑고 고요함! 이것이야말로
세상의 표준(標準)이다

—「고요함」 전문

오정환은 '참된' 시인으로 한 평생을 살다가 갔다. 동양 문예미학에서 참
된 시인이 되는 길은 성인(聖人)이 되는 길이라고 했다. 말 그대로 시인은 인
격을 수양하여 성인의 길에 이르는 사람을 말한다. 이 때문에 동양 문예미학
에서 말하는 참된 시는 언어의 탁마에도 있지만 무엇보다 시인의 정신 수양
도 중요하게 생각했던 것이다. 인용한 시는 고요함이라는 화두를 놓고 사색
한 것을 시로 형상화한 것이다. 이 시는 마치 고요함에 대해서 깨달은 사람
의 오도송(悟道頌)같이 읽힌다. 완전히 찬 것은 쓰임이 무궁하지만 이 세상의
모든 것은 완전한 것이 없다. 완전히 곧은 것 같지만 사실은 굽어 있는 것이
고, 완전한 솜씨를 자랑하지만 그 안에는 서투름이 있다. 완전한 것은 오직
맑고 고요한 것일 뿐이다. 세상의 표준이 되는 것은 청정(淸靜)일 뿐이다. 청
정이야말로 무구(無垢)를 추구하는 바탕이 되지 않는가! 이 청정무구에 대한
깨달음은 주역의 사유에 근원을 두고 있다. 시 제목 자체를 「깨달음[道]」이라
고 명명하고 있는 시에서는 "저 부드러운 빛의 티끌" 속에 있는 "더없이 깊

서정의 파문

고 고요한 존재"를 불러들이면서 그 깊고 고요한 존재야말로 하느님보다 먼저 존재하고 있다고 말하고 있다. 「소용(所用)」에서는 "전혀 아무것도 없는 것은/절실한 소용(所用)이 되는 것이다"라고 전제하면서 소용되는 것과 소용되지 않는 것, 있음과 없음의 차이가 없다는 깨달음으로 나아가고 있다. 있음과 없음의 경계를 초월하면 그 차이가 없다는 것을 깨닫게 된다. 그는 사물의 근원을 탐색하면서 삶의 의미를 생각하고, 세상에 대한 철학적 사유를 통해서 깨달음에 이르고자 하였다.

그의 시에서 깨달음에 이르는 길은 순수한 정서를 바탕으로 한 정신의 수양에 있다. 이 때문에 그는 천상 시인의 길을 걸었던 시인이고, 참된 시인이라고 말할 수 있는 것이다. 이런 관점에서 그는 동양 문예미학에서 말하는 전통 서정시의 지론(至論)을 실천한 참된 시인이라고 할 수 있다. 사물을 바라보는 사유의 깊이를 통해서 그는 삶의 궁극에 이르고자 하였다. 이것이야말로 오정환 시의 근본이고, 마지막에 닿는 지점이다. 그는 결국 "유상무상 모두의 모습들 그들의 실상이/왔던 곳으로 돌아가고 있는 몸짓"(「되돌아가는 것」)이라는 삶과 죽음의 경계를 초월하고 있다. 그는 어디로 되돌아간 것일까?

3. 실천궁행의 길

오정환의 시들 중에서 죽음의 직전까지 붙들고 있었던 시들은 「주역시편」이다. 「주역시편」 연작은 사유의 깊이와 함께 인격의 수양에 이르는 길을 모색하는 전통 서정시의 방법을 잘 보여주고 있다. 『주역(周易)』은 그 자체가 비유와 함축, 그리고 상징 기호로 이루어져 있으니, 그 해석이 천차만별일 수밖에 없다. 그러나 『주역』에 대한 천차만별의 해석도 궁극의 지점에서는 하나의 원리로 통해 있다. 그 하나의 원리는 우주의 질서에 따르는 자연의 흐름에 있다.

오정환 시인이 말년까지 붙들고 있었던 화두는 『주역』을 통해서 세상을 바라보는 것이었다. 그는 『주역』의 무궁한 세계를 시적으로 형상화하려고 했다. 『주역』의 상징 체계는 비유와 함축을 내포하고 있기 때문에 그 자체가 시라고 할 수 있다. 그런데 이 상징 체계를 풀어 쓴다는 자체가 상징 체계를 또 다른 상징 체계로 바꾸는 것에 불과하기 때문에 그다지 의미가 없는 작업에 불과할지도 모른다. 그러나 그 상징 체계를 세상을 운용하는 데 적용해야 할 필요가 있거나 산문으로 풀어 쓴 그 상징 체계를 시적 비유의 방식으로 해석해야 할 필요가 있을 때에는 『주역』을 시편으로 정리하는 것도 의미 있는 일이라고 생각할 수가 있다. 이는 박제천 시인이 오랫동안 장자시편을 통해 장자의 사상을 시로 풀어쓰면서 장자의 사유 방식을 또 다른 방식으로 보여주고 있는 것과 같은 것이라고 할 수 있다. 이 때문에 장자에 새롭게 접근하는 방식이나 『주역』에 새롭게 접근하는 방식은 새로운 시적 대응 방법이라 하지 않을 수 없다. 오정환의 「주역시편」은 그런 점에서 서정시의 또 다른 영역을 개척한 것이라고 할 수 있으며, 새로운 시적 방법을 찾아가려는 시인의 지난한 노력의 결과라고 할 수 있다.

『주역』은 『역경(易經)』의 상징 체계를 해석한 것을 말한다. 『역경』은 우주 만물의 원리를 상징과 비유의 방식으로 설명한 책이다. 역(易)은 도마뱀의 형상을 본뜬 것이다. 어떤 도마뱀은 열두 가지의 색으로 몸을 변화시킨다고 하는데 『주역』은 변화무쌍한 해석이 가능하다는 뜻을 지니고 있다. 『주역』의 괘는 태극으로부터 음과 양의 기호가 만들어지고, 이 음과 양의 기호가 다시 합쳐져서 사상(四象)을 이룬다. 사상이 또 조합해서 팔괘의 형상이 만들어진다. 이 팔괘의 형상이 합쳐져서 64괘가 이루어진다. 효(爻)가 합쳐지면서 괘라는 상(象)을 만들고 이 상은 더 많은 상을 만들어내고 그에 대한 해석은 무궁한 변화를 거듭한다. 그 거대한 변화의 원리는 직선 위를 굴러가는 둥근

서정의 파문

원의 한 점이 동일한 위치에서 만날 수 없는 것처럼 각기 다르게 해석되면서 변화한다. 『주역』은 괘의 상징 체계를 풀어 쓴 것이다.

이 상징 체계의 무궁한 변화의 원리는 『주역』을 이루는 근원이 된다. 『주역』64괘의 상징 체계는 자연의 원리, 사람의 운명, 우주의 생성 원리에 적용되면서 변화무쌍한 해석을 가능하게 한다. 오정환 시인은 이 64괘 중에서 스무 개의 괘를 『주역』의 해석을 바탕으로 해서 시로써 형상화하고 있다. 그는 스무 개의 괘를 인간의 윤리관에 비추어서 설명하면서 이를 통해서 사람들이 지향해야 하는 삶의 가치가 어떠해야 하는지를 보여주고 있다. 이 때문에 오정환 시인의 「주역시편」은 그의 삶을 들여다보는 중요한 열쇠가 될 수 있을 것이다. 먼저 『주역』64괘와 그 괘가 상징하는 뜻이 무엇인지를 살펴보기로 하자.

1. 건(乾) 건위천(乾爲天 : 차면 기울어질 징조)
2. 곤(坤) 곤위지(坤爲地 : 어머니인 대지)
3. 둔(屯) 수뢰둔(水雷屯 : 태어나는 괴로움)
4. 몽(蒙) 산수몽(山水蒙 : 세상 물정을 모르는 아이)
5. 수(水) 수천수(水天需 : 인내하고 자중하다)
6. 송(訟) 천수송(天水訟 : 싸움은 물가까지)
7. 사(師) 지수사(地水師 : 싸우는 길)
8. 비(比) 수지비(水地比 : 인화)
9. 소축(小畜) 풍천소축(風天小畜 : 강한 것을 누르는 도)
10. 이(履) 천택리(天澤履 : 호랑이 꼬리를 밟는다)
11. 태(泰) 지천태(地天泰 : 상하가 화합, 태평한 길)
12. 비(否) 천지비(天地否 : 시대 봉쇄 현상)
13. 동인(同人) 천화동인(天火同人 : 벗을 구하여)
14. 대유(大有) 화천대유(火天大有 : 한낮의 태양)
15. 겸(謙) 지산겸(地山謙 : 익을수록 고개를 숙이는 벼 이삭)
16. 예(豫) 뇌지예(雷地豫 : 환락의 공과 죄)

깨달음과 실천궁행의 길

17. 수(隨) 택뢰수(澤雷隨 : 무엇을 따를까)

18. 고(蠱) 산풍고(山風蠱 : 전화위복)

19. 임(臨) 지택림(地澤臨 : 세상에 임하다)

20. 관(觀) 풍지관(風地觀 : 사물의 관찰에 대하여)

21. 서합(噬嗑) 화뢰서합(火雷噬嗑 : 연대를 저해하는 것)

22. 비(賁) 산화비(山火賁 : 문명과 퇴폐)

23. 박(剝) 산지박(山地剝 : 스며드는 위기)

24. 복(復) 지뢰복(地雷復 : 일양래복)

25. 무망(无妄) 천뢰무망(天雷无妄 : 흐르는 대로)

26. 대축(大畜) 산천대축(山天大畜 : 막대한 축적)

27. 이(頤) 산뢰이(山雷頤 : 기르는 도)

28. 대과(大過) 택풍대과(澤風大過 : 과중한 임무)

29. 습감(習坎) 감위수(坎爲水 : 난이 지난 뒤 또 난이 닥친다)

30. 이(離) 이위화(離爲火 : 정열을 따라서)

31. 함(咸) 택산함(澤山咸 : 마음의 교류 − 연애)

32. 항(恒) 뇌풍항(雷風恒 : 변화 없는 생활 − 결혼)

33. 둔(遯) 천산둔(天山遯 : 일보후퇴)

34. 대장(大壯) 뇌천대장(雷天大壯 : 싸움의 헛됨)

35. 진(晋) 화지진(火地晋 : 아침해가 솟아오른다)

36. 명이(明夷) 지화명이(地火明夷 : 고난이 사람을 옥으로 만든다)

37. 가인(家人) 풍화가인(風火家人 : 집안이 안전하다)

38. 규(睽) 화택규(火澤睽 : 며느리와 시어머니)

39. 건(蹇) 수산건(水山蹇 : 나아가지 못하는 괴로움)

40. 해(解) 뇌수해(雷水解 : 눈이 녹는다)

41. 손(損) 산택손(山澤損 : 손해 보고 얻으라)

42. 익(益) 풍뢰익(風雷益 : 질풍과 우레)

43. 쾌(夬) 택천쾌(澤天夬 : 독재자를 단죄한다)

44. 구(姤) 천풍구(天風姤 : 여왕벌 같은 여자)

45. 췌(萃) 택지췌(澤地萃 : 사막의 오아시스)

46. 승(升) 지풍승(地風升 : 뻗어나는 새싹)

47. 곤(困) 택수곤(澤水困 : 와신상담)

48. 정(井) 수풍정(水風井 : 맑은 물이 넘치는 우물)

49. 혁(革) 택화혁(澤火革 : 혁신할 때가 무르익다)

50. 정(鼎) 화풍정(火風鼎 : 무쇠솥)

51. 진(震) 진위뢰(震爲雷 : 큰 산이 진동하여 울린다)

52. 간(艮) 간위산(艮爲山 : 움직이지 않은 산)

53. 점(漸) 풍산점(風山漸 : 착실한 성장)

54. 귀매(歸妹) 뇌택귀매(雷澤歸妹 : 올바르지 못한 연애)

55. 풍(豊) 뇌화풍(雷火豊 : 충족 속의 슬픔)

56. 여(旅) 화산여(火山旅 : 고독한 나그네)

57. 손(巽) 손위풍(巽爲風 : 부드러운 바람)

58. 태(兌) 태위택(兌爲澤 : 화합하니 즐겁다)

59. 환(渙) 풍수환(風水渙 : 민심이 떠남을 막는다)

60. 절(節) 수택절(水澤節 : 유혹을 이겨낸다)

61. 중부(中孚) 풍택중부(風澤中孚 : 지성이면 감천이라)

62. 소과(小過) 뇌산소과(雷山小過 : 저자세)

63. 기제(旣濟) 수화기제(水火旣濟 : 완성미)

64. 미제(未濟) 화수미제(火水未濟 : 유전은 멈추지 않는다)[3]

이 64괘 중에서 그가 쓴 「주역시편」은 "수뢰둔, 산수몽, 수천수, 천수송, 지수사, 수지비, 풍천소축, 천택리, 지천태, 천지비, 천화동인, 화천대유, 지산겸, 뇌지예, 택뢰수, 산풍고, 지택림, 풍지관, 화뢰서합, 산화비"로 모두 스무 편이다. 이 스무 편 중에서 『주역』 64괘에 있는 건(乾)괘와 곤(坤)괘는 빠져 있다. 건괘와 곤괘는 역(易)의 근본이면서 정수(精粹)이다. 잘 알다시피 건괘는 원형이정(元亨利貞)의 원리로 이루어진 항구적인 도를 설명하고 있는 괘이다. 곤괘는 어머니인 대지를 설명하는 것으로 모든 것을 낳고 길러내는 생명의 원천을 상징하는 괘이다. 「주역시편」을 순서대로 썼다고 한다면, 이 두

---

3   노태준 역해, 『주역(周易)』, 홍신문화사, 2013.

깨달음과 실천궁행의 길

괘가 먼저 나와야 하는데, 그의 「주역시편」은 세 번째 둔(屯)괘부터 시작해서 스물두 번째 비(賁)까지 모두 스무 편이다. 건괘와 곤괘는 문언전에 자세히 설명되어 있지만 우주 만물에 해당하는 모든 것의 바탕을 이루는 것이니 굳이 인간의 실천 덕목이라고 말할 수가 없다. 그의 「주역시편」은 우주의 근본 원리를 말하려고 하는 것이 아니라, 인간 삶의 가치와 그 실천의 덕목을 말하려고 했기 때문에 이 두 괘를 뺀 것이 아닌가 생각된다. 이 부분을 제외한 것을 볼 때, 결국 그의 「주역시편」은 인간의 삶과 밀접하게 연관되어 있는 실천 덕목을 강조하고 있다고 말할 수 있다.

그의 「주역시편」은 시인의 길은 인격을 수양하는 성인의 길이라는 동양의 문학관을 실천하기 위해서 『주역』의 괘를 인간의 덕목에 빗대어서 풀어 쓰고 있다. 『주역』에 대한 해석은 워낙 천차만별이라서 각자 다양한 해석이 가능하지만 그는 『주역』의 괘를 인간 가치관의 실현이라고 생각하면서 괘의 형상을 재해석하고 있다. 이러한 해석은 자신의 삶과 가치관을 반영하고 있다. 그중의 한 편을 살펴보기로 하자.

> 높은 산이 땅속에 파묻힌 모습
> 밑바닥에 감춘 험난한 어려움은
> 스스로 한없이 아래로 낮추는 형상
>
> 하늘 향하는 계단 여럿이라지만
> 첫째 둘째 셋째 계단들 모두 겸손
> 오만으로는 그 언저리도 밟을 수 없어
> 무엇보다 우선 내려놓아야 하는 욕심
>
> '겸'은 가득 차 많은 것 덜어
> 모자라고 적은 것 도와줌의 뜻
> 저울질의 비롯함이 베풂에 있다면

'겸'의 뜻은 공평을 지향해 가는
사심 없는 진정한 저울추의 이치

부드러움 속 따스한 감화의 위력
천지는 말없는 글자로 표현된 경전
'겸'은 천지의 경전 향하는 경외심
소금의 짠맛 잃지 않음과 같은 것

진정한 용기는 자연 그대로의 겸손
'겸'은 낮추어 아래로 향하는 용기
계산된 실천은 욕심의 다른 표현일 뿐
'겸'은 배려로 우려내는 참된 빛남

— 「주역시편 – 지산겸」 전문

　이 시는 『주역』의 열다섯 번째 괘인 겸(謙)괘를 쓴 시이다. 이 괘의 하괘는
간(艮)이고, 상괘는 곤(坤)으로 되어 있다. 지산겸 앞의 괘는 대유(大有)괘인
데, 대유는 화천대유(火天大有)를 말하며, 그 의미는 하늘에 빛나는 태양과 같
은 풍족한 부를 상징한다. 이 화천대유의 다음에 이어지는 겸괘는 풍족한 부
를 공평하게 분배한다는 의미가 있다. 이 괘의 대상(大象)은 "높은 산[艮]이
낮은 땅[坤] 위에 있는 형국이다. 군자는 이 괘를 보고 많은 것을 덜어 적은
것에 보탠다. 그리고 사물의 균형을 잘 지켜서 공평하도록 힘쓴다."[4]고 풀이
하고 있다. 겸은 자신을 낮추는 것이고, 높은 것을 깎아서 낮은 곳을 채우는
것이다. 겸손과 겸허의 자세로 사물을 대하고 균형을 갖추지 못한 것은 균형
을 맞추는 것이다. 겸은 분배를 하기 위한 공평한 저울추와 같은 것이다. 겸
이 낮추는 행위라고 한다면 군자의 덕목이 될 수 있고, 오만과 편견에 사로

4　위의 책, 83쪽.

깨달음과 실천궁행의 길

잡히지 않기 위한 균형 잡힌 행동이라고 할 수 있다.

이 시는 겸괘를 시의 소재로 삼아서 그 괘의 의미를 풀이하고 있다. 먼저 1연은 말 그대로 지산겸의 대상(大象)을 풀이하고 있다. 하괘와 상괘의 모양을 통해서 "스스로 한없이 아래로 낮추는 형상"을 끌어내고 있다. 2연은 이 괘의 각 효(爻)의 형상을 풀이하고 있다. 초음(初陰)과 이음(二陰), 삼양(三陽)의 효를 "하늘 향하는 계단"으로 표현하면서 이 모두가 겸손의 미덕을 갖고 있다고 한다. 그 겸손은 욕심을 내려놓은 데서부터 시작한다고 한다. 겸괘의 효(爻) 풀이는 다음과 같다.

> 초육(初六)에서 겸은 겸손한 군자이니라. 큰 냇물을 건너는 일이 있더라도 길하리라. 상(象)에서 말하기를 겸은 겸손한 군자라 함은 몸을 낮추어서 스스로를 처신하는 것이다. 육이(六二)는 겸이 울린다. 마음을 곧게 가지면 길하리라. 상에서 말하기를 겸이 울리니 마음을 곧게 가지면 길하다 함은 중용의 마음을 얻었다는 것이다. 구삼(九三)에서 겸은 수고로운 군자이니라. 마침이 있어 길하리라. 상에서 말하기를, 겸이 수고로운 군자라 함은 만민이 복종한다는 것이다.(初六 謙謙君子 用涉大川 吉 象曰 謙謙君子 卑以自牧也 六二 鳴謙 貞吉 象曰 鳴謙貞吉 中心得也 九三 勞謙君子有終 吉 象曰 勞謙君子 萬民服也)[5]

이 풀이에서 겸은 겸손의 미덕이 중요하다고 말하고, 마음을 곧게 가져야 함을 강조하고 있다. 겸손의 미덕은 큰 냇물을 건널 때도 위험이 없다고 한다. 겸손은 자신을 스스로 낮춤으로써 대상을 높이는 행위로부터 나오기 때문이다. 3연부터는 겸에 대한 자신의 생각을 표현하고 있다. 3연에서 겸은 "진정한 저울추"의 의미를 가지고 있다고 말한다. 이 시에서 그는 겸손이야 말로 자신을 낮추는 것일 뿐만 아니라, 덜어내고 도와줌으로써 공평을 지향

---

5 위의 책, 84쪽.

서정의 파문

한다고 생각하고 있다. 겸은 사심이 들어 있지 않은 순수한 마음으로부터 우러난 저울과 같은 균형을 말한다. 4연에서 겸은 "감화의 위력"을 가지고 있으며, 경전과 같은 것이어서 경외심을 갖게 되는 것이라고 생각한다. 겸의 덕목이야말로 세상의 소금과 같은 것이라고 생각한다. 5연에서 겸은 "진정한 용기"이며, 낮추어서 아래로 향하는 용기라고 한다. 그래서 겸손의 미덕은 "배려로 우려내는 참된 빛남"이라고 말한다. 그의 시에서 풀이하고 있는 겸괘는 『주역』의 해석을 바탕으로 다시 풀이하고 있다. 겸손의 미덕을 배려와 용기라고 보는 것은 겸괘에 대한 새로운 해석이라고 할 수 있다. 겸괘의 전체 형상에 대한 풀이는 다음과 같다.

겸은 군자의 도가 트이는 괘이니라. 군자는 유종의 미가 있으리라. 단(彖)에서 말하기를, 겸은 형통하는 것이다. 하늘의 도는 아래로 사귀어서 밝게 빛난다. 땅의 도는 낮은 데서 위로 올라가는 것이다. 천도(天道)는 가득 참을 덜어서 겸을 보태어주고, 지도(地道)는 가득 참을 변하여 겸에 흐르게 한다. 귀신은 가득 참을 해하여 겸을 복되게 하며, 인도(人道)는 가득 참을 싫어하여 겸을 좋아한다. 겸은 높고 빛남이 있어, 낮지만 넘어갈 수 없는 것이다. 군자의 끝마침이다. 상(象)에서 말하기를, 땅 가운데 산이 있는 것이 겸괘이다. 군자는 많은 것을 덜어 적은 것에 보태되, 모든 물건을 다루어 균등하게 베푼다.(謙亨 君子有終 彖曰 謙亨 天道下濟而光明 地道卑而上行 天道虧盈而益謙 地道變盈而流謙 鬼神害盈而福謙 人道惡盈而好謙 謙尊而光 卑而不可踰 君子之終也 象曰 地中有山謙 君子以裒多益寡 稱物平施)[6]

『주역』의 원문을 바탕으로 그의 시를 읽으면 어떤 부분이 어떻게 풀이되고 형용되었는지를 알 수 있을 것이다. 『주역』에서는 겸을 형통한다는 뜻의 형(亨)으로 풀이하고 있지만, 그의 시에서는 저울이라는 뜻의 형(衡)으로 풀

---

6 위의 책, 84쪽.

이하고 있다. 그는 균등하게 베푼다는 의미를 강조하면서 베풂은 용기와 배려로부터 나오는 것이라고 말한다. 『주역』에 나오는 괘의 풀이는 막연하고 애매하게 나타나 있지만, 그의 시에서는 인간의 덕목을 중심으로 서술되고 있음을 알 수 있다. 그의 「주역시편」은 원문의 해석을 바탕으로 괘의 형상을 재해석함으로써 그 의미를 실제 생활의 덕목으로 구체화시키고 있다.

「주역시편─산풍고」는 열여덟 번째 괘이다. 하괘는 손(損)괘이고, 상괘는 간(艮)괘이다. 괘의 형상을 풀이하면 산[艮]기슭에 바람[巽]이 부는 형국이다. 산풍고는 고(蠱)괘인데, 기물(器物)을 벌레들이 파먹거나 접시에 가득 담은 음식에 벌레들이 우글거린다는 뜻이다. 말 그대로 부패와 혼란이 일어나는 형국이다. 전체 괘의 상징은 전화위복(轉禍爲福)이다. 고괘는 강(剛 : 艮)이 위로 향하고, 유(柔 : 巽)가 아래로 향하기 때문에 서로 교합하지 못하고 부패하고 혼란한 상이다. 그의 「주역시편─산풍고」에서는 혼탁해지는 세상의 이치를 제시하면서 편안하고 즐기는 삶이 가져오는 혼란을 경계하고 있다. 그는 고의 괘가 타락하고 혼란한 세상이 도래하였음을 경계하면서 강한 것과 부드러운 것이 조화를 이루어서 "산처럼 흔들림 없는 위엄과/바람처럼 부드러운 포용력"으로 새로운 시작을 할 수 있을 것이라고 말한다. 『주역』의 고괘가 부패와 혼란을 거쳐서 새로운 시대가 올 것이라고 예견하는 상이라고 한다면 그의 시에서도 이러한 상징은 변함이 없지만, 이 혁명의 기운이 아비와 자식으로 이어지는 세대의 자연스러운 흐름으로 인식하고 있다는 점에서 다르게 읽힌다.

「주역시편─산화비」는 비(賁)괘이다. 이 괘는 아름다운 장식을 의미한다. 하늘의 무늬인 천문(天文)을 상징한다. 저녁노을은 아름답지만 몰락 직전의 찬란한 빛을 말한다. 그래서 그는 「주역시편─산화비」에서 "진실 앞에 거짓 꾸밈은 소용없는 법/꾸밈을 버리면 허물마저 없다"고 말하고 있다. 그는 아름다운 장식 뒤에 있는 "민낯의 미소"를 발견하려고 하고, 꾸밈이 없는 순수의 상태에서 참된 아름다움을 찾으려고 한다. 그 아름다움이야말로 "진흙 속에서 꽃피우는 연꽃"과 같은 것이라 할 수 있다. 꾸밈 자체가 자연스러울 때 인문과 천문의 경계가 사라지는 것이다. 비괘의 아름다움을 그는 간결하고 소박한 꾸밈에서 발견하고 있다.

이와 같이 그의 「주역시편」은 『주역』의 괘를 깊이 사유하면서 인격 수양의 덕목으로 해석하고 있다. 64괘를 인간 생활에 접목해서 해석하고 이를 실천하고 행하기 위해서 시로써 형상화하고 있다. 이 때문에 그의 「주역시편」은 단순히 『주역』의 재해석에 머무르지 않고 그 해석을 통해서 참된 인격 수양의 방편으로 삼고 있다. 그럼에도 불구하고 그의 「주역시편」은 『주역』에 대한 해석을 바탕으로 해서 그 의미를 시로써 형상화하는 데 머무르고 있음을 부인할 수가 없다. 『주역』의 괘를 보다 심도 있게 해석해서 자신의 삶에 녹아냈더라면 『주역』의 본바탕을 뛰어넘는 인문의 시가 나오지 않았을까 한다.

사실 『주역』은 어디에 준거를 두고 해석하고 판단할 것인지에 따라서 다양한 해석이 가능할 수 있다. 괘의 상징성을 자연의 원리에 따라서 해석할 수도 있고, 인간의 통치 원리에 적용해서 풀이할 수도 있으며, 개인의 운명이 나아갈 길에 빗대어 설명할 수도 있다. 이 때문에 『주역』의 괘에 대한 해석과 설명은 다양한 변화의 원리 속에 놓일 수밖에 없다. 이러한 다양성을 벗어나서 그의 「주역시편」이 독특한 의미를 갖기 위해서는 괘의 내용을 육화하고 그 의미를 심층으로 분석한 후에 시로 형상화하는 작업이 있어야 할 것이다. 『주역』의 괘를 인간 수양의 덕목으로 생각하고 그것을 실천궁행하려는 시인의 자세가 앞서면서 그 바탕을 벗어나지 못하고, 우주의 원리를 표방하는 상징의 세계가 좀 더 깊이 스며들지 못하게 되고 말았다. 그가 좀 더 우리 곁에 있었더라면 「주역시편」을 통해서 인간의 근본 문제가 스며든 『주역』의 세계를 만날 수 있었을 것이라는 생각이 든다. 그의 「주역시편」은 괘를 설명하는 시에서 한 걸음 더 나아가 『주역』에 스며 있는 오묘한 변화의 원리를 시적으로 형상화하는 작업이 있어야 할 터인데, 이미 시인은 가고 없으니 후대의 시인들이 그 몫을 할 수 있는 날을 기다릴 수밖에 없다.

4. 궁극에 닿는 길

지난해 겨울 어느 날, 증평 21세기 문학관에서 『문심조룡』 번역 작업을 하고 있을 때였다. 번역 작업이 거의 막바지에 이르렀을 때 작가회의 회원 여러분들의 부고와 함께 오정환 시인의 부고가 날아왔다. 부고 소식을 문자로 확인하는 순간 오정환 시인과 함께했던 나날들이 머릿속을 스쳐지나갔다. 증평에서 부산까지 조문을 하고 다시 증평으로 돌아오니 밤이 깊었다. 증평의 문학관 앞뜰에는 눈이 소복하게 쌓여 있었다. 그 눈길을 따라서 숙소로 돌아오니 함께 있던 문인들이 모여 담소를 나누고 있었다. 그날 함께했던 시인 중의 한 분이 시인 한 사람이 이 땅을 떠나는 것은 하늘의 별 하나가 사라지는 것이라고 했다. 떠나간 그 별을 생각하면서 그날은 증평에서 입주 문인들과 함께 오정환 시인을 떠나보낸 슬픔을 나누었다. 장자는 아내가 죽었을 때 바깥에서 동이를 치면서 노래를 불렀다고 한다. 장자는 아내의 죽음을 슬퍼하는 것이 아니라 자기보다 먼저 삶을 초극했으니 그 아내를 위해 축하의 노래를 불렀다고 한다. 그의 유고시집에는 「장자(莊子)의 장례」가 있다. 그는 장자의 죽음과 같이 자신의 몸을 뭇 생명들에게 나누어주었고, 그의 정신은 후배 시인들에게 남기고 갔다. 이번 유고시집에서 읽은 죽음에 대한 사유는 오정환 시인의 삶을 더욱 외경(畏敬)스럽게 한다.

> 장자 죽음에 이르러
> 제자들 성대한 장례 의논하고 있을 때
>
> "내 시체를 그냥 산에다 두어라

땅 위에 버리면 까마귀 솔개가 먹을 것인데
땅속에 묻으면 개미가 먹을 것인즉
모처럼 까마귀나 솔개가 먹게 되어 있는 것을
빼앗아 개미에게 주는 것은
불공평한 처사가 아니냐"

"나는 천지를 관이라 생각하고
해와 달과 별을 구슬로 보고
세상 만물 나를 위한 장식물이라 생각했네
나를 장사 지내는 장식물이야
이 정도로 충분하지 않은가!
더 이상 아무것도 필요하지 않네"

—「장자(莊子)의 장례」 전문

깨달음과 실천궁행의 길

마술의 언어, 언어의 마술사
— 송찬호의 근작 시편

1.

지금까지 송찬호의 시를 "현실에 밀착된 상징의 세계"[1], "현실과 인간 실존적 조건에 대한 언어의 괴리"[2], "동화적 상상력의 세계"[3], "언어와 존재 일반에 대한 고전적인 품격이 내재된 시"[4]라고 평가해왔다. 이러한 평가들은 그의 시를 읽는 방법이 난해하다는 증거이다. 그의 시는 인간 존재에 대한 부정과 현실에 대한 부정을 넘어서 인간의 사유가 나아갈 수 있는 무한한 상상의 공간으로 향하고 있다. 이 때문의 그의 시를 읽기 위해서는 먼저 기왕의 언어 감각을 벗어나지 않으면 안 된다.

송찬호의 시는 소재의 상징성을 사용할 뿐만 아니라, 그 상징의 내면에 있는 상상의 공간을 시적으로 형상화하기 때문에 우리가 알고 있는 일반적인 시론으로 그의 시를 읽어내기에는 어려움이 많다. 이재복이 지적하고 있는

1   김주연, 「얼음 세상 속 찬 불길」, 송찬호, 『10년 동안의 빈 의자』, 문학과지성사, 1994.
2   김춘식, 「검은머리 동백, 시인의 숙명적인 부조리」, 송찬호, 『붉은 눈, 동백』, 문학과지성사, 2000.
3   신범순, 「고양이 철학 동화」, 송찬호, 『고양이가 돌아오는 저녁』, 문학과지성사, 2009.
4   이재복, 「상징의 발견과 미의 복원」, 송찬호, 『분홍 나막신』, 문학과지성사, 2016.

서정의 파문

것처럼, 그의 시는 실존과 언어에 대한 고전적인 접근법으로 읽어야 한다. 그의 시를 현실과 인간 실존에 대한 괴리 현상이 있다고 말하는 까닭은 그의 시는 얼핏 보기에 현실을 벗어난 동화적 상상력을 바탕으로 하고 있기 때문이라고 말할 수 있다. 그러나 그의 시에 나타나는 동화적 상상력은 현실과 괴리된 것이 아니라, 현실을 바탕으로 무한한 사유의 세계로 나아가는 인간 실존의 또 다른 존재 방식이라고 말할 수 있다.

그의 시를 읽으면, 김성규의 「눈보라 속으로 날아간 마법사」와 같은 환상을 넘나드는 시적 상상력의 세계가 떠오른다.[5] 김성규의 시는 현실을 상징화해서 그 현실을 바라보는 상상의 세계를 드러내고 있지만, 송찬호의 시는 아예 현실 자체가 상징의 세계와 의뭉스럽게 엉겨 붙어 있어서 어느 것이 현실이고 어느 것이 상상의 세계인지의 경계가 모호하다. 김성규의 시는 현실을 벗어나지 않은 곳에서 현실을 풍자하고 있고, 송찬호의 시는 아예 현실과 동떨어진 것처럼 진술하면서 언어의 행간에 부조리한 현실을 깊이 감춘 채 그 현실을 풍자하고 있다. 동양 문예미학의 관점으로 볼 때, 송찬호의 시세계는 사공도가 제시하고 있는 시의 품격 중에서 '웅혼'의 품격에 가깝다고 할 수 있다.[6] 사공도는 웅혼의 시세계는 "드러난 형상 밖으로 훌쩍 벗어나/존재의 중심을 손에 쥔다/무리하게 붙잡지 않으면/다함없이 가져올 수 있으리라."

---

5 황선열, 『동양시학과 시의 의미』, 케이포이북스, 2016, 384~391쪽.
6 사공도가 제시하고 있는 스물네 개의 시의 품격 중에서 웅혼의 품격을 말하는 전체 시의 내용은 다음과 같다. "위대한 쓰임은 밖에서 펼쳐지지만/진실한 역량은 내부에 충만해 있다/허무로 되돌아서 혼연함으로 들어가고/군건한 힘을 쌓아 웅장함을 이룬다//무한한 만물을 가슴에 채우고서/드넓은 창공을 가로질러 가노니/뭉게뭉게 먹구름은 피어나고/휘익휘익 긴 바람은 몰려온다//드러난 형상 밖으로 훌쩍 벗어나/존재의 중심을 손에 쥔다/무리하게 붙잡지 않으면/다함없이 가져올 수 있으리라(大用外腓 眞體內充 返虛入渾 積健爲雄/具備萬物 橫絶太空 荒荒油雲 寥寥長風/超以象外 得其環中 持之匪强 來之無窮). 황선열, 「씩씩하고 거침없는 경지-웅혼」, 『신생』 제67호, 2016년 여름호.

고 말하고 있다. 송찬호의 시에서 동화적 상상력의 세계를 보인다는 것은 고전적 관점에서 말한다면 거침없는 환상의 세계를 보여주는 웅혼의 품격에 닿아 있다고 말할 수 있다. 이 때문에 그의 시는 현대시의 문법으로 바라볼 수 없는 지점에 놓여 있다고 말하고 있는 것이다.

동양 문예미학을 말하는 자리에서 전통적으로 뛰어난 시인들은 무한한 상상의 세계를 넘나들고 있음을 확인할 수 있다. 굴원(屈原)의 「이소」가 그렇고 곽박(郭璞)의 유선시, 이태백과 이하(李賀)의 시들이 그렇다. 하물며 이육사의 「광야」에서 "백마 타고 오는 초인"이라는 시구만 해도 광야에서 펼쳐지는 무한한 상상의 세계를 형상화한 것이 아니었던가? 이처럼 전통적으로 뛰어난 시인들이라고 말할 수 있는 시인들은 현실과 상상의 세계를 마음대로 넘나들었다. 그러나 그 거침없는 상상의 세계로 나아가면서도 "보이지 않는 중심"이 있었다는 말이다. 이는 그들이 지향하고 있는 상상의 세계는 인간의 현실을 바탕으로 하고 있었다는 말이고, 인간 존재의 한계를 벗어나지 않았다는 말이다. 고전적 관점으로 송찬호의 시를 말한다면, 그의 시는 거침없는 상상의 세계를 넘나드는 웅혼의 품격을 보여주고 있다고 말할 수 있다.

이 글에서 송찬호의 시를 '마술의 언어'라고 말하는 까닭은 그의 시는 언어를 통해서 신비로운 마술과 같은 세계를 경험하게 한다는 말이고, '언어의 마술사'라고 말하는 까닭은 그는 언어를 마음껏 부려 쓰는 마술사와 같은 시인이라는 뜻이다. 여기서는 그가 펼쳐 보여주는 마술과 같은 세계, 혹은 신화적 상상의 세계를 다 말할 수는 없겠지만 최근의 신작 몇 편을 통해서 그 세계의 언저리를 살펴보려고 한다.

2.

송찬호의 시를 읽기 위해서는 먼저 기왕의 언어 독법을 무장해제해야 한

서정의 파문

다. 그의 시는 현실을 표현하고 있으면서도 현실과 거리가 먼 곳의 이야기로부터 시작하고 있으며, 또한 그가 선택하는 시어들은 일반적으로 알고 있는 언어의 정의로부터 벗어나 있다. 이 때문에 그의 시를 읽기 위해서는 기왕의 관념을 벗어난 채, 전혀 새로운 시적 관점을 취해야 할 것이다.

> 곡마단의 말이
> 곡마단의 파란 말이
> 산 너머 골짜기 양치류 여자를 사랑했다
>
> 곡마단 파란 말은
> 등에 포도주잔을 태우고
> 원형 공연장을 돌았다
> 포도주 한 방울 흘리지 않고
>
> 공연이 끝나면 파란 말은
> 불덩이처럼 여자에게 달려가곤 했다
> 뜨거운 콧김을 내뿜으며,
> 파란 말 귓속에 한 움큼씩 데이지꽃이 피었다
>
> 곡마단 파란 말은 양치류 여자에게
> 함께 떠나자고 졸랐다
> 파란 말이 철푸덕 싸놓은
> 말똥이 이 말을 엿들었다
>
> 곡마단 파란 말은
> 사는 게 모두가 곡예라면서
> 높은 허공 외줄을 타는 여자라도
> 공 속에 들어 있는 여자라도 사랑하겠노라 다짐했다
>
> 곡마단 파란 말이

마술의 언어, 언어의 마술사

불덩이처럼 달려갔다
캄캄한 밤을 데리고 검은 침대를 등에 태우고
어느 때인지 양치류밭엔 말이 자고 간 흔적만 남았다

곡마단 천막 극장은 뭉게구름 같아서
언제 떠날 줄 모르지
곡마단이 떠나면
철푸덕 싸놓은 말똥의 운명은 이제 누가 알리

— 「달아나는 말」 전문

이 시의 환상적 세계는 "곡마단의 파란 말"과 "산골짜기 양치류 여자"로 부터 시작하고 있다. 곡마단은 유랑 생활을 상징한다. 곡마단의 원형 공연장에서 파란 말과 함께 공연을 하는 남자는 운명과 같이 산 너머의 양치류 여자를 사랑한다. 이 때문에 파란 말이 싸놓은 말똥은 그 남자의 흔적이라고 할 수 있다. 곡마단은 떠나는 존재이고, 산속에 살고 있는 여자는 떠나지 못하는 존재이다. 그들은 이별할 수밖에 없는 운명에 놓여 있다. 이 두 사람의 엇갈린 사랑은 이 시의 중심축을 이룬다. 그 남자가 사랑한 여자는 양치류와 같은 존재라고 말하고 있다. 양치식물은 포자가 생성되어서 생활사를 반복하는 식물이다. 여자는 그 산을 떠나서는 살아갈 수 없는 양치식물과 같은 운명을 타고났고, 곡마단의 남성은 뭉게구름과 같이 떠날 수밖에 없는 운명을 타고났다. 두 사람의 비극적 운명이 이 시의 바탕에 깔려 있다. 그들의 사랑은 높은 허공에서 외줄을 타는 것처럼 위태롭지만 그들의 사랑은 불덩이처럼 뜨거웠다. 물론 이 시를 남녀의 운명적 사랑이 아니라, 간단하게 곡마단 말이 산속의 양치식물을 좋아한다는 방식으로 읽을 수 있는 여지도 남겨놓고 있다. 그의 시를 이처럼 다양한 방식으로 바라볼 수밖에 없는 까닭은 그가 선택하는 시어들의 의미 전달 방식이 기왕에 우리가 알고 있는 관념을 넘어서 존재하고 있기 때문이다.

서정의 파문

이 시에서 사용하고 있는 시어에서 알 수 있는 것처럼, 송찬호의 시는 원관념을 멀리 두고 보조관념을 통해서 보이지 않는 주제를 형상화하고 있다. 거기에다가 환상적인 파란색과 이질적인 말똥이라는 배설물을 끌어들여서 비극의 이미지를 극대화하고 있다. 곡마단의 말을 조련하는 사람을 말의 이미지로 대치하면서 말이 여자를 사랑하는 구도로 만들고 있다. 그러니 이 시는 외형으로는 말과 양치류 여자의 사랑을 말하고 있지만 그 내면은 곡마단의 남자와 산속에 사는 여자의 사랑을 다루고 있는 것이다. 이들의 사랑 또한 평범한 사랑이 아니라, 마치 곡예사의 사랑과 같이 슬픈 사랑이다. 이와 같이 송찬호의 시는 현실을 현실로 바라보는 것이 아니라 현실 너머에 존재하는 상징을 통해서 현실을 구현하고 있다. 이것이 그의 시를 기왕의 언어 독법으로 접근하면 안 되는 이유라고 할 수 있다.

이러한 환상의 세계는 「산꼭대기 집」에서도 잘 드러나고 있다. 산꼭대기에 집을 짓는 발상부터가 비현실적이지만, 그 비현실의 공간을 만들어가는 과정 속에서 화자는 이미 사라지고 없는 상상의 공간을 현실로 재현하고 있다. 그의 시에 나오는 동화적 상상의 세계는 미디어의 세계에 갇힌 채 보이는 것에만 현혹되어 있는 인간들을 또 다른 세계로 안내하는 역할을 한다. 송찬호의 시의 독특한 미학은 어디로 향할지 모르는 상상의 힘에 있다. 그는 현실 속에서 신화의 세계를 말하면서 오래된 과거에 존재했던 변하지 않는 풍경들을 현실로 불러들이고 있다.

> 당나귀를 추적하는 사람들은
> 둥근 구리 거울을 휴대하고 다닌다지
> 그들은 나무 자궁에서 태어나
> 피가 초록이라고도 하지
>
> 그들은 당나귀가 남기고 간

발자국을 석고로 본떠 살피지
당나귀가
면경에 비칠 때까지
구리 거울을 문지르지

당나귀를 추적하는 사람들은
좀처럼 다른 이의 눈에 띄지도 않지
그들은 변신의 귀재니까
길가의 돌멩이,
덧없이 녹아버리는 소금 가마니,
나뭇가지를 꺾어서 초록피가 나오면
그게 당나귀 추적자들일 수 있어

푸른 초원 흰 벽 빨간 지붕의 집에
당나귀가 산다고 말하지만
당나귀를 추적하는 사람들은 알고 있지
거긴 텅 빈 곳이란 걸
당나귀는 방랑이라는 걸

옛이야기는 모두 어디로 사라졌을까
고된 노동과
느림의 산물,
당나귀 똥 이야기 말이야
이제 어딜 가나 항문이 없는 사람들 뿐이지

그래도, 이 세상 없는 곳에서
없는 사람 누군가는
오늘도
당나귀 엉덩이에서
금화 한 닢 떨어지는 소리를 가만히 듣는다지
— 「당나귀를 추적하는 사람들」 전문

서정의 파문

이 시의 주체는 당나귀를 추적하는 사람들이지만, 보이지 않는 중심은 당나귀이다. 유목 시대의 당나귀는 삶과 죽음의 경계 이쪽에서 저쪽으로 영혼을 운반해주는 존재였다. 당나귀는 죽은 자를 싣고 끝없는 초원을 달리다가 힘이 다하는 곳에서 죽음을 맞이한다. 당나귀는 죽은 자의 영혼을 싣고 하늘로 올라간다. 신화나 전설 속의 당나귀는 지상과 천상을 연결하는 매개체 역할을 한다. 당나귀를 추적하는 사람들은 이미 사라진 당나귀 이야기를 추적하는 사람들이 아닐까? 그들은 현실과는 동떨어진 곳에 있는 사람들이다. 둥근 구리 거울과 초록의 피는 잃어버린 전설 속에 등장하는 상징적 소재들이다. 오랜 옛날 당나귀가 살았던 푸른 초원의 빨간 지붕은 이미 환상 속에만 존재하는 소재일 뿐이다. 이 때문에 화자는 당나귀 똥 이야기가 사라진 현실을 두고 "항문이 없는 사람들"만 살아가는 답답한 시간 속에 놓여 있다고 말하고 있는 것이다. 그렇지만 "이 세상 없는 곳에서/없는 사람 누군가는" 당나귀의 전설과 같은 소중한 이야기들을 가만히 들으려고 한다. 이와 같이 송찬호의 시는 사라진 것들에 대한 애정을 따뜻하고 환상적인 시선으로 형상화하고 있다.

그러나 그의 시는 현실을 넘어서는 상상의 세계만을 드러내는 데 머물러 있지 않다. 그의 시선은 생명이 있는 존재들을 기억하면서 그 생명을 여지없이 파괴하는 인간을 비판하는 데까지 나아가고 있다. 생명이 있는 것을 죽이지 않으면 살아갈 수 없는 것이 인간의 운명이지만, 다른 생명들의 죽음에 무감각한 인간들은 자성하지 않으면 안 될 것이다. 송찬호의 시는 이러한 생명 윤리를 그의 독특한 시적 기율(紀律)을 통해서 보여주고 있다.

「고등어를 굽는 모임」에서는 고등어를 먹는 사람들의 무감각한 반생명성을 풍자하고 있다. 여기에 등장하는 사람들은 귀머거리이거나 말더듬이거나 앉은뱅이들이다. 이들은 비정상적인 인간을 상징하는 존재들이며, 생명의 주검을 먹으면서도 그 끔찍한 폭력성을 생각하지 않는 무감각한 인간을 비유하는 존재들이다. 이 시는 고등어를 먹는 장면을 통해서 인간들은 사소한 일상 속에서도 얼마나 많은 생명들을 죽이면서 살고 있는지를 보여주고 있으며, 이를 통해서 인간이 얼마나 폭력적으로 살아가고 있는지를 고발하고 있다. 「출정의 노래」에서는 사라져가는 생명들의 반격을 풍자하면서 환경 위기의 심각성을 고발하고 있다. 이 시는 새호리기라는 소재부터 먼저 살펴보아야 할 것이다. 새호리기는 맹금류에 속하는 여름 철새로 멸종위기야생동물이다. 이 새가 전쟁 소식을 알리는 것은 환경이 파괴되고 있는 현실과의 전쟁을 의미한다. 오랫동안 환경을 지켜왔던 모든 생명들이 출정의 노래를 부르며 나아가지만 세상 곳곳에 흩어진 죽음의 과정을 목격하고 만다. 주검들이 나무에 주렁주렁 매달려 있는 처참한 현실을 목도하면서 전장으로 행하는 이들의 출정 노래는 죽음의 장송곡으로 변하고 만다. 생명이 없는 팔로 칼을 빼어들고, 생명이 없는 목소리로 함성을 지르는 비장한 죽음의 세계만 이어지고 있다. 이 시는 새호리기라는 새 한 마리를 통해서 멸종의 위기에 있는 생명들이 부르는 죽음의 장송곡을 형상화하고 있다. 이러한 자연 파괴의 과정을 잘 드러낸 작품이 「악어의 수프」이다.

인구 3만의 도시 남쪽에 있는
늪에 악어가 살고 있다
공중에서 내려다보면 늪은
도시가 팔을 쭉 뻗어
대지에 끓이는 프라이팬 같다

도시는 자주 악어사냥꾼들을 늪에 보낸다
그때마다 악어는
수프를 끓인다
사냥꾼들에게 먹일 수프를 끓인다

서정의 파문

악어는 온몸으로 수프를 휘젓는다
머리로
네 다리로
치명적인 억센 꼬리로,
사냥꾼들이 도착할 때까지 수프는 완성되어야 한다

사냥꾼들은 늪을 샅샅이 뒤진다
총알 구멍 난 늪의 침대를 누군가 가리킨다
놈이 여기 누워있다 도망친 게 틀림없군
사냥꾼들은 웃는다 소리친다 퍼먹는다 맛있는 늪의 수프를!

사투 끝에 악어 한 마리가 늪 밖으로 끌어올려진다
눈이 가려지고
주둥이가 묶이고
악어의 머리에 무거운 돌이 놓여진다
그대로 악어는 끌려간다
악어를 짓누른 그런 돌이 도시의 기초가 되었으니…

사냥꾼들이 떠난 후 늪의 수면으로 천천히 악어가 모습을 드러낸다
늪은 이제 고요하다
악어는 다시 수프를 끓인다
먼 피의 강으로부터
악어의 딸들이 돌아올 시간이다

—「악어의 수프」전문

이 시는 인간의 자연 파괴를 현실과 환상의 경계를 넘나들면서 형상화하고 있다. 이 시에서 악어라는 존재는 늪의 형상을 말하고 있다. 악어 사냥꾼들은 늪 속에 있는 생명들을 채취하는 사람들이다. 악어와 같이 생긴 늪은 자연의 생명들을 길러내고 있다. 늪이 생명을 길러내는 과정을 프라이팬으

로 수프를 끓이는 과정으로 표현하고 있다. 늪이 길러낸 생명들과 자연물들은 도시에 사는 악어 사냥꾼들이 무자비에게 채취해간다. 늪에 사는 생명들은 처절한 사투 끝에 악어 사냥꾼들에게 붙잡혀 간다. 이들 생명들과 자연물들은 도시에서 살아가는 인간들을 먹여 살린다. 도시에 사는 악어 사냥꾼들이 떠나고 난 뒤에 다시 악어와 같이 생긴 늪은 본래의 모습을 드러내고 또다시 생명을 길러내는 일을 반복하고 있다. 그는 이 시를 통해서 늪의 생명을 채취하는 인간의 폭력성을 고발하고 있다. 늪의 모습을 악어로, 늪이 길러내는 생명의 율동을 프라이팬에서 수프를 끓이는 과정으로 치환함으로써 원관념과 동떨어진 새로운 세계를 보여주고 있다. 그의 시를 일반적인 시의 방법론으로는 읽기 어려운 까닭은 원관념과 보조관념의 치환 방식이 독특하기 때문이다. 이 시는 공중에서 바라보면 악어의 모습을 닮은 늪을 악어로 빗대는 과정에서 늪이 가진 본래의 원시성을 지켜야 한다는 메시지를 전하고 있다. 그는 언어 속에 감추어진 마술과 같은 시어를 사용해서 거침없는 상상의 세계로 나아가고 있으며, 독특한 시적 방법론을 통해서 새로운 환상의 세계를 펼쳐 보이고 있다. 이런 점에서 그는 언어의 마술사와 같은 시인으로 우뚝 서 있는 것이다.

3.

송찬호의 시는 독특한 미적 특질을 바탕으로 하고 있으며, 이러한 미적 특질을 다양한 방식으로 치환하거나 변주하면서 현실을 풍자하기도 하고, 그 현실을 넘어서 아득한 상상의 세계로 나아가기도 한다. 그의 시는 현실에 뿌리를 두고 있으면서도 현실과 상상의 세계를 자유자재로 넘나들고 있다. 그는 첫 시집에서 보여주었던 동화적 상상의 세계를 통해서 현실 세계를 성찰하는 독특한 시적 방법론을 견지하고 있다. 언어를 부려 쓰는 방식이 어떤

서정의 파문

시인들보다도 독특해서 그의 시를 읽으면 마치 마술사가 마술을 하는 것 같은 착각을 일으키게 된다. 그것은 그의 시가 언어가 명명하는 독특한 관념의 세계를 자유자재로 넘나들고 있다는 것을 말한다. 그에게 있어서 시어 하나하나는 낱알의 마술 도구라고 한다면 시어가 모인 시의 행간들은 그 마술 도구들이 조합되면서 펼쳐내는 환상의 세계라고 말할 수 있다. 그의 시는 현란한 언어의 마술을 보여주고 있으며, 그는 언어라는 마술 도구를 이용해서 인간의 상상이 닿을 수 있는 궁극의 세계를 환상적으로 펼쳐 보여주고 있다.

현대시의 리얼리즘 경향이 낭만주의 문학에서 시작된 상상의 세계를 가로막고 있었다면, 송찬호의 시는 그 현실의 장막을 활짝 걷어내고 인간의 내면에 잠재해 있는 상상의 세계를 마음껏 펼쳐 보이고 있다. 그의 시는 신화적 상상의 세계를 잃어버린 채, 시각적 환상의 세계로만 나아가고 있는 현대인들에게 언어를 통해서 보여줄 수 있는 상상의 세계가 얼마나 무궁한 것인지를 새로운 시적 방법론으로 보여주고 있다. 이 때문에 그의 시에 나타나는 상상의 세계는 동양 문예미학에서 오랫동안 중요한 시의 품격으로 다루었던 웅혼의 품격을 잘 보여주고 있다고 말할 수 있는 것이다. 송찬호의 시를 읽으면 인간 정신이 향하는 무한한 상상의 공간을 만날 수 있을 것이며, 그 상상의 세계야말로 시의 미학적 접근에 있어서 근본이 되어야 한다는 사실을 깨닫게 될 것이다.

순수의 품성, 그 흰 바람벽[1]
— 이해웅 시의 지평

1. 시인의 자존심

최근에 이해웅 시인은 스무 번째 시집 『달춤』(지혜, 2014)을 상재했다. 이 시의 표제작인 「달춤」은 심층에 자리 잡은 자신의 원형세계를 탐색하고 있다. 이 시는 중국 운남성 곤명 '운남 영상 가무쇼'에서 춤을 추는 무희들을 보고쓴 것이다. 이 시에서 그는 무희의 손가락으로 겹쳐지는, 혹은 "아득한 태아적 꿈속을 유영하는", 자신의 이미지를 발견한다. 그것은 오래전에 잃어버렸거나, 혹은 기억할 수 없는 몽상의 세계 속에 노닐고 있는 자신이다. 그가무희를 통해서 연상하고 있는 것은 아득한 무의식의 세계이고, 희미한 상상의 공간이다. 이 시에 대한 해설에 따르면 "[이 시에서는] 화자가 태어나기 전자궁의 향수 속에서 자유롭게 유영하던 무의식의 세계가 안무가의 춤사위에오버랩되고 있다"고 한다. 이 시뿐만 아니라, 그는 이번 시집에서 「내 안에든 짐승」 연작시와 「자궁, 심연의 바다」와 같은 시를 통해서 존재의 근원을탐색하고 있다. 그는 생명의 근원, 즉 원형의 세계를 추구하고 있으며, 아득

---

1   이 작가론은 2014년 6월 27일 온천동 소재 선생의 오피스텔에서 가진 대담을 토대로 쓴것이다.

한 기억 속에 존재하는 유년의 풍경, 더 깊은 곳에 자리한 무의식의 세계를 찾아가고 있다.

이러한 근원의 탐색과 함께 이번 시집에서 생각해보아야 할 것은 이 시집의 해설을 자신이 직접 쓰고 있다는 것이다. 뿐만 아니라, 시인들의 시를 놓고 마음대로 재단하고 있는 이 시대 시인들과 평론가의 이상한(?) 공생에 대해서도 통절히 비판하고 있다. 그는 이번 시집을 통해서 심연의 눈으로 시를 새롭게 보고 있다.

원래 작품 해설서는 제대로 된 평론집과는 거리가 먼 것인데 작품 해설 모음을 묶어 평론집인 양 오도하는 잘못된 풍토는 하루빨리 사라져야 할 것이다. 평론가도 평론가려니와 시인 역시도 마찬가지다. 무엇 때문에 평론가에게 목을 매다는가? 시인으로서의 자존은 다 어디 갔는가? 이와 같은 얼빠진 정신 상태에서 제대로 된 시가 나오기는 어려운 일이다. 시인의 자존을 망각하고 타 장르에 기대어 자신의 위상을 지키겠다는 저질 풍토는 그저 개탄스러울 뿐이다. 시의 정신이야말로 인간 정신의 정화이다. 이러한 고양된 정신만이 시가 시로서 존재해야 할 이유이며, 여타 장르와는 생래적으로 다른 시만이 지닌 참모습이 아니겠는가?[2]

시집 해설은 시집에 대한 안내 역할을 할 수 있는데, 이것이 필요 없다는 것은 두 가지 측면으로 생각해볼 수 있다. 하나는 시를 시로써만 이해할 수 있으면 된다는 시 해석의 독립성을 강조한 때문이고, 다른 하나는 시인이 자신의 시세계를 독자들에게 직접 안내하려는 자존심 때문이라 할 수 있다.

이에 대해서 그는, "시는 그 시를 쓴 자신만이 가장 잘 알 수 있는 것이고, 이 때문에 독자에게 자신의 시를 가장 친절하게 안내할 수 있다. 또한, 전기적 사실을 무시하고 있는 시 해설의 오독을 바로잡을 수 있으며, 시적 정황

---

2   이해웅, 「먼 불빛, 적막 위에 눈은 내려쌓이고」, 『달춤』, 98쪽.

을 정확하게 전달함으로써 작품 평에 대한 형식론을 벗어날 수 있다. 이 때문에 자작시에 대한 해설은 시를 이해할 수 있는 진폭을 확장할 수 있다."고 한다. 이는 시가 시인의 몫이냐, 독자의 몫이냐 하는 근원적인 물음으로부터 시인과 평론가 사이의 소통 매개를 어떻게 할 것인가에 이르기까지 많은 논의를 일으킬 수 있다.

어떻든 그는 이 자작시 해설의 제목을 다소 심오한 의미를 내포하는 "먼 불빛, 적막 위에 눈은 내려쌓이고"라고 붙이고 있다. 여기서 말하는 "먼 불빛"은 무엇을 의미하는 것일까? 그리고 "적막 위에 내려쌓이는 눈"은 무엇을 말하고 있는 것일까? 그는 시집에 대한 해설의 변(辯)에서 이 시집에 나오는 68편의 시 중에서 꼭 얘기해보고 싶은 작품을 골라서 해설을 한 것이라고 말한다. 그런데 이 자작시 해설의 제목을 곰곰이 살펴보면, 그의 시적 세계의 근원을 이해할 수 있을 것 같다. 여기서 "먼 불빛"과 "적막"은 서로 밀접한 관련을 가진 이미지이다. 그것은 희미한 근원, 기억조차도 가물가물한 몽상의 세계이다. 그것은 유년의 기억 속에 존재하는 아득한 무의식의 세계이다. 이 희미한 기억 위에 쌓이는 눈은 순수한 세계이다. 그는 몽상 속에 존재하는 무의식의 세계를 통해서 순수의 세계를 회복하려고 하는 것이다.

잃어버린 세계를 붙들고 희미한 몽상의 세계에 켜켜이 쌓여 있는 순수의 발자취를 찾아가는 것이 그의 시가 지향하는 세계이다. 그는 평론가의 해설에 따라서 스스로 그 옷에 맞추어가는 길을 버리고, 자신이 추구하는 본연의 시세계를 찾아가려고 한다.

시집 해설은 사실 큰 문제가 아닐 수도 있다. 그러나 1977년 시집 『반란하는 바다』의 발문으로부터 늘 시집에 해설을 달았던 것을 생각해보면 이번 시집은 시적 자존심을 지키려는 그의 의지를 보여주고 있다고 할 수 있다. 이 때문에 최근 시집의 자작시 해설은 최근 그의 시적 변화를 이해하는 하나의 지도리[樞]가 될 수 있다.

2. 시인의 품성

그는 1964년 부산용호초등학교 교사로 초임 발령을 받는다. 초임 시절임에도 불구하고 그는 학교장의 불리한 인사 조치에 항의하는 교사였다. 초임 발령을 받은 이후 젊은 교사였던 그는 교장에게 항의한 일 때문에 다른 교사들이 모두 좀 더 나은 급지로 인사이동 조치가 있었을 때도 학교를 옮기지 못했다. 그는 다른 교사들이 모두 좋은 학교로 옮기고 난 뒤 겨우 부산충무초등학교로 부임할 수 있었다. 이때부터 그는 초등학교 교장의 전형적인 횡포를 벗어나기 위해서 중등학교 교사 시험에 응시한다. 교원임용고시에 합격하여 부산남중학교 강사로 발령받는다. 그는 부산남중학교 강사를 거쳐서 부산여자고등학교로 옮기기까지 불편부당한 일을 많이 겪었다. 그때마다 불의를 참지 못하는 품성 때문에 어려운 처지에 놓이기도 했다.

초등학교, 중학교, 고등학교를 거치면서 학교 현장의 부조리한 상황을 목격했으며, 그 상황을 이겨내기 위해서 대학원 공부를 하였고, 결국 부산교육대학교 교수로 임용될 수 있었다. 그는 많은 학교를 거치면서 교육행정의 부당한 처사에 맞섰다.

이런 과정 속에서 그가 가장 힘들었던 때는 부산교육대학교 교수로 임용될 때였다. 그는 4남 1녀 중 2남으로 태어났다. 부산교육대학교 임용 당시에 문제가 된 것은 그의 양아버지 행적 때문이었다. 그의 아버지는 5남 3녀 중 넷째였는데, 중부와 숙부가 아들이 없어서 아버지는 그를 숙부의 양자로 입양시켰다. 그런데 중부와 숙부는 사회주의 활동을 해서 반국가적 인물로 지목되었다. 교수 임용을 위한 신원조회에서 그의 양아버지 행적이 문제가 되어 교수 임용에 탈락할 상황에 놓이게 된 것이다. 그는 입양된 호적 관계를 정리하고, 마침내 부산교육대학 교수로 임용되었다. 그는 집안의 영향과 곧은 품성 때문에 힘들고 어려운 상황을 겪었던 것이다.

물소리 바람소리
대안으로 흐르는
사광(射光)마저 도주한
여기
노크하다 쓰러진
절망의 주먹엔
피가 흐르고
침묵 속에 자람하는
언어는 칼을 다스려
오늘을 지킨다

겨레의 한숨이
탑처럼 높아가는 지점에서
눈물보다 더한 아픔과
사랑보다 더한 뜨거움으로
진정 너는
우리 앞에서
헐리어야만 한다.

—「벽」

이 시는 그의 가계에 흐르는 반골 기질과 올곧은 품성이 어떤 현실적 상황을 만들어내고 있는지를 알 수 있게 한다. 그는 "침묵 속에서 자람하는" 언어의 칼을 들고 현실을 살아가려고 한다. 그는 정의와 자유, 진실 따위가 송두리째 빼앗기고 무시당하는 현실 앞에서 올곧은 품성으로 살아가려고 한다. 그래서 그는 "눈물보다 더한 아픔과 사랑보다 더한 뜨거움"으로 현실에 맞서고 있다. 순수의 장벽이 무너진 사회, 진실이 왜곡되는 사회를 향해서 그는 언어의 칼날을 세우면서 일어서고 있다. 그의 시는 사회에 대한 저항이라기보다는 부정과 불의가 판을 치는 세상에서 순수를 회복하기 위한 열망의 표현이라 할 수 있다.

3. 시인과 시 정신

이해웅 시인은 오랫동안 한국문인협회 회원으로 활동했다. 문인이 어떤 단체에 소속되어 있느냐 하는 문제는 그리 중요한 문제가 아닐 수도 있다. 오히려 문인은 자신의 문학에 대한 정체성을 갖는 것이 더 중요할 것이다. 그러나 시인이 어떤 문학 단체에 가입했을 때는 그 문학 단체가 표방하는 이념에 따르게 된다.

한국의 문학단체는 한국 근대문학사를 거슬러 올라가서 살펴보아야 한다. 일제강점기의 상황 속에서 한국의 문인들은 제국주의에 맞서는 문학 단체를 조직했고, 일제는 이 단체에 맞서는 친일 문학 단체를 조직하였다. 1925년에 결성된 카프(KAPF)는 일본 제국주의 정책에 항거하면서 조직된 문학 단체였다. 그러나 카프는 일제의 탄압 정책과 카프 소속 문인들의 구속으로 말미암아 1935년 마침내 해체되고 만다. 그후 일제는 1940년 황국신민화의 정책에 동조하는 문인 단체, 즉 국민문학을 조직하기에 이른다.

이러한 근대 문학 단체의 두 형태는 해방이 되면서 첨예하게 대립하면서 조직된다. 일제강점기 카프의 핵심 인물이었던 임화를 중심으로 조선문학가동맹이 결성되고, 국민문학 쪽에 그 뿌리를 두고 있는 일부 소장 문인들은 청년문학가동맹을 조직하게 된다. 1948년 남한 단독정부의 수립으로 조선문학가동맹의 핵심 문인들은 대부분 월북의 길을 택하게 되고, 청년문학가동맹은 한국문인협회로 자리 잡기에 이른다. 이러한 일련의 과정을 통해서 분단된 한국 문학은 남한 단독정부의 수립과 함께 한국문인협회로 통일되는 형국을 맞게 된다.

그러다가 1974년 11월 18일 자유실천문인협의회가 창립되면서 한국문학

단체는 해방 후 이승만 정권의 비호 하래 성장한 한국문인협회와 민족문학을 표방하는 자유실천문인협회가 양립하는 구도를 이루게 되었다. 부산 지역에는 1996년 4월 창립된 부산작가회의와 해방 후부터 있었던 한국문인협회 부산지부가 있었다. 부산작가회의는 1985년 5월 7일에 결성된 5·7문학협의회에 그 뿌리를 두고 있다. 5·7문학협의회는 문학 창작의 자유와 사회의 정의 실현을 구현하기 위하여 조직된 문학 단체였다.

이러한 한국 문학의 맥락을 염두에 두고서 문학 단체에 대한 얘기를 나누었다. 그는 동아대학교 대학원에서 공부하면서 구연식(具然軾) 시인을 만난다. 대학원 지도교수였던 구연식 시인은 『검은 산호(珊瑚)의 도시(都市)』(국제신보사, 1962)라는 첫 시집을 통해서 조향(趙鄕)과 함께 1950년 이후 초현실주의 경향을 대표하는 시인이었다. 이 때문에 한때 그는 자신의 의도와는 관계없이 모더니즘 계열의 시인으로 분류되기도 했다. 그리고 이러한 인연으로 한국문인협회에 가입했다. 한국문인협회의 회원이 되긴 했지만, 그 당시 그가 생각하는 문학 활동에는 많은 장벽이 가로놓여 있었다. 그는 오래전부터 문학과 사회에 대해서 고민을 했고, 순수를 향한 열정을 갖고 있었지만, 그 당시에 문인들의 상황은 어떤 주의와 이념에 따라 휘둘리고 있었다. 이런 와중에서도 그는 문학의 진정성을 찾기 위해서 노력했고, 순수한 시 정신을 지키기 위해 노력했다.

그의 일관된 문학 정신은 그가 문청 시절부터 줄곧 해왔던 문학 활동을 통해서 잘 알 수 있다. 그는 부산상업고등학교 재학 시절에 부산 시내 고등학교 문예부장이 중심이 된 '부산문우회'를 창립했다. 이 문학단체는 최근까지도 이어지고 있다. 이러한 문학적 열정은 부산시인협회 창립회원으로 활동하고, 또한 다른 문학단체의 창립회원으로 활동하는 계기가 되었다. 그는 시집 『벽(壁)』을 발간하던 해에 부산문인협회 회원으로 가입하고, 2007년 부산작가회의 회원으로 가입하기까지 여러 가지 우여곡절을 겪었다. 그러나 그

서정의 파문

는 문학의 저변에 있으면서 사회에 대한 저항정신과 문학에 대한 올곧은 정신을 지키려고 노력했다. 부산작가회의에 가입함과 동시에 문인협회를 탈퇴한 것도 하나의 선택에 다른 여지를 두지 않으려는 그의 의지를 잘 보여주고 있다.

4. 시의 근원

이러한 시 정신의 기원은 어디에서 시작하고 있는 것일까? 그의 오피스텔에는 오래된 사진 하나가 놓여 있었다. 그 사진 속의 풍경은 해변을 끼고 있는 조용한 어촌 마을의 정경이었다. 흔하지 않은 흑백 사진을 보면서 그 장소를 물었더니 그는 고리 원전이 들어서기 전의 고향 마을이라고 한다. 사진을 보면서 손으로 가리키는 그의 고향집을 찬찬히 살펴보니 바다가 바로 인접한 곳이었다. 방 안에서 문을 열면 바다가 보일 것 같고, 마당을 나서면 바로 바닷물을 만질 수 있을 것만 같다. 파도가 심하게 치는 날이면 마당까지 바닷물이 밀려들 것 같다. 그는 넓은 바다를 품은 순수의 세계를 보면서 자랐다. 이 때문에 그의 시에는 수많은 생명을 품은 모성의 세계, 끝없이 나아가는 무한한 미지의 세계를 보면서 자란 소년의 감성이 녹아 있다.

그가 품고 있는 바다는 원형의 세계이다. 그곳은 생명의 세계이며, 깊고 오묘한 세계이다. 그것을 색채에 비유한다면 흰색일 것이다. 순수의 절정, 만물의 바탕인 흰색으로 상징되는 바다는 아무런 허물이 없는[白色無咎] 세계이다. 그런 바다를 보고 자란 그의 성품은 바다의 이미지를 닮았다. 초등학교 교원 시절에 보여주었던 불의를 보고는 타협할 줄 몰랐던 자세는 순수의 세계를 바탕으로 한 그의 품성 때문이었을 것이다.

어린 시절 보았던 바다의 풍경, 풍성한 생명의 바다가 어느 날 원자력발전소가 들어서면서 깡그리 사라지게 되었다. 사라진 고향에 대한 그리움은 또 다른 시적 자장(磁場)이 되었다. 무언가를 상실했다는 것은 그것을 채우기 위한 열망으로 이어진다. 그는 그것을 시로써 표현했다. 순수함을 잃어버린 부조리한 사회에 맞설 수 있는 용기도 근원을 상실해버린 사람에게서 나오는 힘이라 할 수 있다.

앞엔
눈을 밝혀온
유토피아의 숲
우으로
마음 설레여 온
낭만의 파도

인가를 거슬러 오른
산정엔
토템의 전설 웅거한
김씨당의 높은
권위 보좌한
천년고목

선초(鮮初) 우리님이
웅지 품은
보금자리

아이포(阿爾浦)
화사을포(火士乙浦)
고동(古洞)

고리(古里)는 불의 마을
오늘 여기 선

원자력발전소

— 이해웅, 「고리(古里)」 전문

　"유토피아의 숲"과 같았던 '고동(古洞)'이 '고리(古里)'로 바뀌면서 세상천지
가 바뀌었다. 토템의 전설이 있던 마을, 정겨운 옛 지명이 살아 있던 마을을
잃어버리면서 그는 "불의 마을"이 된 고리(古里)를 비판하고 있다. 상실한 것
에 대한 그리움은 세상에 대한 비판과 저항으로 나아가고 새로운 삶, 순수한
삶의 회복을 위한 의지로 나아갔으리라. 그가 『신생』의 창간호에 편집인으
로 이름을 올린 것도 이러한 시적 근원이 자리 잡고 있었기 때문일 것이다.

　어쩌면 그가 문학 활동을 하면서 처음 만든 단체가 많은 까닭도 이러한 근
원 상실에 대한 아픔 때문이었을지도 모른다. 부산문인협회나 부산시인협
회, 최근에 결성한 '시울림 시낭송회' 등 그는 바다의 자장과 같이 끝없이 새
로운 문학 세계를 만들어가고 있으며, 그것은 순수함을 바탕으로 한 문학의
열정이라 할 수 있다. 그에게 있어서 바다는 마음의 고향이고, 그의 문학이
생성되는 자장이라 할 수 있다. 잃어버린 고향에 대한 간절한 그리움을 낡은
사진으로 위로받을 수는 없을지라도, 그 사진을 보면서 상실한 것을 찾아내
기 위해서 얼마나 많은 노력을 했을지 짐작이 가고도 남는다. 그의 시적 근
원은 이러한 유년의 몽상에 깔려 있는 풍경의 부재를 회복하는 데 있었다.
그는 "에세이적 시론"에서 다음과 같이 시적 근원에 대해서 말하고 있다.

　　바람은 내 시의 동적 이미지이다. 원고지를 앞에다 놓고 시가 제대로 풀리지
　않아 끙끙대고 있을 때 나 자신도 의식하지 못하는 사이에 어디서부터인가 바
　람이 불어오기 시작한다. 나는 개인적으로 많은 경우에 이 바람 체험을 하게
　되었다. 이 무시무종의 바람은 대체 어디서 와서 어디로 불어 가는가. 이것은
　아마도 돌 자갈 많았던 고향 바닷가에서 간단없이 불어오던 유년에 내가 체험
　했던 바람일 수도 있고, 통학 시절 이른 새벽 고리(古里) 배순재의 볼을 에이던

겨울의 혹한일 수도 있을 것이다. 또한 나의 삶을 낮은 데에서 때론 높은 데로 끌어올리던 동적 에너지 혹은 삶의 방향타를 잃고 표류하던 흔들림 자체로 볼 수도 있을 것이며, 모태 속에서 이미 가져 왔거나 아니면 아득한 먼 조상들로 부터 받아온 우주의 원소 중의 하나인 바람 그것일 수도 있을 것이다.[3]

잃어버린 유년의 기억은 오히려 그의 시에서 동적 이미지를 형성하는 것 이다. 이 "무시무종(無始無終) 바람"은 근원을 알 수 없는 곳에서 일어나는 것 이지만, 사실 그 근원은 바닷가의 바람이다. 그가 기억하고 있는 유년의 뜰 을 잃어버렸다는 것은 아득한 기억 속에 무의식으로 존재하는 것을 잃어버 렸다는 말과도 같다. 그것은 애달픈 기억이다. 이 애달픔은 대상에 대해서 측은하게 느끼는 정서이다. 그것은 근원을 알 수 없지만, 무의식 속에 놓여 있는 먼 조상으로부터 받아온 "우주의 원소"라고 할 수 있다. 그가 말하는 바람은 유년의 몽상을 거니는 순수한 세계와 닿아 있다. 이런 맥락에서 그의 시세계를 한 마디로 말한다면, 바람 속에 숨어 있는 순수의 미학이라고 할 수 있을 것이다.

그의 시정신과 삶의 철학은 『논어』 위정편(爲政篇)에 나오는 '시삼백편이 일언이왈, 사무사(子曰, 詩三百, 一言以蔽之, 曰思無邪, 공자가 말씀하시기를, 시경 삼백 편은 한마디로 말하자면, 생각에 사악함이 없는 것이니라)'라는 말의 실현에 있 다. 그는 시적 사유의 세계를 공자가 시경 318편을 평한 말로 갈무리하고 있 는데, 이는 지극히 평범한 시의 정의이기도 하다. 그러나 사실 이 평범함은 외려 그의 시적 깊이를 말하는 것이기도 하다. 굳이 동아시아 시학의 정의라 할 수 있는 '사무사(思無邪)'에 대해서는 깊이 있는 대화를 하지 않았지만, 그 심오한 의미는 충분히 공감할 수 있다. 그는 문학의 본질, 시의 본질에 충실 해야 한다고 말한다. 시는 부조리에 물든 혼탁한 세상을 정화하는 맑은 물과

---

3 이해웅, 「바람 이미지를 좇아」, 『시간의 발자국들Ⅱ』, 세종출판사, 2009, 1281쪽.

같은 역할을 해야 한다. 그것은 그의 시정신이고, 문학의 본질이라고 할 수 있다. 잃어버린 고향에 대한 그리움이나 유년의 뜨락에 자리 잡은 상실의 체험이 시로 형상화되었다고 한다면, 그 시적 자장은 순수한 인간 본성으로 귀의(歸依)하는 것이라고 할 수 있다.

5. 자선 대표작

이제 그가 쓴 시들 중에서 독자들에게 소개하고 싶은 한 편의 시에 대해 말할 순서이다. 물론 그 많은 시들 중에 한 편을 고르라고 하는 것은 무리일수 있지만, 다른 시들보다 더 많이 자신의 시적 세계를 드러낼 수 있는 시, 평생의 시 작업 중에서 자신의 몸에 꼭 맞는 시가 있을 터이다. 시 한 편의작은 통로를 통해서 그의 시적 지평이 어떻게 열리고 있는지를 살펴보는 것도 의미가 있으리라 생각한다. 그는 오래전에 쓴 「동백꽃」을 추천하면서, 이시는 기억하기 쉽고, 누구에게나 평이하게 읽힐 수 있는 시라고 말한다. 사실 기억하기 쉽고, 평이한 시라고 추천하는 그 속내는 그의 시적 세계관을 말하고 있는 셈이다. 어려운 시, 자신만 위안을 삼는 시가 아니라, 누구나 알수 있는 평이한 시가 좋은 시라는 말을 내포하고 있다. 우선 그가 자선한 「동백꽃」에 대한 김현의 평을 읽어보자. 좀 길긴 하지만, 독자들이 이 시를 이해하는 데 도움이 되리라 생각해서 인용한다.

나의 몽상은 「동백꽃」이라는 제목을 읽기가 무섭게 여수 오동도와 고창 선운사로 향한다. 어느 가을날 오후, 긴 방파제에서 소주를 두 서너 잔 마시고, 오동도에 들어갔을 때, 나무들에 가린 어두운 공간과 해변으로 이르르는 길고 좁은 계단들, 그리고 동백나무들이 나를 갑작스럽게 서정주의 「삼경(三更)」으로 이끌었다.

이슬 머금은 새빨간 동백꽃이
바람도 없는 어두운 밤중
그 벼랑에서 떨어져 내리고 있습니다.
깊은 강물 위에 떨어져 내리고 있습니다.

오동도와 동백과 서정주는 내 몽상 속에 동백과 벼랑, 강을 연결시킨다. 이번 여름에 가본 선운사에서 나는 벼랑과 강과 동백을 보지 못했다. 뒷산이 바로 동백나무가 우거진 곳이라던가. 이해웅의 동백꽃은, 가을·계단·어둠·절벽 등의 이미지에, 칼날에 떨어진 사람, 등불 들고 나온 천사를 덧붙이게 한다. 시인은 가을 지나고 조금씩 어두워오는 계단을 지나 칠흑의 어둠으로 내려간다. 가을·계단·어둠은 가치를 갖고 있는 시공이다. 가을과 조금씩 어두워지는 계단을 지나, 칠흑의 어둠 속에 내려간다. 그 어둠 속엔 칼날에 귀 떨어진 사람들이 많이 보인다. 칠흑 같은 어둠 속에서 귀 떨어진 사람을 보는 시인의 눈초리도 무섭지만, 그것은 한 폭의 지옥도이다. 그 사람들을 절벽 위에서 천사들이 등불 들고 마중 나온다. 천사가 든 등불이 바로 동백꽃이겠지만, 시인은 동백꽃에서 구원의 아름다움을 본다. 그 어두운 곳에 피어있는 붉은 동백꽃은 지옥을 밝히는 천사의 등불이다. 그 등불이 아름답다.[4]

「동백꽃」은 쓴 시기로 볼 때, 동일 제목의 시 세 편 중에서 두 번째 시이다. 이 시는 동백꽃에서 자신의 삶과 비슷한 이미지를 발견하고 있다. 참된 아름다움은 칠흑과 같은 어둠 속에서 온다. 삶이라는 것도, 참된 아름다움이라는 것도 가을이라는 절정의 순간에, 그리고 어두워오는 계단에, 파도 소리 은은한 절벽을 만나는 순간에 다가온다. 그는 칼날에 귀 떨어진 것 같은 처절한 "지옥도"를 만나는 순간, 등불을 들고 마중 나온 동백꽃을 만난다. 이 시에서 말하고 있는 것처럼, 처절한 지옥을 밝히는 등불과 같은 시, 칠흑의 어둠 속에서 등불을 들고 마중 나온 동백꽃 같은 시를 쓰려고 한다. 그의 시 한

---

4   김현, 「동백꽃」, 『시와 자유』 2, 1983. 김현, 『책읽기의 괴로움/살아있는 시들—김현 문학
     전집 5』, 문학과지성사, 1995, 323~324쪽에서 재인용.

편에 스며 있는 이 어둠과 등불의 미학은 혼돈 속에서 참된 진리를 찾으려는 그의 시적 세계를 보여주는 등대와 같다.

추측이긴 하지만, 그의 호를 여원(黎園)이라고 한 것도 희미한 어둠 속의 뜨락과 같은 미명(微明)의 세계 속에서 진정한 삶의 의미를 찾으려고 하는 것이 아니었을까? 어둠은 혼돈의 세계만을 의미하는 것이 아니라, 그 심연에는 밝음의 자리가 놓여 있다. 그리고 밝음도 밝음 자체로만 존재하는 것이 아니라, 깊고 어두운 세계를 함의하고 있다. 어쩌면 우주의 모든 질서는 이 혼돈의 어둠, 여명(黎明)의 세계로부터 시작하고 있을지도 모른다. 이 어둠의 저편에 놓인 순수의 세계를 '흰 바람벽'이라고 말하고 싶다. 그의 문학 정신은 순수의 품성을 바탕으로 여명과 같이 맑고 깨끗한 세계를 지향하고 있다.

그는 그런 세계를 지향하면서 오늘도 창작의 고삐를 단단히 조여 매고 있다. 그가 근처에 자택을 두고서도 굳이 오피스텔을 마련해서 그곳으로 출근하듯이 와서 창작을 하는 까닭은 스스로를 느슨하게 하지 않으려는 자경(自警)의 의미가 있으리라 생각한다. 스스로를 단단하게 여미면서 시적 근원을 탐색하는 그의 문학적 열정을 바라보고 있노라면, 저물녘 온천장에서 뒤풀이로 마신 술이 불콰해진다. 아마도 그의 앞에 서서 나를 되돌아보니 내 문학적 열정이 부끄러운 탓이리라.

존재의 인식과 화엄으로 가는 길
― 이월춘의 시세계

1. 시의 주제의식

서정시라고 해도 서정과 서사의 요소를 담고 있어서 현대시는 단순한 묘사만을 중시하던 미메시스(mimesis)의 차원을 넘어서 이야기의 요소를 담고 있는 디게시스(diegesis)를 중요하게 생각하는 단계로 나아가고 있다. 이것은 시에서 표현 기교도 중요하지만, 시가 담아내고 있는 주제의식도 무엇보다 중요한 시적 요소로 작용하고 있다는 것을 말하는 것이다. 이월춘의 시는 서정과 서사의 방식을 동시에 보여주면서 시적 주제를 강조하고 있다. 시에서 서정은 개인의 주관적 정서를 중심으로 서술하는 것이고, 서사는 대상의 객관적 묘사를 형상화하는 것이다. 이월춘이 시는 서정과 서사를 자유롭게 넘나들면서 그가 말하려고 하는 사유의 세계를 조목조목 보여주고 있다.

이월춘의 시에서 서정은 전통 서정시의 방법에서 보여주는 사물과의 동일시를 보여주고 있으며, 서사는 과거의 사건을 회억(回憶)하면서 현재의 자신을 성찰하는 주제의식을 보여주고 있다. 그가 서정과 서사 중에서 어떤 방식을 선택하든지 시적 주제는 인간 존재의 근원을 탐색하는 데 있으며, 이를 통해서 자신의 삶을 성찰하고 있다. 이것은 그의 시가 시적 표현 기교의 방식을 넘어서 시적 의미 전달로 나아가고 있다는 것을 말하는 것이다. 시가 시적 표현의 기교에 치중하다 보면, 세련된 언어 미학을 획득할 수 있겠지만, 시적 의미 전달이 모호해질 가능성이 있다. 반면에 시적 의미 전달에 무게중심을 두고 있으면, 화자가 전달하려는 주제를 쉽게 전달할 수 있겠지만, 문예미학의 아름다움은 비껴갈 수 있다. 이월춘의 시는 화려한 기교주의보다는 이야기의 요소인 디게시스의 방식을 선택하여 인간 존재의 근원과 삶의 성찰이라는 주제를 뚜렷하게 드러내는 데서 그 시적 의미가 있다고 말할 수 있다.

2. 존재의 인식과 성찰

사실 존재의 인식과 성찰의 문제는 실존주의 철학에서 화두로 삼고 있는 주제이기도 하다. 실존에서 존재의 문제를 말하는 것은 현재의 상황에 중심을 두고 실존의 의미가 중요하다는 것을 말하는 것이다. 사르트르나 야스퍼스가 중요하게 다루었던 시간과 존재의 문제는 실존의 자리가 어떤 것인지를 잘 보여주고 있는 것이다. 이를 동양의 관점에서 말한다면 사물의 자리를 의미하는 격물치지(格物致知)의 인식이라고 말할 수 있다. 시인이 시를 쓴다는 것은 세상 만물이 놓여진 그 자리에서 소재를 끌어들여서 자신의 정서에 투영하여 그 사물에 숨겨진 비의를 드러내는 것이다. 동양 문예미학에서 시의 품격을 말하는 자리에 실경(實境)의 미학을 중요하게 다루고 있는 것은 눈앞에서 펼쳐진 사물의 형상이 어떤 경지(境地)로 나아가는가가 무엇보다 중요하다는 것을 의미한다. 실경은 단순한 사물의 풍경을 의미하는 것이 아니라, 실존하는 형상을 통한 깨달음으로 나아가는 것이 중요하다는 것을 의미한다. 이제 이월춘의 시에서 존재 인식의 근원이 되는 사물의 풍경들이 어떤 형상으로 다가오고 있으며, 그 형상을 어떻게 시의 주제로 드러내고 있는지를 살펴보기로 하자.

길도 길 나름의 철학이 있다
인정머리 없는 길도 있고
둥글둥글 유연하게 이어지다가
가끔은 목적지를 잃어버려도 좋고
한눈 좀 팔다가 가도 괜찮은 길
밀양 가는 길이 그렇다

내 시는 알레그로보다 안단테에 가까웠으면 좋겠다
꽃의 영역은 신의 옆구리쯤 된다지만
뻐꾸기가 자라서 뱁새에게 한 톨의 효도도 하지 않는 것처럼
대문이나 현관의 자물쇠 따위로 오는 봄을 막을 수는 없다
밀양의 內密한 강물 속이 그렇다

웅크린 내 삶의 뒤에 아직 여백이 많아도
실패한 사랑의 진술서는 무채색이다
역전 미꾸라지국밥은 대추냄새가 났고
밀양의 공기는 늘 키가 작았으며
웅웅거리며 울고 가는 송전탑을 따라
가지도 오지도 못하는 사람들이
가만히 앉아서 세상을 생각하고 있었다고 하면
밀양에 대한 모독 내지 불명예다

行萬里路 讀萬券書 交萬人友해야
산을 떠나고 바다를 벗어나야
마음을 눈을 뜬다던 그 햇살을
벌건 대낮 밀양역전에서 만났다

— 「비밀과 함께 사는 법―密陽」 전문

이 시는 밀양이라는 장소를 시적 소재로 사용하고 있다. 이 시의 화자는
밀양 가는 길에서 삶의 길이라는 것이 무엇인지를 발견한다. 그에게 있어서

서정의 파문

밀양 가는 길은 마치 인생의 여정과도 같이 다양한 삶의 곡절을 담고 있다. 그 길에는 사람살이에서 만나게 되는 여러 가지 풍경들이 그려지고 있다. 그 길은 더러는 인정머리 없는 사람을 만나는 길이기도 하고, 둥글둥글 유연한 사람을 만나는 길이기도 하고, 뚜렷한 삶의 목적지가 없는 사람을 만나는 길이기도 하고, 한눈팔다가 우연히 스쳐 지나가는 사람을 만나는 길이기도 하다. 밀양 가는 길은 사람살이의 곡절이 스며 있는 길이다. 그는 그 길에서 안단테와 같은 느린 삶을 추구하려고 하고, 밀양의 내밀한 강물에 찾아온 봄날의 풍경 속에서 거부할 수 없는 자연의 이치를 깨치려고도 한다. 그 자연의 이치를 깨닫는 순간, 자신의 삶 뒤에 놓인 여백과 실패한 사랑의 무채색 빛깔, 그리고 역전 미꾸라지국밥의 대추 냄새와 밀양의 공기, 더 가까이에 있는 밀양 사람들을 발견하게 된다. 가만히 앉아서 세상을 바라보고 있는 것 같지만 세상 만물의 풍경은 끝없이 동적 자장력으로 분주하게 움직이고 있다는 사실을 발견하게 된다. 그는 밀양이라는 장소에서 그의 눈 앞에 펼쳐진 풍경을 바라보고 그 풍경 속에서 시적 경지(境地)를 깨닫는다. 그 경지는 다름 아니라 "行萬里路 讀萬券書 交萬人友" 하고, "산을 떠나고 바다를 벗어나야" 비로소 마음의 눈을 뜬다는 사실이다. 그 마음의 눈을 뜨는 장소는 공교롭게도 벌건 대낮의 밀양역전이다. 만 리의 길을 걷고, 만 권의 책을 읽고, 만 명의 사람을 만나야 비로소 마음의 눈이 뜨이고, 산과 바다를 벗어나 세상과 만나는 자리에서 깨달음의 길에 이른다.

시의 품격을 논의한 사공도는 자연이라는 품격에서 "허리 구부려 주우면 그게 바로 시(俯拾卽是 不取諸隣)"라고 했으니, 시의 소재는 세상 어느 곳에나 있는 법이다. 그렇게 흔한 것이 시적 소재이지만, 그 소재는 시인의 정서와 합일하는 지점에서 새로운 의미로 거듭난다. 시는 사물에 숨겨진 비의를 통해서 사물과 동일시되는 지점을 발견하는 데 있다. 이월춘의 시는 시적 풍경을 통해서 존재의 인식으로 나아가고 있다는 점에서 독특한 사유 방식을 보여준다. 동양 문예미학에서 시야말로 인격을 수양하는 최선의 방책이라고 말하고 있는데, 이월춘의 시는 시를 통해서 자아를 깨닫는 데만 머무르지 않고, 인격 완성의 길로 나아가는 수양의 방식을 보여주고 있다. 그의 시에 나오는 시간과 장소들은 결국 그 하나하나가 자기 존재를 인식하고 성찰하는 데 근본이 되는 소재들이라고 말할 수 있다.

「카르페 디엠」에서는 '현재에 충실하라'는 제목을 그대로 사용하고 있는데, 이 시는 그야말로 실존은 현재의 시간 속에서만 존재한다는 실존주의 철학을 그대로 보여주고 있다. 사람들에게는 가벼운 일상일 수 있지만 이 일상은 다시 오지 않는 시간의 흐름 속에 있다. 평상(平常)이야말로 모든 존재를 인식하는 근원이고 출발이다. 그의 시에서 자연(自然)이라는 말은 주어진 현실 속에 있을 뿐이다. 그 일상이야말로 자연의 이치에 따른 것이고, 그의 시는 이 일상의 소중함 속에서 우러나온 것이다. 이는 「삼랑진 가는 기차」에서 "내일이면 늦다 사랑이여"라는 탄식으로 이어지면서 현재의 시간 속에서 놓여진 실존의 소중함을 말하고 있다. 그는 과거의 기억을 떠올리면서도 "민족주의와 포퓰리즘의 수렁에 빠지는 호모 사피엔스"를 비판하고 있는데, 그의 시에서 과거에 대한 기억은 단순한 과거로의 회귀만을 꿈꾸고 있는 것이 아니라, 그 과거를 통해서 현재의 모습을 성찰하는 데로 나아가고 있다.

그의 시에서 장소와 시간은 그 장소에서 잊히지 않는 존재들을 확인하는 소재이다. 그는 사라지는 장소에 대한 기억을 단순히 과거를 소환하는 데 머무르지 않고, 사라진 것들로부터 현재의 시간 속에 놓인 실존의 소중한 의미를 발견하고 있는 것이다. 이 때문에 그의 시에서 시간과 장소는 현재를 살아가는 자기 존재를 인식하는 중요한 소재가 되는 것이며, 이를 통해서 그는 현재적 존재 가치의 소중한 의미를 깨닫게 되는 것이다. 그는 시간과 장소 말고도 많은 시들에서 존재의 의미를 성찰하고 있다. 그의 시에 나오는 가족들이나 타자들의 이야기를 담은 시들 속에는 자신을 돌아보겠다는 자성(自

省)의 목소리가 담겨 있다.

장터에 대폿집이 없다면
나무지게에 비친 햇살도 눈물이다
한낮에 문을 여는 선술집
막걸리 한잔이 밥인 노동 술집
허리 굽은 할매가 세월을 굽고
몇십 년 단골들이 드르륵 안부를 묻는 집
목수건을 걸친 덩치들이 서넛
둘러서서 선지 국물 후후 불어 마시며
고추장에 멸치거나 김치 쪼가리면 충분한 집
말이 없어도 시끌벅적 분위기를 만들고
슬픔의 호주머니를 털어
텁텁한 기쁨 한 사발에 투자하는 집
대폿집 없는 장터는 지빈무의(至貧無依)도 슬프다

— 「장터 대폿집」 전문

이 시는 그의 시가 출발하는 지점을 잘 보여준다. 그는 「점방(店房)」에서
지붕 낮은 작은 집에서 살고 싶은 소박한 꿈을 갖고 있다고 고백하고 있는
데, 그 소박한 꿈과 같이 장터의 대폿집은 서민들의 삶의 모습을 담아내는
공간이다. 장터의 대폿집은 누구나 쉽게 들러서 노동의 고단함을 달래는 곳
이다. 이러한 공간이 사라진다는 것은 가난하여 의지할 곳조차 없는 것처럼
슬픈 일이다. 그가 자기 존재의 인식을 확인하고 성찰하는 공간은 소박한 지
점이다. 이 소박한 공간은 인간 삶의 근원이고, 이곳은 아무리 물질과 자본
이 지배하는 시대라고 할지라도 잃어서는 안 되는 근원이고 뿌리가 되는 공
간이다. 그는 이러한 공간이 사라지는 것에 대해서 안타까워하면서 그 공간
을 통해서 현재의 삶을 성찰하고 있다. 「다산초당에서」에서 정약용의 형형
한 정신세계를 그리워한다든지, 「기린표 성냥」, 「르네상스 마산」, 「감꽃이

지면, 「생인손을 앓는 밤」, 「마산의 눈물」, 「할매추어탕」과 같은 시들에서 사라진 것들을 안타깝게 바라본다든지 하는 것은 과거를 통해서 현재의 존재를 성찰하는 과정을 잘 보여주고 있다고 할 수 있다. 그는 현재든 과거든 버려진 것들, 낮고 하찮은 것들에 대한 애정의 손길을 내밀고 있다. 그가 지향하는 이러한 세계관 때문에 그의 시는 겉으로의 화려함보다는 안으로의 충실함을 보다 중요한 가치로 생각하고 있는 것이다. 다음 시를 살펴보자.

영한사전을 한 장씩 뜯어먹고 의사가 된 그는 그 지식들이 뱃속에서 섞이고 녹아서 지식 그 이상의 문을 열기 위한 불쏘시개로 변함으로써 무한자유의 날개가 되었는지도 몰라. 그랜드캐슬아파트 59평형, 생전 처음 보는 대리석 현관을 들어서자 너도밤나무 무늬목 신발장이 인사를 한다. 벽면과 천장의 할로겐 램프에 아트월의 스포트라이트까지, 아일랜드식 세면장에 상아처럼 반짝이는 마감재들에 넋을 빼앗기며 욕망의 럭셔리란 이런 것인가. 으르렁거리는 탐욕의 발길에 문득 콧등이 환해진다. 아직도 상처가 부족한 걸까. 삼천 사발의 미세먼지를 머금고 돌아앉은 회색 빌딩 속 다만 섬세하고 세밀한 일상 살아도 그저 살 수는 없다고 말도 머금어 삼키는데 궁리만 바쁜 하루 가지 끝 바람이다.

— 「모델하우스」 전문

이 시는 의사가 된 어떤 사람의 집을 방문해서 느낀 소회를 쓴 시이다. 소박하고 작은 일상에서 참된 존재의 의미를 찾아가는 그의 시선에는 그랜드캐슬아파트 59평은 말 그대로 욕망의 럭셔리로 보일 뿐이다. 그 공간은 자본의 탐욕이 으르렁거리며 도사리고 있는 공간일 뿐이다. 이 시에서 그는 타자의 삶과 공간을 통해서 현대인의 욕망을 비판하고 있다. 그에게 온갖 화려함으로 치장한 아파트는 마치 "삼천 사발의 미세먼지를 머금고 돌아앉은 회색 빌딩"으로만 보일 뿐이다. 이 시의 형식도 다른 시와는 달리 줄글로 되어 있다. 거침없이 내달리고 있는 현대인의 욕망을 이야기로 풀어내는 방식은 막

서정의 파문

힘과 비유가 없는 줄글의 형식이 적당하다고 할 수 있다. 그는 이 시에서 내용과 형식의 차원에서 자본주의의 욕망 구조를 비판하고 있다. 이 시에서 알 수 있듯이 그는 겉의 화려함보다는 안으로의 성숙함을 지향하고 있다. 「질경이꽃」에서는 낮은 곳에서 밟히면서 자라는 질경이와 술값을 걱정하는 초라한 노인네의 삶을 비교하면서 낮은 곳의 삶을 돌아보고 있으며, 「북산 탕수육」에서는 북산 탕수육과 같이 수더분하게 살려는 삶의 의지를 보이기도 한다. 그는 "어진 사람이 만든 탕수육은 아무나 먹어도" 되는 것과 같이 어진 삶을 지향한다. 그의 시에서 서민들의 삶과 소박한 꿈들이 많이 보이는 것도 이런 맥락에서 이해할 수 있다. 그는 고급스런 치장으로 가식에 빠진 삶에서 존재의 의미를 발견하는 것이 아니라, 수더분하고 어진 모습으로 살아가는 소박한 삶에서 참된 존재의 의미를 발견하려고 하고 있다. 자발적으로 가난의 삶을 살아가려고 하는 그의 의지는 이번 시집 곳곳에서 발견할 수 있는 시적 주제라고 할 수 있다.

그는 명함 한 장으로 사람을 평가하는 현대사회를 비판적 시각으로 바라보기도 하고, 평생 가난과 싸우면서도 21세기의 책받침이 된 아버지의 삶을 아름답고 소중하게 생각하기도 한다. 배우 유해진의 삶에서, 비정규직 노동자의 삶에서, 모과라는 별명을 가진 사촌누이의 삶에서 인간 존재의 의미를 탐색하고 그들 낱낱의 삶으로부터 참된 존재의 의미를 발견하고 있다. 일상의 삶으로부터 시작하는 그의 철학적 사유는 자연 속에서 더욱 웅숭깊은 경지로 나아간다. 다음 시는 자연으로부터 시작하는 사유의 깊이를 잘 보여주고 있다.

덕유산 골짜기엔 두 자 깊이 눈이 왔다는데
잠결에 벌써 새벽 강물 풀리는 소리 오신다
객지살이 아들과 딸은 이사 준비에 바쁘겠다
덩달아 택배 상자를 꾸리는 아내의 잰걸음에

한나절을 도와 뒷산에라도 다녀와야겠구나 나는
밭두렁에 불을 놓고 얼보리를 파종하던 그때
밭머리에 벗어두었던 겉옷 한 벌은
내 생의 어디쯤에서 천지와 사귀고 있을까

—「입춘에서 우수로」 전문

이 시를 읽으면 평상(平常)의 길에서 발견하는 사유의 깊이를 엿볼 수 있을 것이다. 자연의 섭리에 따라 다가오는 계절을 '오신다'로 표현하고 있는 이 경건의 경지에 이르면 그의 시는 참으로 따뜻하다는 것을 느낄 수 있을 것이다. 이 시는 강물이 풀리는 여유로운 계절을 객지살이에 바쁜 아들의 삶과 대비시키면서 일상을 살아가고 있는 아내와 자신의 모습을 담담한 필치로 형상화하고 있다. 그러면서 자연의 흐름 속에 놓여 있는 자신의 존재가 어느 곳에 있는지를 묻고 있다. 입춘에서 우수로 넘어가는 길목에서 화자는 자신의 겉옷 한 벌이 자신의 생 어디쯤에서 천지와 사귀고 있는지를 생각하고 있는데, 이 장면에서 우리는 깊은 사유의 세계를 만나게 된다.

이월춘의 시는 장소와 시간 속에 놓여 있는 실존의 의미를 탐색하면서 자아의 완성으로 가는 길목이 무엇인지를 궁구하고 있다. 자연의 흐름 속에 놓인 존재는 각각의 자리에 충실할 때 참된 존재의 의미를 발견할 수 있는 것이다. 그의 시는 과거의 일이나, 장소의 기억들을 통해서 존재의 의미를 찾아가고 그 의미의 발견을 위해서 끝없이 사유하는 데 놓여 있다. 이러한 사유 방식이야말로 동양 문예미학의 창작방법론에서 강조하고 있는 자기 수양의 길이라고 말할 수 있다. 그는 시야말로 자기완성으로 가는 길을 제시하는 것이라는 사실을 깨닫고 시를 통해서 사물과 존재의 참된 의미를 찾기 위해 노력하고 있다. 이번 시집의 여러 시편들에서 보여주고 있는 사유의 세계는 사물이 놓여진 자리에서 충만한 존재의 의미를 인식하는 방향으로 나아가고 있다.

3. 화엄의 세계

세상 만물은 각각 하나의 존재로만 머물고 있는 것이 아니다. 그는 이름 없는 꽃이 없듯이 사물에 이름을 명명하면 각 개별 존재는 모두 의미를 가진 존재로 거듭난다고 생각한다. 또한 각각의 개별 존재들은 하나의 존재이면서 동시에 여럿으로 묶여 있는 존재들이다. 그는 자기 존재의 참된 의미를 깨닫는 데만 머무는 것이 아니라, 각각의 존재들이 하나의 그물로 엮어져서 거대한 또 다른 세계를 이룬다고 생각한다. 이 거대한 세계는 화엄의 세계이며, 생멸의 경계가 사라진 무궁한 경지의 세계이다. 그의 시적 사유는 작은 존재에 참된 의미를 부여하고 그 존재의 의미들이 이루어내는 화엄의 세계를 지향하고 있다. 우리의 눈에 보이는 존재 중에는 얼핏 보기에는 의미 없는 것으로 보이는 것도 있지만, 사실 그 의미 없는 존재들은 하나의 거대한 우주 속에서는 모두 각각의 역할이 있는 법이다. 그 작은 역할들이 만들어내는 세계는 말로 다 표현할 수 없는 무궁한 세계일 것이다. 그는 작은 일상의 소중함으로부터 참된 자기 수양의 길을 모색하고 있으며, 주변의 작은 것, 낮은 것, 하찮은 것을 통해서 전체가 조화를 이루는 진정한 화엄의 세계를 발견하려고 한다. 그가 시를 쓰는 이유는 개별 존재들이 모여서 대동의 세계가 이루어지는 세상을 만들기 위한 것이 아닐까 생각한다.

> 오래전 내가 살던 강둑 어름에
> 지붕 낮은 점방 하나 차리고 싶었다
> 복숭아꽃 향기 발소리도 없이
> 그대와 나의 등을 두드리면
> 살구꽃도 내려와 별처럼 반짝이는 마을
> 초저녁달 걸린 버드나무 가지에
> 식구들의 안부를 묻는 사람들
> 연암의 호곡장(好哭場)이나

추사의 천추대곡장(千秋代哭場)처럼
누구라도 찾아들어 울기 좋은 곳
때론 눈깔사탕처럼
때론 한 사발의 막걸리처럼
환해지고 울먹울먹 고요해지는
점방을 차리고 싶었다

—「점방(店房)」 전문

　이처럼 그의 꿈은 소박하기만 하다. 그가 꿈꾸는 지붕이 낮은 점방은 사람
살이의 가장 기본 도구만 갖춘 곳일 것이다. 겉이 화려하거나 억지로 겉멋을
부린 곳도 아닐 터이다. 그저 자연 속에서 그 자연과 어울려 "복숭아꽃 향기
발소리도 없이" 찾아오는 곳이고, "살구꽃도 내려와 별처럼 반짝이는 마을"
일 뿐이다. 누구라도 찾을 수 있는 곳이고, 누구라도 와서 목놓아 울 수 있는
곳이고, 때론 눈깔사탕처럼 달콤한 곳이기도 하다가도, 어떤 때는 막걸리처
럼 텁텁하기도 한 곳이다. 이 작은 점방은 세상의 모든 것이 한 곳에 어울려
져서 환해지기도 하고, 울먹울먹해지기도 하는 곳이다. 그는 소박한 일상에
세상의 모든 것이 존재한다고 생각한다. 그가 찾아가는 화엄의 세계는 가까
운 일상으로부터 시작한다. 그는 그곳에서 작은 집을 짓고 가족의 안부를 묻
고, 타인의 슬픔과 기쁨 따위를 마음껏 받아주면서 살고 싶은 것이다.
　그는 세상을 등지고 은둔하고자 하는 것이 아니라, 사람들을 위로할 수 있
는 소박한 공간에서 그들과 더불어 살아가기를 꿈꾼다. 이런 소박한 꿈은 자
연 속에서 삶을 즐기려는 은일지사(隱逸之士)의 태도도 아니고, 더군다나 현
실의 핍박으로부터 도피하려는 굴원과 같은 고뇌의 태도도 아니다. 그는 작
은 공간에서 타자들의 슬픔과 기쁨을 함께하면서 대동의 세상을 만들어가
려고 한다. 그는 자신만을 위한 삶을 살려고 하는 것이 아니라, 타인들과 함
께 공유하는 삶을 살려고 한다. 이러한 화엄의 세계를 지향하는 꿈이야말로

서정의 파문

이 시대 시인들이 실천해야 할 궁극의 세계가 아닐까 생각한다. 개별 존재들은 「선비꽃」에서 비록 "낮게 살아도 홀로 높은 정신"을 갖고 살아가는 존재이고, "천상천하 아름다운 유아독존(唯我獨尊)"으로 살아가는 존재이며, 차마신도 어떻게 하지 못하는 절대적 존재로서의 의미를 가지고 있으며, 그 이름만으로도 하나의 독립된 세계이다. 개별 존재의 의미가 이처럼 소중하기 때문에 그는 「잡버섯」에서 좋은 버섯에 대한 관심보다는 하찮은 버섯에서 참된 의미를 발견하려고 한다. 비록 잡버섯이라고 해도 요리만 잘하면 제맛을 내기 마련이라고 한다. 그래서 그는 세상의 모든 존재들이야말로 각각의 향을 갖고 있으며, 가치 없는 것이란 있을 수가 없다고 단언한다. 「하찮은 생선은 없다」에서는 세상은 모두 각자의 의미가 있고 자신만의 존재 방식에 따라 살아간다고 말하면서 만물이 그렇듯이 생선에도 귀천이 없는 법이라고 한다. 다음 시는 이러한 하찮은 일상이 만들어내는 어울림의 세계를 형상화하고 있다.

헤어드라이어는 왜 쉽게 뜨거워지나
왜 있는 그대로 사랑하지 못하나
천만 갈래 생각의 바짓가랑이를 쓸다가
세상의 골목길을 돌아 드르륵 들어선다
된장으로 간을 한 섭씨 90도의 해장국
넓적한 수육 한 장 아래 큼지막한 선지
여덟 번 토렴한 밥알과 국물이 맞안고
석 달 봄가뭄 같은 목구멍을 넘어가면
풀풀 신작로 먼지 일던 마음에 땀이 솟고
그 많던 敵들이 말갛게 사라지면서
아군도 적군도 없는 순하디순한 나라
아, 어머니

—「해장국밥」 전문

비록 작은 해장국밥 한 그릇이지만 그 국밥을 먹고 나면 모든 갈등의 세계가 해결된다고 생각한다. 그는 가벼운 해장국밥 한 그릇을 먹으면서도 아군도 적군도 없는 세상을 생각하고 있다. 갈등하는 마음이 해장국밥 한 그릇으로 풀리면서 화엄의 세상이라고 할 수 있는 어머니와 같은 마음을 만난다. 이 시에서 우리는 그의 일상이 결코 가볍지만은 않다는 사실을 확인할 수 있다. 거대한 화엄의 세상은 일상의 갈등을 벗어나는 순간 만나게 되는 환희의 순간이다. 그의 시에서 일상을 가볍게 생각할 수 없는 까닭도 사실 이러한 발견의 기쁨에 있다. 「봄값」에서는 "열흘 남짓/벚꽃이 피었다 지는 시간이다/충분하다/사람들 마음에/지지 않는 꽃을 피웠으니까"라고 말하고 있는데, 벚꽃이 진다는 것은 영원한 소멸이 아니라 사람들 마음속에 지지 않는 존재로 남을 수 있다는 것이다. 이것은 현재의 시선에서 사라지는 것이 존재의 사라짐이 아니라, 마음속에서 사라질 때까지 남아 있다는 것이다. 여기서 마음이라는 것은 영원한 가치를 가진 존재를 말한다. 그는 현재 속에서 영원한 존재를 발견하고, 그 영원한 존재에 가치를 부여하고 있다. 그는 성심을 다해서 사물을 바라보고 그 사물에 참된 의미를 발견하려고 한다. 이러한 사유 방식에 빗대어 볼 때, 그는 자연의 이치에 따라 살아가는 겸허한 사람으로서 완성된 자아를 추구하려는 덕망을 가진 시인이라고 할 수 있다.

그는 작은 일상을 소중하게 생각하고 있으면서도 맑고 각별한 가난을 사랑하고, 저 혼자 출렁이면서도 무재칠시(無財七施)의 행복을 추구하고 있다. 또한, 「변산에서」에서 알 수 있는 것처럼 어느 장소에서든지 타자와의 행간을 넘어서 긍정의 언어를 찾으려고 노력하고 있다. 그는 장소가 어디인지가 중요한 문제가 아니라, 그 장소에서 무엇을 찾고 무엇을 궁구하고 있느냐가 중요한 문제라고 생각한다. 그는 시를 통해서 타자와의 거리를 넘어서 그들을 이해할 수 있는 긍정의 방식이 무엇인지에 대해서 고민하고 있다. 그는 시가 개인의 주관성을 넘어서 타자와 공감하려고 노력할 때 또 다른 소통의 길이 열릴 것이라고 생각한다.

그가 이러한 존재의 인식에 이르기까지는 오랜 세월의 흔적이 스며들어 있다. 그의 시에서 늙음에 대한 시들이 다수 보이는데 그가 생각하는 늙음은 삶의 연륜과 존재의 의미가 농익어 있다는 것이지, 후회와 회환으로 점철된 추한 늙음이 아니라는 것이다. 타자를 이해하고 공감할 수 있는 힘은 오랜 세월 쌓아온 사유의 깊이로부터 나온 것이다.

> 수백 살 먹었다는 산청의 삼매(三梅) 봅니다
> 문질러도 피가 돌지 않는 마음일까요
> 남사예담촌의 원정매(元正梅)나
> 단속사지의 정당매(政堂梅)나
> 산천재 앞마당의 남명매(南冥梅)나
> 장복산 임도(林道)의 야매(野梅)나
> 해마다 그 마음 다스리는 매화가 핍니다
> 늙은 꽃이 어디 있습니까
> 꽃 피는 이치와
> 꽃 지는 순리가 저리 환합니다
>
> ―「늙은 꽃」 전문

이 시에서 늙는다는 것은 꽃이 피고 지는 자연의 이치에 따르면 퇴보가 아니라, 순리대로 흘러가면서 성숙해가는 과정이라는 것이다. 꽃을 바라보면서 꽃의 의미에서 자연의 순리를 받아들이는 겸허의 미덕을 엿볼 수 있다. 「늙은 닭」에서 볼 수 있는 것처럼, 그는 늙음을 부정적으로 보지 않고, 단단한 삶이 우러난 것이라고 보고 있다. 이러한 시선을 갖기 위해서는 끝없는 자기 수양을 해야 한다고 강조한다. 그는 삶을 살아가는 데는 끝없는 고통과 공포가 있지만, 그것을 극복하기 위해서는 미네르바의 올빼미와 같은 지혜의 눈을 가져야 한다고 생각한다. 그의 말에 따르면, 어쩌면 인생이라는 것도 "인연에 따라 생멸한다는 우리의 생이/깨질 수도 잃어버릴 수도 없는 지혜의 투명함"에 있는지도 모른다. 그는 인연에 따라 삶과 죽음의 길이 열리고, 그것은 깨지지 않는 진리라고 생각하면서 이를 깨치는 길은 지혜뿐이라고 말하고 있다. 지혜의 눈을 가진다는 것은 인격 완성의 길로 나아간다는 것을 말한다. 이 때문에 그는 자신의 인생은 "두괄식보다 미괄식 인생이 좋다"고 말하고 있는 것이다. 그는 시를 통해서 인격 완성에 이르려고 하고, 시야말로 인격 수양의 가장 중요한 방법이라고 생각한다. 그래서 원고료를 받는 행위를 부끄러워하고, "귀하고 값진 것은 기다려야 한다"고 말하고 있는 것이다.

그는 청년의 삶에서는 발견할 수 없는, 삶의 성숙함이 스며 있는 노년의 삶을 더 아름답게 받아들이고 있다. 텃밭에 자라는 온갖 식물들을 보면서 "아름다운 붕당(朋黨)이 좋다"고 말하고 있는데, 이는 각각의 존재가 소중한 의미를 갖고 있다는 것을 말한다. 늙은 소나무와 노부부의 그림자에서 그는 지혜의 눈을 발견하고, 오랜 세월의 수양을 통해서 참된 존재의 의미를 발견하고 있다. 그 실존들이 각각의 존재로서 의미를 가지면서 마침내 조화로운 세계가 열릴 것이라고 생각한다. 그가 지향하는 시적 세계의 궁극에는 화엄의 경지가 놓여 있다.

얼음 강물을 산으로 끌어들이느라
지난겨울 송이눈이 그리도 쌓였구나
아무도 몰래 싹을 키우느라
희망은 가난하지 않다며 적막을 둘렀구나
달항아리의 마음을 한껏 담아낸 나라
삿된 생각들 감히 어디라고 꾸짖듯이
푸릇푸릇 싫증나지 않는 연두의 말씀
내 삶이 미분(微分)을 거듭할지라도

말없이 적분(積分)을 이어가는 연두의 마음

—「화엄경 담다」 전문

이 시는 자연의 세계야말로 화엄의 세계와 같은 것이라고 말하고 있다. 그는 자연의 인과율을 바탕으로 각 사물은 모두 제몫을 해나가는 존재들이며, 이들 개별 존재들이야말로 화엄의 세계를 만들어나가는 데 있어서 소중한 존재들이라고 생각하고 있다. 겨울은 싹을 키우기 위한 시간을 축적하고, 연두는 또 다른 빛깔을 위해서 적분의 시간을 보낸다. 모든 사물은 영원한 것이 없을 뿐만 아니라, 영원하다고 생각하는 것도 적멸의 과정을 거치면서 또 다른 존재에게 자리를 물려주는 끝없는 순환의 과정에 있을 뿐이다. 그것은 내 삶은 미분을 거듭하고 있을지라도 자연은 적분이 이어가고 있다는 인식과 같은 것이다. 그의 시에서 자연이라는 것은 시적 소재일 뿐만 아니라, 현실 세계를 인식하는 바탕이 된다. 자연의 인과율과 순리는 말 그대로 화엄의 세계 그 자체라고 할 수 있다.『화엄경』에서 말하는 작은 티끌 하나 속에 우주가 들어 있고, 하나의 세계는 곧 전체이고, 전체는 또 다시 하나의 세계일 따름이라고 하는 말은 작은 것이 모여서 큰 세계를 만들고, 그 큰 세계는 하나의 작은 세계로부터 비롯한다는 것을 말한다. 다음 시는 이러한 만물이 조화를 이룬 화엄의 세계를 잘 보여주고 있다.

저건 분명 불이다
조팝꽃은 하얀불, 진달래는 뜨거운 불
산수유, 생강꽃은 노란불
산벚꽃, 복숭아꽃, 사과꽃은 처녀불
이팝꽃은 배가 고파 누런 불이다

그분께서 석 달 전부터

존재의 인식과 화엄으로 가는 길

세상의 아궁이에 삭정이불을 때시더니
오늘 온천지에서 불춤을 만나나 보다
무지개불춤

넋을 잠시 빌려가는 저 고혹(蠱惑)
내 비록 이카로스가 될지라도
꽃물의 아름다운 소멸 혹은 타락에
모두를 걸어도 좋겠다

— 「무지개불춤」 전문

이 시는 "분홍이 죽어야 초록이 온다"는 생멸 순환의 원리를 바탕으로 하고 있다. 이것은 자연의 근본 원리임과 동시에 하나의 존재가 소멸하는 순간 새로운 존재가 나타난다는 영원성의 원리이기도 하다. 우리의 인식 체계 안에서는 소멸이란 영원한 소멸이지만, 또 다른 차원에서 살펴보면 그 소멸은 존재를 불러들이는 생성을 위한 소멸이라고 말할 수 있다. 이 끝없는 생멸의 순환 원리는 사실 "시작도 없고 끝도 없는 죽은 시간"이기도 할 것이다. 그러나 그 죽은 시간은 또한 "끝없이 유예되는 시간"의 과정 속에 놓여 있을 뿐이다. 이 끝없는 유예의 시간 속에서 화엄의 세계가 놓여 있으며, 그 화엄의 세계는 존재의 근원에 대한 탐색과 함께 깨달음을 향해서 나아가는 길이라고 할 수 있다. 그는 이 화엄의 세계에서 대동(大同)의 조화가 이루어지는 세계를 갈망하고 있다,

4. 화엄으로 가는 길

이월춘의 시는 노년의 삶에서 보여주는 깊은 사유의 세계가 스며들어 있어서 시 한 편 한 편이 예사롭지 않게 읽힌다. 이는 그의 시가 노년의 삶에서 흔히 발견할 수 있는 늙음에 대한 한탄이나 허무주의에 빠져 있지 않다는 것

서정의 파문

을 말한다. 외려 그의 시는 생멸의 과정을 자연스럽게 받아들이면서 그 삶의 궤적들을 아름답게 바라보고 있다. 이러한 존재의 성찰은 세상 만물들은 모두 각각의 의미가 있으며, 비록 작고 하찮은 것이라고 하더라도 분명한 존재 가치가 있다는 것을 말하고 있는 것이다. 그는 세상 만물을 관념으로만 보는 것이 아니라, 사물의 존재 의의를 구체적으로 보여주려고 하고 있다. 그의 시에서 서사의 서술 방식이 중요한 요소로 작용하는 것은 이러한 접근 방식 때문이다. 그의 시에서 각각의 사물은 시적 소재로 쓰이고 있으면서도 그 사물은 시적 소재에 머무르지 않고, 존재의 근원이 무엇인지, 존재의 의미가 무엇인지를 캐묻는 대로 나아가고 있다.

이 물음이 궁극으로 닿는 지점은 어디일까? 그것은 바로 화엄의 세계이다. 그의 시에 나오는 모든 시적 소재들은 각각의 존재들이 갖는 아름다움이 있으며 그 각각의 존재들은 거대한 화엄의 세계를 이루는 하나하나의 그물코가 되고 있다. 그의 시가 지향하고 있는 화엄의 세계는 오랫동안 천착해온 삶의 철학으로부터 우러난 것이다. 그가 생각하는 화엄의 세계는 모든 사물에는 불성(佛性)이 존재하고 있으며, 그 사물들은 세상에 오로지 홀로 존재한다는 유아독존의 자각으로부터 출발하고 있다. 우주 속에서 모든 사물은 홀로 존재하면서 그 각각의 존재가 모두 가치 있는 존재라는 사실을 인식하는 순간 화엄의 세계가 열린다는 것이다. 존재의 인식이 만들어내는 만다라의 형상이야말로 우주의 아름다움이고, 그것이 곧 화엄의 세계가 빚어내는 아름다움이다. 그는 이번 시집을 통해서 개별 존재의 인식을 바탕으로 한 거대한 화엄의 세계가 어떤 것인지를 궁구하고 있다. 작고 하찮은 것들이 만들어내는 화엄의 세계야말로 이번 시집이 지향하는 궁극의 지점이라고 할 수 있다.

낯선 비유로 유영(遊泳)하는 언어의 심연
— 배옥주의 시세계

1. 낯선 비유

시에서 '낯설게 하기'의 방식은, 서정의 일반적 형식에서 벗어난 것이라는 사실은 지극히 당연한 소리이다. 그런데 이 낯선 언어의 질료가 어디에서 파생되었으며 그 낯선 언어의 근원에 시인의 어떤 정서가 도사리고 있는지를 찾아낸다면, 이 낯선 서정의 세계를 새롭게 이해하는 방법이 될 수 있을 것이다. 시가 언어의 함축성을 바탕으로 하고, 그 함축성에 담긴 비의(秘義)를 통해서 언어 예술의 한 측면을 만들어간다고 한다면, 그녀의 시는 낯선 비유의 방식을 통해서 언어의 심연 속으로 자신의 정서를 감춤으로써 스스로를 그곳에 은닉(隱匿)시키고 있다고 할 수 있다. 이 때문에 그녀의 시를 이해하기 위해서는 그 낯선 비유 속에 감추어진 의도를 밝히는 것이 가장 중요하다.

일반적으로 동양 문예미학에서 말하고 있는 "비는 사물의 뜻을 말하는데, 그 뜻을 취하는 유형은 항상 일정한 것이 아니다. 혹은 소리를 비유하는 것이 있고, 혹은 형상으로부터 모방하는 방법이 있고, 혹은 마음의 상태를 본뜨는 것도 있고, 혹은 어떤 사례를 비유하는 것도 있다(夫比之爲義, 取類不常 : 或喩於聲, 或方於貌, 或擬於心, 或譬於事)."고 한다. 그녀의 시에서 선택하고 있는 비유의 방식은 낯선 이미지의 나열과 낯선 언어의 사용을 통해서 드러

서정의 파문

난다. 시집의 서문에서 짧게 밝히고 있는 "도무지, 읽을 수 없는 가려움"의 증세는 언어를 비틀지 않으면 안 되는 그녀의 숙명과도 같은 시적 방법을 함축하는 진술이기도 하다. 그래서 그녀는 2017년에도 그렇고 2018년에도 그런 방법으로 시를 쓸 것이라고 말하고 있다. "읽을 수 없는 가려움"은 낯선 비유의 방식을 말하고, 그 언어의 심연에는 그녀가 밝히고 싶지 않은 기억들이 잠재해 있다. 밝히고 싶지 않은 기억들은 어떤 것이며, 그 기억들이 그녀의 시에 어떻게 작동하고 있을까? 이를 먼저 해명하는 것이 그녀의 시를 이해하는 바탕이 될 것이다.

2. 기억의 저편

배옥주의 시집 『The 빨강』은 전체가 낯선 시어와 이미지들로 가득 차 있다. 그러나 그 낯선 이미지 속으로 한 발자국만 다가가면 그 내면에 자리한 시의 의미들을 읽어낼 수 있다. 그 의미들은 아픈 기억들과 함께 선명하게 다가온다. 시를 통해서 그녀의 아픈 기억들을 스스로 호명하는 것은 그리 달가운 일이 아닐 것이다. 이 때문에 그녀의 시는 은폐되어 있다. 드러내고 싶지 않은 환부를 말해야 하거나, 말하고 싶지 않은 것을 말해야 할 때는 에둘러 표현하는 법이다. 그녀의 시는 드러내고 싶지 않지만 드러내야 하는 모순된 상황을 시로 표현하고 있기 때문에 낯선 언어로 감출 수밖에 없는 것이다. 그녀의 시가 언어의 심연으로 빠지게 되는 것은 이러한 개인사의 슬픈 기억을 형상화해야 하는 가슴 아픈 상황 때문이라고 할 수 있다.

또한 그녀의 시는 과거의 기억과 현실이 모순되었다는 것을 말하고 있기 때문에 두 가지 이미지들이 중첩되어 있다. 그녀의 시는 모순된 두 가지의 상황이 동시에 존재함으로써 모순 형용의 극한 국면을 보여주고 있다. 그녀의 시는 삶과 죽음의 상황이 동시에 존재할 수밖에 없는 현실 상황을 운명으로 받아들여야 하는 인간 존재의 슬픈 현실을 형상화하고 있다. 이러한 문제 상황을 전제로 할 때 그녀의 시가 낯선 방법론을 선택하고 있는 까닭을 이해할 수 있다. 그녀의 시는 사소한 일상에서 소재를 찾지만 그 일상을 비틀고 낯설게 하면서 시적 언어로 재현한다. 때로는 이러한 시적 방법론으로 일상에서 일어나는 사소한 일들을 비판하기도 하는데, 이러한 시들도 여전히 낯선 방법을 사용하고 있으나 스스로의 환부를 드러내는 낯선 방법과는 달리 쉽게 읽힌다.

이와 같이 그녀의 시는 일상의 일들을 낯설게 비유하는 방식을 사용하고 있으며, 문안과 문밖에 존재하는 두 개의 그림자들이 늘 불화하면서 존재하고 있다. 그녀의 시에 드리워진 우울한 정서와 낯선 비유의 방법은 이러한 불화에 근원을 두고 있다. 그녀의 시에 드리워져 있는 기억의 저편에는 과연 무엇이 있을까? 그곳에는 악몽과도 같은 잊고 싶은 기억이기도 하며 다시 끌어안고 싶은 연민의 기억이기도 한 슬픈 가족사가 놓여 있다.

움찔, 벌어진 쑥대 사이로 흙이 된 여자들이 딸려 나온다
칼 대신 볼펜을 쑥 찔러 넣는 밭둑
둘러앉은 산그늘을 헤집고 소설초고 같은 서사가 늘어난다

줄담배를 피우며 육두문자를 찍어내는 할머니
찡 박힌 하이힐로 죽은 아버지를 내리치는 큰언니
고탄력스타킹을 벗어 샤랄라 제 목을 조르는 셋째언니

그냥 지나갈 걸 그랬어
대체 쑥은 언제 캔담?
허리를 두드리곤 다시 엎드리는 아지랑이가
구시렁구시렁 한 바닥씩 써내려가는 봄날

서정의 파문

칼 대신 볼펜으로 쑥대밭 연대기를 캐낸다

―「쑥대밭 연대기」 전문

이 시는 쑥을 캐면서 옛날에 함께 살았던 가족들을 떠올리고 있다. 이 시는 낯선 방식을 그리 많이 사용하지 않았기 때문에 쉽게 읽을 수 있다. 그녀의 기억 속에 존재하는 가족 서사에는 줄담배를 피우며 육두문자를 찍어내는 할머니, 죽은 아버지를 원망하는 큰언니, 스타킹으로 목을 졸라 죽은 셋째언니가 있다. 쑥을 캐려고 둘러앉은 봄날에 우울한 가족 서사가 떠오르자, 그녀는 쑥을 캐는 칼 대신 볼펜으로 시 한 편을 완성한다. 화창한 봄날인데도 그녀의 기억에는 슬픈 가족의 연대기가 떠오른 것이다. 이 시를 볼 때 그녀의 시는 기교를 위해서 비틀기 방식을 선택한 것이 아니라, 자신의 슬픈 가족사를 감추기 위한 시적 대응 방법으로 낯선 비유의 방식을 선택하고 있다는 것을 분명하게 보여준다.

이러한 시적 방법론은 "죽을 때까지 눈물을 흘리지 않는 밤"을 보내려는 화자의 슬픈 상황을 반영하고 있는 시(「더치커피」)에서도 여실히 드러난다. 그녀가 바라보는 세상은 온통 검은 빛이다. 화자는 지루한 이별의 상황을 이겨내기 위해서 더치커피를 마신다. 그녀는 더치커피를 마시면서 약자에게 갖는 동정심과 같은 리마 증후군(Lima Syndrome)을 느끼기도 하고, 연민과 같은 긍정적인 감정을 느끼는 스톡홀름 증후군(Stockholm syndrome)을 느끼기도 한다. 그녀는 사향고양이의 소화기관을 거쳐서 나온 독특한 루왁 커피를 마시면서 이별의 감정을 추스르고 있다. 이 시에 나오는 세이렌(Siren)은 그리스 신화에 나오는 매우 아름답지만 치명적인 마력을 가진 님프이다. 이 시는 슬픈 이별의 상황을 감추기 위해서 낯선 심리학 용어를 끌어들이고, 독특한 커피와 신화에 나오는 인물까지 끌어들이고 있다. 그녀의 슬픈 상황은 결국 커피를 로스팅하면서 나오는 "검은 눈물"로 치환되고 있는 것이다. 이 시는 슬

낯선 비유로 유영(遊泳)하는 언어의 심연

픈 이별의 상황을 낯선 언어를 사용하여 감추고 있다. 이렇게 자신의 상황을
감추려는 시적 방법론 때문에 그녀의 시는 어렵게 읽힌다. 그녀의 시를 읽으
면 자신만의 언어 세계로 아픈 사연들을 철저하게 미봉하려는 흔적을 발견
하게 된다. 이것은 시를 통해서 스스로를 위안하려는 의도로 보인다.

　그녀에게 아픈 기억으로 자리를 잡고 있는 것은 슬픈 가족사에서 발견할
수 있다. 「조용한 가족」은 어린 시절 가족들이 목욕탕에 갔던 기억을 떠올리
며 가족들의 일상들을 기록하고 있다. 이 기록에 따르면 그녀의 가족사에는
어머니에게 폭행을 일삼는 아버지, 친구의 코뼈를 주저앉힌 동생, 바다 아가
씨를 꿈꾸는 언니, 팬티를 물려받아서 입어야 하는 가난한 생활이 나타나 있
다. 추측하건대 그녀는 슬픈 가족사를 형상화하는 과정에서 감추고 싶은 가
족사를 애써 확연하게 드러내고 싶지는 않았을 것이다. 그래서 그녀는 어린
시절의 저 먼 슬픈 기억들을 낯선 비유의 방식으로 표현하고 있는 것이다.
「난쟁이 오스카」에서는 에드거 앨런 포(Edgar Allan Poe)의 『검은 고양이』와 귄
터 그라스의 『양철북』의 두 서사를 조합함으로써 자신의 어린 시절을 조용
히 은폐하고 있다. 이 시는 폭우에 새 신발이 떠내려가는 것을 건져서 온 어
린 시절의 기억을 떠올리면서 쓴 시이다. 이 시에서 신발은 『양철북』의 주인
공 난쟁이 오스카에 비유되고 있다. 이 시는 어린 시절의 기억과 함께 떠오
르는 잡다한 생각들을 형상화하고 있으며, 현재와 과거가 단절된 문장의 연
속으로 표현되어 있어서 시의 행간들이 기억의 파편처럼 조각나 있다. 이 시
는 다만 그 아픈 안타까움을 시로써 표현하고 있을 뿐이다. 이 시는 아픈 상
처의 기억을 감추기 위해서 그저 기억에 떠오르는 장면만을 나열하고 있을
뿐이다. 「화요 상담」은 학창 시절에 좀 놀았던 아이의 이야기를 형상화하고
있는데, 이 시도 또한 서사의 전달 방식을 다르게 하고 있다. 이 화자가 '노는
아이'라는 사실을 짐작하게 하는 시어들은 "말총머리", "순면생리대", "면도
칼", "술타령", "노브라"와 같은 것이다. 이 시는 이들 시어를 통해서 노는 아

이였다는 장면을 떠오르게 한다. 그녀의 시는 이와 같이 장면을 확연하게 보여주는 것이 아니라, 시어와 시어 속에 그 장면들을 은폐하고 있다. 이 때문에 그녀의 시는 장면의 함축이라는 시적 방법론을 보여주고 있는 것이다.

눈썹 없는 처녀는 괴소문을 낳다 죽었어
눈썹이 자라지 않는 숲속의 사원
간호사가 문드러진 눈썹을 그려 넣는 밤이면
어린 다리들이 사라졌어

접힌 세계 속에서 키 작은 무릎은 펴지지 않았어
누군가
담요 밖으로 머리카락을 잡아당겼어
한입 베어 먹을 때마다 귀는 헐거워지고

그런데
이불 밖으로 튀어나온 팔등신 언니는
어쩌자고
집나간 엄마를 기다리지도 않고 뛰어내린 걸까
술에 절은 옆집 아저씨가 대문을 걷어차는 한밤
밤마다 우리집 앞에서 잘린 발목 타령이라니!
그런데
옆집 아줌마는
어쩌자고
유령이 된 언니를 따라 뛰어내린 걸까

그런데
눈썹 문신을 한 숙모는
어쩌자고
눈썹 없는 귀신얘기를 그렇게 많이 지어낸 걸까

—「지어낸 이야기」 전문

낯선 비유로 유영(遊泳)하는 언어의 심연

187

이 시도 슬픈 가족사의 한 장면을 보여주고 있는데, 눈썹 문신을 하면서 떠오르는 어린 시절의 무서운 상황을 형상화하고 있다. 그 기억 속에는 자살한 언니가 있고, 언니를 따라 뛰어내린 옆집 아줌마의 기억도 있다. 눈썹 문신을 하는 숙모가 들려주는 어린 시절의 아련한 기억들은 무서운 기억들로 가득 차 있다. 이 때문에 이 시에는 그 이야기들이 모두 지어낸 이야기가 되었으면 좋겠다는 화자의 간절한 소망도 담겨 있다. 그러나 그 일은 이미 되돌릴 수 없는 과거의 기억이기 때문에 현실을 살아가면서 애써 외면하고 있는 것이다. 지우고 싶은 기억이지만 그 이야기는 지어낸 이야기가 될 수 없으며 그 아픔은 감추고 싶은 기억일 수밖에 없는 것이다. 「자유 꽃상가 106호」는 꽃상가를 찾아가면서 죽어가는 아이리스의 화관을 쓰고 뒤따라가는 처녀의 영혼을 생각한다. 여기에서 처녀의 영혼은 죽은 화자의 언니를 떠오르게 한다. 그녀는 꽃을 보면 죽은 언니의 영혼결혼식이 떠오른다. 그래서 그녀는 어린 시절의 그 기억의 꽃을 버리려고 한다. 그녀에게서 시는 아픈 기억을 스스로 치유하는 역할을 한다. 그녀는 슬픈 기억들을 시를 통해서 환기하면서 그 기억들을 언어의 심연 속으로 가두어버리려고 한다. 그녀의 시에 유독 그로테스크한 장면이 많이 나오는 것은 그녀의 심연에 자리 잡은 슬픈 유년의 기억 때문이라고 할 수 있다.

이러한 아픈 기억들은 어떨 때는 존재의 단절로 나타나기도 한다. 「송정바다」는 "바다"와 "바닥"이라는 두 시어를 통해서 바닥의 인생을 살고 있는 사람들의 애환을 그리고 있다. 여자가 바다라고 말하면 사내에게는 바닥이라고 들리고, 사내가 바닥이라고 말하면 여자는 바다라고 들린다. 이들 두 사람은 영원히 어울리지 않는 관계이다. 한 개의 거울에 비치는 두 사람의 모습이다. 그녀의 시는 영원히 만날 수 없는 두 사람의 관계를 바다와 바닥의 상황으로 설정하고 있다. 그것은 「비밀 정원」에서도 잘 나타나 있다. 이 시에서 화자는 정신과 의사 와이가 생각하는 것처럼 혼자만의 세상에서 유영

서정의 파문

하고 있다. 날개 꺾인 새가 쪼아 먹는 '마들렌'은 마르셀 프루스트의 소설 『잃어버린 시간을 찾아서』에서 주인공에게 유년 시절의 추억을 떠올리게 해 줬다는 빵의 이름이다. 이 낯선 상황과 함께 나오는 시어 아스파라거스 향이 기억을 재생한다. 아스파라거스는 남유럽이 원산지인 식용식물이다. 이 이 국적 향과 함께 과거의 기억들은 정신과 의사의 비밀정원과 같이 아득하게 펼쳐진다. 창밖의 공원에서는 클레멘티 3악장을 우쿨렐레로 연주하고 꿈속에서 보았던 초록 뱀 이야기들이 떠돈다. 현실과 동떨어진 기억의 저편이 비밀정원과 같이 펼쳐지고 있다. 그녀에게 떠오르는 기억들은 "읽을 수 없는 저녁"의 풍경과 같이 온통 공존할 수 없는 상황만으로 이어지고 있을 뿐이다. 그 단절의 상황이 집약된 이미지가 붉은색이다.

칼로 그으면 배어나오는 검은 적의

맨드라미를 지나온 계절 뒤에서
홀로 시들어갈 때
우리는
빨강 위에 덧칠된 빨강

체리 아이스크림을 핥는 편적운은
태풍의 눈을 건너온 우기를 압도한다
오래 입다 환불한 카디건처럼
올 풀린 열정은 어디서든 낭비되고

의도하지 않게 얽힌 의도는
내가 버린 붓끝에서 시작된다
도버해협을 건너지 못한 유람선처럼
내 안에서 굴절하는 물살을 끌고
화폭 아래로 가라앉는 우리

낯선 비유로 유영(遊泳)하는 언어의 심연

향유고래 떼에게 포위된 대왕문어가
대가리를 쳐든 깊은 물살의 저녁
석양은 붉은 혀를 빼물고
모래밭에 흩어진 당신을 스쳐간다

—「The 빨강」 전문

이 시에서 말하는 빨강의 이미지는 적의(敵意)이다. 칼로 그으면 배어나오
는 것이 피다. 그 피는 검은 적대감을 상징한다. 맨드라미의 붉은색과 석양
의 붉은색은 이 시의 전체 이미지이다. 이 시는 의미가 단절되어 있으며, 말
하려는 의도가 깊이 감추어져 있다. 다만 붉은색에 비쳐진 우울한 상황만 놓
여 있을 뿐이다. 이 시는 그녀의 시 전체에 나타난 낯선 비유의 방식을 상징
적으로 보여주고 있다. 슬픈 기억에 대한 적대감, 지우고 싶은 과거를 말해
야 하는 모순에 대한 적대감, 서정시 본연에 대한 적대감이 빨강의 이미지에
짙게 배어 있다. 그녀는 말하고 싶지 않은 말들을 해야만 하는 모순을 빨강
의 이미지로 표현하고 있는 것이다. 장예모 감독의 영화 〈붉은 수수밭〉에 나
오는 폭력과 살육의 장면이 붉은 색채의 영상으로 표현된 것처럼 그녀의 시
는 기억의 저편을 붉은색으로 덧칠하고 있다. 그녀의 시는 낯선 언어의 방식
을 선명한 이미지로 보여줌으로써 인간 존재의 심연을 모색하고 있다고 할
수 있다. 그 심연이 어둡고 음산할지라도 그것을 기억하고 또 말해야 하는 운
명에 놓여 있다. 그 운명의 기억들을 그녀는 시로 형상화하고 있는 것이다.

3. 연민과 포용

비록 그녀의 시가 낯선 비유의 방식을 쓰고 있다고 해서 세상을 외면하거
나 피해가지는 않는다. 외려 그녀의 시는 세상의 아픔에 대해서 연민의 감정
을 갖고 그 아픔을 포용하고 있다. 이는 아픔을 알기 때문에 그 아픈 사람의

서정의 파문

마음을 더 잘 아는 것처럼 그녀의 시는 아픈 현실을 끌어안고 있다. 이를 현실에 대한 비판이라고 말할 수도 있을 터이지만, 비판보다는 그들의 상처를 위무하려는 측은지심이 더 강하다고 할 수 있다. 그녀의 먼 기억 속에 존재하던 아픈 상처들은 스스로 상처를 치유하는 데 머무르지 않고 우리 사회에서 상처 받고 있는 영혼을 위무하는 데까지 나아가고 있다.

스쿠버다이버가 절명했다
바다 속에서 호흡기를 분리하다니!
돌산호 가지처럼
붉은 뼈를 부러뜨리며 이윽고
수포가 번진 오른팔은 욱신거린다

과거가 될 죽음을 지우려고
통증을 말아 쥔 채 영화를 본다
바그다드
거친 바람이 관통하는 그곳
고장 난 커피머신이 모래성을 쌓는다
흑인소년이 연주하는 모하비의 태양처럼
죽음은 사막을 빠져 나오고 있다
'Calling You'가 느린 걸음으로 호명할 때

그러나 바다로 가는 길은
작살이 꽂히는 환몽처럼 쉽게 떠오르지 않는다
말초에서 말초로 전이되는 수포가 피어오르고
바다와 사막의 전면전은 시작되려 한다

마술이 용인되는 미래
백색소음에서 퇴출된 모래를 헤치고
'Calling You'가 밀려온다

— 「Calling You」 전문

낯선 비유로 유영(遊泳)하는 언어의 심연

모르긴 해도 이 시는 세월호 구조팀으로 들어간 스쿠버다이버가 절명했다는 소식을 듣고 쓴 시인 것 같다. 그녀는 그 소식을 듣고 "과거가 될 죽음을 지우려고/통증을 말아 쥔 채 영화"를 보고 있다. 퍼시 애들론 감독의 영화 〈바그다드 카페〉(1987)는 황량한 사막의 한가운데 자리 잡은 초라한 '바그다드 카페'의 기적 같은 이야기가 현실에서 일어나기를 바라는 의미를 담고 있다. 이 시는 그 영화의 내용처럼 인명을 구하기 위해 자신의 목숨을 버린 다이버를 호명하려는 시인의 간절한 소망을 담아내고 있다. 스쿠버다이버가 죽어가는 장면을 "돌산호 가지처럼/붉은 뼈를 부러뜨리며 이윽고/수포가 번진 오른팔은 욱신거린다"라고 묘사하고 있는데, 이러한 장면은 그로테스크의 방법론이라고 할 수 있다. 그러나 이 시에서 다이버의 죽음을 이렇게 끔찍한 장면으로 보여주고 있는 것은 기억의 저편에 놓여 있는 아픔과 공유하기 위해서라고 할 수 있다. 이 때문에 그녀의 시에서 보여주고 있는 그로테스크의 방법은 대상에 대한 연민의 감정을 표현하기 위한 방법론이라고 할 수 있다. 그녀의 시에서 보여주는 이러한 연민의 감정은 「카트와 커터」에서도 잘 나타나 있다. 이 시는 "e 편한 세상 산책로 입구"에 버려진 카트를 통해서 마트에서 잘린 비정규직 노동자를 떠올리고, 자이언티의 〈양화대교〉음악, 외벽 도색공의 죽음, 여섯 식구의 의문, 암컷이 수컷을 잡아먹는 검은 과부거미 새끼들의 추락을 통해서 우리 시대의 어두운 일상을 비유적으로 보여주고 있다. 그 음산한 기운을 더 선명하게 보여주기 위해서 활짝 핀 자목련이 "데자뷰(deja vu)"처럼 추락하고 있다. 이상한 느낌이나 환상을 뜻하는 데자뷰라는 시어는 환장할 봄날에 일어나는 이 음산한 현실을 받아들이지 못하는 상황을 단적으로 드러내고 있다. 이 시에서 화자는 노파의 걸음으로 끌고 가는 카트와 이 편한 세상의 모순된 이미지를 연민의 감정으로 바라보고 있다. 「근의 공식」에서는 파지를 줍는 할머니가 파지를 판 1600원을 놓고 생각하는 장면을 형상화하고 있다. 이 시는 우리 시대의 우울한 일들을 작은

서정의 파문

일상을 통해서 보여주고 있으며, 파지의 무게까지도 0.4킬로그램을 깎아버리는 매정한 현실을 연민의 시선으로 바라보고 있다. 「간판 경제학」은 "Q상가"의 "챔피언김밥" 집이 폐점을 해야 하는 상황을 형상화한 시이다. 폐점과 개점 사이에 있는 상가의 운명을 통해서 우리 시대 마이너리그의 자화상을 보여주고 있는데, 이 시 또한 현실에 대한 연민의 자세를 잘 보여주고 있다.

4. 기교와 심연

그녀의 시는 낯선 비유의 방식을 통해서 시의 기교주의 방법론을 잘 보여주고 있다. 그것은 일상의 상황을 낯설게 표현함으로써 나타나는 시적 방법론이다. 그녀의 시가 다른 서정시와 다르게 읽히는 까닭은 여기에 있다. 그것을 기교라는 말로 예단할 수 있을지는 몰라도 그녀의 시어 선택에는 새로운 시적 방법론으로 나아가기 위해서 고심한 흔적들이 역력하게 나타나 있다. 그녀의 시에서는 일상의 언어에서 벗어나려는 노력이 보인다. 그래서 그녀의 시는 다른 서정시들과는 분명히 다르게 읽힌다.

독한 술입니다

확 버리고 싶은,
날마다 죽는 시계입니까
네 입장에서 속세는 애틋한 양상인가요

죽어서도 살아있는 곰장어와 개불
원조할매의 실패한 칼질입니다

검정고무신은 복고풍입니까
질끈 묶은 머리칼은 너의 튀는 방식입니까

'죽자'
그리고 '죽이자'
얼굴을 맞대고 외치는 셀카는 살벌합니다

모텔에서 빠져나오는 싱크홀은 히든 크레바스인가요
우리는 얼마나 더 멀리 건너뛰어야 하는 소맥 거품입니까

들깨탕과 굴국밥!
오전 11시에 마주앉아 들이키는 마지막 아점
고정불변의 취향입니까
산뜻한 오브제의 발견입니까

—「오브제의 새로운 발견」 전문

이 시에서 새롭게 발견하려는 객체(objet, 오브제)는 무엇일까? 이 시는 물체 본연의 존재 방식을 발견하는 순간을 말하고 있는데, 그 함축의 의미는 독한 술을 마시고 난 뒤에 발견한 새로운 삶의 의미를 말한다. 이 시는 곰장어와 개불을 안주로 죽을 듯이 소맥을 마시고 난 뒤 모텔에 들었다가 다음 날 들깨탕과 굴국밥으로 해장했다는 이야기다. 이 간단한 서사가 이 시에서는 서사의 장면이 비틀어져 있다. 그것은 일반적인 서정시의 방법으로 표현하지 않고 가능한 낯선 시어와 문장으로 표현하고 있기 때문이다. 이를테면, 오래된 친구들을 "검정고무신의 복고풍"으로 표현한다든지, 모텔 앞의 싱크홀을 굳이 빙하의 표면에 쪼개진 틈을 말하는 "크레바스(crevasse)"로 표현하고 있다.

시를 이렇게 낯설게 표현하는 까닭이 무엇일까? 이것이 그녀의 시를 이해하는 방법이다. 그녀의 시는 고급스러운 언어나 아름다운 언어를 구사하려는 것이 아니라, 생경한 언어를 사용하여 그 상황을 감추려고 하고 있다. 그녀의 시는 사물의 속성을 감추는 비유의 방법론이 아니라, 상황을 자체를 감

서정의 파문

추려고 하는 비유의 방법론을 사용하고 있다. 그녀의 시가 다른 시들과 다르게 보이는 까닭은 'A는 B이다'라는 문장의 비유를 선택하지 않고, 'A의 상황은 감추어진 B이다'라는 상황 자체의 은유를 선택하는 데 있다. 「슈퍼마리오」라는 시에서 그 장면을 알 수 있다. 이 시는 슈퍼마리오 게임에 빠져서 새벽까지 즐기다가 다음 날 수업 시간에 혼이 난 이야기이다. 이 시는 게임 속의 상황과 마리오 캐릭터가 서로 중첩되어 있으며, 현실과 게임 속의 두 장면이 동시에 나타나서 혼란에 빠지게 한다. 이 시는 이미지의 중첩으로 일어나는 혼란을 시적 방법론으로 끌어들이고 있다. 슈퍼마리오 게임은 쿠파에게 잡혀간 공주를 구하기 위한 마리오의 여정을 담은 게임인데, 미녀와 야수에서 모티브를 따온 이 게임은 데뷔 후 약 30여 년이 지난 지금까지도 지구촌 게이머들을 '공주 구하기'에서 헤어나지 못하게 하고 있다. 이 시는 슈퍼마리오 게임을 알지 못하면 잘 이해할 수 없는 시이다. 그것은 게임과 현실을 뒤섞어놓았기 때문이다. 이처럼 그녀의 시는 중첩된 이미지를 사용해서 시를 형상화한다. 그녀의 시가 새로운 서정으로 다가오는 까닭은 이러한 방법론의 모색 때문이라고 할 수 있다.

그녀의 시가 낯선 비유의 방식을 선택한 까닭은 그녀의 먼 기억 속의 아픔이 심연에 드리워져 있기 때문이다. 그녀의 마음 깊은 곳에 자리하고 있는 것은 아버지의 폭력에 시달렸던 어머니에 대한 기억, 자살한 언니에 대한 기억과 같은 우울한 정서들이다. 그녀는 자신의 아픈 기억들을 시로 표현하고 있지만, 그렇다고 솔직히 드러내고 싶지는 않다. 그녀의 시는 드러내고 싶은 욕망과 감추고 싶은 욕망이 서로 교차하는 자기모순 속에 놓여 있다. 이 때문에 그녀의 시는 낯선 비유의 방식을 선택한다. 그 낯선 비유 속으로 자신의 비밀스러운 이야기를 감춤으로써 자기 위안을 찾고 있다. 이 때문에 적어도 그녀의 시는 고독하다. 언어의 심연 속으로 빠져들면서 고독한 언어와 싸우고 있는 그녀의 표현 방식을 이해할 수 있다면 그녀의 시에 한 걸음 더 다가갈 수 있을 터이다. 그녀의 시에 감추어진 비의를 발견하고 그녀의 고독을 읽어내는 순간, 그녀의 시에 연민의 마음을 느낄 수도 있을 것이다. 끊임없이 안으로 안으로만 들어가는 그녀의 시를 밝은 공간에서 만날 수 있는 방법은 비밀의 정원을 혼자서 거닐고 있는 언어의 심연을 읽어내고 그 세계를 공감하는 데 있다. 낯선 비유의 방식으로 스스로 고독한 언어와 싸우고 있는 그녀의 시가 세상 사람들과 소통할 수 있을 때 비로소 그녀는 자신을 스스로 위로하는 데서 벗어나서 새로운 공간에서 활짝 웃으면서 독자들과 만날 수 있을 것이다.

그녀의 시가 더욱 깊은 언어의 심연으로 빠져 들어가기만 한다면, 그녀의 시는 영원히 자기 위안의 독백으로 끝나고 말지도 모른다. 감히 충고하건대 "비는 그 유형이 비록 번잡하지만, 그것을 지극히 적절하게 사용하는 것이 귀중한 일이니, 만일 고니를 새기고자 했는데, 오리의 유형으로 새긴다면, 그 표현을 취하는 것은 무용한 일이다(故比類雖繁, 以切至爲貴, 若刻鵠類鶩, 則無所取焉)."라는 말에 귀를 기울였으면 한다. 고니를 새긴 시를 고니로 받아들일 수 있게 하기 위해서 이제 그녀는 언어의 심연을 느슨하게 하고, 비유를 적절하게 사용해야 할 것이다. 낯섦과 익숙함의 경계를 잘 조절할 때 그녀의 시는 독자들에게 한 발자국 더 다가설 수 있지 않을까 한다.

서정의 파문

부드러움에 스며 있는 강인함

—강정이의 시세계

1. 시와 개성

서정시는 시적 화자의 정신이 스며들 수밖에 없다. 왜냐하면 서정시 자체가 개인의 주관적 정서를 드러내기 때문이다. 그런데 강정이 시인의 시집 『난장이 꽃』(전망, 2018)을 읽으면 유독 시적 화자의 정서가 도드라지게 나타난다. 그것은 그만큼 시인의 개성이 뚜렷하다는 말일 것이다. 시를 창작하는 시인들은 모두 각자 자신만의 무늬로 시 창작을 하고 있다. 요즘 대부분의 시인들이 자신의 체험을 은유의 방법으로 비틀고 낯설게 표현하면서 시적 기교를 부리고 있지만, 강정이 시인의 시에는 이러한 시적 기교가 거의 나타나지 않는다. 이것은 한편으로 볼 때 시적 기교주의에 물들지 않은 순수함으로 읽힐 수 있을 것이고, 다른 한편으로 볼 때 시적 표현에 서툰 것이 아닌가 생각할 수도 있을 것이다. 그러나 강정이 시인의 시는 그 시적 표현이 서툰 것이 아니라, 표현의 형상화 방법뿐만 아니라, 내용의 측면에서도 꾸미지 않는 솔직함 때문에 순수하게 보이는 것이라고 할 수 있다. 가장 좋은 서정시는 자신의 옷에 맞는 표현과 기교를 사용해서 그 시적 의미를 전달하는 것이다. 그래서 동양 문예미학에서는 일부러 과식하거나, 억지로 끌어들이는 표현을 사용하여 내용 전달을 애매하게 하는 시들을 경계하고 자연스러운 시

쓰기를 강조하고 있는 것이다.

강정이 시인의 시는 솔직하고 담박하다. 이 솔직함과 순수함이 그녀의 시에서 만날 수 있는 첫 번째 미덕이다. 시적 화자가 대상을 바라보는 시선이 순수하기 때문에 대상을 묘사하는 방법도 섬세하다. 섬세한 시선으로 대상을 바라보기 때문에 다른 사람들의 눈에 띄지 않는 부분들이 눈에 들어오는 것이다. 그녀의 시에서 버려진 사물에 대한 측은한 마음이 도처에 나타나고 있으며, 그 마음들은 억지로 꾸며서 나오는 것이 아니라 자연스러운 공감의 차원에서 일어나는 청정한 마음으로부터 비롯하고 있다. 이번 시집의 곳곳에는 세상으로부터 소외된 사물, 버림 받은 사람, 나라를 잃고 유랑 생활을 했던 사람들의 후손, 가난한 소수민족, 일자리를 잃은 노숙자들이 나온다. 그녀는 이들에게 따뜻한 연민의 정을 보내고 있다. 그 연민의 정은 모성에서 우러나오는 사랑의 감정을 바탕으로 하고 있다.

다음으로 그녀의 시에서 만날 수 있는 미덕은 존재의 인식을 향한 꿈틀거림이다. 그녀의 시는 근본 바탕이 부드러움에서 출발하고 있지만 그 속에는 강인함이 감추어져 있다. 그 강인함은 존재를 호명하는 몸부림이다. 그녀의 시를 읽으면 부드러움이 강함을 이긴다는 사실을 깨닫게 된다. 그녀의 시에서 시적 소재를 부드럽게 감싸고 있는 사랑은 종교적 사랑에 그 바탕을 두고 있지만, 굳이 종교적 사랑을 말하지 않더라도 그녀의 일상 그 자체가 존재에 대한 사랑을 근원으로 하고 있음을 확인할 수 있다. 이 무궁한 사람의 힘은 어디에서 나오는 것일까? 그것은 존재에 대한 인식과 깨달음으로부터 나온다. 그 존재의 인식은 그동안 묻혀 있던 감정이 폭발하듯이 나오는 도발성으로부터 시작하고 있다. 이 행동을 통해서 스스로 존재의 의미를 각인시키고 있다. 이번 시집에는 홀로 살아가는 인간의 모습들이 많이 보이는데 그것은 고독한 존재의 의미를 찾아가는 길이라고 할 수 있다. 더러는 세상의 일을 운명처럼 받아들이기도 하지만, 그 운명 속에서도 꿋꿋하게 혼자서 살아

서정의 파문

갈 수 있는 길을 모색한다. 그녀는 고독한 운명의 존재를 비극적으로 인식하지 않고 그 절대 고독을 즐기고 있다. 그것은 부드러움 속에 잠재해 있는 강인함이라고 할 수 있다. 그녀의 시를 읽으면 부드러움이 강함을 극복한다는 평범한 진리의 세계를 만날 수 있다. 이것이 그녀의 시에서 만날 수 있는 또 하나의 미덕이다.

2. 부드러운 감각과 연민의 정

당나라의 시인 사공도는 시의 품격을 말하는 자리에서 허리를 구부리면 모든 것이 시의 소재가 된다고 했다. 그만큼 시인이 쓰는 시적 소재가 무궁무진하다는 말일 것이다. 그런데 그 시적 소재 중에서 시인이 선택하는 것은 한정되어 있다. 이 때문에 시인이 어떤 시적 소재를 선택하고 있으며, 또한 그것을 어떻게 시로 형상화하고 있느냐를 살펴보면 그 시인의 독특한 개성을 읽을 수 있다. 강정이 시인의 시집을 읽으면 주변의 일상에서 일어나는 소소한 일들을 통해서 삶의 의미를 발견하고 있다는 것을 확인할 수 있다. 그리고 그 삶의 의미에는 여성 특유의 부드러움이 스며들어 있다. 그녀의 시에는 사물을 바라보는 부드러운 시선들이 잘 형상화되어 있는데, 그 중의 한 편을 살펴보기로 하자.

산조를 분다 달빛을 분다
꽃구름이었던 궁궐의 한 생애가 바람의 뼈로 피리를 분다
용은 용마루 끝으로 아득히 사라진 채 껍데기만 굳어 있고
모지붕 전각엔 뭇짐승 울음만 침묵으로 요란하다
며느리서까래에 친친 감긴 바람
바람의 가느다란 발목을 잡고
한말씀 기다리는 풀잎들 그 입술만 봄처럼 푸르다

사는 건 숭숭 구멍 뚫리는 일이라고
움켜쥔 손 펼쳐보면 돌개바람만 흰 이빨로
키들키들 웃고

욕심이었을까 정말 탐욕이었을까
꽃나비 하늘집 짓고 넓은 뜨락에 무지개 열매
주리주리 내리려 한 것이

바람에 자물린 입봉 혓바닥이 녹슨 꿈을 지우는 사이
아기새 떼들만 담장 너머 저만치 햇푸른 하늘을 가르고 있다
　　　　　　　　　　　　　　　　　—「봄 고궁에서」 전문

　이 시는 봄날의 고궁 풍경을 묘사한 시이다. 이 시는 고궁의 지붕으로부터
뜨락으로 시선이 이동하면서 전체 고궁 풍경을 아름답게 담아내고 있다. 처
음 고궁에서 만나는 것은 산조(散調) 리듬이다. 그 산조의 리듬을 따라 달빛
이 은은하게 비치고 있다. 그 옛날의 영광을 안고 궁궐은 그야말로 "바람의
뼈로 피리"를 불고 있는 것 같다. 궁궐의 용마루는 용이 껍데기만 남긴 채 굳
어 있으며, 모지붕 전각(轉角)의 잡상(雜像)들은 침묵의 울음으로 벽사(辟邪)의
기운을 내뿜고 있다. 이 은은한 기운과 함께 바람이 서까래를 휘감고 지나가
고 있으며, 봄기운을 머금은 풀잎들은 "사는 건 숭숭 구멍 뚫리는 일"이라고
"키들키들" 웃고 있다. 고궁의 꽃을 찾아든 나비가 나폴거리면서 날고 고궁
의 넓은 뜨락에는 무지갯빛이 내리고 있다. 이 아름다운 고궁의 모습 속에서
"바람에 자물린 입봉"이 옛날의 꿈을 지우는 사이로 아기새 떼들이 푸른 하
늘을 가르며 날고 있다. 이 시를 읽으면 고궁의 아름다운 형상이 마치 한 폭
의 풍경화처럼 선명하게 다가온다.
　강정이 시인의 시집에서 만날 수 있는 부드러운 감각적 이미지는 여러 일
상의 풍경에서도 나타나고 있다. 이러한 일상들은 보름달의 이미지를 엄마

서정의 파문

무덤으로 비유하면서 그 무덤의 모양이 마치 "숟가락을 엎어둔 것" 같다고 말하기도 하고(「보름달」), 손바닥의 이미지에서 인간의 운명을 결정짓는 것이라고 말하기도 한다(「손바닥」). 또한, 압력 밥솥의 수증기를 보고, "도요새 청다리바다"를 연상하면서 갇혀 살지 않으려는 마음을 표현하기도 한다(「수증기」). 이처럼 그녀의 시에 나오는 대부분의 소재들은 부드러운 감각적 이미지를 거쳐서 새로운 이미지로 드러나고 있다. 세계를 바라보는 부드러운 감각은 소재의 접근 방식에도 영향을 끼치고 있다. 그녀의 시에 나오는 소재들을 살펴보면 낮고 하찮은 것들에 대한 사랑으로 이어지고 있는데 이러한 정서는 부드러운 감각을 바탕으로 세계를 바라보고 있기 때문이라고 할 수 있다. 그것을 잘 보여주는 시 한 편을 살펴보기로 하자.

이슬방울처럼 방글방글한 난장이
번쩍 안아 담장 위에 앉혀 줄까 했더니
높은 키 파랑치는 바람 싫다며 고개 흔든다

태양새 현란해도 나는
칠성무당벌레 땅거미랑 놀테야
난장이 쇠별꽃이 장미보다 향기로워
쇠별꽃에겐 우주로 통하는 가장 맑은 길이 보이거든
저 총총한 별이 쇠별꽃이거든
해바라기 거친 숨소리 매발톱 집착 없는
낮은 세상이 천국이야

— 「난장이꽃」 전문

이 시는 존재의 성찰이 잘 드러난 시이다. 난장이꽃은 특별한 꽃을 지칭하는 명사가 아니라, 난장이처럼 키가 작은 꽃을 말하는 보통명사이다. 난장이꽃은 말 그대로 세상에서 소외된 곳에 피는 꽃을 말한다. 난장이꽃은 사람들

부드러움에 스며 있는 강인함

이 보기에는 그 자리가 낮아서 안쓰럽게 보이지만, "태양새가 현란해도 나는 칠성무당벌레 땅거미"와 함께 지내려고 한다. 모든 존재는 놓여진 그 자리에서 의미가 있는 것이다. 비록 낮은 곳에 존재하지만, 다른 곳으로 옮기는 것은 싫다고 말하는 것이야말로 진정한 존재의 의미이다. 여기서 말하는 난장이는 시인 자신을 낮추어서 표현할 것일 수도 있으며, 이 세상 낮은 곳에 존재하는 모든 것일 수도 있다. 그래서 이 시는 난장이라는 왜소중 인간을 비유하는 의미를 함축하게 되는 것이다. 이 시의 마지막 부분에서 "낮은 세상이 천국"이라고 말하고 있는 것은 자신의 존재에 대한 자존심이라 할 수 있다.

이처럼 그녀는 높은 곳에서 존재의 의미를 찾으려고 하는 것이 아니라, 낮은 곳에 있는 존재에 대해서 관심을 가지려고 한다. 「민들레」에서는 교도소 담장 아래 피어 있는 작은 민들레를 보면서 존재의 의미를 찾고 있는데, 비록 사람들이 보기에는 낮고 초라하지만 모든 개별 존재는 그 자리에서 비로소 해탈의 경지에 이르게 된다는 사실을 깨닫는 과정을 보여주는 것이라고 할 수 있다. 또한 「직박구리」에서는 직박구리 한 마리가 노숙자의 어깨에 떨어뜨린 꽃잎을 보면서 밝은 세상이 다가올 것이라고 생각하기도 한다. 그녀는 작은 생명이 가져다주는 꽃잎 하나에서도 행복과 축복의 메시지가 있다고 생각한다. 이 때문에 이 시에서 새가 전해주는 꽃잎을 "초록숲이 환해진다"고 말하고 있는 것이다. 「광안대교 지나며」에서는 장님 형제를 다루고 있는데, 보이는 세계와 보이지 않는 세계에 대해 말하면서 어쩌면 보이지 않는 세계가 더 아름다울 수도 있다고 말하고 있다. 이 시는 눈으로 보는 현상과 눈에 보이지 않는 현상의 차이는 그다지 중요하지 않다는 사실을 깨닫게 한다. 이처럼 그녀의 시는 낮은 곳에 있는 사물들과 소외된 사람들을 부드러운 감성으로 끌어안고 있다. 그 행위는 사랑을 바탕으로 하고 있으며, 사람에 대한 연민의 정으로 나타나고 있다. 다음 시는 그 연민의 정을 잘 형상화

서정의 파문

하고 있다.

　　물고기 다리는 꼬리지느러미
　　잉어는 아니 인어는 지느러미 흔들며
　　제 마음 가는 곳으로 흐른다

　　인어공주 된 저 여인
　　엉덩이까지 흐른 검고 윤기 나는 머릿결
　　꼬리지느러미 된 머리카락이 탐진치라는 듯
　　비늘 벗겨지도록 씻고 있다

　　삼손의 힘은 저 머리카락에서 나오고
　　마리아는 예수님 발에 향유를 뿌리고 머리카락으로 닦았다는데
　　어떤 보살은 곱게 키운 머릿결 쓰다듬으며
　　이걸 잘라 소아암 아이 가발 만들어 주겠다는데

　　인어공주 된 저 여인
　　잃어버린 두 다리를 찾아내려는지
　　머리카락을 헤집고 또 헤집는다

　　동백꽃처럼 붉어진 여인의 입술이 터질 것 같다
　　　　　　　　　　　　　　　　　　　　　—「목욕탕 인어공주」 전문

　이 시는 두 다리를 쓰지 못하는 여자가 목욕탕에서 목욕하는 장면을 형상
화한 시이다. 다리에 장애가 있는 여인을 "인어공주"에 비유하면서 그 여인
의 머리카락에 세심한 관심을 기울이고 있다. 이처럼 그녀의 시가 향하는 곳
은 초라하고 병든 사람들이다. 그 사람들을 바라보는 그녀의 마음은 성자(聖
者)의 마음과 같이 측은지심으로 가득하다. 두 다리를 잃은 채 목욕탕에서
머리를 감는 여인의 모습에서 삼손의 힘과 마리아의 모습과, 어떤 보살의 이

부드러움에 스며 있는 강인함

미지를 발견한다. 그녀는 초라한 사람의 군상에서 성자의 모습을 발견하고 있다.

「숙희언니」에서 남편과 시어머니의 학대에도 가시로 견뎌온 숙희언니의 신산한 삶의 고통을 읽어내고, 그 고통을 견디어낸 그녀의 얼굴에서 숭고한 피냄새를 읽어낸다. 그녀의 시가 놓인 근본 자리는 이와 같이 비천한 사람들이다. 「불꽃놀이」에서 가난한 여자가 불꽃놀이를 보면서 삶의 위안을 삼는다고 말하고 있으며, 「노숙자」에서 노숙자에게는 구두 한 켤레도 삶의 위안을 줄 수 있다고 생각하고 있다. 비록 초라한 모습으로 살아가는 사람들이지만 그 사람들은 스스로 위안을 찾고 그들 나름대로의 삶을 열어간다고 생각한다. 그것은 앞의 「난장이꽃」에서 살펴본 것처럼 각자의 위치에서 존재의 의미를 발견하는 것과 다름 아니다. 「어떤 해고자의 변명」에서는 직장에서 쫓겨난 정원관리사가 외려 사장에게 큰절을 올리고 있는 장면이 나온다. 이것은 그동안 일에 얽매여서 고통의 시간을 보냈는데, 해고를 당하고 난 뒤에야 비로소 자유를 얻게 되었다고 스스로 위로하고 있는 장면이다. 강정이 시에서 소재를 삼고 있는 것은 대부분 낮고 초라하거나 소외된 것들이다. 그렇지만 시적 화자는 그 존재들을 비참하게 생각하지 않는다. 외려 초라하거나 소외된 사람들에 대한 관심은 디아스포라를 겪는 민족에 대한 관심으로 확장되고 있다.

어느 하늘 아래 몸 풀고 있는가
솔껍질 손바닥에 한톨 옥수수마저 빼앗긴
흰 옷의 까레이스키
카자흐스탄에서 알마아타
또는 우주베키스탄 시장가에서 빈 손으로 떠돌고 있는가

매바람에 밀리고 밀려 예서 터 잡은 나도

가끔 푸른별에 머리 젖으며
계절병 그리움이 솟곤 하지만

남쪽 어디에선 분노로 타는 산불 달포를 넘기고
서쪽 어디에선 사자처럼 달겨든 홍수로
수십 명씩 죽어간다는데

낙동강의 흰 옷 입은 백로 떼
검은 물에 흰 모가지만 둥둥 떠가는데

아, 까레이스키
그 물결 이곳까지 휘몰아 오면
너와 나의 이 흰 옷자락은
어디 어느 강물에 씻어야 할거나

— 「까레이스키」 전문

이 시는 디아스포라의 한을 형상화하고 있다. 나라를 떠난 우리 민족은 "솔껍질 손바닥에 한톨 옥수수마저 빼앗긴" 채 살았다. 흰 옷을 입은 까레이스키들은 조국을 떠나서 살았던 망국민의 후손들이지만 그들은 여전히 고국에 대한 그리움을 간직한 채 살아가고 있다. 그러나 그들의 가슴에 품고 사는 그리움의 정서는 "너와 나의 이 흰 옷자락은/어디 어느 강물에 씻어야 할거나"와 같은 탄식으로 끝나고 만다. 남쪽 어디에서도 죽어가는 사람들이 있고, 서쪽 어디에서도 죽어가는 사람들이 수십 명이나 있는데, 그 죽음의 물결이 그들에게 다가왔을 때는 그 한을 어디에 하소연할 곳이 없다. 돌아갈 곳이 없는 디아스포라의 한을 바라보는 시적 화자의 마음은 너와 나의 흰 옷자락을 서로 부비는 한으로 함께하고 있다. 이 시구를 읽으면 부박(浮薄)하는 사람들의 슬픔과 디아스포라의 한을 공유하려는 화자의 절규가 절실하게 다가온다. 그녀의 시에는 이와 같은 측은지심이 뿌리를 내리고 있다.

부드러움에 스며 있는 강인함

이러한 디아스포라의 인식은 결국 자신의 존재를 인식하는 차원으로 나아간다. 이를테면, 「북경 대한촌 조선강 앞에서」에서 우리 민족의 시원지인 천산(天山, 텐산)에서 자신의 존재를 새롭게 인식하는 것과 같다. 이 시의 시적 화자는 천산 앞에서 비로소 "내 안 수천의 내가 서로 손잡고/물결무늬로 일어선다"는 사실을 인식한다. 그 인식을 통해서 화자는 "네 몸이 궁천이고 궁창이고 천궁"이라는 각성으로 나아가게 된다. 궁천(窮天)은 하늘이 닿는 곳이고, 궁창(穹蒼)은 땅 위에 세워진 기둥에 놓인 하늘이고, 천궁(天宮)은 하늘의 궁전이다. 그 궁극의 세계는 나의 조상이 있었던 곳이고 내가 마지막으로 도달해야 하는 곳이다. 그곳은 곧 하느님의 나라이고 영원의 나라이다. 이처럼 그녀는 디아스포라의 인식을 통해서 민족의 시원을 생각하게 되고, 그 시원의 세계를 궁극의 세계라고 인식하고 있다.

「베드윈족의 시간」에서는 시나이 반도에 살고 있는 베드윈족의 생활을 통해서 새로운 희망의 세계를 발견하고 있다. 베드윈족은 낮은 계급의 유목민으로 가난한 생활을 하는 소수민족이다. 이들은 소외되고 가난한 민족으로 "정월 초하루가 없다/섣달 그믐밤도 없다/볼 붉은 소녀의 연분홍 꽃핀도" 없는 생활을 하고 있다. 그들의 삶이란 말 그대로 모래바람만 있는 황량한 곳에서 처절하게 생존해가는 것뿐이다. 그러나 황무지와 같은 척박한 곳에서 시적 화자는 작은 희망을 발견하려고 한다. 그래서 그녀는 그들이 피우는 "모래꽃"이 희망으로 가득하기를 별들에게 기도하고 있는 것이다. 그녀의 측은지심은 종교적 순결성과도 같이 맑고 투명하다.

그녀의 시는 섬세한 감각으로 세상으로 감싸고 있으며, 그녀의 기도는 부드러운 모성과도 같다. 「등목」에서 어머니에게 등목을 시켜주는 아버지와 등목을 하면서 즐거워하는 엄마의 모습이 정겹게 묘사되고 있는데 그 모습은 온갖 삶의 변주를 겪으면서 살아온 두 사람의 인생으로 다가온다. 그들 부부가 부끄러움을 모르고 등목을 하고 있는 것을 지켜보는 화자에게는 말

서정의 파문

그대로 낮은 곳으로 임하는 사람의 넉넉한 시선이 느껴진다. 「마네킹」에서
는 옷을 입고 있던 마네킹이 알몸으로 있는 모습을 보고 측은하게 생각한다.
그 마네킹의 모습은 마치 하백의 딸 유화(柳花)와 같고 백조로 변한 제우스가
스파르타 왕 틴다레오스의 아내 레다의 알몸을 유혹하는 것과 같이 선정적
이기까지 하다. 이 때문에 그녀의 시선에서 마네킹의 알몸은 더욱 측은하게
느껴지는 것이다. 「꺼어억」에서 병원에서 무작정 울고 있는 사내의 슬픔을
안타깝게 바라보기도 하고, 「그 아이가 그립다」에서는 맞기만 하고 자란 아
이가 어떻게 성장했는지 궁금하게 생각하기도 한다. 이처럼 그녀의 시가 지
향하는 곳은 낮고 초라한 사물이다. 그녀는 그 사물들의 존재를 인식하면서
새로운 세계에 대한 희망의 메시지를 전하고 있다.

3. 존재에 대한 탐구

이번 시집에서 발견할 수 있는 다른 미덕도 많지만 그중에서 생각해보아
야 할 것은 존재의 문제이다. 시를 쓰는 행위 자체가 존재를 탐구해가는 과
정이라고 말할 수 있는데, 그녀의 이번 시집에는 첫 번째 시집에서 보여준
사물에 대한 형상화를 넘어 자기 존재에 대한 의미가 무엇인지를 탐구하는
시들이 많이 보이고 있다. 일반적으로 존재를 인식하는 과정은 대상을 타자
화하고 그 타자화된 대상에 비추어서 자기 존재를 인식하게 된다. 존재의 인
식은 자기 정체성을 찾아가는 길이고, 그것은 자신의 존재가 홀로 서 있다는
사실을 인식할 때 더 뚜렷하게 보이는 법이다. 그녀의 이번 시집에서는 존재
를 향한 꿈틀거리는 몸부림이 유독 잘 드러나 있다. 다음 시를 읽어보자.

> 1
> 추석보름달에게 겁탈 당하고 싶다

한 열 달 품었다가
눈부시지 않으면서 눈부신
소박하면서 윤슬 같은 딸 하나 낳고 싶다

　2
산길 걷는데 뭔가 툭 떨어진다
쪼그려 앉아보니 벌과 사마귀다
벌이 사마귀를 갉아대고 사마귀는 버둥거린다
누군가가 나를 갉아댄다
버둥거리는 나 황홀하다

—「꿈꾸다」 전문

　이 시는 성적 욕망을 통해서 여성이라는 존재의 의미가 무엇인지를 밝히고 있다. 이 시의 화자는 "추석보름달에게 겁탈 당하고 싶다"라고 하는 다소 도발적인 발언을 하고 있다. 이 도발적인 표현 때문에 이 시는 다른 시들과는 자못 상황이 다를 정도로 전달하는 어법이 강하게 느껴진다. 이 시는 앞에서 보았던 섬세한 감각과 부드러운 여성성과는 완전히 다른 면모를 보여주고 있다. 여성의 성적 욕망은 남성의 성적 욕망과는 달라서 그 성적 욕망은 생명에 대한 사랑으로 이어진다. 이 시의 1연에서 말하고 있는 "윤슬 같은 딸"까지 낳고 싶다는 말은 이러한 여성성을 솔직하게 표현한 것이라고 할 수 있다. 그 소중한 생명은 "눈부시지 않으면서 눈부신" 생명이다. 또한 그 생명은 소박하고 아름다운 생명이다. 이 생명에 대한 의미는 그녀가 지향하는 존재의 의미이기도 하다. 이 시에서 알 수 있듯이 그녀의 시는 드러나지 않으면서 은은한 사랑을 바탕으로 하고 있으며 그녀의 시적 세계는 소박하고 아름다운 세계를 지향하고 있다고 말할 수 있는 것이다. 이 시의 두 번째 연은 성적 행위를 비유의 방식으로 표현하고 있다. 이 시에서 벌은 남성을 상징하고 사마귀는 여성을 상징한다. 산길에서 벌과 사마귀가 서로 얽혀 있

서정의 파문

는 상황을 보고 그것을 설명하고 있지만 그 장면을 통해서 성적 욕망을 환기시키고 있다. 이 시의 "갉아댄다"는 시어와 "황홀하다"는 표현은 관능적인 성행위를 연상시킨다고 할 수 있다. 이 황홀한 성적 체험은 생명에 대한 근원을 찾아가려는 그녀의 욕망에 다름 아니다. 그녀의 시는 이러한 생명의 근원을 통해서 존재의 의미를 찾아가고 있다.

나를 끄집어 내주고 싶다
단호한 틀과 상자로부터
하지만
정물화의 평화를 위해
완벽한 퍼즐을 위해
나는 주저앉아야 한다

나를 끄집어 내면
장자가 꿈꾼 나비가 될까
장밋빛 치마폭 자빠지는 탱고일까
스와니강이 흐르고
후투티 날아오고
말이 되어 히이힝 엉덩이 내밀고 달릴 것 같은
사자를 만나도 서로 털 쓰다듬으며
장난도 칠 것 같은 그러나
끝내 건너지 못하는
이승과 저승만큼
건널 수 없는 잘라낼 수 없는
저 강

퍼즐조각 사이로 얼기설기
붉은 가시꽃이 비친다

—「어떤 이혼」 전문

이 시는 이혼을 하려고 꿈꾸지만 결국 이혼을 하지 못하는 심정을 형상화한 시이다. 사람들에게 주어진 운명은 퍼즐조각이 들어 있는 틀처럼 짜여진 것이다. 그 단호한 틀과 상자 속에서 벗어나 "나를 끄집어 내주고 싶다"고 호소하지만 "정물화의 평화를 위해/완벽한 퍼즐을 위해"서 결국 주저앉을 수밖에 없는 현실이다. 그녀는 장자의 꿈을 꾸면서 그 세계가 마치 아름다운 강물이 흐르고, 새가 날아드는 세상이 될 것 같다고 생각하지만, 결국 그녀의 앞에는 퍼즐조각이 틀 속에서 벗어나지 못하듯이 "이승과 저승만큼/건널 수 없는 잘라낼 수 없는 저 강"과 같은 현실만이 놓여 있을 뿐이다. 그러니 시적 화자의 가슴속에는 붉은 가시꽃과 같은 아픔만 남아서 시적 화자 자신에게 주어진 현실을 거부할 수 없는 운명으로 받아들이게 한다. 이러한 운명에 대한 순응은 존재에 대한 자각이라고 할 수 있다. 아무리 현실을 벗어나려고 애쓰고 있지만 벗어날 수 없는 현실이 놓여 있을 때, 그 현실은 운명으로 받아들일 수밖에 없을 것이다. 이러한 운명에 대한 순응은 현실 존재에 대한 깨달음이라고 할 수 있다.

그녀의 시에서 존재에 대한 인식으로 향하는 길은 여행을 통해서 나타나기도 하는데 이를테면, 「크루즈여행」에서 아름답고 멋진 장면을 보았을 때 그 장면을 자신의 존재를 각인시키는 황홀한 강간으로 받아들이고 있다. 이런 상황을 염두에 둘 때 이번 시집에 나오는 여행에 관한 시들은 삶에 대한 일탈을 보이는 도피처가 아니라 여성으로서 자신의 존재를 인식하는 과정을 보여준다고 말할 수 있는 것이다. 「향수와 향기 사이」에서는 인공과 자연의 대립을 통해서 존재의 의미를 발견하려고 한다. 이 시에서 인공과 자연의 대립은 조화(造花)와 생화(生花)의 차이라고 할 수 있는데, 생화는 향기를 내지만 조화는 향수와 같은 것이라고 말한다. 이 시를 통해서 그녀는 사람들을 만날 때 진정한 마음으로 만나는 향기야말로 의미 있는 만남이라고 생각하고, 가식으로 만나는 향수는 진정한 만남이 아니라고 생각하고 있다. 그녀는

서정의 파문

눈앞의 향수에 빠져서 참된 향기를 놓치고 있는 자신을 끝없이 반성하고 있다. 이러한 존재의 탐구는 사물을 통해서도 나타나고 있다.

> 내 숟가락이 없어졌다
> 지구명단에서 내 이름이 사라졌다
> 금수저 흙수저 아무러면 어떤가
> 호랑이 등을 타든 마녀사냥을 하든
> 이 모두 밥 한 술 힘인데
> 식탁 앞에 나를 있게 한 숟가락이 사라졌다
> 당연하다고 여긴 그림자가 사라졌다
>
> 님과 함께한 불꽃놀이
> 젊은 날의 불꽃시위도
> 하얗게 사라졌다
> 사라진 나를 보는 나는 지금 어디에 있나
>
> —「숟가락 하나」 전문

이 시에서 숟가락 하나는 단순한 사물에 불과하지만 숟가락이 사라진 순간 그 존재의 의미를 새롭게 인식하게 된다. 당연히 있을 것이라고 생각했던 사물들이 사라지는 순간 우리는 그 존재의 의미를 깨닫게 된다. 그때 비로소 이미 사라진 나는 어디에 있는지를 찾게 된다. 인간 존재의 의미도 숟가락 하나가 사라지듯이 슬쩍 사라지고 마는 것이 아닐까? 그녀가 바라보는 인간의 운명이야말로 존재의 운명이기도 하다. 늘 곁에 있었던 숟가락 같은 존재가 슬쩍 사라졌을 때 느끼는 공허감을 어떻게 말로 형언할 길이 있겠는가? 이 시는 숟가락이라는 사물과 자신의 존재를 동일시하면서 사라지는 존재의 운명을 받아들이고 있다.

이러한 존재에 대한 탐구는 생명의 움직임으로부터 깨닫게 된다. 「꿈틀거림」에서 꿈틀거림은 생명이 요동치는 동작을 말한다. 이 요동치는 동작을 보는 순간, 존재가 살아 있다는 것을 확신하게 된다. 꿈틀거리지 않는 것은 죽은 존재이다. 꿈틀거리지 않는 것을 보면서 생명의 소중한 가치를 발견하게 된다. 이때 비로소 세상이 열리는 소리를 듣게 된다. 「사람 人에 속았다」에서는 더불어 살아가는 사람들의 삶을 말하고 있으면서도 결국 혼자일 뿐이라는 사실을 강조하고 있다. 그녀는 존재의 고독이야말로 세상을 받치는 기둥이라고 생각한다. 사람들에게 속고 살았지만 존재의 근본은 절대 고독으로부터 시작한다는 사실을 깨닫고 있다. 「한 송이 장미」도 현상의 존재가 허상일 뿐이라고 강조하고 있다. 그녀가 생각하는 존재는 고독하기에 더 이상 현실은 실존이 될 수가 없다. 그래서 현실의 존재는 유령일 뿐이라고 말하면서 자신의 실존은 다른 곳에 존재한다고 생각한다. 그녀가 찾아가고 있는 존재란 말 그대로 고독한 존재로 혼자 우뚝 서 있을 뿐이다. 또한, 「독락당」에서는 고독을 즐기는 그녀의 품성을 상징적으로 보여주기도 한다. 이 시에서 그녀는 너덜겅에 앉아서 어린 시절을 떠올리고, 여러 가지 상상을 하면서 즐기고 있다. 인간은 절대 고독 속에서 살아가지만 그녀는 그 절대 고독의 삶을 즐겁게 받아들이고 있는 것이다. 「혈」에서는 인간은 근원적으로 혼자 살아가고 있지만 그녀는 한 번도 홀로 살았던 적이 없을 정도로 또 다른 자아와 함께 절대 고독을 즐기기도 하는 것이다. 절대 고독 속에 놓인 존재에 대한 인식은 자신을 안으로 삭이는 과정을 확인하는 것이다. 이 때문에 그녀의 존재 탐구는 고독 속에서 또 다른 자아와 늘 함께 존재하고 있는 것이다. 여기서 또 다른 자아는 절대자일 수도 있고, 자신의 내면에 존재하는 실존이라고 말할 수도 있다. 그녀가 희구하는 또 다른 자아와 함께하는 그녀는 고독 속에 있으면서도 늘 즐겁다고 말하고 있다. 이러한 실존에 대한 인식이 대타적 시선으로 옮아가면서 사회 문제에 대한 비판적 인식이 싹트게 되는 것이다. 다음 시를 살펴보자.

서정의 파문

아니, 검은댕기해오라기가
공장에서 쏟아진 기름에 죽어 있네
흰 눈 뜨고 죽은 검은 물속의 해오라기

엄마, 첫 눈 뜨는 해오라기 배냇짓 좀 보아
해오라기 날개의 댓잎 바람소릴 좀 들어보아

물 속 그림자 놀이에 세상길 화안한데
내 동무 사라지면 검은 물 토하고 쓰러질 텐데

내 다리 새다리 나도야 무지개새 되어
날아가 버리면 어쩌나 어쩌나

—「해오라기」 전문

이 시는 환경오염으로 인한 해오라기 한 마리의 죽음을 애절하게 추모하고 있다. 이 시의 시적 화자는 인간이 만든 거대한 폭력의 구조 속에서 죽어가는 생명을 안타까운 시선으로 바라보고 있다. 글의 장르로 말하면 애문(哀文)이라고 말할 정도로 화자의 정서가 슬픔으로 가득하다. 더욱이 이 시에서 "흰 눈 뜨고 죽은 검은 물속의 해오라기"라는 시구를 통해서 흰색과 검은색의 선명한 대조를 보이면서 해오라기의 죽음을 더욱 가슴 아프게 하고 있다. 또한 시적 화자의 슬픔은 "첫 눈 뜨는 해오라기의 배냇짓"에서 죽어간 해오라기의 영혼과 겹쳐지면서 그 슬픔의 무게를 더욱 무겁게 한다. 결국 시적 화자는 해오라기들이 사라지면 우리들도 모두 무지개새가 되어 죽을 수밖에 없다고 말한다.

이처럼 그녀가 존재에 대해서 측은지심을 느끼는 것은 대상에 대한 슬픔이나 애정을 넘어서 결국 인간의 문제로 돌아오게 된다. 그녀가 지향하는 존재에 대한 탐구는 인간을 둘러싼 모든 환경에까지 이르고 있다. 「더샵」에서

부드러움에 스며 있는 강인함

는 아스팔트 길 복판에 손바닥만큼이나 작은 풀꽃의 세상을 더플랫(the flat)이라는 자연의 아파트로 설정하고 있다. 이 풀꽃이 살고 있는 작은 아파트와 인간이 사는 더샵(the#)이라는 고층 아파트를 대비하면서 자연에 비해서 현격하게 비대한 인간의 욕망을 비판하고 있다. 그 욕망의 거리감은 "풀잎과 회색 담장의 거리"이기도 하다. 그 욕망의 비대함은 자연의 원리로 볼 때 인간의 욕망이야말로 무지막지하기 이를 데 없다고 말할 수 있는 것이다. 이러한 문명에 대한 비판 의식은 「매미」에서 방충망에서 울고 있는 매미를 보면서 시골의 매미와 도시에서 비참하게 살아가는 매미의 대비를 통해서 드러내기도 한다. 매미는 시골과 도시를 선택할 여지가 없다. 어쩌면 그들의 운명이야말로 인간이 도시에서 살아갈 수밖에 없는 운명과 같은지도 모른다. 인간은 자연에서 살아가야 하는 존재임에도 불구하고 결국 도시에서 살아갈 수밖에 없다. 도시에 태어나서 쇳소리를 내면서 죽어가야 하는 매미나 도시에서 살다 죽어갈 수밖에 없는 인간의 운명은 어쩌면 비슷한 운명 속에 놓여 있는 것인지도 모른다. 그 상황을 바라보는 화자는 존재의 의미가 무엇인지에 대해서 회의하고 있다.

이처럼 그녀는 존재의 탐구를 통해서 욕망의 굴레에서 벗어나 인간이 도달해야 하는 궁극의 지점에 이르고자 한다. 그 궁극의 지점은 지상의 낙원과 같은 곳일 수도 있고, 인간과 자연이 공존할 수 있는 아름다운 생명의 공간일 수도 있다. 어떻든 그녀의 시에서 존재에 대한 탐구는 보다 나은 세계로 나아가기 위한 방편이라고 말할 수 있다. 그곳이 어디인지 어떻게 가야 할지는 제시하고 있지 않지만 그녀는 종교적 기도를 통해서 그 궁극의 세계에 다다르고자 한다. 그런 점에서 그녀의 시는 인간에 대한 새로운 희망의 메시지를 담고 있다고 할 수 있다.

4. 외연의 확장과 내면의 깊이

강정이 시인의 첫 시집 『꽃똥』(지혜, 2010)에서 보여준 시적 세계는 이번 시집에서 그 외연이 더 넓은 곳으로 확장되고 있으며 존재에 대한 의미는 더 깊어지고 있다고 말할 수 있다. 외연의 확장은 첫 시집에서 보여주었던 일상의 소재들로부터 더 작고 소외된 것들에 대한 관심으로 나아갔으며, 우리 주변의 일상을 넘어서 더 넓은 공간으로 나아갔다고 할 수 있다. 그녀의 시에서 외연의 확장은 시적 세계의 확장이라고 할 수 있는데, 그것은 앞으로 강정이 시인이 펼쳐나갈 시적 역량의 확장이라고 생각할 수 있다. 존재에 대한 내적 탐구는 그녀의 시적 세계가 더 깊은 내부의 세계로 나아가고 있다는 것을 말하는 것이다. 존재에 대한 탐구는 시를 통한 일종의 자기 치유 과정이라고 말할 수 있다. 문학은 타인에 대한 치유의 기능을 하기도 하지만, 궁극적으로는 자신의 존재를 치유하는 기능을 하기도 한다. 예술이 지닌 근본적 속성이 자기 만족과 위안에 있기 때문에 창작을 통해서 스스로를 발견하는 것은 지극히 당연한 일이다. 이번에 발표하는 두 번째 시집은 시를 통해서 자기 치유를 하고 있으며, 그 치유를 통해서 존재의 의미가 무엇인지를 찾아가고 있다. 이와 같이 이번 시집에서 발견할 수 있는 외연의 확장과 내면의 깊이는 그녀의 시적 세계를 보다 풍성하게 하는 바탕이 된다.

그녀의 시에서 사물에 대한 인식의 변화가 어떻게 이루어지고 있으며, 그 시적 깊이가 어떻게 깊어지고 있는지를 확인할 수 있다면, 앞으로 그녀의 시가 펼쳐나갈 세계에 대해서도 관심을 가지지 않을 수 없을 것이다. 그녀의 시는 사소한 사물이라고 하더라도 시적 화자의 내면으로 소재를 끌어들이면서 그것을 부드러운 모성으로 감싸고 있다. 또한 그 모성을 바탕으로 존재의 의미를 탐구하고 있으며, 이를 통해서 대상의 아픔과 슬픔을 공유하고 있다. 그녀는 어떤 시인보다도 철저하게 존재의 의미를 탐구하고 있다. 그리고 그 존재에 대한 인식을 통해서 또 다른 존재에 대한 탐구로 나아가고 있다. 이번 시집에서 보여주고 있는 시적 세계의 지평이 앞으로 나올 세 번째 시집에 이어지기를 기대하는 까닭은 여기에 있다. 그녀의 시는 순수한 근본 바탕을 견지하면서 끝없이 새로운 세계로 나아가고 있다. 근본이 튼실하면 무너지지 않는 법이다. 이런 까닭에 그녀의 시는 튼튼한 근본을 바탕으로 해서 존재에 대한 인식의 확장으로 나아갈 것이라고 생각한다. 그녀의 다음 시집이 기다려진다.

아득한 적요(寂寥) 속에 피는 꽃

—박이훈의 시세계

1. 적요와 꽃의 이미지

박이훈의 시집 『고요의 색으로』(시와소금, 2018)를 한 번 쭉 훑어서 읽으면 차분하면서도 고요한 세계를 만날 수 있다. 이 세계를 그녀의 시어를 빌려서 말한다면, 적요(寂寥)의 세계라는 말로 요약할 수 있을 것 같다. 적요(寂寥)라는 말은 고요하고[寂] 텅 비어 있다[寥]는 말이다. 그녀의 시를 따라 읽다 보면 가장 먼저 다가오는 이미지가 적요의 세계이다. 고요함과 텅 빈 상태는 자못 자폐와 우울과 같은 병증(病症) 상태일 것이라고 생각할 수도 있지만, 그녀의 시에서 적요는 찬찬하면서도 그윽한 눈길로 대상을 바라보는 고요함과 텅 빈 순수함이라고 할 수 있다. 그녀의 시는 한마디로 말해서 고요하다. 뿐만 아니라 무념무상의 경지와 같이 텅 빈 순수한 감정의 상태를 보여준다. 그렇지만 그 고요함과 순수한 정서의 깊은 내면에는 칼날처럼 날카로운 비장함이 스며들어 있다. 이 때문에 그녀의 시는 아득한 적요 속에 숨겨진 비장한 세계를 보여주고 있는 것이다.

또 하나 그녀의 시에서 간과할 수 없는 것은 '꽃'이라는 이미지이다. 대부분의 시에서 꽃은 개화의 이미지로 쓰이고 있지만 그녀의 시에서 꽃은 개화를 준비하는 겨울 꽃의 이미지이다. 그녀의 시에서도 물론 피는 꽃의 이미지도 더러 있긴 하지만, 이보다 더 도드라져 보이는 것은 지는 꽃의 이미지이다. 그녀의 시에서 말하는 '피는 꽃'은 정확한 어법으로 말한다면 피어나기 위해서 생명을 감추고 있는 꽃이다. 이 꽃의 이미지는 봄의 꽃이라기보다는 꽃을 피우기 위해 그 생명을 감추고 있는 겨울의 꽃이다. 보이지 않는 꽃이고 매장되어 있는 꽃이다. 생명으로 충만한 날을 꿈꾸며 피어나기를 기다리는 꽃이다. 이 때문에 그녀의 시는 봄의 기운과 같이 생동감 있는 정서가 거의 없으며 굴곡진 감정을 드러내지도 않는다. 그녀의 시는 고요함을 추구하면서 차분하게 가라앉은 미동(微動)의 정서를 보여주고 있다.

감정의 변화가 잘 일어나지 않는 사람의 정서와 감정의 변화가 수시로 일어나는 사람의 정서는 다를 것이다. 앞의 정서가 구도자의 정서라고 한다면, 뒤의 정서는 일상을 살아가는 사람들의 정서라고 할 수 있을 것이다. 그런데 박이훈의 시들을 읽으면 일상을 살아가는 사람들의 모습을 담아내고 있으면서도 감정의 변화가 잘 일어나지 않는 구도자의 정서를 보여주고 있다. 좀 거창하게 표현해서 그렇지만 사실 그녀의 시는 일상을 바라보는 고요한 마음 자락이 곳곳에 스며들어 있어서 차분하게 읽힌다는 것이다. 이 시집의 시인의 말에서도 밝히고 있는 것처럼, 그녀의 시는 생명에 대한 울음을 바라보면서 그 울음에 때로는 분노를 느끼고 때로는 정의를 말하면서 눈과 귀를 열어서 대상에게 다가가려고 하고 있다. 그녀의 시가 궁극으로 지향하는 시적 세계는 누군가에게 위안이 되고자 하는 마음이 가로놓여 있는 것이다.

누군가에게 위안에 되는 시는 타인을 향해 열려 있을 수밖에 없다. 그녀의 시는 때론 자신의 내면을 들여다보기도 하지만, 대부분의 시들은 타인에게로 향해 있다. 이 때문에 그녀의 시집에 나타나는 정서는 고요함 속에 대상을 응시하는 위안으로서의 사랑과 분노가 많이 나타난다고 할 수 있다. 서정시가 대상을 향한 측은지심으로부터 시작한다고 한다면, 그녀의 시는 분명 시적 근원을 이루는 따뜻한 서정의 시심(詩心)으로부터 출발한다고 할 수 있다.

그녀의 시가 고요와 허공, 사유의 세계를 보여주고 있다는 점에서 마음을 편안하게 한다는 것을 발견할 수 있을 것이다. 이 시집은 전체 5부로 짜여 있는데 1부에서 4부까지는 각각 열다섯 편의 시들을 묶었고, 5부만 열두 편의 시가 실려 있다. 시집의 편제도 가지런하지만, 시의 제목들만 훑어보아도 감정의 선을 건드리는 격정적 시어들이 보이지 않는다. 서정시에는 시인의 정서와 감정의 선들이 드러날 수밖에 없긴 하지만, 그녀의 시만큼 시인의 정서가 뚜렷하게 떠오르는 시는 드물지 싶다. 그녀의 시를 읽으면 그녀의 따뜻한 연민의 정과 함께 시인의 전체 이미지가 그려지는 독특한 경험을 하게 될 것이다.

2. 자기 위안과 가족에 대한 사랑

자기 위안은 스스로의 마음을 안정시키는 행위라고 한다면, 사랑은 자아와 타자를 향한 곡진한 공감으로부터 비롯하는 행위라고 할 수 있다. 이들 행위는 대상에 대한 공감의 정서를 갖고 있지 않으면 실현할 수 없는 행위이다. 그녀의 시는 자기 위안의 시로부터 출발해서 타자를 자신 속으로 끌어들이면서 대상과 공감하는 위안과 사랑으로 나아간다. 자기 위안은 자신에 대한 사랑이지만 타자에 대한 사랑은 타자에 대한 공감을 전제로 한다. 그녀의 시에서 바탕을 이루는 정서는 말 그대로 자아에 대한 위안과 가족에 대한 사랑으로부터 시작한다고 할 수 있다.

절대 고독의 참선인가

경주 남산 바위 틈새 뿌리내리고
절벽 난간을 기대고 섰다

한 치 어김없는 황금비율이다

아득한 적요(寂寥) 속에 피는 꽃

뼈 마디마디 아로새긴 바람의 전언
햇살마저 숨죽이며 경청하는
뿌리가 보내는 발신음

절망 중에도
그리움은 있어 당당히
세월과 맞서는 저 어깨

아득한 적요를 딛고 선
벼랑 끝의 한 그루

거룩한 생애를 본다

—「절벽 위 소나무·2」전문

　이 시는 절벽 위의 소나무를 보면서 자신의 삶을 말하고 있는 시이다. 그녀의 삶은 "한 치 어김없는 황금비율"로 서 있는 절벽 위의 소나무와 같은 것이었다. 수많은 절망 속에서도 꿋꿋하게 버티는 절벽 위의 소나무는 뿌리에서 보내는 작은 발신음을 경청하면서 아슬아슬하게 생명을 지키고 있다. 그 소나무의 삶이야말로 화자가 견디어왔던 세월의 또 다른 모습이라고 할 수 있다. 말 그대로 그녀의 삶은 "아득한 적요"를 딛고 서 있는 소나무와 같이 "거룩한 생애"의 모습을 닮았다고 할 수 있다. 그녀는 절벽에 깊게 박힌 뿌리와 같이 고독하게 살았고, 그 고독 속에서도 뼈 마디마디 아로새긴 고통을 극복하고 이 세상을 견디어왔던 것이다.

　또한 이 시는 같은 제목의 「절벽 위 소나무」와 함께 생각해보아야 할 시이다. 「절벽 위 소나무」에서 화자는 자신을 마치 절벽 위의 소나무와 같은 푸른 슬픔을 안고 있는 모습이라고 말하고 있다. 소나무를 대상화해서 너라는 2인칭을 쓰고 있지만 사실은 그 목소리는 자신의 내면으로 향하고 있다. 그래서 이 시의 첫 구절에 "내 안에 있는 너"라고 표현하고 있는 것이다. "너라

서정의 파문

고 한 번도 흔들리고 싶을 때가/없었겠느냐"라는 말은 그 흔들림 속에서도 스스로 위로하면서 살아왔다는 것을 말하고 있다. 세 번째 연에서 소리치고 싶었던 것도 자신의 내면을 향한 소리라고 할 수 있을 것이다. 이 두 편의 시를 통해서 우리는 그녀의 내면에 자리 잡고 있는 자기 위안의 목소리를 만날 수 있을 것이다.

이와 같이 그녀는 스스로의 삶을 극복하는 위안으로서 시를 쓰고 있는 것이다. 서정시가 개인의 정서를 풀어내는 방식이듯이 그녀에게서도 시는 자기 위안으로부터 출발한다고 할 수 있다. 「돌아볼 길 없다」에서도 스스로를 위안하면서 과거의 기억들을 지우려고 한다. 이 시에서는 돌아보면 서러운 것들이지만 돌아보지 않으려고 하는 화자의 마음을 엿볼 수 있다. 그것은 미련을 두지 않으려는 앙다짐이 아니라 그저 흘러온 길을 묵묵히 받아들이려는 마음이다. 「기억 속의 집」에서도 과거의 기억 속에 존재하는 집을 애써 찾으려고 하지 않는다는 것을 확인할 수 있다. 그 길은 돌아갈 수 없는 길이기 때문에 "지금 얼마나 멀리 와 있는 것인가"라는 짧은 탄식을 하면서 스스로 위안하고 있는 것이다. 이 시구에서는 과거에 연연하는 모습이 아니라 과거의 기억이라는 것은 그저 지나가는 일뿐이라고 말한다. 이처럼 그녀의 시는 고통과 아픔을 스스로 위로하는 방식으로 나아가고 있다.

이별이란
참 슬픈 말이라지만
소유를 놓아준다는 의미로
그 이후의 고요가
참, 맑다

그래, 이별은 언제나
뒷모습이었구나

이별이란 떠나간 것이 아니라
빈자리를 내어주는
그것이었구나

—「낙조, 그 이후」 전문

이 시와 같이 그녀는 이별의 슬픔도 출렁대는 고통이 아니라 그 이후의 고
요와 같이 참 맑은 마음자락이라고 생각하고 있다. 그녀는 고통의 시간을 스
스로 견디어내기 위해서 시를 통해서 위안하고 있는 것이다. 그녀에게서 이
별이란 단순한 슬픔에 불과할 뿐이며, 그것은 빈자리를 내어주는 일과 같이
간단한 일일 뿐이다. 그렇기 때문에 이별은 무조건 슬픈 일이 아니다. 자신
이 소유한 슬픔을 풀어놓았을 때 그 고요가 참으로 맑은 까닭은 그것이야말
로 집착을 버리는 행위이기 때문이다. 이별은 빈자리를 내어주는 간단한 행
위일 뿐이라고 말하는 데서 초연한 삶의 경지를 만나게 된다.

비록 그녀가 「가을, 불치의」에서처럼 절망과 고통 속에서 견디어오면서
"어둠이 채 가려지지 않은 문"을 닫고 있는지는 몰라도 그 깊은 심연에서는
항상 그 절망과 고통의 순간을 벗어나서 새로운 삶을 향해 나아가려고 하고
있다. 이 때문에 「지금 로딩 중」에서 사유의 허기를 지우고 새로운 삶을 로
딩하고 싶다는 화자의 소망을 피력하기도 하는 것이다. 실제로 이별의 상황
은 고통스러운 일이기는 하다. 그것이 얼마나 고통스러웠으면 그녀의 모습
을 "하얗게 야윈 달"로 형상화했겠는가? 그러나 그녀는 이렇게 어려운 고
통도 "벗어버린 그림자를 등지고/돌아오는 길"처럼 가볍게 생각한다. 이러
한 자기 위안의 모습이 잘 나타난 시가 「태산목 꽃 지다」이다. 이 시에서 그
녀는 상처 난 자신의 마음을 태산목에 빗대면서 그 자폐의 통증을 말하고 있
다. 그러나 그녀는 자신에게 다가오는 우울한 자폐의 통증을 과감히 잘라내
려고 한다. 그 행위는 어두운 곳, 아픈 곳을 스스로 위안하려는 행위라고 할
수 있다. 그녀의 시가 봄의 정서가 아니라 겨울의 정서에 가깝다고 하는 것

서정의 파문

도 이러한 자기 위안의 행위가 안으로 곰삭으면서 쟁여져 있기 때문이라고
할 수 있다.

> 늘, 곁에 있는 줄 알았지
> 손을 놓친 게 화근이야
> 떠나간 걸 알았을 때 이미 넌
> 너무 멀리 가버렸어 돌아오기엔
> 아주 먼 그곳까지는
> 내 목소리가 닿지 않는다는 걸
> 보고 싶어도 볼 수 없는 눈과 귀의 한계를 벗어난
> 지독한 난청지대

> 아무도 말해주지 않았어
> 캄캄한 변방의 하늘
> 내장 촘촘히 새겨놓은 겨울 음표들
> 아픈 곳만 더 또렷해지는
> 총총한 별자리

—「겨울 음표들」 전문

이 시는 그녀의 시 중에서 겨울의 이미지를 가장 잘 표현한 시이다. 이 시
에서 눈여겨보아야 할 부분은 앞부분과 뒷부분의 차이이다. 앞부분에서 그
녀는 말 그대로 아주 먼 곳으로 가버려서 돌아오기 힘든 상황에 놓여 있다.
보고 싶어도 볼 수 없는 지독한 난청지대에 있다. 그 먼 곳에 있을수록 더 또
렷해지는 것은 무엇일까? 그것은 가슴에 새겨진 별자리와 같은 것이다. 내
장된 고통은 지워지지 않을뿐더러 더 또렷하게 기억되는 법이다. 세상의 모
든 고통을 갈무리하는 겨울의 이미지와도 같다. 이 시에서 말하는 겨울 음표
들이란 아픈 곳에서 더 도드라지는 별자리와 같은 것이다. 여기서 말하는 겨
울은 말 그대로 매장(埋葬)의 계절이다. 매장의 계절은 죽음의 시간이며 닿을

아득한 적요(寂寥) 속에 피는 꽃

수 없는 시간이다. 그곳은 지독한 난청지대이기도 하고, 캄캄한 변방의 하늘이기도 하다. 스스로를 위안으로 삼고 있지만 그녀의 마음속 깊은 곳에는 잊혀지지 않는 기억들이 겨울의 음표와 같이 남아 있다. 이 때문에 겨울 음표는 그녀의 마음에 새겨진 숱한 상처의 흔적들이라고 할 수 있다. 그 많은 상처의 흔적에도 불구하고 그녀는 늘 건강하고 밝은 웃음으로 세상에 나선다. 내장된 슬픔과 고통 따위는 아랑곳하지 않고 씩씩한 마음으로 세상을 바라보고 있다. 「길에게」에서처럼 그녀는 혼자서 견디고 있지만 늘 혼자가 아니라고 생각한다. 그 길은 누군가가 걸었던 길이었고, 언제든지 걸어갈 수 있는 길이다. 그러나 그 길은 근본적으로 슬픈 길이다.

> 여자가 말했다
> 스치고 지나간 것은
> 돌아오지 않는 거라고
>
> 지천으로 핀 군락의 무리들
>
> 포르르 날아오르는
> 새소리에도
> 화들짝 놀라는
> 고요의 색으로
> 노을이 질 때까지 걸었다
>
> —「산국(山菊)」 전문

이 시에서 길의 이미지는 돌아오지 않는 길이다. 지나간 길은 돌아보지 않고 돌아오지도 않는 길일 뿐이다. 삶이란 그 길섶에 피어 있는 산국화와 같은 것이다. 그 산국화가 피어 있는 길은 자신의 길이기도 하지만, 여자의 일생을 상징하는 길이기도 하다. 그녀가 생각하는 삶의 길이란 "스치고 지나간

서정의 파문

것은/돌아오지 않는 거라고" 할 수 있다. 그래서 그녀는 고요와 적막의 길을 걸어가고 있는 것이다. 「4와 5 사이」에 나오는 것처럼 그녀가 걸어가는 발걸음은 조바심과 느린 걸음의 사이이다. 그녀가 살아가는 길은 산사의 풍경을 바라보면서 한 소절 한 소절 독경을 읽듯이 그렇게 잔잔하게 걸어가는 걸음걸이와 같다.

고통과 슬픔을 스스로 극복하는 삶을 살았던 그녀에게서 삶이란 특별한 것도 없고 뛰어난 것도 없다. 그저 사소한 일상을 그대로 받아들이고, 그 일상의 삶 속에서 의미를 찾아가는 것이다. 「삶은 오징어 안주」에 나오는 것처럼, 우리가 살아가고 있는 일상의 삶도 어쩌면 삶은 오징어를 안주로 해서 푸념을 늘어놓는 것에 불과한지도 모른다. 그녀가 생각하는 삶의 의미라는 것은 먼 해원(海原)으로부터 술자리의 안주로 올라오는 삶은 오징어의 기나긴 여정인지도 모른다. 그러니 사소한 오징어 안주에게 경배(敬拜)를 드릴 수밖에. 이 시에서 삶은 오징어는 중의성을 가진다. "삶은 오징어"의 "삶다"는 살다의 의미를 가진 '삶'과 익히다라는 뜻을 가진 '삶다'의 의미로 쓰인다. 익혀지는 것이야말로 삶의 과정이라는 오묘한 언어유희가 얼비친다.

그녀는 고통과 절망과 슬픔을 스스로 극복하기 위해서 바다라는 공간에 서 있기도 하고, 여행을 떠나기도 한다. 그것은 아무도 알아주지 않는 것을 혼자서 풀어나가기 위한 방법이라고 할 수 있다. 그런 점에서 그녀에게서 시는 삶의 위안으로서의 역할을 감당한다고 할 수 있다. 그녀는 시를 통해서 다양한 일상의 아픔들을 자기 내면으로 끌어들이면서 스스로의 삶에 위안으로 삼는다. 이러한 자기 위안의 정서는 가족과의 연대를 통하여 더욱 공고하게 된다. 그녀의 시에는 가족에 대한 사랑이 많이 나오는데 그녀의 시에서 가족은 자기 위안의 정서와 함께 고통과 슬픔을 함께하는 대상이라고 할 수 있다. 「가을을 탄다」에서는 "한반도 곳곳에 가족을 흩어놓고" 혼자서 살아야 하는 쓸쓸한 가족의 모습을 표현하고 있으며, 「세상, 아버지의 길」에서는

아득한 적요(寂寥) 속에 피는 꽃

사막 언덕을 지나면서 아버지의 지난했던 삶을 떠올리기도 한다. 그 아버지의 삶을 통해서 가족은 단순한 그리움을 넘어서 삶의 의미를 발견하는 대상으로 형상화되기도 한다. 아버지의 말은 "생이란 처음부터 목이 마르고/뜨거운 거라 그냥 견디는" 것이라는 가르침을 준다. 이처럼 그녀의 시에서 가족의 자리는 참으로 중요한 의미가 있으며, 그 가족에 대한 그리움은 그녀의 시에서 사랑과 연민의 근원을 이루는 정서라고 할 수 있다. 그녀의 시에는 가족 중에서 아들에 대한 시도 있지만 어머니에 대한 시가 더 많은 것은 어머니의 사랑을 그 근원으로 하고 있다는 증거일 것이다.

> 달빛보다 더 밝은 달이었던
> 산보다 더 푸른 산이었던
> 초가지붕 수 놓았던
> 박꽃 같던 초연한 모습
>
> 청춘에 홀로되어
> 태우고 또 태운 청상의 속
> 하얀 소금 꽃 피웠습니다
>
> 햇볕과 바람에 골고루 말려
> 환하게 영근 결정체
> 썩지 않은 여문 사랑
>
> 어머니, 이제야 알겠습니다
>
> ―「소금 꽃, 엄마」 전문

이 시는 어머니의 삶을 떠올리면서 화자도 어머니와 같은 초연한 삶을 살겠다는 의지를 드러내고 있다. 그녀에게서 어머니의 삶은 달빛보다 밝은 달이고, 산보다 더 푸른 산이었고, 박꽃같이 초연한 모습이다. 그 어머니의 삶은 청상 속에서 하얀 소금 꽃과 같이 피어나는 사랑의 화신이었다. 그녀는 그 어머니의 삶 속에서 썩지 않는 여문 사랑을 발견한다. 그 어머니의 여문 사랑은 요양병원에 있는 어머니의 모습을 보면서 처연한 연민의 정으로 형상화된다. 이 때문에 「하얀 고요」에서 만나는 그녀의 어머니는 그 깊이를 알 수 없는 연민의 정으로 나타나는 것이다. 시 제목의 '하얀 고요'는 슬픔의 무게를 말한다. 슬픔의 무게가 하얗다는 말은 연민의 정이 끝 간 데 없이 이어지고 있다는 말이다. 그 슬픔의 고요함은 이 시에 나타나는 중심 이미지이기도 하다. 이것은 마치 「흔들리는 허공」에서 여성의 운명과 같은 굴레를 생각하는 것과 같다. 「흔들리는 허공」에서는 시집 가는 딸의 모습을 보면서 어머니의 모습을 떠올리고 그 삶을 반복해야 하는 여성의 운명을 형상화하고 있다. 그것은 슬픈 운명이 아니라 그저 받아들여야 할 운명이라는 것이다. 그 운명은 여성의 삶이고 그 삶은 꽃으로 상징된다. 그러나 그 꽃은 화려한 봄의 이미지로 충만한 꽃이 아니다. 추위를 견디어내는 겨울의 이미지를 간직한 꽃이다. 「봄눈」에서 "산 벚꽃은 새하얗게 떨고/매화는 지그시 입술 깨물었다/눈, 이슬 매달은 창백한 산 목련,/바위틈 제비꽃 처연한 눈빛"과 같은 꽃이다. 이와 같이 그녀의 시에 나오는 꽃의 이미지는 밝음이 아니라 어두움이다. 그녀의 시에서 꽃의 이미지는 아름답고 화려하지 않다. 그녀의 시에 나오는 대부분의 꽃은 처연하고 슬픈 꽃들이다. 그녀의 시에서 꽃은 자신의 삶이나 혹은 여성을 상징하고 있기 때문이다. 이들에 대한 사랑은 결국 연민의 감정으로 나타나고 있는 것이다.

3. 타자를 향한 연민

자기의 세계로 향하는 고요한 심연의 정서는 타자를 향해서는 연민의 감정으로 나타난다. 자기만의 슬픔을 스스로 극복하면서 아득한 적요 속으로

침잠하던 자아에 대한 사랑이 타인에게 향하면서 따뜻한 연민의 정서로 나타나게 되는 것이다. 그녀의 시에서 자아를 향한 도저한 길은 가족에 대한 사랑으로 이어지고, 그것은 타자를 향한 연민으로 확장된다. 또한 그 연민은 만물에 대한 측은지심으로 나타난다. 이러한 연민의 변화상은 도식화된 형태로 나타나는 것이 아니라 소소한 일상에서 수시로 나타난다.

그녀가 시적 대상으로 하고 있는 타자는 권력이 있거나 지배를 하는 타자가 아니라, 작고 소외되고 버려진 타자들이다. 이러한 타자들은 이를테면, 낯선 사람들에게 팔려가기를 기다리는 강아지, 갈 곳이 없어서 길거리에서 노숙하는 사람들, 세월호 침몰로 죽어간 아이들, 위안부 소녀상, 저 멀리 아프리카에서 강간범에게 죽임을 당한 소녀에 이르기까지 다양하다. 그녀의 시에서 우리는 우리 사회의 곳곳에 병들거나 소외된 타자들에 대한 지극한 연민의 정서를 만날 수 있다. 그것은 일종의 측은지심이라는 순수한 동기에서 비롯하는 것이고, 그 동기는 그녀의 시를 순수한 서정시의 세계로 나아가게 하는 힘이 되는 것이다. 이러한 관점으로 볼 때 그녀의 시는 타자를 향한 연민의 정을 통하여 서정시 본령의 순수성을 획득하고 있다고 말할 수 있다.

> 복천동 옛 우물이 있던 집
>
> 허름한 방문 앞에서 마주한
> 주름살 깊은 그 얼굴
> 궁핍한 형편이지만 슬하에 자식이 있어
> 기초수급이 아닌 차상위대상인 어르신
> 나이 들면 독거는 비켜 갈 수 없음을 알기에
> 이런저런 사정의 짧지 않은 이야기 듣는다
>
> 어느 해 장마 흔적인지 얼룩진 꽃무늬 벽지와
> 낮은 천장엔 세상에 없는 지도가 그려져 있는

단칸 셋방, 골바람에 파르르 떨리는 문풍지

먹고살기 힘든 아들네는 명절에나 겨우 본다며
그래도 가끔 심장을 뛰게 하는 건
벽에 걸린 액자 속에서 웃고 있는
몇 장의 낡은 사진들이라고

한때는 그의 방에도 복사꽃 향기 환했던
젊은 아내와 초롱초롱한 아이들 눈망울들이
햇살처럼 반짝이던 때가 있었다고
자랑하던 독거인(獨居人)

— 「독거(獨居)」 전문

　　이 시에 나오는 복천동은 기초수급 대상자들이 많은 동네이다. 지금에야
개발이 되어 빈민가라는 허울을 벗었지만 몇 년 전까지만 해도 복천동은 말
그대로 피난민촌과 같은 가구가 즐비했던 곳이다. 이 시는 가난한 동네에서
한 어르신을 만나 그분의 얘기를 들어주면서 고독을 달래준다는 내용이다.
그 어르신에게도 행복했던 시절이 있었다. 그녀는 그 어르신이 지니고 있는
복사꽃 향기가 환했던 한때의 기억을 공감하면서 그 어르신을 위로하고 있
다. 그녀는 외로운 사람을 찾아가서 그 사람의 이야기를 듣고 그 사람을 위
안하면서 현재의 삶을 도닥여주고 있다. 이 시는 사회복지사로 오래도록 일
해온 그녀의 체험을 소재로 한 것이기 때문에 단순히 그 삶의 체험을 형상화
한 것이라고 생각할 수도 있겠지만, 앞에서 살펴본 것처럼 그녀의 시가 순수
한 사랑의 정서를 바탕으로 해서 출발한다고 한다면, 이 시는 직업으로서 타
자를 대하는 것이 아니라, 진심으로 그 외로운 어르신을 대하고 있다는 것을
알 수 있을 것이다. 이런 맥락에 있는 시로 「민들레 꽃」이 있다. 이 시는 서
동의 외로운 할머니를 위로하는 민들레 꽃을 형상화하고 있다. 그 꽃은 시멘

아득한 적요(寂寥) 속에 피는 꽃

트 계단 틈서리에 암팡지게 피어나서 자신의 고통뿐만 아니라 타인의 고통까지도 위로하고 있다. 여기서 민들레꽃은 화자의 분신이라고 할 수 있다. 그녀의 시에서 타자를 향한 연민의 정은 가까운 곳뿐만 아니라 먼 곳까지 향해 있다. 다음 시는 그것을 잘 보여주고 있다.

> 먼 산머리에 얹힌 추녀마루 끝에서
> 흰 뼈가 환히 들여다보이는 빙어 한 마리가
> 파란 하늘바다를 헤엄치고 있었다
>
> 솟대 끝에 앉은 콩새가 꽁지를 껍죽대며
> 오동나무를 뽑아 감나무에게 주고
> 감나무를 뽑아다 늙은 팽나무에 건네주고
> 허공 물고기를 탐하고 있었다
>
> 허공을 벗어난 어린 신호체계는
> 엄숙하게 꽁지를 세우는 일
> 이미 탐색을 끝낸 흔들리는 안광은
> 허공을 당기는 일만 남았다
>
> 바람의 언덕을 수없이 넘어
> 환하게 익힌 허공 길은
> 감은 눈에도 하늘바다를 읽고 있었다
>
> ──「허공의 길」 전문

이 시와 같이 그녀의 시에서 연민의 정은 먼 곳의 하늘바다에까지 시선이 닿아 있다. 그녀가 풍경에 달린 물고기를 보면서 무엇을 생각하고 있을까? 검은 눈으로 바라보는 하늘바다에는 무엇이 있을까? 모르긴 해도 그녀가 찾아가려는 상처 난 것들, 외로운 것들, 보이지 않는 슬픔을 안고 있는 것들이 아닐까? 그들에 대한 연민의 정들이 허공에 매달린 물고기의 눈에 아로새겨

서정의 파문

져 있다. 그 물고기의 시선이 향하는 곳이 그녀의 시선이 향하는 곳이다. 이 시에는 빈 허공의 세계를 끌어당겨서 그들의 삶을 위로하려는 따뜻한 마음이 스며들어 있다.

이러한 마음들이 「올레 10코스를 걷다」에서는 타인의 상처를 위로하고 끌어안으면서 상처를 치유하려는 인자(仁慈)한 어머니의 손길로 나타나고 있다. 그녀는 올레 10코스를 걸으면서 제주 4·3의 기억을 떠올리고, 알뜨르 비행장에서 억울하게 죽은 민중들을 생각하면서 그들 영혼에 연민의 정을 느낀다. 그녀의 시는 자기 위안의 시로부터 타자에 대한 연민으로 확장되며, 타자의 상처에 대한 연민은 사회와 국가, 그리고 세계로 확장되고 있다. 다음 시는 그녀의 시에 나타나는 연민의 정이 사회로 확장되는 것을 잘 보여주고 있다.

> 수천, 수백 년 구비구비 흘려도 자정될 수 없는
> 깊이를 가늠할 수 없는
> 천추의 슬픔이 담긴 저 눈빛을
>
> 가만히 바라보아라
>
> 누가 여리디여리고
> 곱디고운 소녀에게
> 죽어서도 살아서도 지울 수 없는
> 치욕을 새겼느냐
>
> 무엇으로도
> 치유될 수 없는 설움
> 그 누가 나를 대신해 감히, 보상과 사과를
> 받을 수 있느냐고
> 묻고 있다

아득한 적요(寂寥) 속에 피는 꽃

부모님이 주신 이름을 빼앗기고
위안부라고 불리는 소녀가
불끈 쥔 두 주먹 가지런히 모은 소녀가

결코 감을 수 없는 눈을 똑바로 뜨고
바람 부는 거리에서
눈, 비 맞으며
시위하는 침묵의 말을 들어 보아라
　　　　　—「어느 소녀의 눈동자—소녀상 앞에서」 전문

　이미 부제에서도 알 수 있듯이 이 시는 위안부 소녀상을 바라보면서 한 시대에 대한 연민을 넘어서 역사적으로 희생양이 되었던 위안부에 대한 연민의 정을 형상화하고 있다. 위안부 소녀상은 천추의 슬픔을 담고 있으며 지울 수 없는 치욕의 역사를 새긴 것이다. 그 일은 결코 수수방관할 수 없는 일이며 눈을 똑바로 뜨고 시위할 수밖에 없는 일이다. 이 시에서 화자는 겉으로는 따뜻한 측은지심의 표정으로 대상을 응시하고 있지만 내면으로는 침묵의 말을 벼리고 있다. 겉으로는 부드러운 연민의 자세를 취하고 있으면서도 안으로는 무언의 저항 자세를 간직하고 있다는 말이다. 이와 같이 그녀의 시에서 대상을 향한 연민의 정은 결국 대상을 그렇게 만든 사회에 대한 비판과 분노로 이어지고 있다. 그것도 매우 단호한 어법으로 말하고 있다.

　이를테면, 「피뢰침」에서는 자본의 꼭대기에 오른 재벌들을 피뢰침에 빗대면서 그들의 아슬아슬한 삶을 측은한 마음으로 바라보면서도 냉정한 태도를 견지하고 있는데, 그녀의 시선으로 볼 때, 국정 감사 자리에서 쩔쩔매고 있는 재벌의 모습들은 마치 벼락에 맞을 피뢰침과 같이 느껴지는 것이다. 「멈춘 시간, 보(洑)」는 4대강 사업으로 병든 강을 연민의 시선으로 바라보고 있으며, 강을 보존하려고 했던 사람들의 간절한 염원을 거부하면서까지 만들었던 4대강의 보는 말 그대로 "침묵의 두께"이면서 동시에 "검증 없는 주검"이라고 비판하고 있다. 이러한 시들은 소녀상에 대한 연민이나 세월호의 참사로 죽은 아이들에 대한 연민과 동일한 맥락에 놓여 있는 시들이다. 「그해, 서해바다」와 「가만히 있어라, 던 그날」은 제목 그대로 팽목항에서 죽은 아이들에 대한 연민의 정을 형상화하면서 그 이면에는 세월호의 참상을 비판하고 있다. 「악어의 눈물」에서는 국정 감사 장면을 보면서 가식의 눈물을 흘리는 사람들을 측은한 마음으로 바라보기도 하고, 「흙의 힘」과 같은 시에서는 촛불집회의 거대한 물결이야말로 만물을 길러내는 흙의 힘과 같다고 말하기도 한다. 「신은 어디에 계십니까」에서는 아프리카 시골 버스에서 스무 살 여대생이 강간범들에게 살해당한 사건을 보고 연민의 정을 느끼고, 「노숙자」에서는 길거리에 노숙자들에 대한 연민의 감정을 형상화하고 있다.

이와 같이 그녀의 시에서 연민의 정은 세상의 모든 것에 닿아 있다. 그래서 「세상바다」라는 시에서 화자가 바라보는 세상은 서로가 서로를 위로하고 껴안는 것이라고 생각하기에 이른다. 세상은 나의 별을 둘러싼 너의 별이 나의 별을 기억하듯이 상처 하나씩 껴안고 있는 것이다. 이처럼 세상 만물들은 서로가 서로를 껴안고 가는 것이다. 그녀의 시에서 강의 이미지보다도 바다의 이미지가 많이 나오는 까닭은 바다가 세상의 모든 것을 껴안을 수 있는 넓은 공간이라고 생각하기 때문이다. 그녀는 겨울을 생명이 잉태하는 무한한 공간이라고 생각하듯이 바다도 모든 세상을 껴안고 있는 공간이라고 생각하고 있다. 이 때문의 그녀의 시는 더 넓고 무한한 공간에서 세상 만물을 끌어안으면서 그들에 대한 깊은 연민의 정을 드러내고 있는 것이다.

> 뜨거운 빌딩들을 식혀주던
> 당당하던 팽나무, 계수나무
> 푸른 그늘이

아득한 적요(寂寥) 속에 피는 꽃

누군가의 잣대로 뭉텅 잘려나갔다

우리가, 내가 알지 못하는
저들의 시간을
소리 없이 살아낸 나무의 한 생이
풀썩 주저앉은 것이다

우듬지와 옆 가지 피를 흘리며
처연히 서 있는
팔다리 없는 토르소

콘크리트 숲 조경 길 따라
아파트 골목을 돌아들던
바람 소리는 나무의 신음이었다

—「토르소」전문

이 시는 당당하게 푸른 그늘을 드리웠던 나무들이 무자비하게 잘려가는 장면을 보고 측은한 마음이 들어서 그것을 시로 형상화한 것이다. 이 시에서는 화자가 나무에게 느끼는 연민의 정이 더 간절해서 외려 애련(哀憐)하게까지 느껴진다. 잘려나가는 나무의 고통이 마치 화자 자신의 아픔과도 같이 느껴진다. 토르소는 머리와 팔다리가 없고 몸통만 있는 조각상을 말한다. 그녀가 목격하고 있는 잘려나간 나무의 모습이 마치 팔과 다리가 잘린 조각상과 같다는 것이다. 다른 사람들은 그저 가지치기 정도로만 생각하고 있는 것을 그녀는 생명의 부분들이 잘려나가서 고통을 겪고 있는 것과 같이 바라보고 있는 것이다. 이러한 연민의 정 때문에 그녀의 귀에는 나무의 신음소리가 들리는 것이다.

그녀의 시에서 생명에 대한 연민의 정은 여러 시에서 나타나고 있는데, 그

서정의 파문

중에서도 「뿌리의 외출」은 인용한 시와 같은 연민의 정으로 나타나 있다. 그녀는 땅 속에 있어야 하는 뿌리가 바깥으로 나오면서 그것은 아픔이고 고통이 될 수밖에 없다고 생각한다. 그녀가 보기에는 깊은 체념으로 흙을 붙들고 있는 뿌리가 애달프다 못해서 처연하게 느껴진다. 흙의 바깥으로 나온 뿌리는 마치 팔다리가 잘린 나무의 형상과 닮았다고 생각한다. 이러한 연민의 정들은 여러 시에서 나타난다. 「길냥이」에서는 집 없는 고양이를 보면서 연민의 감정을 느끼기도 하고, 「겨울꽃」에서는 겨울의 도시 고속도로변 철조망에 피어 있는 붉은 장미 한 송이를 보면서 그 질긴 삶의 모습을 서러운 목숨이라고 여기기도 한다. 「꽃 진 자리」에서는 꽃이 지는 자리를 보면서 그 꽃을 짓밟지 못하는 화자의 여린 감성이 나타나고 있으며, 「3번 출구」에서는 강아지가 팔리는 장면을 보면서 측은하게 생각하는 마음이 나타나기도 한다. 「오징어를 굽다」에서는 불 위에서 구워지는 오징어를 보면서 연민의 정을 느끼기도 하며, 「오일장」에서는 오일장 좌판에서 물건을 파는 사람들을 보면서 연민의 정을 느끼기도 한다.

이처럼 그녀의 시에는 보이는 곳곳마다, 혹은 보이는 사물들마다 연민의 정으로 가득하다. 그녀의 시에 나타나고 있는 연민의 정은 대개 순심(順心)으로 표현되고 있다. 이 때문에 그녀는 사물과 대상에 따뜻한 연민의 정으로 접근하고 있다고 말할 수 있다. 서정시의 궁극의 자리가 순정한 마음의 작용으로 대상을 보고 그 대상의 맑은 속성을 시로 표현하는 것이라고 한다면, 그녀의 시는 그 서정시의 궁극의 자리에 놓여 있다고 말할 수 있을 것이다.

4. 궁극의 세계

그녀의 시가 지향하는 궁극의 세계는 어디일까? 그녀는 자기 위안과 타자에 대한 연민의 정서를 바탕으로 시를 풀어쓰고 있지만 그것은 세상을 전복하거나 혁명을 하려는 거창한 말을 하고 있지는 않다. 잔잔하고 따뜻한 마음으로 세상을 감싸면서 온정의 눈길과 손길로 위로하고 있다. 그녀는 찬찬한 말투로 세상을 향해서 고요하게 외치고 있다. 그녀는 세상을 향해 끊임없이 기도하는 마음으로 서 있으며 그것은 하나의 염원으로 나타난다. 다음 시는 그녀의 시가 어디로 향하고 있는지를 잘 보여주고 있다. 이 시와 같이 그녀가 꿈꾸는 염원이야말로 어쩌면 그녀의 시가 닿으려는 궁극의 세계가 아닐까?

새 한 마리 날갯짓 소리에도 출렁이는 고요 속에
풀꽃들 소리 내어 땅을 읽어내는 한나절
피 토하듯 배롱나무꽃 피고 지던 여름날
오히려 구름 한 점 없는 운주사
하늘 아래

천불 천탑 세우는
천지사방 흩어진 바람

비우고 또 비우는 깊고도 좁은 골짜기에
바위틈마다 간절히 두 손 모은 석불
머리 따로 몸 따로 나뒹구는 돌부처들까지
그 또한 무상무념 해탈의 대답이라

말없이 빙그레 웃기만 하는
입은 옷에 누워 있는 와불 한 쌍

누워만 있어도, 일어서는 날 세상과
세상일 다 알고 있다는 듯
한 생명 피고 지는 것이 세상일이라는 듯
일어나 바람처럼 일어나

스치고 지나간 길 되돌아서
다시 걸어가는 것이라는 듯

—「운주사에서」 전문

그녀의 시가 지향하는 세상은 어떤 것일까? 이 시를 읽으면 마치 세상사 모든 것을 초월한 통념의 세계로 향하는 것 같은 느낌을 준다. 그녀는 자아에 대한 사랑과 가족에 대한 사랑, 더 나아가 사회에 대한 모든 연민의 감정들이야말로 무념무상의 해탈에 이르는 길이라고 생각한다. 어쩌면 그녀가 생각하는 세상이라는 것은 "한 생명 피고 지는 것"이며, "스치고 지나간 길 되돌아서/다시 걸어가는 것"일 뿐인지도 모른다. 그녀의 시를 읽으면서 아득한 적요의 세계가 떠올랐던 것은 그녀의 시가 깊은 연민의 정으로부터 우러나오기 때문이었고, 적막함과 고요한 세계로부터 천천히 다가오는 은은한 손길을 느낄 수 있기 때문이었다. 그녀의 시는 금방 데워지는 주전자가 아니라 은은하게 데워지는 주전자와 같은 이미지로 다가온다. 그녀의 시는 봄에 활짝 피어나는 생명을 노래하는 것이 아니라, 겨울에 울울(鬱鬱)하게 감추고 있는 생명을 노래하고 있다. 이 때문의 그녀의 시는 겨울의 정서를 갖고 있으면서도 그 속에 잉태하고 있는 생명의 씨앗을 느낄 수 있게 한다. 그래서 그녀가 보여주는 연민의 정은 깊으면서도 곡진한 데가 있는 것이다. 그녀의 시는 그 깊고 은은한 정서로부터 피어나는 꽃과 같다. 그녀의 시는 자신을 향한 위안과 사랑으로부터 타인을 향한 연민의 꽃으로 피어나고 있다. 「기약－詩」에서 그녀는 시인으로서 소명을 가지고 시를 쓰려고 다짐하고 있다. 이 시에서는 그녀는 시인의 길을 묵묵히 걸어가려고 한다. 언젠가는 그녀가 꿈꾸는 연민의 정이 사람과 사람들, 사물과 사물들 사이에 깊이 스며들게 될 것이라고 생각한다. 그래서 그녀는 말한다. "죽도록 사랑해도 채워지지 않는 사랑/지금, 이 순간 늦지 않으리"라고.

아득한 적요(寂寥) 속에 피는 꽃

생명에 대한 역동적 사랑

—오미옥의 시세계

1. 사랑의 기술(記述)

오미옥의 시는 그 소재가 사물이든 사람이든 그 소재의 이야기를 풀어나가는 데 무게중심이 놓여 있다. 이 때문에 그녀의 시는 서정성을 바탕으로 하고 있으면서도 그 외연은 서사 구조로 된 독특한 시 형식을 취하고 있다. 그녀의 시가 대부분 서사 구조로 되어 있기 때문에 그 시적 표현 방법에 있어서도 특정한 기교를 보이지 않는다. 그녀의 시가 누구에게나 쉽게 다가갈 수 있는 까닭은 이야기라는 구성 방식을 보이고 있기 때문이다. 그녀의 시는 시적 기교주의 방법을 벗어나서 서정시의 본질인 감정의 정화(淨化)를 꾀하고 있으며, 이야기 구성이라는 독특한 방식은 그녀의 시가 지향하고 있는 시적 의미의 중심을 이루고 있다. 그녀의 시는 한 편 한 편이 서사 구조를 취하고 있는데, 그 이야기들은 대부분 소외되거나 외로운 처지에 있는 사람들의 가슴 아픈 사연들이 놓여 있다.

오미옥의 이번 시집은 상처받은 사람들의 이야기를 담고 있는 보고(寶庫)와 같다. 그녀는 과거의 기억 속에 있는 아픈 사람들의 사연을 들려주면서 그들의 아픔을 위로하고 있으며, 또한 현재의 일상에서 만나는 사람들의 고통을 따뜻한 사랑으로 감싸고 있다. 그녀의 시에 나오는 이야기들은 모두 가슴 아픈 사연들로 가득하지만 그들을 바라보는 그녀의 역동적인 사랑은 그들을 위로하는 따뜻한 생명의 기운으로 넘쳐흐르고 있다. 그녀의 시에서 발견할 수 있는 역동적인 사랑은 가족들에 대한 사랑으로부터 세상 만물의 생명을 가진 모든 존재들에게로 이어지고 있다. 이 풍성하고 역동적인 사랑의 근원에는 모성(母性)이라는 생명에 대한 숭고한 사랑이 가로놓여 있다. 이 때문에 그녀가 보여주고 있는 사랑의 근본은 에로스의 사랑만을 의미하는 것이 아니라, 플라토닉 사랑까지 포함하고 있는 것이다. 그녀의 사랑은 동양에서 말하는 어진 마음[仁]이라 할 수 있으며, 종교적으로 말하면 자비(慈悲)로운 마음이라고 말할 수 있다.

그녀의 시집 전체를 관통하고 있는 이 무궁한 사랑은 생명에 대한 연민의 정으로 나타나고 있으며, 그것은 근본적으로 생명을 존중하는 마음에서 우러나온 것이라고 할 수 있다. 그녀의 시집을 읽으면 가슴 아픈 사람들의 사연들 속에서 따뜻한 인간의 정을 느낄 수 있다. 그것은 그녀의 마음 바탕에 사랑의 물결이 출렁이고 있기 때문이다. 그녀의 기억 속에 존재하는 우울한 기억들도, 세상에서 버림받은 모든 사람들도, 생명을 가진 모든 것들도 그녀의 따뜻한 품 안에서 위안을 받고 있다. 그녀의 시는 예수를 매장하기 전에 그 아들을 무릎 위에 안고 있는 성모의 모습과 같은 애절한 측은지심으로 가득하다. 오미옥의 시는 사랑을 기술(記述)하는 독특한 서사 방식으로부터 출발하고 있다.

2. 서사 속에 꽃피는 연민의 정

오미옥의 시집에서 만날 수 있는 가장 중요한 특징은 서정시 속에 서사 구조를 담아내고 있다는 것이다. 특히 이번 시집에는 가족에 대한 이야기가 많이 나오는데 그만큼 그녀의 시는 가족이라는 원형적 생명 공동체를 벗어나

생명에 대한 역동적 사랑

지 않고 있다고 말할 수 있다. 그런데 그녀의 시에 나오는 가족들의 이야기들은 대부분 가슴 아픈 사연들이다. 이야깃거리가 되지 않는 것을 시의 소재로 삼을 턱이 없지만 유달리 그녀의 시에 즐겁고 유쾌한 일들보다 슬프고 가슴 아픈 사연이 많은 까닭은 무엇일까? 아홉이나 되는 형제들이 함께 살았으니 그 사연들이야 오죽 많았겠는가? 또한 그 많은 자식을 건사하느라고 힘들었을 어머니를 떠올리는 시적 화자의 마음은 어떠했겠는가? 이러한 가족의 내력으로 미루어볼 때 그녀는 시를 통해서 가족들의 곡진한 사연들을 담아내려고 했다고 할 수 있다. 그녀의 시는 이러한 가족들의 이야기로부터 시작하고 있다.

> 열일곱에 시집온 울 엄마
> 시집올 적 입었던 연분홍 치마
> 첫날밤도 못 치르고
> 집 앞 도랑에서
> 아버지 발아래 잘근잘근 밟힐 때
> 밤별들 소리죽여 울었다지요
>
> 그날 이후
> 집 앞 도랑가에는
> 울 엄마 설운 슬픔
> 마디마디 잇대어 핀
> 치맛빛 꽃들
> 상강 지난 개울가에서 눈부십니다
>
> ―「고마리」 전문

이 시는 고마리라는 야생식물에 어머니의 한을 빗대고 있다. 이 시가 전달하는 이야기는 그리 복잡하지 않지만 그 속에는 독특한 서사 방식과 함께 그녀의 시가 지향하고 있는 세계가 잘 나타나 있다. 우선 이 시의 중심 소재로

서정의 파문

쓰인 고마리는 들판이나 냇가의 양지바른 곳에 지천으로 피어나는 꽃을 말한다. 그런데 이 시에서 고마리는 어머니의 설운 슬픔을 상징하는 꽃으로 머무는 것이 아니라, 수많은 여성들의 한을 드러내는 꽃으로 치환되고 있다. 고마리의 꽃 색깔과 어머니의 연분홍 치마의 색채 이미지가 중첩되면서 어머니의 슬픔은 더 깊게 다가온다. 이 시는 여성의 한을 상징하는 소재의 선택과 그 이미지의 새로운 환유 방식을 통해서 시적 의미를 확장하고 있다.

그런데 여기서 눈여겨 살펴보아야 할 보다 중요한 부분은 그 어머니의 슬픔을 전달하는 방식이다. 그것은 그녀의 시에 보여주는 독특한 서사 방식이라고 할 수 있다. 이 시의 종결형 어미는 "울었다지요", "눈부십니다"와 같은 경어체이다. 이러한 전달 방식은 어머니의 삶에 대한 측은지심을 가득 담고 있는 어법이라고 할 수 있다. 또한 이 시의 서사 구조는 사건을 요약 제시하는 방식으로 되어 있다. 열일곱에 시집올 때 엄마가 입었던 연분홍 치마가 어떤 사연으로 아버지의 발에 잘근잘근 밟혔는지 이 시에서는 알 수가 없다. 다만 피치 못할 사연만 있었다고 짐작만 할 뿐이다. 그렇기 때문에 첫날밤도 못 치른 가슴 아픈 새댁의 사연은 더욱 가슴 저미게 다가온다. 그 사연은 밤하늘의 별들도 함께 소리 죽여 울고 있는 장면으로 그려지면서 어머니의 한은 평생 설운 슬픔으로 남게 된다. 이 설움의 흔적이 해마다 연분홍 치마 빛깔 꽃을 피우는 고마리 꽃의 꽃말처럼 형상화되고 있는 것이다. 실제로 고마리는 서리가 내리는 상강에 피는 꽃으로, 여인이 한을 품으면 서리가 내린다는 의미를 담고 있다.

이와 같이 그녀의 시에는 어머니를 비롯하여 가슴 아픈 가족들의 사연이 많이 들어 있다. 그 가족의 일상을 형상화하고 있는 화자의 시선에서 따뜻한 연민의 정을 느낄 수 있다. 늙은 아버지 곁에서 녹두를 따면서 어린 시절에 녹두죽을 끓여주던 어머니를 그리워하기도 하고(「녹두를 따며」), 돈 오만 원으로 실랑이하는 가족들을 보면서 서로를 생각하는 따뜻한 정을 느끼기도 한다(「오만 원」). 이러한 사소한 사연만 있는 것이 아니다. 아들 집에서 쫓겨나서 이모 집에 살고 있는 외할머니의 사연, 금혼식을 하는 가족의 이야기, 파킨슨병을 앓고 있는 어머니를 위해 가짜 장미를 사 오시는 아버지의 이야기도 있다. 그녀의 시에 나오는 가족에 대한 이야기들은 대부분 가슴 아픈 사연들로 채워져 있지만 그 아픔을 서로 위로하는 따뜻한 정들이 녹아 있다. 그녀는 가족의 이야기를 시의 소재로 끌어들이면서 그들의 아픔을 시로써 정화하고 있는 것이다. 그녀의 시는 서정시의 본령이라 할 수 있는 감정의 정화를 잘 보여준다고 할 수 있다. 이 때문에 그녀의 시는 동일시의 방식을 충실하게 보여주는 연민의 시학에서 출발하고 있다고 말할 수 있는 것이다.

그녀의 시에서 이러한 가족 서사는 그녀의 친척에까지 그 외연이 확장되고 있다. 친척도 가족 서사의 한 축이라고 생각할 수 있지만, 그 이야기의 전달 방식은 가족 서사와는 약간 다르다. 앞에서 살펴본 시집온 날 어머니의 사연은 요약 제시 방식으로 되어 있지만 친척에 대한 서사 구조는 그 이야기의 사연을 상세하게 기술하고 있다. 친척들에 대한 서사 방식은 주네트(Gérard Genette)가 말하는 초점화의 방법으로 서술하고 있다. 어머니를 비롯한 가까운 집안의 가족사는 시적 화자와 대상이 밀착되어 있어서 동일화의 방식을 취하고 있지만, 그 외연이 넓혀진 친척들의 사연을 전달하는 서사 방식은 그들을 초점화 대상으로 삼아서 그 사건의 심층을 보다 객관적 방식으로 전달하고 있다. 이러한 서사 구조는 백석의 시에 나오는 단편서사시의 구성 방식과 같은 시적 방법론이라고 할 수 있다. 백석의 단편서사시는 하나의 시 속에서 한 사람의 이야기가 조밀하게 채워져서 완결된 서사 구성을 이룬다. 오미옥의 시에서 보여주고 있는 친척들의 가족 서사는 단편서사시의 구성 방식을 잘 구현하고 있으며, 이런 관점에서 그녀의 서사 방식은 단편서사시의 새로운 지평을 보여주고 있다고 말할 수 있다.

서정의 파문

병든 이모부와 사촌을 데리고 우리집 찾아온 충청도 이모를 처음 본 건 내 나이 열 살 무렵이었다. 외할머니 닮아 유난히 흰 피부에 꽃분홍 립스틱 진하게 바른 이모가 나는 어색하고 마뜩찮았다. 스무 살이나 많은 이모부와 살림 하면서 가족들에게 소식 전하지 못하고 살아온 이모는 아버지가 마련해준 밑 천으로 날마다 번데기 장사를 다녔다. 장사를 나갈 때 립스틱 하나만 곱게 바르고 나서도 이모가 다니던 길은 꽃이 핀 듯 화사했다 그 화사함이 어쩐지 어린 나를 알 수 없는 불안에 빠지게 했다. 우리 집에 세 들어 살던 철없는 사촌들은 날마다 천방지축으로 뛰어다녀 할머니 눈살을 찌푸리게 했고 그럴 때마다 어머니는 몰래 숨겨둔 눈깔사탕으로 타이르며 눈물을 글썽이셨다. 그러던 어느 봄날, 늙은 이모부와 아들 셋을 남기고 번데기 장사 나간 이모는 돌아오지 않았다. 동네 사람들은 좋은 남자 만나서 나갔다고 수군거리고 가뭇없이 이모를 기다리던 말없는 이모부는 눈물 흘리며 아들 셋 데리고 충청도로 떠나갔다. 기다리던 이모는 끝내 오지 않았다.

이모는 번데기였다. 매일 밤 이모는 한 마리 나방이 되기 위해 캄캄한 고치 벽을 톡톡 건드렸을 것이다. 시간이 지나면 어쩔 수 없이 나방이 되어야만 하는 슬픈 운명을 이모는 처음부터 알고 있었던 것이다.

—「羽化」 전문

이 시는 한 편의 이야기가 완결된 구성 방식으로 끝맺음을 하고 있을 뿐만 아니라 단편서사시의 형식을 완숙하게 소화해내고 있는 작품이다. 이 시에서 서사를 이끄는 초점화자는 이야기꾼이 다른 사람에게 이야기를 들려주듯이 이모의 삶을 곡진하게 잘 설명하고 있다. 스무 살이나 많은 남편과 사는 이모의 사연도 남다르지만 얼굴 예쁜 이모가 번데기 장사를 하는 장면도 남다르게 다가온다. 이런 남다른 사연 때문인지 이모는 나이 많은 이모부와 자식 셋을 버리고 집을 나간다. 꽃처럼 화사하던 이모는 자식들을 버리고 다시는 돌아오지 않았다. 이 시의 이야기 중에서 나이 많은 이모부가 눈물을 흘리며 자식들을 데리고 충청도로 떠나는 장면도 가슴 아프게 다가온다. 이모에 대한 이야기는 가슴 아픈 사연임에도 불구하고 천연덕스럽게 읽힌다. 그것은 화자의 전달 방식이 객관적 시선으로 되어 있기 때문이다. 그런데 두 번째 연에 이르면 그 전달 방식이 시적 화자로 돌아와 있다. 이모는 번데기였다고 말하는 부분은 시적 화자가 설명하고 있는 부분이다. 그래서 시적 화자가 판단하기에 이모는 처음부터 나방이 될 운명으로 태어났으며 날개를 달고 하늘로 날아갔을 뿐이라고 말하고 있는 것이다. 여성의 삶을 이야기하면서 그 삶을 이해하려는 화자의 감정이 개입되고 있는 것이다. 이 시는 단순히 이야기를 전달하는 방식에서 벗어나 시적 화자가 이야기를 해석하는 방식을 택하고 있다.

이 시는 이러한 독특한 서사 구조를 통해서 이모의 사연을 전달하고 있다. 여기서 그치는 것이 아니다. 이 시는 이모의 신산한 삶을 통해서 당대의 여성들이 겪었던 삶을 스스로 극복해야 하는 운명이라고 말하고 있다. 이모의 삶은 시간이 지나면 어쩔 수 없이 나방이 되는 운명을 가진 번데기와 닮았다고 말하고 있는데, 이것은 여성들의 갇힌 삶은 운명이 아니라 선택일 뿐이라고 말하고 있는 것이다. 이것은 비단 여성의 삶에만 국한된 것이 아니다. 「당숙네 복숭아밭」에서는 7, 80년대를 살았던 사람들이라면 주변에서 흔히 겪었을 법한 이야기를 담담하게 서술하고 있다. 그때 당시만 해도 어른들은 자식들을 공부시키기 위해서 소를 팔고 땅을 팔았다. 그렇게 자식들에게 헌신적이었던 그 세대 어른들은 자식들에게 모든 것을 주고 나서 마지막에는 자식들에게 버림을 받아서 쓸쓸한 노년을 보낸다. 7, 80년대를 살았던 어른들이 겪었던 일을 당숙도 겪었다. 평생 복숭아밭에서 고공살이를 하면서 농사를 지어 아들을 대학에 보냈다. 그러나 그 아들은 가짜 대학생 노릇을 하면서 기회가 있을 때마다 돈을 가져갔다. 동네 사람들이 모두 가짜 대학생이라고 알고 있음에도 불구하고 당숙은 아둔하게도 그 아들을 끝까지 믿었다. 당숙은 고향을 떠나서 아들네로 이사를 가서 외롭게 공사판을 떠돌다가 간경화로 죽음을 맞이한다. 당숙의 노년은 자식에게 봉사하면서 평생을 살았던 세대들의 쓸쓸한 자화상을 보여주고 있다.

이러한 가족 서사와 그 외연이 확장된 친척들의 이야기들은 동시대 사람들의 이야기로 이어지면서 그들의 아픔을 공유하고 있다. 그녀의 시는 시적 화자와 그 주변의 일들로부터 타자에게 시선이 옮겨가면서 그 연민의 정이 더 깊어지고 있다고 말할 수 있다. 그녀가 시를 쓰는 까닭이 마치 가난한 사람, 동시대에 소외된 사람들의 사연을 구구절절하게 들려주는 데 있는 것처럼 느껴질 정도로 곡진한 사연들로 채워져 있다. 그녀의 시는 그들에게 구원의 손길을 보내는 사랑의 메신저 역할을 하고 있는 것이다.

바람 따라 집 떠난 아내 원망도 미움도 모르는 덤프기사가 있었더랍니다. 아내가 남기고 간 여섯 살 아들 옆 좌석에 태우고 다니는 휴일 날. 그 날은 마지막 순번으로 들어오는 박 기사를 기다리고 있었습니다. 공사장 뜰에서 돌탑 쌓기 놀이에 빠져 있던 아이를 후진하던 박 기사는 보지 못했습니다. 어린 아들 바퀴에 밀려들어가는 것 눈앞에서 본 그 사람 아들 밀어내고 혼자 힘으로 삼십 톤 덤프 떠받힐 힘 부족해 그대로 바퀴 껴안고 누워버렸답니다. 아버지의 다급한 목소리, 아들 울음소리 다 삼켜버리고 난 후에야 박 기사 시동을 멈추었습니다. 아버지 옷자락 붙잡고 울던 아이 지쳐 쓰러져 있던 손 안에는 피 범벅 된 아버지 찢겨진 옷만 움켜져 있더랍니다. 조막손 안에 피로 물든 아버지 영혼, 새붉은 꽃으로 피어나더랍니다.

— 「붉은꽃」 전문

이 시는 가족과 친척의 이야기에서 그 외연이 타자들의 이야기로 확장된 시이다. 이 시의 사건을 서술하는 초점화자는 "―있었더랍니다"와 같이 회상어법을 사용하고 있어서 그 사건과 일정한 거리감을 두고 있는 듯하다. 이 시의 중심 이야기는 바람 따라 집을 나간 아내가 남기고 간 여섯 살 아들을 키우던 덤프트럭 기사가 후진하던 트럭에 치일 뻔한 아들을 구하고 자신이 깔려 죽는다는 이야기다. 사건과 일정한 거리감을 두고 있음에도 불구하고

생명에 대한 역동적 사랑

이 시의 시적 화자는 어린 아들의 손 안에 피범벅이 된 옷만 남기고 새붉은 꽃으로 피어난 아버지의 영혼을 달래고 있다. 이 시는 충격적인 사건을 회상 어법으로 진술하면서 그 충격을 완화하고 있으며, 초점화자가 사건 현장을 자세하게 묘사하면서 그 장면을 끔찍하게 전달하고 있다. 이러한 이완 기능은 사건을 더 절절하게 보여주는 기능을 한다.

이번 시집에는 곳곳에서 이러한 장면을 만날 수 있다. 도시에서 폐품을 줍고 있는 노부부의 일상을 조명하면서 화자는 "꾸불텅하게 살아온 생애"에서 곡진한 사랑의 향기를 발견하기도 하고(「여름날 오후」), 노부부가 봄 꽃구경을 나서는 장면을 따뜻한 사랑의 시선으로 바라보기도 한다(「봄날은 간다」). 그런가 하면 순천역에서 노숙자를 만나서 "때 낀 그의 손/한 번 잡아주지 못했는데"라는 아쉬움을 표현하기도 한다(「0시, 순천역」). 도시에서 폐지를 줍는 노인의 쓸쓸한 삶을 측은하게 생각하기도 하고, 손녀와 며느리가 이별하는 장면을 보면서 그 뒷면에 가로놓인 쓸쓸한 삶을 투영하기도 한다. 이 때문에 연민의 정으로부터 시작하는 화자의 사랑은 더욱 절절하게 다가온다. 그녀가 바라보고 있는 시정(市井)의 풍경은 따뜻한 사랑과 함께 연민의 정으로 가득하다. 이 무궁한 사랑은 어디에 근원을 두고 끝없이 샘솟고 있는 것일까?

3. 과거의 기억과 역동적 사랑

오미옥의 시집에 나타나는 무궁한 사랑은 마치 어머니의 사랑과 같이 풍성하다. 여기서 말하는 어머니는 가족 안의 어머니를 말하는 것이기도 하지만, 보다 큰 의미에서 생명을 길러내는 근원으로서의 어머니를 상징하는 것이기도 하다. 그녀의 시집에서 만날 수 있는 어머니는 신화의 상징으로 말하면 대지의 신인 가이아(Gaia)와 같은 존재라고 말할 수 있다. 가이아는 만물의 어머니이고, 신들의 어머니이고, 창조의 어머니 신이며, 생명이 존재하기

전에 존재했던 태초의 신을 말한다. 그녀의 시에서 만나는 어머니는 가족이라는 경계를 넘어서 생명의 근원을 상징하는 의미를 지니고 있다.

그녀가 세상을 바라보는 시선은 가족의 중심이었던 어머니의 삶에서 발견하는 숭고한 정신으로부터 시작하고 있다. 이 때문에 그녀의 시에 나타나는 무궁한 사랑은 이해타산적이거나 천박한 것이 아니라, 순수하면서도 숭고한 것이라고 할 수 있다. 숭고한 사랑은 만물의 근원을 상징하는 어머니의 사랑이며 그것은 여성성, 혹은 모성이라고 말한다. 그녀의 시에서 만나는 어머니는 여성성을 상징한다. 부성(父性)이 권력과 힘, 자본을 상징한다면, 모성은 생명과 사랑을 상징한다. 그녀의 시에서 만날 수 있는 무궁한 사랑은 이러한 생명을 길러내는 여성성을 근간으로 하고 있다. 그녀의 시에 나오는 과거에 대한 기억들은 대부분 그리움의 정서로 나아가고 있는데 그 바탕에는 이러한 모성이 자리 잡고 있다.

> 외진 산길 따라
> 그대에게 가는 길
> 길의 경계마다 아련히
> 물봉선 피었습니다
>
> 그대와 나 사이
> 세월 따라 꽃들 피었다 지고
> 어느 날 문득
> 꽃씨 하나 품으면
> 그대에게 피어날 수 있을까요
>
> 환한 내 슬픔
> 검붉은 물봉선 꽃잎으로
> 선연하게 피어날까요
>
> ─「가야 물봉선」 전문

생명에 대한 역동적 사랑

이 시에는 사랑하는 '그대'에 대한 그리움의 정서가 절절하게 나타나 있다. 이 시에서 '그대'라는 존재는 사랑하는 대상이라는 포괄적 의미를 지니고 있으며, 그대와 나는 이쪽저쪽의 경계에 놓여서 서로 만날 수 없는 관계에 있다. 그것은 이승과 저승의 경계일 수도 있고 정서상의 거리일 수도 있다. 이 경계를 허무는 지점에 물봉선이 놓여 있다. 그 물봉선 꽃씨를 품어서 꽃잎으로 다시 피어날 수 있을 때 그대와 나는 만날 수 있다고 말하고 있다. 여기서 꽃씨와 꽃잎은 생명의 근원과 탄생을 의미한다. 이러한 생명의 근원과 새로운 탄생은 거대한 순환 논리 속에 있으며, 그 순환의 논리로 세상을 바라보면 이승과 저승의 경계마저도 허물 수 있는 것이다. 씨앗은 생명의 근원이고 환생을 상징하는 소재이다. 오랜 옛날 죽은 자의 무덤에 씨앗을 함께 넣어두었던 것은 그 사람이 다시 환생할 것이라는 믿음이 있었기 때문이었다. 그녀가 꽃씨를 품고 "검붉은 물봉선 꽃잎으로/선연하게" 피어나려고 하는 것은 죽음을 영원한 이별로 보지 않고 그 속에는 무궁한 생명의식이 가로놓여 있다는 것을 말하고 있는 것이다. 이 때문에 그녀의 시에 나오는 죽은 자는 살아 있는 자의 기억 속에서 영원히 살아 있는 존재로 남게 되고, 죽은 자를 끊임없이 기억으로부터 호출하고 있는 것이다.

어머니의 노제를 지냈던 버스 정류장에서 돌아가신 어머니를 불러오기도 하고(「12월의 버스 정류장」), 배롱나무를 보고 가슴 아픈 기억을 호명하면서 그 아픈 사랑을 떠올리기도 한다(「배롱나무에 관한 기억」). 길에서 피어난 엉겅퀴를 보고 서른세 살의 나이에 요절한 사람을 기억하면서 그 아픔을 사랑으로 포용하기도 한다(「엉겅퀴」). 이처럼 그녀의 시에 나오는 과거의 기억들이 스며 있는 소재들은 어디에서든 죽은 자를 소환하는 매개체가 되고 있으며, 그 소재로부터 환기되는 가슴 아픈 기억들을 그녀는 따뜻한 모성으로 감싸고 있다.

서정의 파문

밀물과 썰물이 있는
그 바닷가

바닷물이 빠져나간 뻘밭에
늙은 왜가리 한 마리
먼곳을 향한 눈빛이 외롭다

물새 발자국 닿은 그 자리에
당신이 언뜻언뜻 보였다

당신은
매일 흰 으아리 꽃잎 물고
밀물과 썰물로 온다

삼백예순날
언제라도 내 안에 출렁이는 당신

― 「당신」 전문

이 시에서처럼 그녀의 시에서 나오는 그리움이라는 정서는 사무치는 연민의 정과 함께 드러나고 있다. 이 때문에 그녀가 그리워하는 대상은 "매일 흰 으아리 꽃잎 물고/밀물과 썰물로 온다"고 말하고 있는 것이다. 그녀에게서 그리움의 대상은 "삼백예순날" 하루도 빠지지 않고 그녀의 가슴에 출렁이는 물결과 같이 존재하고 있다. 그 대상이 사랑하는 존재이든 돌아가신 어머니이든 어떤 존재이든지 상관이 없다. 그녀의 시에는 그들에 대한 무궁한 사랑만이 가로놓여 있을 뿐이다. 그녀는 늙은 왜가리 한 마리를 보면서 그 외로움의 궁극에 놓인 사랑의 실체를 발견하고 있다. 그녀의 시에서 당신(어머니)에 대한 그리움은 숱하게 많은 작품으로 형상화되고 있다. 고등학교 3학년 2학기 때 어머니 단골 가게에 엄마 몰래 참깨를 팔았던 기억을 떠올리면서 어머니를 그리워하기도 하고(「참깨 한 되」), 어릴 때 패랭이꽃을 들고 가서 엄마를 기쁘게 했던 기억을 떠올리면서 어머니에 대한 그리움을 형상화하기도 한다(「패랭이꽃」). 이러한 어머니에 대한 그리움은 여순사건 때 죽은 아버지들마저도 그리움의 대상으로 끌어들이고 있다. 그녀의 시에서 그리움의 대상이 되는 어머니는 내 안에 출렁이는 사랑의 근원을 깨닫게 해준 사람일 뿐이지 그 대상이 어머니로 한정되지 않는다. 이 때문에 그녀의 시에서 어머니는 스스로의 가슴에서 출렁이는 모성이라고 할 수 있다. 그녀의 시에는 이와 같이 무궁한 모성이 늘 물결처럼 출렁이고 있다.

맑고 차가운 달빛으로

여름밤 쏟아지는 별빛으로

먼 산 쑥국새 울음으로

내 가슴에 남은

당신

— 「어머니」 전문

이 시는 짧은 시구로 어머니에 대한 그리움을 표현하고 있다. 사람은 감정이 고조될수록 할 말이 적은 법이다. 그녀의 가슴에 남아 있는 어머니에 대한 그리움은 "맑고 차가운 달빛"이기도 하고, "여름밤 쏟아지는 별빛"이기도 하고, "먼 산의 쑥국새 울음"이기도 하다. 그 먼 그리움이야말로 너무 절절해서 말로 설명할 수가 없다. 그저 내 가슴에 남은 당신으로만 존재할 뿐이다. 달빛과 별빛, 쑥국새의 울음은 그녀가 살아가면서 만나는 모든 일상을 말한다. 그 일상 속에서 늘 당신은 그리움으로 존재하고 있다. 「구두 한 켤레」에서는 "어머니가/더디고 상한 걸음으로라도/새 신발 신고 저만큼서 걸어오신다면" 좋겠다고 생각하기도 하고, 「입덧」에서는 치매에 걸린 어머니가 쌀독을 뒤지는 장면을 안쓰럽게 바라보기도 한다. 그녀의 시에는 어머니에 대한 그리움이 유독 많이 나오는데, 그것은 그녀의 시가 모성을 근원으로 하고 있다는 것을 말하고 있다. 이러한 모성은 모든 대상을 사랑하는 마음으로 이어지고 있다.

> 뼈가 시리도록
> 한 사람을 사랑했다던 그는
> 無名의 세월을 건너
> 찬 서리 내린 지상의 숲 한켠
> 비탈진 골짜기에서
> 잎새마다 핏빛노을 담아
> 허공에 매달았다.
>
> 소름돋는 저 붉은 그리움!
>
> —「단풍」 전문

이 시는 단풍을 보면서 붉은 그리움을 떠올리고 있다. 단풍이 붉게 물드는 까닭은 한 사람을 사랑했기 때문이고, 그것은 찬 서리가 내리는 숲에 핏빛 노을과 같이 붉게 타오르는 그리움이라고 말한다. 그녀의 시에서 사랑과 그리움은 보통명사라고 말할 정도로 흔한 시어이다. 원룸에 아픈 사람을 남겨놓고 떠나면서 쓰라린 마음을 드러내기도 하고, 오십 대 중반의 남편의 잠꼬대를 들으면서 일에 지쳐 살고 있는 남편에 대한 사랑을 보여주기도 한다. 그녀가 품고 있는 사랑의 정은 이와 같이 무궁하다. 그녀의 시는 그리움과 사랑이라는 말이 어느 시집보다도 풍성하게 나타나 있다. 이러한 무궁한 사랑은 대상에 대한 역동적 사랑으로부터 비롯한다. 그녀의 시에 스며 있는 역동적 사랑은 모성으로부터 나오는 것이기 때문에 생명에 대한 숭고한 사랑으로 이어지고 있는 것이다.

4. 생명에 대한 숭고한 사랑

오미옥의 시집에 나오는 풍부한 사랑의 자양분은 생명에 대한 숭고한 사랑을 바탕으로 하고 있다. 그녀가 품고 있는 지고지순한 사랑은 모든 만물을 측은지심으로 바라보게 한다. 그것은 마치 성인(聖人)의 마음과 같이 순수한 사랑이며, 아무런 대가를 바라지 않는 어머니의 사랑과 같은 것이다. 이러한 숭고한 사랑으로 대상을 바라보면 연민의 정이 생기지 않을 수 없을 것이다. 그녀의 시는 근원을 알 수 없는 순수한 사랑이 자리 잡고 있기 때문에 생명을 바라보는 관점도 측은지심으로 가득하다고 말할 수 있다.

이른 아침
길 위에 뒹구는 어린 짐승의 주검을 본다
어젯밤 달빛이
숲속 어린 짐승들 잠을 깨웠나 보다

서둘러 집으로 돌아가는 새벽길에
자동차 불빛에 눈멀어
생을 마감한 여린 주검
어린 짐승의 어미는
끝내 돌아가지 못한 새끼를
종일 기다리고 있을테지

집으로 돌아오는 저녁
건너편 어디쯤에서
마음 찢긴 한 어미의 울부짖음이

서정의 파문

환청으로 들리어 왔다

나 잠시
어린 짐승의 어미가 되어
하늘가에 조등 하나 걸었다

— 「조등(弔燈)을 달다」 전문

　이 시는 길 위에서 죽은 어린 짐승의 주검을 보고 안타까워하는 마음을 형
상화하고 있다. 이 시에서도 어린 짐승의 주검을 모성으로 감싸는 따뜻한 마
음을 엿볼 수 있다. 이 시의 시적 화자는 건너편 어디쯤에서 어미의 울부짖
음을 환청으로 들으면서 집으로 돌아온다. 그러면서도 마음이 편치 않아서
하늘에 조등 하나를 걸어놓고 어린 짐승의 죽음을 애도하고 있다. 사람들은
누구나 길가에서 죽은 짐승들을 만난다. 그러나 그 짐승의 주검을 끔찍하다
고 외면하기 일쑤인데 그녀는 그 짐승의 주검에서 어미의 애타는 마음을 읽
어내고 있다. 그녀는 일상 속에서 항상 생명에 대한 깊은 애정을 보이고 있
다. 「산새의 안부」에서 때까치 한 마리가 상처를 입고 치료를 해주었는데도
힘없이 앉아 있다는 말을 듣고는 그 산새가 "따뜻한 가족의 품으로 돌아갔는
지" 궁금하게 생각하기도 한다. 작은 새 한 마리에도 관심을 가지는 그녀의
마음 자락에는 말 그대로 생명에 대한 무한한 사랑의 마음이 자리 잡고 있
다고 할 수 있다. 「서산 어미소」는 새끼들을 떼어놓고 도축장으로 끌려온 어
미 소 한 마리가 야산으로 도망을 치자 그 어미 소를 두 번의 마취총으로 마
취를 시키고 다시 도축장으로 끌고 온 뒤 도축한다는 이야기다. 그녀는 어미
소가 끌려가는 처참한 장면을 티브이로 목격하면서 아침밥까지 가슴에 얹힐
지경이었다고 고백하고 있다. 결국 어미 소가 새끼 곁으로 가지 못하는 상황
을 생각하면서 시적 화자는 젖몸살을 앓을 만큼 고통스러워하고 있다. 그녀
의 시에서 어미 소의 죽음은 시적 화자의 몸과 마음에 체화되어 있다.

생명에 대한 역동적 사랑

사물에 대한 사랑의 정은 생명에 대한 공감이 마음 깊은 곳에 자리 잡고 있기 때문에 일어나는 자연스러운 반응이라고 할 수 있다. 마치 배란기가 되면 여성은 원하지 않아도 일정한 주기로 자궁 속에서 생명의 기운이 자란다고 인식하는 것과 같은 것이다. 그녀의 시에 스며 있는 사랑의 정은 그 밑바닥에 생명을 길러내는 근원이 놓여 있으며, 그 생명 의식은 만물을 사랑하는 바탕이 되고 있다. 이러한 생명 의식은 「비둘기에게 미안하다」에서도 잘 나타나 있다. 이 시는 베란다 화분을 놓아둔 선반에 비둘기가 알을 낳았는데 그 알을 깨트려서 메추리알을 대신 넣어두었더니 나머지 알도 품지 않고 날아가버렸다는 이야기다. 이 시에서도 비둘기 알을 깨트린 일 때문에 울고 있는 화자를 발견할 수 있다. 이 행위에서 우리는 작은 생명 하나라도 소중하게 생각하려는 그녀의 마음을 읽을 수 있다. 또한 「사과꽃 피는 봄날」에서는 개가 새끼를 낳은 것을 보고 모성 본능을 떠올리기도 한다. 사과꽃이 피는 봄날에 자신에게 생명을 잉태하는 기쁨을 준 그 사람을 생각하면서 봄이면 만물이 생동하듯이 자신의 몸에도 생명의 기운이 싹튼다고 말하고 있다. 그녀의 시에는 이러한 생명 의식이 여성의 본능과 같이 내재되어 있다. 이러한 생명에 대한 사랑은 사람들이 하찮게 생각하는 사물들에까지도 미치고 있다. 다음 시를 살펴보자.

여름 산길을 걷다가
칼날에 베인 풀들을 본다

예초기 진동소리에
아프다는 말 한마디 못한 채
저 여린 초록의 몸에서
뚝뚝 흘리는 눈물을 본다

방직공장 기계소리에 묻힌 채
끝내 죽음으로 돌아온 소녀의 영혼처럼
풀이 쓰러져 누워 있다

가던 길 위에 앉아
칼날에 베인 상처를 손에 들고
눈물 같은 향기를 듣는다

풀비린내 가득한 산길에서
풀의 영혼을 생각해보기도 했다

— 「무음 또는 묵음」 전문

이 시의 제목은 '무음(無音) 또는 묵음(默音)'이다. 여름 산길에 베어진 풀을
보면서 그 풀의 영혼을 위로하고 있다. 예초기에 무참하게 베어진 풀도 생명
이 있는 존재들이다. 그 풀이 베어진 장면에서 초록의 몸에서 흘리는 눈물을
보고 그렇게 쓰러진 풀의 모습을 보면서 방직공장 기계 소리에 묻힌 채 끝내
죽음으로 돌아온 소녀의 영혼을 떠올리고 있다. 길가에 쓰러진 풀을 보면서
눈물 같은 향기를 듣고 있는 그녀의 마음은 생명에 대한 숭고한 사랑이 없으
면 불가능한 일이다. 풀 비린내 가득한 산길에서 풀의 영혼을 생각하는 그녀
의 마음속에는 생명에 대한 무한한 사랑으로 가득하다.

이러한 생명의식을 말하고 있는 시로서 「백중사리」를 들 수 있다. 이 시는
음력 7월 15일 백중날 조수간만의 차가 가장 큰 상태를 만삭의 여성에 비유
하고 있다. 그녀가 바라보는 사물들은 이와 같이 생명을 가진 존재들이고,
이들에 대한 무한한 사랑을 보여주고 있다. 사실 길가의 풀들도 생명이 있는
존재들이고, 바다에도 생명이 있는 존재들이 살아가고 있다. 그녀는 만물을
물활론의 관점으로 바라보면서 그 근원에 놓인 생명에 대한 숭고한 사랑의
마음을 견지하고 있다. 그 관점의 근원은 여성만이 가진 생명에 대한 경외감

이라고 할 수 있다. 그녀의 시에서 발견할 수 있는 생명에 대한 사랑은 모성에 근원을 둔 본성에서 우러난 행위이다. 그녀의 시는 숭고한 사랑을 지향하고 있다.

5. 맺음말

오미옥의 시를 읽으면서 만날 수 있는 첫 번째 미덕은 그녀의 시에는 따뜻한 사랑의 정이 넘쳐흐르고 있다는 것이다. 그 사랑의 근원은 가족 서사에서 출발하고 있지만 그렇다고 가족 서사에만 국한되어 있는 것이 아니다. 그 시적 외연이 확장되면서 일상에서 만나는 모든 대상들도 사랑의 정으로 감싸고 있다. 그 사랑의 내면에서는 모성이라는 생명에 대한 무궁한 사랑이 가로 놓여 있다. 그녀의 시를 읽으면 무엇보다 가슴이 따뜻해지는 까닭은 그녀의 시에 자리 잡고 있는 모성이 스며들어 있기 때문이다. 그녀의 시에서 보여주는 모성은 지극히 순수한 사랑이라는 점에서 그 근원은 맑고 투명하다. 이러한 순수한 사랑은 모든 대상을 감화시키는 힘으로 작용하고 있다. 그녀는 모성의 사랑으로 세상을 바라보기 때문에 세상 만물이 모두 측은하게 보일 수밖에 없다. 대지의 신을 상징하는 모성은 모든 것을 포용하는 힘을 갖고 있다. 모성은 구차한 것, 작은 것, 예쁜 것, 모난 것들을 구별하지 않고 모든 것을 끌어안는 속성이 있다. 그녀의 시를 연민의 시학이라고 말할 수 있는 까닭은 그녀의 시에 내재해 있는 끝없는 모성 때문이라고 할 수 있다.

또 다른 하나의 미덕은 그녀가 시적 방법으로 선택하고 있는 독특한 서사 방식이다. 그녀의 시에서 서사 구조의 완결성과 이야기의 상징성은 당대의 고통과 아픔을 내면화하는 방식이다. 그녀는 시를 통해서 과거의 기억을 끌어오고 그 아픔을 감싸 안고 있으며, 동시대의 고통과 감응하면서 그 고통을 자신의 고통으로 치환하고 있다. 이러한 독특한 서사 방식은 그녀의 시에서

서정의 파문

만 만날 수 있는 시적 방법론이다. 그런 의미에서 이번 시집은 분명한 의의를 가진다고 할 수 있다.

첫 시집이 주는 의미는 다양하지만, 오미옥의 시집은 독특한 시적 방법론으로 새로운 가능성을 보여주고 있어서 무엇보다 신선하게 읽힌다. 앞으로 그녀의 시가 어떤 시적 방법론으로 세상을 감싸고 포용해갈지는 알 수 없지만, 그 무궁한 사랑의 끝에는 삶에 대한 희망의 메시지가 반드시 있을 것이라고 확신한다. 이것이 그녀의 시가 주는 매력이다.

섬농한 사랑의 힘

— 주명숙의 시세계

1. 감춤과 드러냄의 경계

시에서 남성성과 여성성을 굳이 구분할 필요는 없지만 여성만 가진 특유한 여성성의 미적 접근 방식이 있다면 그것은 단연코 섬농(纖穠)의 미학일 것이다. 주명숙의 시집을 읽으면 은근하면서도 드러내지 않는 섬농의 미학이 가로놓여 있음을 확인할 수 있다. 동양 문예미학에서 섬농은 감춘 듯 드러나는 심정을 표현하는 시적 방법이다. 이것은 일반적 비유의 방식을 말하는 것이기도 하지만, 시인의 내면에 흐르는 섬세한 감수성을 말하는 것이기도 하다. 이 때문에 섬농의 미학을 "풍경은 옛것이나 느낌은 늘 새롭다[與古爲新]"고 말하지 않았던가. 옛것의 풍경은 오래된 풍경을 말한다. 느낌이 새로운 것은 거듭나는 것을 말한다. 섬농의 마지막 시구에 따르면, 섬농은 오래된 기억 속의 시간을 끌어내고 그 기억을 통해서 현재의 삶에 투영하는 시적 방법이다. 여성의 아름다움은 깊은 곳으로부터 일어나는 모성이 있기 때문에 더욱 아름다운 법이고, 드러내지 않으면서도 서서히 드러나는 마음 자락이 놓여 있을 때 더욱 값진 법이다. 섬농은 은근하면서도 깊은 마음이 놓여 있는 아름다움이다. 이러한 아름다움이 그녀의 시에서 여성성을 말하는 근거가 된다.

그녀의 시는 깊은 곳에 감추어둔 기억의 풍경과 살아가면서 마주치는 새로운 풍경에 대한 사유가 조화롭게 형상화되어 있다. 그녀의 시는 감춤과 드러냄의 적절한 경계에 놓여 있다. 이 때문에 그녀의 시는 화자의 마음 자락을 드러내지 않으려고 하면서도 어떤 때는 화끈하게 보여주기도 한다. 그것은 폭발하는 분노의 정서가 아니라, 모성의 사랑과 같은 은근한 정서다. 그래서 그녀의 시는 낡은 것, 혹은 버려진 사물들에 대한 관심을 보여주고 있는 것이다. 그녀의 시에서 버려지거나 소외된 것들에 대한 사랑은 단순한 사랑의 감정을 넘어서 존재한다. 그 사랑이 발현되는 근원에는 아버지 상실이라는 오래된 상실의 기억이 놓여 있다. 이 결핍의 자리가 다른 욕망의 자리로 나아갈 때는 우울한 콤플렉스로 나타나지만, 그것이 사물을 바라보는 새로운 시선으로 나아가는 원천으로 작용한다면 긍정적인 사랑의 힘으로 나타난다. 그녀의 시는 우울한 콤플렉스로 나아간 것이 아니라, 긍정적인 사랑의 힘으로 나아간다. 왜냐하면 그녀의 시에는 결핍을 끌어안는 긍정의 힘이 놓여 있기 때문이다.

2. 그리움이 닿은 길

주명숙의 시는 가족 상실에 대한 아픔이 시의 한 정서를 이룬다. 어린 시절의 아련한 추억과 함께 잃어버린 아버지에 대한 기억과 변해가는 가족들의 관계에 대한 아픔이다. 그녀가 감당해야 했던 삶의 무게만큼이나 세상은 힘겹지만 그 상실이 닿은 궁극의 지점은 가족들에 대한 사랑과 이해이다. 가족을 소재로 한 작품들은 가족을 잃어가는 현실적 안타까움과 함께 새로운 사랑의 힘으로 이들을 끌어안으려는 포용으로 나아간다. 가족에 대한 책임감이 만든 의무감이 아니라, 그녀의 깊은 마음속에 놓인 측은지심이라 할 수 있다. 「딸」에서는 엄마와의 갈등의 시간이 지나고 이제 그 엄마를 이해할 나이가 된 자신을 스스로 반성하기도 하고, 「효도폰」에서는 가족 관계가 "날마다 꾸덕꾸덕하게 말라져가는 효도폰"과 같이 가족관계가 성글어지는 것을 애처롭게 바라보기도 한다. 현대의 가족 관계는 "늘 끈이 되어주었던 아들이/이제 끈처럼 가늘어져서" 노모의 곁에서 멀어지고 있는 것과 같다. 늙은 부모들은 나이가 들어서 옷까지 무겁다고 말한다. 늙은 부모들은 자식과 떨어져서 외롭게 살아가고 자식들은 그것을 외면하고 있다. 그녀는 이런 현실을 안타깝게 바라보고 있다.

설을 쇠러 옛집에 왔다 여전히,
투명한 종유석 꽃이 겨울밤처럼 길어났다
방구들 달구는 냄새와 함께
첫 새벽은 안 먹어도 배부를 만큼 소복하게 왔다
마루 끝에 앉아
종유석 꽃 뚝뚝 분질러지는 소리 혼자 듣는다

텅 빈 마당은 날마다 수척해지고
풍경은 시간을 잊어간다
설도, 늙나 보다

―「설」 전문

이 시는 설날 옛집을 찾아갔을 때 느낀 삶의 쓸쓸함을 표현한 시이다. 화자가 살았던 집의 마당은 텅 비어서 수척해져 있고 낡은 시간의 풍경은 기억 속에서 사라지는 것처럼 설도 늙어간다는 표현이 쓸쓸한 의미를 증폭시킨다. 시간이 지난 뒤에 보는 풍경은 아쉬움도 있지만 그 세월을 견디어내는 달관의 시선도 놓여 있다. 오래된 풍경을 보면서 깊어지는 사색의 시간을 잘 보여주고 있다. 설이라는 특정 시간을 통해서 시간을 되돌려보고 그 시간의 의미를 관조하는 화자의 시선은 달관의 경지를 보여준다. 설날은 가족이

모이는 때이고, 가족들의 관계가 어떤지를 확인하는 시간이다. 가족들이 모여서 옛날의 기억을 떠올리고 가족이라는 공동체의 정서를 확인한다. 그 시간에 함께할 수 없는 아버지는 늘 그리움의 대상으로 존재한다. 그 그리움의 시간이 깊어지면서 세상을 보는 눈도 깊어지는 것이다.

「제사」도 아버지에 대한 그리움이 삶의 새로운 길을 열어가는 힘으로 작용하고 있음을 보여주고 있다. 어린 시절 아버지와 함께 먹었던 저녁 밥상을 떠올리지만 이미 아버지는 존재하지 않는다. 어린 시절 아버지가 내민 김쌈을 받아먹으면서 "배시시" 웃고 있는 자신의 모습을 투영하면서 상실에 대한 그리움은 더욱 깊어진다. 가족에 대한 사랑과 그리움은 「시간의 포장」에서 낡은 사진 속에서 엄마의 무릎을 베고 있는 아버지의 모습을 통해서 나타나기도 하고, 「모르고 살았더니라」에서 일찍 남편을 잃은 어머니의 삶을 통해서도 형상화되기도 한다. 「기억을 풀다」에서는 어린 시절의 아련한 기억 속에 존재하는 엄마에 대한 사랑으로 나타난다. 열 살 때 다른 사람 몰래 먹은 "양은냄비 속에 꼬불꼬불 들어앉은 그날의 쫄깃하고 짠한" 그 사랑의 장면은 어른이 된 지금까지도 "변하지 않는 식감"으로 남아 있는 것이다.

「꽃시계, 꽃, 시계」에 나오는 노인의 풍경도 아버지에 대한 그리움으로 가득하다. 아침 일찍 버스에 탄 노인들의 얼굴에서 피어난 저승꽃을 통해서 늙음과 죽음, 그리고 돌아오지 못하는 아버지에 대한 애틋한 그리움을 형상화하고 있다. 생체 시계라는 저승꽃은 "어떤 본능에서 돌아가는 것일까"라는 물음 속에 삶에 대한 짙은 우울함이 가로놓여 있다. 이 시에서 화자는 아침 일찍 깨어나 어디론가 가고 있는 노인들의 풍경 속에서 삶의 시간을 읽는다. 아버지의 기일이 돌아오기 전에 꽃을 심어서 이미 말라버린 아버지의 시간을 되돌리려고 한다. 돌아오지 못하는, 그리고 돌아올 수 없는 시간에 대한 애틋한 그리움이 꽃시계에 오롯하게 남아 있다. 「어깨의 간격」에서는 가족에 대한 사랑이 섬세한 여성성으로 나타난다. 남편에게 팔베개를 해달라고 하는데 남편은 팔베개는 독약이라고 말하면서 회피한다. 이 작은 하나의 사실을 통해서 남편이면서도 멀어지는 가족관계를 확인한다. 이 시를 통해서 그녀의 시에 나타난 여성의 섬세한 마음 자락을 엿볼 수 있다. 그녀의 시에는 아버지에 대한 그리움과 엄마에 대한 원망과 이해가 대상을 이해하는 또 다른 관점으로 존재한다.

그녀의 시에서 눈여겨봐야 할 부분은 이러한 섬세한 사랑의 감정이다. 가족에 대한 깊은 사랑은 섬세함으로 나타난다. 그녀의 시적 감수성은 여인의 향기와도 같은 섬세함과 농후함의 거리에 놓여 있다. 한 집안의 맏이가 되어서 겪어야 했던 여러 가지 일들 중에서 사랑에 대한 기억은 잊히지 않는 법이다. 이들 가족 서사의 시는 기억 속에 존재하는 심층의 감각을 호명하면서 새로운 시적 지평으로 나아가고 있다. 그녀의 시에서 가족에 대한 사랑이 남다르다는 사실은 이러한 시편들을 통해서 잘 드러나고 있다.

> 깡통이 나 대신 줄을 섰다
> 젖은 봄날이어서일까
> 춘곤증 이는 아이처럼 나른한데
> 빙빙 돌아가는 뻥튀기통이
> 한량짜리 증기 기관차 같았다
> 저 강냉이 꽃도 하얗게 피우는
> 마술램프 같기도 했다
> 뻥튀기 아저씨의 손놀림에 맞춰
> 사카린까지 한 줌 넣어
> 강냉이 같은 소망을 얼른 털어 부었다
> 집게손가락으로 귀를 틀어막은 채
> 빙빙빙 돌아라
> 깡마른 나의 현실이
> 하얀 희망으로 팡팡 터질지도 몰라
> 촘촘한 철망 안에서

숫기 없는 나의 꿈이 푸푸거리는 순간
뻥이요 뻥!

기억 속의 젖은 봄날은
고소한 삽화로 여태껏 남아있다

　　　　　　　　　　　　　　　—「기억 속의 삽화」 전문

　이 시는 어린 시절 뻥튀기하는 곳에 모여드는 사람들의 모습을 한 폭의 삽화처럼 보여주고 있다. 그녀의 시에서 가장 중요한 시적 의미를 가지는 것은 삽화와 같은 회화적 이미지의 재생이다. 문자를 그림으로 표현할 수 있다면 이러한 표현 방법일 것이다. 물론 제목 자체가 '기억 속의 삽화'이기 때문에 그 시적 방법도 회화적 기법을 사용할 수밖에 없지만, 기억의 장면을 호명하는 방법이 촘촘해서 이미지가 빠져나갈 수 없도록 만든다. 이 시의 마지막에 나오는 "기억 속의 젖은 봄날은/고소한 삽화로 여태껏 남아있다"라는 부분은 시각적 이미지를 후각적 이미지로 변용하는 미적 감각의 전이를 만날 수 있다. 선명한 이미지를 형상화할 수 있는 것은 선명한 기억을 전제로 한다. 그런 의미에서 회화적 수법은 그녀의 시에서 발견할 수 있는 중요한 장점이라 할 수 있다.

　이러한 회화적 이미지의 재생은 「바다갤러리」에서도 잘 나타나 있다. 이 시는 여수의 아름다움을 한 폭의 그림으로 보여주고 있는데, 시 속에 그려지는 여수의 모습은 달빛에 젖은 채 일품으로 다가온다. 칸막이 없는 거대한 수족관 역할을 하는 가막만, 오동도 방파제를 무대로 삼아 자유롭게 놀고 있는 수염고래, 갯바위와 섬으로 이어진 여수의 풍경, 무술목의 몽돌, 달빛이 비치는 항구는 말 그대로 갤러리와 같이 아름답게 형상화되고 있다. 같은 맥락으로 「여수」를 읽을 수 있다. 이 시도 여수의 아름다움을 표현하고 있다. 여수의 아름다움이 회화적 기법으로 말미암아 굽이굽이 아름다운 사연과 애

섬농한 사랑의 힘

기들이 넘쳐나는 풍경 속에서 마치 그림책을 펼치는 것처럼 다가온다. 지역에 대한 사랑은 근원에 대한 사랑으로부터 시작한다. 자신이 살고 있는 땅에 대한 사랑은 아버지의 가슴만큼이나 따뜻한 공간이다. 어린 시절의 기억 속에 있는 아버지 상실에 대한 그리움은 그녀가 살고 있는 지역에 대한 사랑으로 이어진다. 「여수」와 「바다갤러리」는 지역에 대한 사랑을 보여주고 있는데, 그것은 결국 오래전에 잃어버린 아버지에 대한 그리움과도 같은 것이라 할 수 있다.

「그륵 꿉는 집」도 이러한 오래된 것에 대한 그리움을 형상화하고 있다. 우포늪 오솔길에서 만난 맞춤법이 맞지 않는 '그륵 꿉는 집'은 세상과 단절된 풍경으로 나타난다. 이곳에는 오래전에 잊혀진 추억의 그림자들이 올망졸망하게 놓여 있다. 그 빛바랜 풍경 속에서 그동안 까맣게 잊고 지냈던 기억들을 소환하고 있다. 그 시간들은 "흑백사진 같은 공간" 속에 놓여진 시간이다. "연탄재까지 놓인 연통난로"와 그 위에 "층층이 쌓인 네모난 양은도시락들", 그리고 "창가 구석에 놓인 오래된 풍금", "낙서가 왁자한 낡은 책상"이 즐비하다. 이 풍경을 바라보고 돌아온 날은 그야말로 "횡재한 날"이라고 한다. 추억의 그림자를 회상하는 것은 어린 시절 잊혀진 아버지에 대한 기억과 겹쳐지면서 그리운 풍경으로 떠오른다. 아버지에 대한 그리움은 단순히 과거의 기억을 떠올릴 때만 나타나는 것이 아니라, 혼자서 놓여 있을 때도 문득문득 떠오르기도 한다. 「그 시간은 내게」에서는 혼자 잠에서 깨어나 아무도 없는 것을 느낄 때 세상에 혼자 떨어진 것 같은 고독을 느낀다. 혼자만 덩그러니 놓여 있는 그 쓸쓸함을 만난 사람들은 알 것이다. 원래 세상은 혼자라는 사실을. 그녀의 시는 깊은 곳에 고독을 거느리고 있다. 그 고독의 근원은 아버지 상실에 대한 체험에 근원을 두고 있다. 어린 시절 무언가를 잃어버렸다는 것은 세상을 살면서 늘 혼자라는 고독과 만나게 된다. 여러 사람들속에 있더라도 결코 더불어 존재할 수 없는 실존의 고독과도 같은 것이다.

서정의 파문

그녀의 시에 근원의 고독이 놓여 있는 것은 바로 이러한 아버지 상실로부터 시작하고 있다.

그러나 이러한 아버지 상실은 섬세한 여성성과 함께 새로운 삶을 바라보는 힘으로 작용한다. 「푸른 뿔(靑角)」에서 그녀의 독특한 시적 어법인 "촘촘하고 올 굵은 그물망"과 같은 섬세한 시적 형상화 방법을 읽을 수 있고, 「모사금 민박집」에서는 백사장에 새겨진 발자국들이 "살아온 무게만큼 패이는" 그 아픈 기억들을 딛고서 산호와 같은 석주로 기둥을 세워서 새로운 삶을 꾸려보려는 열정으로 나타나기도 한다. 이처럼 그녀의 시는 삶의 새로운 의미를 찾기 위한 끝없는 사색으로 이어지고 있다. 「대교 횟집 옥상은」에서는 이러한 일상의 삶으로부터 깨달은 해탈의 경지를 보여준다. 이 시에서 화자는 "대교 횟집 옥상에선 바다가" 마르고 있으며, "간 배인 코다리가" 마르고 있다고 말하면서 그것은 바다 전체가 어울려 마르는 것으로 생각한다. 또한 빨랫줄에 걸린 "물 빠진 작업복"에는 "다리 끄는 남자의 관절도" 마르고 있는 것처럼 느낀다. 이 때문에 대교 횟집 옥상은 말 그대로 "해탈의 신전"과 같은 바다의 삶이 녹아 있는 것이다. 이처럼 그녀의 시는 작은 일상 속에서 보다 큰 삶의 흔적들을 읽어내고 있다. 그녀의 시에서 일상의 삶이 중요한 까닭은 그 작은 일상이 전체의 삶을 그려내는 그늘이 되기 때문이다. 그녀의 시는 평상심이 도라고 하는 범상한 진리를 말하고 있다. 작은 옥상 한켠에 놓인 '코다리'에서 대양의 삶을 발견하고, 빨랫줄에 걸린 '작업복'에서 한 사내의 굴절된 삶을 읽어낸다. 시가 순간의 모습을 표현한 것이지만 그 속에는 보다 큰 삶의 진리가 있다. 이것은 일상의 모습이야말로 삶의 진정한 형상이라는 말로 설명할 수 있다. 그녀의 시는 작은 것을 포착하고 형상화하는 시적 방법을 통해서 시적 의미를 획득한다.

그녀의 시는 가족 서사로부터 어촌의 삶으로 확장된다. 가족 서사의 근원은 아버지의 상실이다. 어린 시절의 기억 속에 존재하는 수많은 절망의 순간

섬농한 사랑의 힘

들이 시적 근원으로 작용하고 있다. 그것이 단순한 절망의 상황에 머문다면 시가 어두운 국면에 머물러 있을 것이다. 그러나 그녀의 시는 어둠의 그늘을 벗어나서 새로운 삶의 일상을 찾아가고 있다. 그녀의 시는 개인의 우울한 기억들을 주변의 일상으로 끌어안는 포용의 과정으로 나아간다. 이 때문에 그녀의 시는 개인의 서사에서 사회의 서사로 나아가는 긍정적인 인식을 보여준다. 어린 시절 아버지의 상실이 주는 외상(外傷)이 삶의 깨달음으로 나아가는 지점에 그녀의 시는 새로운 의미를 획득하고 있다. 이것은 인식의 변화이기도 하지만, 삶의 의미를 새롭게 인식하는 시적 힘이라는 생각이 든다. 그녀는 시를 통해서 삶의 의미를 발견하고 있으며, 상실한 것을 스스로 치유하는 힘을 가지려고 한다. 그녀의 시는 우울의 힘이 긍정의 힘으로 변화하는 지점에 있다. 그런 점에서 그녀의 시는 희망의 전언(轉言)을 보여주고 있으며, "해탈의 신전"으로 향하고 있다.

3. 사유를 통한 자아의 발견

그녀의 시는 가족 서사에서 사물에 대한 시선으로 확장된다. 그것은 사물에 대한 깊은 애정으로부터 비롯한다. 시에서 사물은 중요한 시적 소재가 되기도 하지만, 그 소재를 어떻게 바라보고 있느냐에 따라 시적 감성이 다르게 작용한다. 그녀의 시는 여성성을 바탕으로 사물에 대한 섬세한 사유를 보여주고 있다. 그것은 단순한 사유의 차원에 머무는 것이 아니라, 자아의 발견으로 나아가고 있다. 그런 점에서 그녀의 시는 새로운 느낌으로 다가온다.

> 어여쁜 말의 한 순간이 가슴을 파고들었다
> 방을 훔치던 손길을 잠시 멈추고 화면을 보니
> 고즈넉한 폼새로 자리를 잡은 한옥의 경계

서정의 파문

두레마을처럼 빙 둘러 쌓은 사각의 담장 안으로
그만큼만 허락받은 하늘
그 속으로 순한 햇살의 시간이 내려앉고 있었다.
하늘우물
하루 종일 처음 마주친 단어 하나가 혀 위에서 구른다
박하사탕처럼 화하게 번져 오던 말의 맛
안채와 사랑채를 비껴 행랑채를 돌아 나오도록
우물의 밑바닥 같은 마당은 고요하다
그 마당에서 물을 길어 쌀을 씻고 옷가지를 헹구었을
아침이며 저녁이 왔을 거라고 생각하니
어디론가 저물어 갔을 더운 숨결의 시간들이
사뭇 경건하여 서럽다
사뿐 한 발을 들여 그 마당에 설 수 있다면
마음의 두레박줄 길게 늘여 풍덩풍덩
딱,
한나절만 놀다 오고 싶다

—「하늘우물」 전문

　이 시는 한옥의 담장 경계 안을 우물로 설정하고 쓴 시이다. 마당 자체가 우물이 되면서 하늘의 연못으로 상정하고 있다. 그 우물의 곁에는 수많은 사연들이 모여 있다. 그 일들을 생각하는 것만으로도 유쾌한 일이다. 고즈넉한 한옥의 마당을 우물로 상정하면서 그 우물의 안에서 살았던 사람들의 사연을 생각한다. 그 우물은 사람들의 역사를 담고 있는 것이다. 우물은 시간에 대한 사유의 깊이가 놓여 있는 것이다. 일반적으로 우물은 여성을 상징하는 이미지이다. 우물의 곁에 모여드는 사람들도 대부분 여성들이고, 우물 자체가 여성의 생성적 이미지를 상징한다. 우물에는 여성의 삶이 녹아 있다. 화자가 어린 시절에 보았던 꿈과 소망이 마당으로 설정한 우물 속에 드리워져 있다. 그래서 화자가 본 마당의 풍경은 하늘이 몽땅 내려앉아 있는 것처럼 느껴지는 것이다. 이 시에서 한옥의 마당을 '하늘우물'이라고 부른 까닭은 옛날 그 우물에 모였던 여인들의 삶이 아름다운 사연과 함께 화자의 삶과 중첩되어 나타나기 때문이다. 한옥의 마당이 우물에 비유되면서 그 우물은 과거의 기억과 현재의 풍경이 겹쳐져 있는 곳으로 나타난다. 그래서 이 시에서 우물은 우주이면서 화자의 삶을 몽땅 아우르는 '하늘'의 이미지로 떠오르는 것이다.

이러한 사물에 대한 사유는 「서랍의 중력」에서는 낡은 것들에 대한 애정으로 나타난다. 오랫동안 묵혀둔 서랍 속에는 삶의 무게들이 고스란히 담겨 있다. 서랍의 밑에 깔린 신문지 하나에도 곡절이 있고, 정리되지 않은 옷가지들에도 삶의 흔적이 있다. 그것은 중력과도 같은 무게로 존재한다. 버리지 못하는 것들이 늘 마음의 중력이다. 그것은 삶의 무게이다. 그녀의 시는 흔적에 대한 애정이 많다. 그것은 사물에 대한 애정이고, 그녀의 마음에 놓여 있는 삶에 대한 사랑이다. 이것은 과거에 대한 단순한 집착이라기보다는 삶에 대한 깊은 애정이라 할 수 있다. 사물에 대한 살뜰한 정은 여성의 근원에 자리 잡은 사랑의 의미라고 할 수 있다. 그것은 화자의 마음속 깊은 곳에 놓여 있는 "속정"이라 할 수 있다. 그녀의 시에는 그저 지나칠 수 없는 사물들에 대한 사랑이 있다. 그것은 "눈에 밟히는 중력"으로 작용하고 있다. 열 명의 자식이 있어도 하나도 눈에 밟히지 않는 자식이 없다는 모성과 같은 것이다.

「사랑을 꿈꾸다」에서는 버려진 자전거에 대한 사유를 형상화하고 있다. 이 시는 버려진 자전거를 탄 이야기이지만 그것을 사람살이의 모습에 빗대고 있다. 사람을 만나는 일은 운명과도 같은 것이라서 마치 버려진 자전거를 타는 것처럼 아슬아슬한 모험과 같은 것이다. 사람들의 운명도 버려진 자전거처럼 서로 모르는 존재들이 만나서 새로운 길을 찾아가는 것이다. 사람들이 만나서 사랑을 하는 것은 버려진 것들이 만나서 서로 새로운 것을 가꾸어가는 것이다. 만남이라는 것은 항상 "대형사고가 날 것" 같은 위험이 도사리고 있다. 그러나 그것은 거역할 수 없는 일이다. 처음에는 "탄탄한 뼈대"를 가진 것처럼 보여서 무턱대고 올라타지만 그것은 예견할 수 없는 위험이 놓여 있는 것이다. 사람살이가 버려진 자전거를 타는 것처럼 운명과 모험 속에서 시작한다는 것이다. 이 시는 단순하게 버려진 자전거를 한번 타보는 것만을 말하고 있는 것이 아니다. 사랑은 버려진 자전거를 불쑥 타는 것처럼 운명의 갈림길에 놓여 있다는 것을 말하고 있는 것이다.

이러한 사유를 보여주는 또 다른 시로서 「신발론」을 들 수 있다. 이 시는 현관에서 선택을 받지 못하면 외출하기도 힘든 신발에 대한 사유를 담고 있다. 신발을 선택하는 것은 한쪽에서 일방적으로 하는 것이다. 그 선택은 편견이 될 수밖에 없다. 진열대의 좋은 자리에 있으면 선택의 기준이 넓어지고, 진열대의 높은 곳에 있으면 선택을 받을 수 없다. 신발의 운명은 이미 선택된 자리에서 기다릴 수밖에 없다. 이 시는 편견이 자리 잡은 곳에서 선택당할 수밖에 없는 사람들의 편견을 신발의 운명을 통해서 보여주고 있다. 「사랑을 꿈꾸다」에서 보여준 자전거에 빗댄 사랑론은 이 시에서는 신발에 빗댄 운명의 문제를 다루고 있다. 사물의 의인화를 통해서 좀 더 깊은 사유의 세계를 끌어내지 못한 아쉬움이 있지만, 사물의 형상화를 통해서 말하려고 하는 그 진위는 잘 드러나 있다.

「고등 어족」에서도 고등어에 대한 재미있는 사유를 보여주고 있다. 한때는 사료용으로 쓰였다가 "불포화 지방산"을 함유한 생선이라는 말에 고급 어족이 된 고등어를 통해서 사물의 의미가 변해가는 것을 희화화하고 있다. 정약전의 『자산어보』에는 고등어는 벽문어(碧紋魚)로 기록되어 있는데, "길이 두 자 정도로 몸이 둥글고 비늘이 매우 잘며, 등이 푸르고 무늬가 있다. 맛은 달콤하며 탁하다"고 한다. 고등어에 많이 포함된 오메가-3에는 불포화지방산이 풍부해 뇌 기능 증진에 도움이 되는 역할을 하므로 기억 능력을 향상시킬 뿐 아니라 우울증이나 치매, 주의력 결핍 장애 등과 같은 정신 질환에도 효과가 있다고 한다. 예전에는 잘 먹지 않던 생선도 사람들의 연구 결과에 따라 그 어족의 위상이 변한다는 세태를 반영하고 있다.

　이러한 사유의 진폭은 상처를 스스로 치유하는 방편으로 작용하고 그것은 자아의 발견이라는 화두로 나아간다. 그녀의 시에서 상처는 말 그대로 현실의 무게를 이겨내는 긍정의 힘이라 할 수 있다. 고통 속에 영그는 열매와 같은 것이라 할 수 있다. 다음 시는 그 상처의 치유와 고통의 공감을 잘 보여주고 있다.

> 슬픈 전설을 닮은 우묵한 눈동자는
> 등선이 사라진 먼 사막을 꿈꾸고 있을 뿐
> 어미 낙타는
> 갓 낳은 새끼에게 젖을 물리지 않았다
> 생경한 의식이 펼쳐지고 있었다
> 앙상한 뿔피리 사이로 처연한 선율이 흐르고
> 터번을 두른 노인이 다가와
> 어미 낙타의 머리를 감싸 안고 눈을 맞췄다
> 홀쭉해진 아랫배를 어루만지면서
> 혹독했을 초산의 산고를 위로하는 듯 했다
> 넋두리하듯 달래듯 가락을 읊조리는데
> 우묵한 눈이, 출렁했다
> 등 굽은 짐승이 울기 시작했다
> 연어처럼 하얀 등뼈를 내보인 채
> 여자처럼 울었다
> 우주에서 가장 맑은 고통이
> 상처의 한 가운데를 관통하고 있었다
>
> ―「상처」 전문

　　　　　　　　　　　　　　　　　　　　　서정의 파문

이 시는 초산을 한 낙타의 모습을 통해서 모성의 아픔을 형상화하고 있다. 그녀의 시에서 모성의 본능이 작용한 시들이 많은데 이 시도 그 초산의 아픔을 기억하는 모성이 자리 잡고 있다. 상처는 비슷한 경험을 한 사람만이 느낄 수 있다. 여성으로서 산고의 고통을 겪었기 때문에 낙타의 초산을 보고 마음 아파할 수 있는 것이다. 낙타를 바라보는 화자의 시선에는 측은함과 함께 동병상련의 마음이 놓여 있다. 그녀의 시에서 사물과 동일시되는 상처의 기억은 시적 감수성이라고 할 수 있다. 버려진 것들에 대한 사랑도 이러한 맥락에서 이해할 수 있다. 미국의 내과 의사 에릭 카젤은, 고통은 함께 겪어 본 사람이 더 깊이 절감한다고 한다. 고통의 환청은 경험과 함께 나오고, 그것은 고통과 통증의 차이라고 말한다. 고통은 함께할 수 있지만 통증은 순수하게 개인이 겪는 일이다. 화자가 낙타의 모습에서 자신의 산고를 떠올리는 것은 산고의 통증을 잘 알기 때문에 그 고통을 공감하는 차원이다. 이 때문에 이 시에서 낙타의 상처는 그녀의 경험에서 우러나온 고통의 공감대라고 할 수 있다. 그런 차원에서 시구 "슬픈 전설을 닮은 우묵한 눈동자"는 낙타의 모습이기도 하지만, 화자의 내면에 자리한 상처의 흔적이라 할 수 있다.

이 상처를 치유하는 방법으로 그녀는 매듭의 원리를 말하고 있다. 「매듭의 변」은 단절과 이어짐의 연속성을 통하여 관계의 의미를 새롭게 바라보고 있다. 매듭은 하나에서 하나가 단절되고 그 의미를 묶어내는 과정이다. 매듭을 지으면서 배신을 떠올리는 것은 단절의 의미가 있기 때문이다. 단절은 관계를 끊는 것이다. 관계를 이어가기도 어려운데 그 관계를 끊어버리는 매듭은 배신이라는 단어를 떠오르게 한다. 그러나 그 단절의 결과는 또 다른 관계를 형성하는 계기가 된다. 그것은 마치 "슬픔이 지나간 자리마다 생긴 이 푸른 매듭"이 새로운 의미로 다가올 것이라는 희망과 같은 것이다. 그래서 매듭은 하나의 관계를 끊어내는 단절을 의미하지만 동시에 새로운 관계를 열어갈 것이라는 기대와 설렘을 갖게 한다. 그녀의 시에서 모성과 같은 포용력이 있다는 말은 이러한 관계의 회복을 끊임없이 지향하고 있다는 말이다. 「짓다, 라는 말」에서처럼 그녀는 잠깐의 일상 속에서도 관계의 의미를 생각한다. 이 시의 화자는 내소사 대웅보전의 꽃 문살을 보러 가면서 들렀던 해우소에서 발견한 '짓다'라는 단어의 의미를 생각하고 있다. '짓다'라는 말의 의미는 모든 것을 행하는 관계 속에 늘 존재하는 말이다. 새로운 관계를 만드는 것은 멀리 있는 것이 아니라 가까운 곳에 있다. 사람이 움직이는 어느 한순간도 짓지 않는 것이 없다는 인식이다. 하물며 화장실에서 볼일을 보는 행위도 짓는 것이다. 돌려줄 수 있는 것을 돌려주는 일, 그것은 복을 짓는 행위이다. 사람들과의 관계도 짓는 행위의 연속에 놓여 있다.

그러한 관계에 대한 사유는 혼자 있을 때도 여실히 드러난다. 「혼자 걷는 계절」에서 혼자 있을 때도 사람과의 관계를 생각해야 한다고 말한다. 세상은 아무리 많은 사람들이 있어도 결국 혼자서 가야 하는 길이다. 그녀의 시는 근원에 배타적 고독이 자리 잡고 있는 것이 아니라, 다른 사람을 포용하는 고독이 놓여 있다. 우울한 고독의 자리에서 함께하면서 고독의 의미를 생각하는 것이다. 그녀의 시에서 고독은 절대 고독과 같은 단절된 고독이 아니라, 사람과 사람의 관계 속에서 자기만의 세계를 묵묵히 밀고 가는 열린 고독이다. 이러한 고독은 외로움으로 우울해하는 고독이 아니라, 사람과 부대끼면서 자아를 찾아가는 사랑을 바탕으로 한 고독이다. 그녀의 고독은 그녀만 간직한 사랑법이라 할 수 있다. 그녀가 사람을 사랑하는 방법은 오래되면서 깊어지는 사랑이다. 누군가를 사랑한다는 말은 쉽지만 그 말을 듣는 상대방의 감정이 어떤 폭풍으로 작용하는지 생각해서 말하라는 것이다. 사랑은 누군가를 소유하는 것도 아니고, 상대방의 구미에 맞추는 것도 아니다. 그녀가 생각하는 사랑은 오래오래 굴려서 녹여 먹는 사탕과 같은 것이다. 불쑥 찾아오는 사랑보다는 오랫동안 농익어서 깊어진 사랑을 원한다. 이런 사랑은 가벼운 사랑이 아니라, 깊은 사랑이다. 그녀의 사랑이 깊은 곳에 놓여 있

서정의 파문

는 것은 젊은 청춘과 같은 뜨거운 사랑이 아니라, 서서히 깊어지는 오래된 사랑이기 때문이다.

이런 맥락에서 「누구세요?」는 의미 있게 다가온다. 이 시는 사람을 호명하는 것이 기계음으로 바뀌어버린 세상에 대한 비판을 담은 시이다. 숫자만으로 집으로 들어올 수 있는 기호화된 세상, 전화벨이 울리면 어떤 사람이 전화를 하는지 쉽게 알 수 있는 세상을 비판하고 있다. 사람의 온기가 사라져 가고 있는 세상에 대한 비판이다. 생략된 화법 속에는 사람의 온기가 없다. 바깥에서 기침 하나만으로 그곳에 사람이 있는지 없는지 소통하던 인간의 시간이 사라지고, 그 자리에 기계음만 자리하게 되었다. 경계와 경계 속에 놓인 단절의 벽을 인간의 감정으로 허물지 않고, 기계음과 문자로만 그 감정의 벽을 허물고 있는 세상에 대해 비판하고 있다. 이처럼 그녀의 시는 사유를 통한 자아의 발견에 놓여 있다. 사물을 다양한 관점으로 바라보고 사유하면서 그녀의 시는 시적 의미를 확장해간다. 그녀의 시 속에는 사물에 대한 다양한 감정들이 녹아 있다. 그 사유의 근원에는 모성이 자리하고 있다. 모성은 다른 사랑과는 다르게 깊으면서도 은은하다. 사물에 대한 감정도 다르게 접근한다. 그것은 경험의 공감과 같은 것이다.

4. 묵히면서 익어가는 삶의 온기

오래된 풍경 속에서 새로움을 발견하는 것이 섬농의 아름다움이듯이 그녀의 시에는 묵은 것에 대한 사랑이 다양한 관점으로 드러난다. 사랑은 오래될수록 깊어지고 농후해진다. 섬세한 사랑일수록 그 의미는 깊어지는 법이다. 묵은 된장과 같은 정서를 바탕으로 한 것이 그녀의 시에 나타난 사랑법이다. 사랑은 혼자서 사유할수록 깊어진다. 사람에 대한 깊은 사랑을 잘 보여주는 시로서 「계단을 번역하다」를 들 수 있다. 이 시는 계단을 내려가다가 한 여자의 울음소리를 듣고는 그 자리에서 같이 앉아서 우는 장면을 형상화하고 있는데, 낯선 사람에 대한 애정이 남다르게 다가온다. 어떤 사연으로 울고 있는지 모르는 여자에게 다가가서 함께 울어줄 수 있는 사람은 그리 많지 않을 것이다. 그 여자의 슬픔에 공명하기 위해서 화자는 그 여자의 곁에서 "숨소리도 끄고 곁에" 앉는다. 모르는 사람에게 곁을 주는 행위는 그 근원에 사람에 대한 사랑이 없으면 불가능한 일이다. 이 시는 사물에 대한 사랑에서 사람에 대한 사랑으로 나아가고 있음을 보여준다. 다음 시는 사람에 대한 사랑이 어떤 곳으로 향하는지를 잘 보여주고 있다.

적막했다
차라리 눈을 감았다
답해줄 말이 없어 입술도 앙다물었다
4.16이라는 수형 번호에 갇힌 진실
진실을 인양해라
부두에 나부끼는 노란 리본이 처연히 손짓한다
가슴으로 운다는 말은 틀림없는 말이다
그 울음에 기대어 한 울음 보태려니
부끄러워 짓이겨 넣고 말았다

우는 애기 젖 준다는 말, 참 긍정적이다
우리는 늘 누군가의 자식이었으므로
소리 내어 울어도 행복한 것이다
하지만 가장 슬픈 이름으로 남은 사람들이
가슴으로 운다는 말은 잘못된 말이다
강다짐으로 꾹 밀어 넣은 슬픔은
더 큰 부피의 응어리로 숨골을 메울 것이다
소리를 잃고 말을 잃고
끝내 우는 법을 잃어버릴 것이다

서정의 파문

울어도 젖 주지 않는 권력의 모정 앞에서
울어서 매라도 같이 벌어야 한다
자식 잃은 부모는 부를 호칭도 없다는데
우리, 라고
우리가 불러주어야 한다

                                    ―「팽목항의 눈물법」 전문

　이 시는 제목 그대로 팽목항에서 일어난 세월호 침몰 사건을 형상화하고
있다. 이 시에서 화자는 죽음 앞에서 적막한 심정과 그 앞에서 아무런 말도
할 수 없어서 "차라리 눈을" 감고 말았다고 고백한다. 화자는 세월호 침몰
로 자식을 잃은 부모의 마음을 다 헤아리지 못하는 것을 부끄러워하고 있다.
그 지독한 슬픔은 더 "큰 부피의 응어리로 숨골을" 메울 정도이다. 『효경』에
서는 어버이의 상을 당했을 때는 말을 글월로서 하지 않는다고 한다. 슬픔
의 정도가 너무 크면 울음조차도 잊어버린다. 아니 울 수가 없는 것이다. 화
자 앞에 닥친 이 적막한 슬픔은 "소리를 잃고 말을 잃고/끝내 우는 법을" 알
지 못할 정도이다. 자식의 죽음 앞에는 권력도 무망(無望)하고, 삶 자체도 의
미를 잃어버린다. 이 지극한 슬픔의 농도를 알기 때문에 화자는 가슴으로도
울지 못하고 차라리 "우리" 공동의 슬픔일 뿐이라고 자탄한다. 생명의 소중
한 가치를 너무도 잘 알고 있는 화자이기에 억장이 무너지는 죽음 앞에서 더
경건하고 더 숙연해지는 것이다. 이 시에서 알 수 있는 생명의 의미는 가치
의 기준이 아니라, 말로 형언할 수 없는 근원일 뿐이다. 그래서 그 죽음 앞에
서는 답해줄 말도 없고, 입술만 앙다물고 견디는 것이다.
　그녀는 독립된 하나의 생명 개체가 소중한 것이며, 그것은 어떤 존재와도
바꿀 수 없는 고귀한 가치를 갖고 있다고 생각한다. 그녀의 시에서 성의 정
체성이 중요하고 혼자서 독립된 의미의 생명이 중요하다고 생각하는 까닭은
여기에 있다. 이러한 관점 때문에 그녀는 「커밍아웃」이라는 시에서 이러한

문제를 정면으로 다루고 있는 것이다. 이 시의 제목인 "커밍아웃"은 "성소수자가 자신의 성 정체성을 공개적으로 드러내는 것"을 말한다. 이 시에서 화자는 어항의 존재 방식을 말하면서 그 정체성을 만들어가는 것이 어떤 의미가 있는지를 말하고 있다. 그런데 어항 속의 물고기는 정체성이 없는, 결국 "자생능력이라고는 전혀 없는 무생물"이라는 것이다. 어항 속의 삶이란, 외부의 조건이 사라지고 나면 살아갈 수 없는 것이다. 이 때문에 성(性)이라는 것은 가짜가 있을 수 없으며, 운명적으로 분별된 양성의 조건만이 성의 정체성이라고 말하는 것이다. 어항의 조건과 같이 인위로 만들어지거나 꾸며지는 것은 성의 정체성이 아니라, "가짜의 한계"라고 말한다. 이 시에서 그녀는 우리 시대의 성 혼란과 성 정체성의 의미가 무엇인지를 분명하게 말하고 있다. 그것은 꾸며진 성이 아니라, 본성을 지키는 것이라고 생각한다. 어항으로 만들어진 곳에 사는 물고기는 관상용이고, 그것은 생명의 본질을 잃은 것이다. 어항 속의 물고기와 같은 가식이야말로 그 정체성을 알 수 없는 가짜의 모습이다. 이 시는 성의 정체성을 잃어가는 현대인의 모습을 어항 속의 물고기에 빗대면서 무분별한 '커밍아웃'을 경계하고 있다. 생명의 가치를 깊이 인식하는 모성의 본능에서 볼 때 화자가 말하는 성의 정체성은 분명한 의미가 있다. 한편으로 생각하면, 이 시는 인간의 내면에 잠재해 있는 양성의 문제를 좀 더 깊이 천착하지 못한 시라고 비판할 수도 있지만, 다른 한편으로 생명의 소중한 가치라는 관점에서 성의 정체성이 무엇인지를 분명하게 밝히고 있는 시라고 할 수가 있다. 그녀가 생각하는 생명의 근원은 두 개의 성이 조화롭게 만나서 이루어지는 것이라고 할 수 있다. 다음과 같은 시에서 그녀의 시가 지향하는 생명의 근원을 알 수 있다.

여백은 나머지가 아니라 의도적 공간이다
일종의 간격이라고 해도 좋겠다

서정의 파문

간혹 주체가 모호할 때도 있는데 예를 들면,
그림자놀이에 빠졌을 때
검은 그림자가 여백이라고 우겨대는 경우다
의도, 하지 않고 살다 보니 가끔은 허당이었지만
사는 재미에 늘 식욕이 왕성했었나 보다
식탐의 추가 허술해졌는데도
헛배만 부른 지금
원근법에 홀려 말의 거리가 자꾸만 흩어진다
오해와 이해 사이의 간극에서
음소문자로 채득한 언어 저 너머로
상형문자로 다시 태어나는 또 다른 언어,
표정도 말이 된다는 사실이 무겁게 다가온다

봄이 닳아져 가도
열매가 꽃보다 빠를 수는 없는 일이지
여백의 의미를 거스른 대가가 혹독하지만
기다려봐!
꽃자리가 여무는 본질은 결국 씨방이잖아

그놈의 어법 참, 붉다

—「씨방의 어법」 전문

　이 시에서 소재로 삼고 있는 씨방(-房)은 속씨식물의 암술대 밑에 붙은 통통한 주머니 모양의 부분을 말한다. 씨방은 꽃이 진 자리에 열매를 맺게 하는 부분이다. 씨방은 꽃의 여백이고, 그 여백은 열매를 맺게 하는 "의도적 공간"이다. 생명은 이 여백은 통해서 생성된다. 생명의 본질은 화려함 뒤에 감추어진 그 무엇이다. 그것은 아이가 태어나기 전에 어머니의 배 속에서 보내는 시간이고, 새 생명을 만들기 위해 땅속에서 보낸 씨앗의 시간이며, 한여름 목청껏 울기 위해 땅속에서 보낸 매미의 시간이다. 기다림이야말로 새로운 생명을 일구는 터전이다. 씨앗이 씨눈 하나를 지키기 위해서 단단하게 여무는 과정이다. 그녀의 시는 생명의 고귀한 가치를 지키기 위해서 보낸 시간을 소중한 시간으로 생각한다. 그녀의 시에서 이러한 생명의 소중함은 두 개의 정체성이 만나서 이루어내는 아름다운 사랑의 관점으로 나타난다.

이러한 관점은 「짝」과 같은 시에서 확인할 수 있다. 이 시에서는 생명을 만드는 사랑은 결코 혼자서 이룰 수 없는 것이라고 말하고 있다. 이 시는 산길을 오르다가 발견한 버려진 장갑 한 짝을 소재로 하고 있다. 짝이라는 말은 두 개가 마주쳐서 이루어지는 것인데, 그 하나를 잃어버렸을 때는 아무 쓸모없는 것이 되어버린다. 하나가 다른 하나에 기울어져서 완전한 하나가 되어야 하는데 그 하나가 없다는 것이다. 이처럼 생명의 완전한 형태는 두 개의 정체성이 만나서 이루어지는 것이다. 씨방에서 여백의 의미가 소중한 생명의 가치를 지키기 위한 것임을 말하는 것과 같다. 그것은 「자운영」에서는 희생이라는 관점으로 나타난다. 화자의 말에 따르면, 자운영은 "제 몸을 깔아 옥토를 일군다는 풀꽃"이고, "뿌리에 박테리아를 매달아 풋거름이 된다는 풀꽃"이다. 이런 풀꽃처럼 살고 싶은 것이 화자의 소망이다. 이 때문에 묵힌다는 것은 새로운 것을 위한 기다림이요, 오랜 사랑의 결실이라 할 수 있다. 자운영의 꽃말은 '관대한 사랑'이다. 그 꽃말만큼이나 아름다우면서도 비극적인 전설을 갖고 있는 꽃이다. 자운영(紫雲英)은 임금의 자줏빛 눈물과 자운영의 그리움이 사무친 꽃이다. 화자는 자운영처럼 누군가를 위해서 희생하는 삶이야말로 진정한 의미의 사랑이라고 생각하고, 누군가에게 풋거름이 되는 삶이야말로 모든 생명의 기본 가치라고 생각한다.

누군가를 위한 희생을 삶의 의미라고 생각하는 관점은 「즐거운 제국」에서 누군가를 위해서 요리를 하는 즐거움으로도 나타난다. 맛있는 요리를 하는 순간에는 "전신코드에 넘쳐나는 전류로 새벽을" 깨운다. 화자는 맛있는 요리에 중독된 가족들의 모습을 통해서 즐거운 삶의 가치를 발견한다. 그러면

278

서도 건강하고 밝은 어조에 흐르는 즐거움의 정서는 화자의 내면에 놓여 있는 섬세한 감각이라 할 수 있다. 이 시에서 섬세함 속의 농후함은 감각 이미지로 형상화된다. 화자가 요리한 음식에는 짜고 싱겁고 달고 매운 음식의 맛이 풍성하게 살아 있다. 그곳은 즐거운 제국이고 삶의 기운이 살아 있는 숨 쉬는 공간이다. 그녀는 섬세한 감각으로 세상을 바라보고 있으며, 그것은 거짓이 없는 세상, 진실이 살아 있는 세상을 꿈꾸는 바탕이 된다. 그녀의 시에 나오는 현실 비판의 시들은 대개 이러한 관점을 띠고 있다. 그녀는 이러한 시적 방식을 통해서 생명의 가치를 소중하게 생각하는 세상이 되기를 꿈꾸고 있다.

겹꽃이 석박이로 피어 있었어요
혹시 들어 본 적 있나요?
변종이거나 접붙이었거나
동백이 석박이로 피어날 줄은 몰랐거든요
희한하고 믿어지지가 않아
꽃송이를 슬쩍 잡아 당겼어요
시샘할 것도 없는 무심한 춘삼월이네요
비까지 내려 오소소한 추운 봄 날
노인정 문이 열리며 혀를 차시네요

'뭔 놈의 봄 날이 이 지랄이당가'

저렇게 큰 초계함이 두 동강이 나버리고
금쪽같은 자식들 반타작을 해버렸는데요
69시간이라는 생존의 점수만 제시해놓고선
OMR카드엔 닥치는 대로 마킹을 해버리는군요
당연히 어느 것이 정답인지 알 수가 없어
자국의 영토 안에서도 채점이 불가능하다네요

섬농한 사랑의 힘

어뢰인지 기뢰인지 내부인지 외부인지
변종이거나 접붙이었을 진실과 거짓이 번식하겠네요
수상한 소문이 석박이로 피어 나겠네요

—「수상한 봄」전문

이 시는 동백꽃이 피는 봄날에 배추나 무 등을 섞어서 담는 석박이(섞박지) 모양으로 피어난 동백꽃잎을 보면서 세상의 풍경을 비판하고 있다. 천안함 폭침 사건에 대해서 "저렇게 큰 초계함이 두 동강이 나버리고"라고 비판하면서, "금쪽같은 자식들 반타작"해버렸다고 한탄한다. 천안함이 침몰한 지 69시간 이후에 발견하는 아이러니가 무엇인지를 묻고 있다. 우리나라의 영토 안에서 일어난 일도 제대로 파악하지 못한 채 온갖 의문만 남긴 일을 어떻게 설명할 수 있을지를 묻는다. 이 시에서 겹꽃이 핀 동백꽃은 거짓과 진실의 공방을 말하고 있다. 어떤 것이 감추어진 진실인지 알 길이 없다. 동백꽃이 석박이 모양의 겹꽃으로 핀 것은 수상한 봄을 상징하는 것이다. 진실이 밝혀지지 않는 세상에 동백꽃도 그 진실을 알고 싶어 한다. 그녀의 시는 진실을 향한 열망을 담아내고 있다. 거짓 사랑보다는 진실한 사랑, 가짜 생명보다는 참된 생명을 갈망한다. 그녀의 시적 진실은 순수한 생명의 본질과 순수한 마음을 향하고 있다. 삶의 참된 가치는 근본을 잃지 않는 데 있다.

이런 관점에서 「축제」는 삶의 가치가 무엇인지를 다시 생각하게 한다. 이 시의 화자는 산동네의 가난한 가장들이 배수구를 만들고 있는 건강한 노동의 가치를 형상화하면서 삶의 진정한 가치가 어디에 있는지를 묻고 있다. 비가 쏟아지는 시간에 배수구를 만들고 있는 골목의 모습이 화자의 눈에는 축제의 현장으로 보인다. 그녀의 시에서 삶의 건강한 모습이란 노동의 현장에서 흘리는 땀으로부터 시작한다.

그녀의 시에 나타나는 살면서 겪은 다양한 경험들은 묵어가면서 익어가

서정의 파문

는 사랑의 시편들이다. 오래된 것은 깊은 것이다. 깊은 그늘 속에는 많은 생물들이 살아갈 수 있다. 그 그늘은 묵고 오래될수록 더 깊은 사랑으로 다가온다. 깊은 그늘은 섬세한 사랑으로부터 나온다. 어머니의 사랑이 그러하고, 해묵은 우정이 그러하다. 인간의 정이란 곰삭을수록 더 아름다운 법이다. 묵은 사랑은 쉽게 깨지지 않으며, 서로를 이해하고 사랑할 수 있는 바탕이 된다. 그 사랑은 가식이 없고 순수하다. 순수할 뿐만 아니라 진솔하다. 그 진솔함으로 세상을 보면 스스로를 낮추게 된다. 묵은 사랑이 아름다운 까닭은 여기에 있다. 그녀의 시에는 묵은 된장과 같은 사랑이 흐른다. 거름이 되어서 썩어서 곰삭은 사랑이 있다. 그 사랑을 바탕으로 세상을 보면 지극한 슬픔과 함께할 수 있는 진실의 힘이 있기 마련이다. 그녀의 시는 직접 드러내거나 가까이 다가가는 것이 아니라, 은은하면서도 서서히 다가간다. 그것을 일반적으로 관조의 미학으로 부르지만, 동양문예미학에서는 섬세하면서도 은근한 섬농의 미학이라고 부른다. 그녀의 시에는 섬세하면서도 농후한, 그러면서도 드러내지 않는 깊은 사랑의 힘이 흐른다. 그것은 어린 시절 곁을 떠나간 아버지에 대한 그리움이 사무친 결과이고, 그 결핍으로부터 시작하는 사물에 대한 깊은 애정의 결과이다. 서정시의 존재 방식이 사물에 대한 깊은 성찰에 있다면 그녀의 시는 사물의 궁극을 바라보려고 애쓰고 있는 깊은 사랑의 흔적이 역력하다.

섬농한 사랑의 힘

부동(不動)과 변동(變動)의 어울림
— 남기태의 시세계

1.

시에서 부동의 근원은 무엇일까? 다음 두 시를 읽으면서 시에서 변하지 않는 부동의 원리가 무엇인지를 살펴보자.

> 시계는 째깍째깍
> 소리를 내며 잘도 돌아가는데
> 왜 그리도 시간은 안 가는지
> 잠은 오지 않고 밤은 지겨운데
> 언제 날이 새려나
> 시계는 째깍째깍 잘도 돌아가네
> 밤은 깊은데
> 시간은 가지 않고
> 시계는 잘도 돌아가는데
>
> — 김명자, 「시계」 전문

이 시는 칠곡군의 인문학도시 조성사업의 일환으로 시행한 할머니들의 한글 공부 모임에서 발표한 시이다. 이 시는 자신의 내면으로만 향한 시이다. 이 시가 문예미학으로 볼 때, 과연 시가 될 수 있을까 하는 의문이 들기도 할 것이다. 시는 개인의 정서를 드러내는 문학 갈래이다. 개인의 정서를 드러내긴 하되 솔직하게 드러내는 것이다. 김명자의 시는 구구절절한 말의 나열일 뿐이다. 이 시는 주어진 현상을 있는 그대로, 보이는 그대로, 느끼는 그대로 쓰고 있다. 그런데 이 시가, 시가 될 수 있는 까닭은 무엇일까? 시는 마음의 바탕을 솔직하게 드러내는 것이다. 거기에는 언어의 조탁이나 기교가 없는 것이다. 시가 자연을 바탕으로 하고 있다는 말은 자연스럽고 솔직한 표현이 동시에 들어 있다는 말이다. 그런 점에서 이 시는 자신의 주위에 보이는 사물이나 현상을 있는 그대로 표현한 것으로 시의 본질에 가까운 시라고 할 수 있다.

> 있잖아, 불행하다고
> 한숨짓지 마
>
> 햇살과 산들바람은
> 한쪽 편만 들지 않아
> 꿈은
> 평등하게 꿀 수 있는 거야
>
> 나도 괴로운 일
> 많았지만
> 살아 있어 좋았어
>
> 너도 약해지지 마
>
> — 시바타 도요, 「약해지지 마」 전문

이 시는 아흔에 시를 쓰기 시작해서 일본의 대중들에게 시의 새로운 감수성을 전해준 시바타 도요라는 할머니의 시이다. 이 시가 시일 수 있는 까닭은 대상과 화자의 마음을 대조하면서 새로운 삶의 의지를 가져다주기 때문이다. 시가 개인의 정서를 넘어서 타자로 향할 때 새로운 시적 지평을 열어갈 것이다. 이 시가 김명자의 시보다 한 걸음 나아간 것은 개인의 정서에 머물지 않고 타자를 향해 시선이 열려 있다는 것이다. 시의 근본 바탕을 이루는 시심이 변하지 않으면서 그 시심이 타자와 공감을 획득할 때 그 시는 대중성을 확보할 수 있다. 최근의 시들이 언어를 매개로 한 예술임에도 불구하고 화자와 타자의 소통이 불가능하게 된 까닭은 시적 표현 기교의 과잉 때문이라고 할 수 있다. 그렇다고 앞에 인용한 두 편의 시가 시적 완결성을 꾀하고 있다는 말은 아니다. 여기서 말하려고 하는 것은 시의 근본이 어디에 있느냐는 것이다.

시는 부동의 시심을 근본으로 하고 있다. 그것은 서정성이다. 정서를 풀어내는 바탕이 순수하다는 것이다. 언어의 기교 이전에 정서의 근본을 어떻게 풀어내느냐가 시의 근본이라는 것이다. 시가 자연스러움에서 출발한다는 것은 그 소재의 자연스러운 선택에도 있지만 그 소재를 풀어내는 정서의 바탕이 자연스럽게 표현되어 있다는 데에도 있다. 시에서 자연스러움을 바탕으로 하여 그 의미를 증폭시키는 언어의 기교가 스며들어 있을 때 언어 예술로서의 시적 의미가 확장된다고 할 수 있다. 시의 근본을 잃고 기교만으로 나아갈 때 그야말로 어설픈 시가 되고 만다. 이 때문에 기왕에 언어 기교로 나아가지 않을 바에야 시의 근본을 지키는 것이 무엇보다 중요하다고 말하는 것이다. 시심은 인간의 정서를 이루는 보편적 감정을 말한다. 그 보편적 감정을 잃지 않는 데서 부동의 시적 근원이 자리 잡고 있다.

2.

남기태의 시는 이러한 부동의 시심에서 출발하여 변치 않는 서정의 세계를 보여주고 있다. 이 때문에 그의 시는 변하지 않는 부동의 시적 방법론을

서정의 파문

보여주고 있다. 어쩌면 지극히 단순하게 보이고 그야말로 대부분 천편일률적인 시라고 생각할지도 모른다. 단순한 것이 문제라고 한다면, 그의 시는 말 그대로 시로서 의미가 없을 것이다. 등단 후 지금까지의 시적 편력으로 볼 때, 그는 평생을 시작(詩作)을 했다고 해도 과언이 아닐 터인데 그의 시는 변하지 않는 부동의 방법으로 시작을 하고 있다. 변하지 않는 그 방법론은 시인의 시적 편력을 염두에 둔다면, 소재의 확장뿐만 아니라 그 접근 방식의 다양화에 있어서 여타의 시인과는 비교할 수 없을 정도로 자신의 방법론에 매몰되어 있다고 할 수 있다. 그런 점에서 그의 시는 단순한 시적 방법론이 문제의 소지가 되기도 한다. 그러나 단순함을 고집하는 우직함의 근원에 자리 잡고 있는 시적 근본을 따져볼 때는 외려 그 우직함이 그의 시세계를 이루는 근본이지 않을까 생각한다. 초기의 시와 최근의 두 시를 살펴보면서 그의 시의 궁극이 어디에 있는지를 살펴보기로 하자.

내가 사는 세상에는
키 크고 마른 미인이 없습니다
얼굴도 고만고만하고 마음도 그만그만
둥글둥글한 모습으로 살아가고 있습니다

오직 앞서려는 사람들
어떻게 사는 것이 잘 사는 것인 줄을
요만큼도 모르는 사람들 가득한
도토리 키 재기 하는 그런 곳이 아니랍니다
바람소리 새소리 어울려
무서운 태풍이나 무더위도 비켜가고
아름다운 노을로 하여
겨울마저 따스한 그곳

오랜만의 정장차림으로

세밑의 거리를 찾아 걸어봅니다
참사람을 찾을 수 있을 것입니다

아마도 새해에는

—「희망 연가」 전문

시 한 편을 쓰고 나면
가을비도 아름다울 수 있다
냉기마저 감도는
음습한 방 안도
한결 밝고 따뜻하게 느껴진다
여인이 곁에 없어도 향기를 느낄 수 있고
호흡도 편안하다
아들에게 편지를 쓰고
새삼
살아온 내 삶의 편린들을 갈무리 한다
비록 새싹을 틔우지 못하고
차거운 바다로 떠나는
아쉬움이야 크겠지만
언젠가 돌아와
꽃잎을 적실 노랫말을 간직하고
항구의 기적소리가 더욱 길어
우산속의 여인은 발길이 바쁘다
내 안의 모든 것에서
이제는 너에게로 향하는
오늘 하루
비가 내린다
시 한 편을 쓰고 나면
나의 삶은
한결 젊어진다

—「시 한 편을 쓰면」 전문

서정의 파문

두 편의 시는 일상의 일들을 평이한 시어로 서술하고 있다. 이 두 시에는 흔히 시에서 발견할 수 있는 은유의 방식이라든지 언어의 조탁이라든지 하는 시적 기교는 찾아볼 수가 없다. 「희망 연가」는 특별한 사람이 없는 곳에서 그저 평범한 사람들 속에서 참 사람을 찾고 싶은 화자의 희망을 말하고 있을 뿐이다. 시의 기본 방식인 운율도 없으며 그렇다고 탁월한 시적 비유도 찾을 수 없다. 무미건조하고 기교도 없는 그의 시를 두고 과연 시일까 하는 의문이 드는 점도 여기에 있다. 그의 시가 단순하게 읽히는 것도 이러한 시적 기교와는 거리가 먼 시작 태도에 있다. 「시 한 편을 쓰면」도 가을비가 내리는 날의 상념들을 나열한 지극히 평범한 시에 불과하다. 이 시는 욕심이 없는 화자의 일상 속에서 시 한 편이 안겨주는 즐거움을 평이한 시어로 기술하고 있을 뿐이다. 「희망 연가」는 2015년에 발간한 시집 『희망 연가』의 표제작이고, 「시 한 편을 쓰면」은 2009년에 발간한 시집 『감꽃』에 실린 작품이다. 그의 초기작은 어떤지는 확인할 수 없지만 이 두 시의 간극을 염두에 두고 읽어도 그 변화는 찾을 수 없다. 두 시집을 동시에 읽어도 이 두 시의 시적 방법에 벗어난 시들을 찾을 수 없다. 그만큼 그는 "도토리 키 재기 하는 곳"을 떠나서 평범하고 범속한 일상의 시들을 쓰고 있는 것이다.

그의 시를 풀어가는 열쇠는 여기에서 시작한다. 평범하고 범속한 시들, 고만고만한 시들이 과연 시일 수 있을까라는 것이다. 서두에서 인용한 두 할머니들의 시에서 우리는 시의 기교보다는 평상이 주는 묘미를 발견할 수 있을 것이다. 동양 시학에서 시는 풍(風)에서 시작하고 아(雅)에서 그 의미가 확대되고, 송(頌)에서 의미가 고양된다고 한다. 그러면 시의 근본은 풍에서 시작한다고 할 수 있다. 풍(風)은 풍속이나 범속한 일상의 일들을 말하는데 이 범속한 일상들이 시의 근본을 이룬다고 할 수 있다. 범속한 일상을 평범한 시어로 쓰는 시야말로 가장 근원이 되는 시의 원리가 아닐까? 남기태의 시는 이 범속한 일상을 소중하게 생각하는 데서 시작한다. 그의 시가 이 범속한 풍속의 서정성을 시종일관 지키고 있기 때문에 시가 평이하고 단순하게 보이는 것이다. 그의 시가 변동의 기교주의로 나아가지 못한다는 것은 그의 시가 갖고 있는 한계점이면서 동시에 장점이기도 하다.

> 뜨거운 태양의 열정과
> 차가운 별밤의 아름다움
> 삼라만상 자연에 의탁하여
> 그렇게 살아가고
> 우리는 높은 곳을 향해
> 땀 흘려 노력한다
> 때로 지름길로 가고자 한다
> 부질없음도 이미 아는데
> 켜켜이 일어 길 막는 자 누구인가
> 아는 것은
> 깊은 의미임을
> 작은 호흡 하나 잃기 싫어
> 미워하며
> 잠들지 못 하는가
>
> 품안의 것이라
> 놓지를 못하는가

—「버려야 하는데」 전문

이 시는 그가 살아가는 일상의 한 단면을 잘 보여주고 있다. 그에게 있어서 굳이 높고 낮은 것이야 아무런 의미가 없지만 그가 평소에 생각하고 있는 것은 늘 버리는 데 있다. 그럼에도 불구하고 버려야 할 것들을 버리지 못하고 있다. 그 버리지 못하는 무엇은 그의 일상뿐만 아니라 삶의 근원에 자리 잡고 있는 그 무엇이기도 하다. 그가 놓지 못하는 그것은 명예도 욕망도 아

서정의 파문

니다. 그것은 그의 삶에서 놓지 못하는 인연과 같은 것이다. 그의 시에 유독 그리움과 사랑을 소재로 한 것이 많은 까닭은 그의 마음속 깊은 내면에는 끝없는 인간의 근본 정서가 놓여 있기 때문이다. 이 정서는 모성에 대한 그리움과 사랑하는 사람에 대한 그리움과 같은 것인데, 이것은 그의 시에서 벗어날 수 없는 무궁한 정서라고 할 수 있다. 그의 시편 중에서 대부분의 시들이 이 그리움의 정서 속에 놓여 있다.

> 끝내 닿을 수 없는 곳이라 하여도
> 가늠할 수 있는
> 사랑의 무게
> 가슴에 담고
> 오늘 밤길을 떠난다
>
> 연약한 불빛에도
> 열려가는 마음
> 그곳에 희열은 찾아들고
> 숲에선 숲을 볼 수 없으니
> 강은 바다가 그리울 뿐
>
> 비우라 하지만
> 가진 것 없으니
> 아픔도 없어라
> 잡을 수 없으니
> 그저 흐르는 물에 맡겨라

— 「화두」 전문

이 시를 읽으면 그의 일상 자체가 그리움을 매달고 산다는 것을 확인할 수 있다. 그는 "비우라고 하지만 가진 것 없다"고 단언하고 있지만 그의 마음속

부동(不動)과 변동(變動)의 어울림

에는 "가늠할 수 있는 사랑"의 무게가 늘 자리 잡고 있다. 그저 흐르는 물처럼 자신의 마음을 맡기고 있으면서도 풀어낼 수 없는 것이 그의 근원에 자리 잡고 있다. 그의 시는 그리움의 근원이 무엇인지를 화두로 삼으면서 출발하고 있다. 그러니 일상 자체가 그리움과 사랑이 아닐 수 있겠는가? 인간의 감정 중에서 끊어낼 수 없는 감정이 그리움일 것이다. 대부분의 사람들이 갖고 있는 그리움과 사랑의 감정이 그의 시편에서는 더 큰 자리를 차지하고 있는 까닭은 어디에 있을까? 그것은 어린 시절 겪었던 모성에 대한 그리움 때문이라고 할 수 있다. 그의 시는 범속한 일상 속에 놓여 있는 인간 근본 정서를 궁구하는 데 있다. 시의 근원이 자연스러운 인간의 삶을 드러내는 데 있다는 동양 시학의 시의 원리에 따를 때, 그의 시는 인간의 존재의 근원을 탐구하는 데 그 의미를 두고 있다고 할 수 있을 것이다. 그러면 그의 시적 근원을 이루는 그리움이 어디에서 출발하고 있는지를 살펴보기로 하자.

전쟁 따라 떠난 낭군
어린 자식 배고픔을
베틀에 걸어두고
밤 부엉이 울음 속에
긴 밤 지새다

떨칠 수 없는 아픔들
낮밤을 잊고서
뚫린 가슴으로 밀려드는 어둠
서러움은 저만치 던져두고
그리움은 자리할 곳이 없어라

담장 타고 넘는 달빛으로
허기 달래고
천근 고통마저 잊고자

서정의 파문

미소로 토닥여주는
박꽃은 어머니의 베틀에
흐드러지게 피었다

— 「박꽃 1」 전문

이 시는 박꽃을 소재로 어머니에 대한 그리움을 담아내고 있다. 어머니에 대한 그리움은 단순한 모성에만 그치는 것이 아니라 어머니의 삶 자체에 대한 그리움이다. 전쟁터로 떠나보낸 남편과 배고픔에 허기진 자식을 기르는 어머니는 세상에 대한 서러움도 남편에 대한 그리움도 생각할 겨를이 없다. 담장 타고 넘어오는 달빛으로 가난과 허기를 달래야 하는 한(恨)의 정서뿐이다. 그 한은 그리움이 곰삭은 것이고 세상에 대한 서러움이 멍울진 것이다. 그 천근의 고통을 잊기 위해 애써 웃음으로 스스로를 달래는 고독의 한이다. 박꽃은 저녁 어스름에 피어나는 순백의 그리움을 상징하는 꽃이다. 처연한 달빛에 하얀 꽃을 피우는 박꽃을 보면서 그는 베틀에 앉아 있는 서러운 어머니를 떠올리고 있다. 이것은 어머니에 대한 사랑의 결핍이 아니라, 어머니의 한을 끌어안으려는 마음이다.

지금까지 살펴본 시들에서 알 수 있듯이 그의 시편들에서 많이 보이는 주관적 서정의 세계는 존재에 대한 그리움과 그 그리움을 통한 성찰을 담아내고 있다. 어느 날 책장을 정리하다가 은연 중 집착해왔던 그리운 얼굴들도 지우지 못하는 자신을 성찰하기도 하고, 스스로를 "2종 보통 인생"이라고 생각하기도 한다. 이루지 못하는 약속인 줄 알면서도 기다리고 있는 자신을 못난 사람이라고 생각하면서도 언젠가는 매서운 얼굴로 올 것이라는 기대를 하기도 한다. 그의 시편들에서 보여주는 사소한 일상 속에서 발견할 수 있는 변하지 않는 그리움은 그의 시에서 근간을 이루는 정서라고 할 수 있다. 이 부동의 정서는 시심(詩心)의 근본이라고 할 수 있다. 나이가 들어갈수록 어린

부동(不動)과 변동(變動)의 어울림

이의 정서가 된다고 말한 어느 시인의 말처럼 그의 시는 초기의 시부터 최근의 시까지 맑고 순정한 시심을 바탕으로 세상을 바라보고 있는 것이다. 범속한 사람들이야 세상의 오탁(汚濁)에 쉽게 물들어가지만 순정한 시심을 가진 사람은 세상을 끝없이 맑을 것이라고 생각하게 된다. 이 때문에 그 맑음에 이르지 못하는 자신을 늘 반성하고 성찰하게 되는 것이다. 그의 시가 일상에서 만나는 평이한 시임에도 불구하고 놓칠 수 없는 까닭은 그의 시에서 평상(平常)의 도를 발견할 수 있기 때문이라고 할 수 있다. 부동의 미학이야말로 요동치고 변화무쌍한 시대를 살아가는 오늘날 가장 필요한 문예미학의 방향이라고 할 수 있지 않을까 생각한다.

3.

그런데 그의 시에서 눈여겨보아야 하는 것은 그의 시가 평상의 도를 지향하는 부동의 미학을 바탕에 두고 있으면서도 이 부동의 미학이 개인의 정서에 머물고 있는 것이 아니라, 그 정서가 사물이나 대상으로 향할 때는 변화하고 있다는 것이다. 그 변화는 근본을 바탕으로 한 변화라는 점에서, 부동에서 변동으로 나아가는 것이라고 할 수 있다. 변하지 않는 것은 변하는 것을 안으로 간직하고 있는 것이지 영원히 불변하는 것은 아니다. 지극한 부동은 지극한 변동과 닿아 있고, 그 변동은 또 다른 부동을 내재하고 있는 것이다. 부동의 미학이 이루는 중심은 항심(恒心)이라고 할 수 있지만 변동의 미학을 이루는 중심에는 동심(動心)이 놓여 있다고 할 수 있다. 동심은 시가 펼쳐지는 원동력이기도 한데, 시심에서 머무르고 있는 상태에서 바깥의 형상을 만나게 될 때 비로소 시심이 펼쳐지게 된다. 시심은 시의 바탕을 이루고 있는 마음이라고 한다면 동심은 시의 변화를 꾀하는 원동력이라고 할 수 있다.

그의 시에서 시적 변동은 순정한 시심으로부터 발산되는 타자에 대한 또 다른 사랑이라고 할 수 있다. 그의 시에서 부동의 정서로 자리잡고 있는 맑은 시심은 대상을 포용하려는 마음으로 변동하고 있다고 할 수 있다. 대상에 대한 긍휼한 마음으로부터 출발하는 표용의 자세는 일상의 도가 바깥으로 펼쳐지는 순간 또 다른 의미를 갖게 된다. 시가 전적으로 주관의 정서만을 드러내고 있지 않다는 것은 지극히 당연한 말이지만, 그 주관의 정서가 외적 형상과 만나면서 전혀 다른 정서를 드러내고 있는 것이 최근의 시적 경향이라고 한다면 그의 시는 외적 형상과 만나면서도 그 정서는 부동의 미학을 견지하고 있다고 할 수 있다. 변하는 시대를 살아가고 있으면서 변하지 않는 고갱이를 갖고 있다는 것이다. 그의 시에서 변하지 않는 것은 시심이고 변하는 것은 형상일 뿐이다. 변하지 않는 것과 변하는 것 사이의 경계에서 변하지 않는 시심이 가로놓여 있는 것이 그의 시에서 만날 수 있는 또 다른 의미라고 할 수 있다.

> 산다는 것이
> 늘 힘들지는 않더이다
> 한조각 그리움 안고 사는 것도
> 해볼 만한 일이더이다
>
> 영원한 것은 없고
> 잃어버릴까 두렵기는 해도
> 먼지 뒤집어 쓴 채
> 너덜너덜 걸려있는
> 아버지의 땅과
> 어머니의 시름이 어우러진
> 옛 길을 걷고 싶나이다
>
> 타향 떠돌며
> 이고 진 짐

부동(不動)과 변동(變動)의 어울림

풀어놓고
통곡하고픈

이 밤
어머님 오시려나

— 「꿈을 청하며」 전문

그의 시에서 세상의 어떤 풍파 속에서도 변하지 않는 것은 그리움뿐이라는 사실을 이 시에서 확인할 수 있다. 세상은 "영원한 것은 없고/잃어버릴까 두렵기는 해도" 늘 변하지 않는 것은 무엇일까? 타향에서 떠돌면서 구구절절한 사연으로 곡절이 있는 삶을 살았다고 하더라고 변하지 않는 것은 무엇일까? 그것은 이 시의 마지막 구절에서 말하고 있는 어머님에 대한 그리움이다. 그리움의 정서는 그의 시에서 변하지 않는 시심으로 작동하고 있으며, 세월이 변하고 영원한 것이 없다고 하더라도 인간의 마음속에 자리 잡고 있는 변하지 않는 마음은 생명의 근원으로서 존재하는 모성이라고 할 수 있다. 이처럼 그의 시는 어떤 상황에 놓이더라도 그 상황을 형상화하는 바탕에는 변하지 않는 근본이 가로놓여 있다. 이 시에서 말하고 있는 어머님이라는 존재는 사실 그의 개인적 삶 속에서 내재해 있는 결핍의 정서라고 말할 수도 있지만, 그것을 단순히 모성에 대한 결핍으로만 말할 수 없는 것이 있다. 왜냐하면 그 모성에 대한 그리움과 사랑이 세상을 향한 치유의 방편으로 나아가기 때문이다.

한겨울 북녘 땅에 나타난 작은 악마의 무리
붉은 혀 날름대며 나라를 병들게 하고
세계를 농락하며 음험한 미소 흘리고 있다

끝없는 두려움 속에서

294

언젠가 빛이 찾아올 것이라는
소망 하나로 살아가는 오늘

공포와 절망 속에
일상의 평화를 잃은 삶
고통마저 그리워하며
헤어날 길을 잃은 나날
허리 꺾인 지구를
나락(奈落)으로 내몰고 있는가

치유의 길을 찾고
일상의 행복을 위해
몸부림치는 이 땅
어둠 깊은 곳에서
비로소 빛은 잉태하나니

— 「블랙홀」 전문

이 시는 앞의 시들에서 살펴보았던 일상의 시들과는 다르게 읽힌다. 자신의 일상 속에서 만나는 그리움의 정서로 가득한 그의 시편들에서 이 시는 나락으로 내몰린 현실과 맞서고 있다. 이 시는 나라를 병들게 하고 세계를 농락하는 무리들이 나타나서 세상을 혼탁하게 만들고 있는 현실을 비판하고 있다. 그 현실은 공포와 절망 속에서 일상의 평화를 잃은 곳이다. 그 현실은 헤어날 길이 없고, 나락으로만 떨어지고 있으며, 그 현실은 치유할 길이 막막해서 어둠 속에 놓여 있다. 그럼에도 불구하고 그는 어둠 깊은 곳에서 빛을 잉태하고 있다는 것을 발견하고 있다. 이 시의 제목인 블랙홀은 경계가 사라진 지점이다. 어둠과 밝음의 경계가 사라지고 카오스에서 코스모스로 나아가는 무한한 공백의 공간이다. 시간의 경계가 사라진 지점에서 비로소 새로운 빛이 놓여 있는 것이다. 현실에 가로놓인 막막한 어둠은 결코 어둠으로만 존재할 수가 없다. 어둠의 궁극에는 밝음이 있고, 밝음의 궁극에는 어둠이 있다. 이는 지극한 자연의 순리이기도 하지만 인간 존재의 부동과 변동의 모습이기도 하다. 죽음은 인간 삶의 끝이 아니라 새로운 세계로 나아가는 과정일 뿐이다. 블랙홀은 검은 점일 뿐이지만 그 보이지 않는 점의 궁극에는 밝은 빛으로 나아가는 길이 있는 것이다. 태극(太極)이야말로 무극(無極)이라는 말과 다르지 않다. 이 시에서 만날 수 있는 이 무한한 희망은 어디에 근원을 두고 있을까? 그것은 앞에서 말한 인간 존재의 근본 자리에 놓인 그리움의 정서라고 할 수 있다.

「하늘 길」도 인간 존재의 궁극이 어디로 향하고 있는지를 잘 보여주고 있다. 이 시에서 말하고 있는 것은 진리가 한 곳으로 통하듯이 세상만사는 한 곳으로 통한다는 것이다. 사람들은 항상 열려 있는 그 길을 찾지 못해서 헤매고 있다. 보이지 않는 길이지만 엄연히 존재하고 있는 길을 잃어가고 있는 것이다. 이 때문에 그는 보이지 않는 것을 가볍게 생각하는 현실을 통렬하게 비판하고 있는 것이다. 정치가는 길을 잃고, 세상은 여러 가지 어려운 문제들로 혼미하게 되었지만 하늘에는 늘 열려 있는 길이 있듯이 혼미한 세상에도 보이지 않는 길이 있다. 하루에도 수많은 사건들이 생기는 이 땅의 사람들은 길을 찾지 못하지만 하늘을 날아가는 기러기는 제 길을 찾아가고 있으며, 바람은 보이지 않아도 바람의 길을 찾아가고 있다. 자연의 섭리에 따르는 하늘에는 보이지 않지만 길이 놓여 있다. 그 길은 무형의 길이지만 늘 존재하는 길이다. 그는 이 시를 통해서 사람들도 그 보이지 않은 길의 원리를 따라야 한다고 말하고 있다. 참된 현실을 회복하는 길은 보이지 않지만 하늘에 길이 있듯이 늘 존재하고 있는 것이다. 다만 그 길을 찾지 못할 뿐이다. 그의 시는 변하지 않는 것을 붙들고 변하는 것들을 바라보고 있다.

　　새벽이슬 밟고 십리 길

산자락에 기댄 자그마한 밭
평생 꿈으로 일군 나라로 간다
기다리는 백성들
철마다 달리하는 얼굴들
무 배추 양파 참깨 들깨 상추 시금치
감나무 대추나무 사과나무
오골계 청계
삽살개가 지키는 땅

팔십 평생 한결같이
타협을 모르는 꼿꼿한 자세
흙살 좋은
이 땅에선 허리 펼 날 없어도
다만 가진 것에 흡족하여
헛기침으로 배를 채우다
이름 없는 이 땅에선
그는 왕이로소이다

—「신양반」 전문

이 시에서 왕은 유아독존과 같은 존재를 의미한다. 생명이 있는 모든 것
이 왕이면서 동시에 자신도 왕이라고 생각한다. 유일하게 혼자 존재하는 것
이 유아독존이 아니라, 더불어 존재하면서 나도 존재한다는 것이 유아독존
의 참된 의미이다. 땅에서 자라는 갖은 생명들을 가꾸는 사람이야말로 이 땅
의 왕이다. 팔십 평생을 한결같이 타협을 모르고 꼿꼿한 자세로 땅을 가꾸면
서 살아온 사람이야말로 이름 없는 이 땅의 왕일 것이다. 그가 가꾸어온 식
물들과 나무들, 그리고 가축을 길렀던 사람은 땅의 소중함을 너무도 잘 아는
농사꾼들일 것이다. 그들이야말로 이 세상의 참된 주인인 것이다. 땅에서 자
라는 각종 식물들과 철마다 달리하는 생명들은 변하는 것들이다. 그 변하는

것들을 가꾸는 농부의 마음은 변하지 않는 마음이다. 그 변하지 않는 마음을 가진 사람이야말로 왕이고 새로운 양반인 것이다. 세상살이가 힘들더라도 가진 것에 만족하면서 살아가는 것이 참된 삶의 길이다. 그 길은 묵묵히 걸어가는 길이고 보이지 않는 길이며 단순한 길이다. 그는 생명에 대한 사랑이야말로 참된 삶의 길이라고 생각하고 있는 것이다. 그 생명이 사는 공간은 하나의 생명만 존재하는 곳이 아니다. 각자의 생명들이 어울려 살아가는 공간이다. 모든 생명들이 어울려서 살아가는 곳은 그야말로 잡스러운 곳이다. 그 잡스러운 곳이야말로 근본이 스며들어 있는 곳이다.

숲으로
밤 외출을 한다

음침한 소리들 어울려 춤추고
온갖 풍문과 잡스런 이야기로 가득한
바람 슬며시 떠난 땅
하늘마저 내려앉을 곳 없는 괴괴한

헤어날 수 없는 미로와
어리석은 과거가 함께하는
회색의 세상
미련 안고 숨어들어
끝내 벗어날 수 없다 해도

천지창조는
아마도 혼돈에서 시작되었지
회한의 수렁에 빠져든 나 또한 유령이라
지친 영혼 잠시 기댈 수 있으리니

—「유령(幽靈)의 숲」전문

서정의 파문

그는 변하지 않는 시심으로 세상을 바라보면서 그 변하지 않는 바탕에는 변하는 수많은 존재들이 함께 있다고 생각하고 있다. 그 세계는 질서의 세계가 아니라, 혼돈의 세계이다. 모든 것이 뒤섞인 상태이다. 그는 혼돈이야말로 새로운 질서를 낳는 바탕이라고 생각한다. 그 상징적 공간이 헤어날 수 없는 미로가 뒤섞인 숲의 세계이다. 유령은 이름뿐이고 실체가 없는 것을 말한다. 끝내 벗어날 수 없는 공간이지만 그 지친 영혼이 잠시 쉴 수 있는 공간이기도 하다. 그 숲은 음침한 소리들과 온갖 풍문과 잡스러운 이야기로 가득한 곳이다. 그는 이 혼돈의 세계 속에서 질서가 있으며 길이 있다고 말하고 있다. 그 속에서 그는 참된 존재의 의미를 찾고 있다. 세상의 온갖 잡스러운 것들이 혼재하고 있지만 그곳은 천지가 창조될 때의 모습을 그대로 간직하고 있다.

「눈 오시는 날」에서 그는 눈이 오는 날, 세상과 다른 풍경에 매료되기보다는 "오염으로 혼탁하고/오욕으로 얼룩진 세상"을 끝없는 사랑으로 감싸면서 용서하려고 한다. 그 얼룩진 세상이 끝나는 때 "밤은 아름다운 꿈으로/새 세상"을 만들어갈 것이라고 말한다. 그의 시가 개인의 서정에 머물지 않고, 끝없이 세상의 변동을 바라고 있는 것은 이러한 희망의 메시지 때문이라고 할 수 있다. 그의 시는 부동의 미학을 견지하고 있으면서도 그 속에서 끝없이 출렁대는 변동의 미학을 추구하고 있는 것이다. 시의 내용과 형식이 변하지 않는 것은 변하지 않는 그 무엇을 추구하고 있으면서도 세상은 순수하고 아름다운 것으로 변해야 한다는 것이다. 그가 단순한 일상을 단순한 시 형식에 담아내고 있으면서도 그 대상이 바깥으로 향할 때는 순수를 잃어버리는 세상의 혼미한 상황을 변화시키려는 소망을 담아내고 있다고 할 수 있다. 부동에서 변동으로 나아가는 길은 단순하고 소소한 일상 속에서 발견할 수 있다는 것이다. 그의 시가 지향하는 지점은 여기에 있다.

「지금 우리는」에서도 이러한 변동의 미학은 여전하다. 이 시는 암흑 속에

부동(不動)과 변동(變動)의 어울림

갇힌 세상에 대한 연민의 감정을 잘 표현한 작품이다. 바깥세상에서 떼거지로 몰려와서 세상을 할퀴고 간 자리에서 지금 우리는 무엇을 할 수 있는지를 묻고 있다. 그는 세상을 비판하는 것이 아니라, 세상의 아픔을 끌어안을 수 있는 길이 무엇인지를 찾고 있다. 그 길은 자연의 길이고, 혼돈 속에서 질서를 찾아가는 길이다. 그가 원하는 존재의 의미는 일상 속에 있다. 그 일상의 꿈들을 흔드는 것은 세상을 더욱 삭막하게 만들지만, 그 삭막함을 진정시킬 수 있는 근본을 잃지 않는 데 있다.

비록 그가 바라보는 현실은 "온 나라가 얼어붙었다"는 한마디에 집약되어 있지만, 그곳에서도 희망의 길이 있다고 생각하고 있다. 현실은 헐뜯고 싸우다 모두가 지쳐 있으며, 무서운 병까지 돌고 있다. 이 악머구리 같은 세상, 백약이 무효인 세상을 치유할 수 있는 길은 무엇일까? 세상이 이렇게 된 것은 사람들이 모두 삿된 생각으로 가득 차서 그 근본을 잃어버렸기 때문이다. 그렇지만 그는 겨울과 같은 왕국의 끝에서도 새로운 희망의 세계를 꿈꾸고 있다. 세상은 바로잡기가 힘들고, 소소한 일상은 끊임없이 죽음의 부음을 알리고 있으며, 소망들은 허공에 맴돌 뿐이고 바로잡을 희망마저도 사라져가고 있는 현실 속에 있지만, 그는 절망하기보다는 끝없는 희망을 노래하고 있다. 그의 시에서 이 무한한 희망의 샘물이 솟아나는 까닭은 어디에 있을까? 그것은 그의 마음속에 잠재해 있는 그리움과 사랑이 있기 때문이다. 희망이 없는 세상에서 희망을 잃지 않을 수 있는 까닭은 아버지가 견디어냈던 삶의 방식이다. 하늘 한 번 쳐다보는 것으로 삶의 무게를 견디어내듯이 세상의 고통과 환멸을 극복하는 길은 가벼운 하루의 일상을 견디어내는 힘과 같은 일상에 대한 사랑이 놓여 있다.

변하지 않는 정서는 세상을 견디는 힘으로 작동하고 있다. 그래서 어떨 때는 너스레를 떨면서 슬쩍 넘길 수 있는 일들은 가볍게 넘기도 하고, 무한한 사랑을 바탕으로 잃어버린 것보다 가진 것이 많다는 것을 아는 마음으로 세상에 순종하기도 한다. 그의 이런 정서는 절망하는 마음이 아니라, 자연의 순리에 따르는 마음이다. 이런 관점은 새벽의 시간과 같이 희미한 것이다. 보이지 않지만 보이는 세계이고, 빛과 어둠이 공존하는 시간이다. 그의 시편은 이 시간과 같이 현실을 바라보면서 희망과 설렘을 느끼면서 세상의 변동을 응시하고 있다. 세상은 어둠만이 있는 것이 아니라 빛이 동시에 공존하고 있다. 그 공존의 의미가 있기에 세상은 절망으로만 가득 찬 것이 아니라 희망이 있는 것이다. 그래서 그는 새벽 시간을 "이보다 더한 아름다움/어디 있으랴/사랑하지 않을 수 없는" 시간이라고 말하고 있는 것이다. 그는 부동의 세계를 견지하고 있으면서 흐르는 물이 썩지 않는 것처럼 변동의 세계를 동시에 바라보고 있다. 그 부동과 변동의 어울림 속에서 참된 풍요의 세계가 열리는 것이다. 그는 "석양 길게 드리운 들녘"에서 희열의 속삭임을 발견하고, 혼탁한 무리들 속에서 질서를 찾고, "오솔길에 밟히는 쌓인 낙엽 소리에 향기"를 찾아가고 있다. 그것은 부동의 세계에서 변동의 세계를 바라볼 때 가능한 시적 사유의 세계이다.

4.

그가 절망의 세계에서 희망의 세계를 꿈꾸는 근원은 그의 시심에 자리 잡고 있는 세상에 대한 사랑의 정서 때문이라고 할 수 있다. 이 때문에 그의 시는 절망의 세계를 결코 절망의 세계로만 바라보지 않으면서 희망 공화국이라는 새로운 패러다임을 꿈꿀 수 있는 것이다. 희망은 절망으로부터 나오는 사생아가 아니다. 그가 생각하는 희망의 세계는 절망과 동시에 존재하는 희망의 세계이다. 그 경계는 블랙홀처럼 애매한 경계이기도 하고 새벽의 기운과 같이 희미한 시간이기도 하다. 그는 현실을 떠나서 희망을 찾으려고 하지 않고 현실 속에서 희망을 찾으려고 한다. 존재하지 않고 보이지 않는 세계일

지라도 보이는 현상 속에서 보이지 않는 현상이 있듯이 항상 그 자리에 동시에 있는 것이다. 부동에서 변동의 미학이 동시에 존재하는 것처럼 절망 속에는 희망이 동시에 존재하고 있다고 생각하고 있다. 이것은 지극한 자연의 순리이기도 하다.

> 하늘엔 얼굴이 없다
> 오직 허망한 함성만이 맴돌 뿐
> 나는 옳아야 하고
> 남이 하는 것은 잘못이야
> 호수에 던진 돌 하나 폭풍으로 몰아치고
> 편 가르고 힘 나누다가
> 세월을 잃어버렸다
>
> 떠밀려 예까지 흘러왔고
> 이제는 돌이킬 수 없어
> 쉬운 길은 옳은 것이 아니었다
> 절망의 끝자락에서
> 일어서려는 가엾은 몸짓들
> 새로이 시작해야 하는 것이지
> 지난 일은 바로 세울 수 없으리
> 저무는 하늘에
> 길을 묻다

—「희망 공화국」 전문

나만 옳고 남은 잘못되었다는 인식은 편 가르기이고 힘의 논리이고, 이분법의 사유이다. 이러한 이분법의 방식이야말로 헛된 함성일 뿐이다. 하나를 버리면 또 다른 하나가 채워진다는 순환의 논리에 따른 것이 아니다. 순정한 마음으로 세상을 바라보면 세계는 하나로 열리고 그 하나는 또 다른 하나를 낳는 것이다. 그것은 마치 일상(逸常)을 위해서 일상(日常)을 버리는 것과 같

서정의 파문

은 이치이다. 세상을 벗어나기 위해서는 일상을 버려야 하지만 그 일상은 또 다른 일상으로 자리 잡을 수밖에 없는 노릇이다. 그러니 현실 속에서 희망을 찾아야 하고 그 현실을 벗어난 곳에서 희망을 찾을 수 없는 것이다. 그가 말하는 희망은 현실 속에 있다, 그는 지나간 일에 연연해서 희망을 발견하려고 하지 말고, 현실 속에서 새롭게 일어설 때라야만 희망을 찾을 수 있다고 말한다. 그는 "달빛 알알이 차갑게 내려앉은 호수에서/더욱 곱게 피어나는 물안개/아픔 그지없어도/그저 세월이 약"이라고 말하면서 어떤 아픈 현실 속에 놓여 있더라도 그 세상을 이겨내는 방식은 현실 속에 있을 뿐이라고 생각하고 있다. 절망의 세상을 이겨내는 방식은 이분법의 논리가 아니라 순환의 세계를 깨닫는 것이라고 생각하고 있다. 그는 절망은 희망을 낳는 또 다른 기제가 된다고 말한다. 그것은 세상을 자연의 이치로 바라볼 때 가능한 것이다. 과거는 아픔으로 남아 있지만 그 과거는 현실 속에서만 치유가 가능한 일이다.

　　　1960년 삼월, 마산
　　　시민극장 뒷골목으로 끌려 가
　　　주먹세례 받고서
　　　휘어진 코뼈로
　　　오늘까지 살고 있다

　　　정의
　　　바로 서지 못한
　　　이 땅에서
　　　인고의 세월 속에
　　　뒤틀린 삶을
　　　살고 있다
　　　　　　　　　　　　　　　　　　　　　　　　—「창동의 추억」 전문

1960년 4·19 혁명의 도화선이 된 3월 마산의거를 생각하면서 그 시절의 아픔이 이어지고 있는 현실을 바라보고 있다. 이 시는 비록 짧은 회고의 형식으로 쓴 시이지만 그가 지향하는 세계가 무엇인지를 생각하게 한다. 과거를 무작정 지키는 일만이 대수가 아니라, 그 과거의 연장선 속에서 현실이 놓여 있고, 그 현실을 직시하면서 오늘을 자연스럽게 살아가는 것이야말로 현실에서 희망을 발견할 수 있는 방편이 되는 것이다. 그에게 있어서 과거는 단순한 과거의 일로 그치는 것이 아니라, 현실 속에서 끊임없이 반추되는 또 다른 일상인 것이다. 그 과거의 아픔을 치유하는 희망의 길은 이기는 것이 아니라, 한 마음이 되는 것이고, 자신을 끝없이 낮추면서 세상과 함께하는 것이다. 그의 시에서 말하고 있는 것처럼 "희망을 잃은 것이 아니라/어둠이 찾아왔기 때문"에 현실만이 희망을 주는 유일한 방편인 것이다.

남태평양 마리아나 제도의 작은 섬
사이판
무서운 함포는 화산섬 하나를
삼키고도 남았으리
강제징집 일본을 거쳐 필리핀에서
먼 남쪽 섬으로 떠난다는 엽서 한 장

어둠마저 집어삼킨
거센 파도
가눌 수 없는 세찬 비바람 속에서
마지막 절규와 함께
전장의 참화 속으로 흩어져간 이름들

한 톨 모래알로 남아
끝내 돌아갈 길 잃은
외로운 영혼

서정의 파문

빛바랜 엽서 한 장에 남겨진 소망
할머니는 가시는 날까지
한 가닥 끈을 놓질 못하셨다

그 섬의
나무들은
조국이 자리한
북북동을 향해 살아가고 있었다

—「사이판 망향가 1」 전문

　과거의 아픔이지만 현실은 한 가닥 희망을 주는 유일한 길이다. 이 시는 태평양에서 죽어간 한국인을 추모하는 연작시인데, 이 시에서 말하고 있는 것처럼 그에게 과거의 아픔은 현실 속에서 기억하고 포용할 때 그들의 영혼을 위로할 수 있는 방편이 되는 것이다. 죽음은 영원히 끝나는 절망이 아니라, 현실 속에서 그들을 호명하고 기억함으로써 그들로부터 전쟁의 참혹상을 극복하는 희망의 상징이 되는 것이다. 그의 시에서 절망을 희망으로 변동하는 방식은 현실 속에서만 가능한 일이다. 그러니 그에게 있어서 현실이라는 일상은 소중하고 가치 있는 존재를 이끌어내는 기제가 되는 것이다. 일상을 벗어난 곳에서 희망을 찾을 수 없으며 일상 속에서만 희망을 발견할 수 있기 때문에 일상의 근본을 이루는 인간의 근본 바탕은 소중할 수밖에 없는 것이다. 부동의 정서를 바탕으로 변동의 정서로 나아갈 때 그 변동은 변하지 않는 것이 소중하다는 것을 깨달을 수 있을 것이고, 그것이야말로 희망 공화국을 만들어가는 최선의 방법이 될 것이다. 부동의 정서에서 출발하는 변동의 어울림은 우리에게 새로운 희망의 메시지를 줄 것이다. 그런 점에서 변하지 않는 시심은 변화만을 요구하는 이 시대에 역행하는 발상의 전환을 마련해줄 것이라고 생각한다. 시심이 변하고 인간의 마음이 더 많은 변화를 요구

부동(不動)과 변동(變動)의 어울림

하는 지금 이 시대에 변하지 않는 시적 방법론으로 시종여일하게 변하지 않는 것이 또 다른 희망을 가져다줄 것이라고 생각한다. 남기태의 시는 이러한 부동과 변동의 기로에서 희망의 세계를 찾아가고 있다.

5.

남기태의 시는 가장 평범한 일상을 형상화하는 그저 범속한 시편들일 뿐이다. 범속한 것을 가볍게 생각하는 요즘의 시적 경향에도 불구하고 그의 시는 범속한 것을 고갱이처럼 붙들고 변하지 않는 인간의 근본 정서를 지키고 있다. 변하지 않는 것을 지킨다는 것은 고루한 시인의 푸념이라고 생각할 수도 있을 터이지만 그 변하지 않는 것을 시종여일하게 지켜나간다고 생각한다면 그의 시를 달리 보아야 하지 않을까 생각한다. 다만 그의 시에서 좀 더 욕심을 내본다면 하나의 사물에만 천착하지 말고 다른 사물들도 공생하고 있다는 점을 염두에 두고 그 의미를 확장해가는 것이 필요하다는 점을 말하고 싶을 뿐이다.

부동의 미학은 변동의 미학을 전제로 할 때 더욱 빛날 수 있다. 변하는 것과 변하지 않는 것은 어울림 속에서 더욱 빛나는 법이다. 그의 시에서 부동의 정서가 변동의 정서로 나아가는 과정 속에서 보다 정치(精緻)한 형상화의 방식이 필요한 것은 사실이지만 그 정치함은 평이한 일상 속에서는 외려 거추장스러운 수식에 불과할지도 모른다. 오랜 시간 동안 변하지 않는 시적 경향을 지켜온 옹골찬 고집이 이제 와서 새로운 패턴화로 나아가는 것은 언어도단이겠지만 소재를 바라보는 사유의 깊이는 그의 시에서 기대할 수 있는 희망이지 않을까 생각한다.

그의 시를 읽으면서 가만히 생각해보아야 할 것은 일상의 삶이 주는 무미한 맛들이 과연 우리의 삶에 어떤 의미가 있을까라는 것이다. 사실 모든 사

서정의 파문

람들은 각자의 삶을 의미 있게 산다고 하지만 그 의미를 판단하는 기준은 각자 다르다. 유유자적하는 삶이 무슨 의미가 있을까? 그러나 그 유유자적하는 하루의 일상이 모든 삶의 근본이 되는 삶이다. 예전의 어느 학승이 도가 무엇이냐고 물었을 때 그 스승은 담장의 바깥이 모두 도(道)라고 답했다고 한다. 담장의 바깥에 있는 모든 길이 도(道)로 나아가는 길일 뿐이라는 이 평범한 화두를 사람들은 잊고 살기 일쑤다.

하루는 모든 사람들에게 주어진 부동의 삶이다. 그 하루를 어떻게 살 것인가라는 것은 변동의 삶이다. 부동과 변동의 삶에 대해 고민할 때 우리는 항심(恒心)이 무엇인지부터 생각하게 된다. 남기태의 시는 부동과 변동의 어울림이 어떤 것인지를 조용히, 그리고 끈기 있게 보여주고 있다. 그의 시를 읽으면서 우리는 범속한 것이 얼마나 소중한 것인지를, 그리고 평범한 것을 지킨다는 것이 어떤 의미가 있는지를 생각해보는 계기가 되었으면 한다.

부동(不動)과 변동(變動)의 어울림

사물의 형상을 비유로 끄는 힘

— 최순해의 시세계

1. 비와 흥

시는 사물의 형상을 비(比)와 흥(興)으로 표현하는 것이다. 이는 시의 기교를 말할 때 늘 얘기하는 기본 방식이라 할 수 있다. 그런데 비의 방식이 지나치면 시의 의미가 퇴색할 가능성이 있고, 비의 방식이 없으면 밋밋해서 언어예술의 의미를 맛볼 수 없게 된다. 이 때문에 시는 비와 흥의 방식을 어떻게 적절하게 조절하느냐에 따라 문예미학의 궁극에 다다르고 있느냐 그렇지 않느냐를 결정하는 요인이 되기도 한다. 시를 정의할 때 은유의 미학이라고 하는 까닭은 시의 근본이 비의 방식에서 출발하기 때문이라고 할 수 있다. 그러나 최근의 시들은 비의 방식이 흥하다 보니 언어의 기교주의에 빠져서 시의 의미전달을 모호하게 하는 경우가 종종 있다. 문학의 소통 혹은 시의 소통을 말할 때 이 비유의 방식 때문에 항상 문제가 되기도 한다.

비유는 사물의 형상을 빗대는 방식이다. 사물의 형상을 어디에 빗대어서 표현하느냐는 시인의 시안(詩眼)이 얼마만큼 사물의 궁극에 이르고 있느냐에 따라 그 깊이와 농도가 다르게 나타난다. 시는 사물의 형상을 비유로 끌어내는 탁월한 능력에 있다고 말할 수 있을 것이다. 흥(興)은 비유의 방식을 일으키는 것을 말한다. 사물의 비유를 통해서 시적 의미를 전달하는 방식이라 할

서정의 파문

수 있다. 비에서 흥에 이르는 길은 사물을 보는 시적 안목으로부터 그 의미를 증폭시켜가는 과정을 말한다. 탁월한 비유로부터 시적 감흥을 일으켜 시적 의미의 궁극에 다다르는 것이 시의 본질이라고 말할 수 있다. 그런 점에서 최순해의 시들을 읽고 있으면 사물의 형상을 비유로 끄는 힘과 감흥을 일으키는 방식이 어떠해야 하는지를 생각하게 한다. 기왕에 발표한 시집에서도 이러한 비유의 방식에 대한 문제를 지적하면서 그녀의 시를 "비약적 상상력 그리고 자유연상 작용을 통해 시가 단순한 소통의 도구임을 거부한다"(최영구)라고 평가하기도 하고, 그녀의 "시작의 근원적 동기는 분리의 체험에서 연유된 것"(정기문)이라고 보기도 한다. 비약적 상상력이나, 분리의 과정은 비유의 방식이라고 한다면, 소통을 거부하거나 분리를 통한 체험의 과정은 흥의 방식이라고 말할 수 있다. 어떻든 그녀의 시는 현실에서 벗어나서 상상의 세계로 나아가는 비유의 방식을 선택하고 있다고 말할 수 있다. 그 비유의 방식이 사물의 형상을 구체적으로 재현하지 않고, 에둘러서 표현하기 때문에 소통이 되느냐 되지 않느냐의 문제가 제기되는 것이다. 그녀의 시가 일반 독자들이 읽을 때 쉽게 다가가지 못하는 까닭은 이러한 사물의 비유 방식으로부터 감흥으로 나아가는 과정에서 생기는 일종의 틈 때문이라고 말할 수 있다. 그러나 그 틈새를 자세히 살펴보면 그녀의 시가 무엇을 말하고 있는지를 알 수 있을 것이다. 이러한 틈새를 발견하는 것이 그녀의 시를 읽는 이유라고 할 수 있을 것이다.

2. 사물의 형상화 방식

비유는 사물과 사물의 관계, 인식과 인식의 관계 속에서 이루어진다. 그 관계가 지나치게 직접적으로 연결되어 있으면 낡은 비유가 되겠지만 그 관계가 촘촘하게 잘 연결되어 있으면 탁월한 비유가 될 것이다. 시는 언어 예술이지만 그것이 단순한 언어유희의 차원을 넘어서 언어 예술의 궁극에 이르기 위해서는 시의 근원이라고 할 수 있는 비유의 방식을 얼마나 적절하게 유용하느냐에 달려 있다고 말할 수 있을 것이다. 그러면 그녀의 시에서 사물을 어떤 방식으로 형상화하고 있으며, 그 형상화를 통해서 어떻게 감흥의 방식으로 나아가고 있는지를 살펴보기로 하자.

> 천생연분이다
> 뱃속에서부터 우리는
> 서로 호흡을 맞추며
> 큰 꿈을 꾸며 세상 밖으로 나왔다
> 너 없는 작업은 무의미했다
> 의사(意思)가 잘 전달되지 못했고
> 우리의 감정을 답답하게 했다
> 그러다가도 서로의 뜻이 엇갈릴 땐
> 굳게 다문 입술은 널 조롱했고
> 밖으로 내뱉지 못하는 당신의 불편이
> 목젖을 적시며 울분을 표시했지
> 쌍둥이처럼 닮은 한 뿌리의 혈통이
> 나뭇가지처럼 흔들리기도 했다
> 붉은 울음을 삼키는
> 숱한 시간의 잔소리가 해빙기처럼
> 풀려나오는 가벼움의 호흡도
> 어쩌면 우리의 찰떡궁합일 거야
>
> ─「혀와 입술의 궁합 1」 전문

이 시는 신체의 일부인 혀와 입술을 통해서 비유하는 방식을 택하고 있다. 천생연분이라고 하면서 인연을 맺지만 그 인연은 때로 상대가 없으면 무의미해지고, 어떨 때는 의사가 잘 전달되지도 않고, 서로 소통이 되지 않아서 답답하기도 하다. 혀와 입술은 말을 하는 데 없어서는 안 되는 중요한 요소

310

이고, 신체의 두 부분인 혀와 입술은 찰떡궁합과 같은 것이라고 할 수 있다. 그런데도 서로 엇박자를 내면서 소통이 되지 않을 때가 있다. 쌍둥이처럼 닮았다가도 서로 흔들리기도 한다. 이 시는 혀와 입술이라는 사물의 형상을 가져와서 사람살이의 풍광에 빗대고 있다. 사람살이가 마치 혀와 입술처럼 서로 가깝다가도 멀어지기도 하고, 말을 하지 않을 때는 서로 단절된 상태로 머물기도 한다. 이와 같이 이 시는 어떨 때는 잘 살다가도 뜻이 맞지 않으면 돌아서는 사람살이의 모습을 풍자하고 있다.

이 시는 사물의 형상을 비유의 방식으로 표현하고 있으며, 그 감흥을 사람살이의 모습으로 끌어가고 있다. 이 시의 시적 의미를 굳이 밝힌다면 사물의 형상을 통해서 사람살이를 빗대고 있는 풍자의 미학을 잘 보여주고 있다고 말할 수 있을 것 같다. 동양 문예미학에서 말하는 풍ㆍ아ㆍ송(風雅頌)의 세 가지 부류 중에서 풍속을 빗댄 풍의 미학을 잘 보여주고 있다. 시에서 사물의 형상을 넘어서 시적 아름다움을 얻기 위해서는 감흥을 끌고 가는 비유의 힘에 있다고 할 수 있다. 그녀의 시에서 발견할 수 있는 중요한 미덕 중의 하나가 사물의 형상을 넘어서는 비의(比擬)의 방식에 있다고 말하는 까닭은 여기에 있다.

간장, 된장, 콩장, 초장 줄줄이
막장 속으로 들어간다
비엔날레를 날리는 수장의 도전장
엄마의 손맛이 위장하며
비장, 췌장, 소장, 대장을 엿본다
폼 새 나는 우장을 걸치고
추장한테 거추장스럽게
시장, 사장, 서장, 이장, 차장까지
교장선생님의 조언을 듣는다
공장장은 전직 부장의 보고를 들으며

사물의 형상을 비유로 끄는 힘

다투어 장기 자랑을 한다
맛깔스러운 장들의 추임새에
고추장으로 막장을 물들인다

— 「장들의 쑥덕공론」 전문

　이 시는 앞의 시에서 좀 더 확장된 시적 의미를 획득하고 있다. 이 시는 '장'이라는 시어를 중심으로 다양한 의미를 증폭시키고 있다. 여기서 사용하고 있는 장이라는 단어를 하나하나 살펴보자. "간장, 된장, 콩장, 초장"의 장은 '장(醬)'이고 "수장"의 장은 장(將)이고, "도전장"의 장은 장(狀)이고, "위장"과 "우장"의 장은 장(裝)이고, "비장, 췌장, 소장, 대장"의 장은 장(臟)이고, "추장, 시장, 사장, 서장, 이장, 차장, 교장, 공장장, 부장, 장기자랑"의 장은 장(長)이다. "거추장스럽게"의 장과 "막장"의 장은 순 한글이다. 한글의 특성이 한자와 뒤섞여 있다는 점을 착안하여, 감투를 상징하는 "장(長)"을 풍자하고 있다. 이 풍자의 절정이 마지막 두 행의 "맛깔스러운 장들의 추임새에/고추장으로 막장을 물들인다"에 집약되어 있다. 얼핏 보기에 이 시는 언어유희에 불과한 한 편의 소품에 불과하다고 할지도 모른다. 그러나 이 시는 오래된 장맛과 같은 구수한 맛이 사라진 '장(長)'들의 현란한 장기자랑을 비판하면서 현대인의 허세를 풍자하고 있다. 풍자는 비유의 한 방식이기도 하지만 그 비유의 방식이 고도로 은폐되어 있는 시적 방법론이다. 비유의 절정이 풍자에 있다고 한다면, 이 시는 사물의 형상으로부터 끌어낸 탁월한 비유의 힘을 보여준다고 할 수 있을 것이다. 그런 점에서 이 시는 언어유희를 통한 시의 의미를 확장하는 데 한몫을 하고 있으며, 또한 그녀의 시에 보여주는 자유연상을 통해서 나타난 낯선 비유의 방식을 색다르게 보여주고 있다고 말할 수 있다.

　감정적 성숙이 녹아내리는

서정의 파문

브랜드 나이
햇살 따라 숱한 날들을
접수한다
마음은 울긋불긋 물들어 가고
향기는 허공을 헤매며
현실은 이마에 꽃주름을 만든다
하얀 백발이 듬성듬성
다가서고
겨울을 녹인 정서는
화두 속으로 숨는다
흥에 겨워 울음을 삼키는
손바닥이
빛에 놀림을 당하고
추억의 얼레는 멀어져 간다

—「시간 감각」 전문

시간은 유형의 것이 아니라 무형의 것이다. 나이를 먹어가는 사이에 세월
은 흘러간다. 이 시의 행간을 찬찬히 읽어가면서 시간을 빗대는 방식을 살
펴보자. 감정적으로 성숙한 나이가 되었고, 마음은 아직 울긋불긋한 청춘이
지만, 현실은 이마에 꽃주름이 생길 정도로 나이가 들었다. 하얀 백발이 성
성하고 추억을 반추할 시간들은 점점 멀어져간다. 시간이라는 무형의 것을
구체적 사물에 빗대면서 세월이 흘러가고 있다는 것을 표현하고 있다. 보이
지 않는 형상을 감각의 형상으로 표현하고 있다. 또한 이 시는 어려운 시어
를 사용하지 않으면서도 시적 형상화에 성공하고 있다. 그것은 시인의 시적
비유 방식이 성숙해졌다는 것을 의미한다. 이 시는 앞의 시집에서 발견할 수
있는 시어 선택의 불편함을 걷어내고 쉬운 시어를 선택하여 무형의 감각을
유형의 감각으로 끌어내는 감흥의 방식을 잘 보여주고 있다. 시간의 흐름에
따라 사람이 성숙하듯이 시인의 표현 능력도 시간이 가면서 익어가는 것 같

사물의 형상을 비유로 끄는 힘

다. 동양 문예미학에서 시 쓰기에 대해서 말할 때 시의 기교주의에서 벗어날수록 시가 쉬워지게 되고, 시의 기교주의에 빠져 있는 한 시는 더 어려워진다고 말하는데 이 시는 그녀의 시가 지향하는 방식으로부터 벗어나서 새로운 시적 가능성을 보여주고 있다.

> 동창회 갔더니
> 다물었던 입들이 뒷담을 깐다
> 질투인지, 시기심인지
> 제비주둥이처럼 입을 내밀고
> 먹이 분배를 한다
> 동공이 스프링처럼 튀어 오르며
> 당당한 마음의 심리로
> 얼치기들 속에 섞여
> 박자를 맞춘다

— 「술렁술렁」 전문

이번 시집에는 일상에 대한 풍자의 방식이 대부분의 시들에 적용되고 있는데, 이것은 더러는 「겨울나기」와 같이 형상의 나열로 이어지는 단순한 구도로 나타나기도 하고, 「하얀 저울」과 같이 자신의 느낌을 끌어내어서 표현하기도 한다. 그녀의 시가 쉽게 접근하기 힘들게 하는 부분도 이러한 형상의 나열과 감정의 선들이 구체적으로 드러나지 않기 때문이라고 할 수 있다. 이것은 그녀의 시의 특징이기도 하다. 그녀의 시는 시 전체가 하나의 이미지로 짜여 있기 때문에 한 부분을 통해서만 그 의미를 발견할 수 없게 장치되어 있다. 그것은 시의 주제를 분명하게 드러내지 않으려는 의도이기도 하고, 관계의 이질성을 통해서 전체의 통일성을 꾀하려는 시적 장치이기도 하다.

인용한 시는 이러한 시적 특징을 잘 보여주고 있다. 이 시의 제목 술렁술렁은 표준국어대사전에는 "자꾸 어수선하게 소란이 이는 모양"을 말하는 부

사이다. 부사를 제목으로 삼는 것부터가 심상치 않지만, 이 시의 전체 분위기는 말 그대로 소란이 일고 있는 것처럼 짜여 있다. 전체 내용이 말들이 떠도는 것처럼 되어 있는 것은 이 시에 사용한 시어와 시구들 때문이다. "제비 주둥이처럼", "스프링처럼"과 같은 시구에서 말들이 오고가는 장면을 충분히 짐작하게 하고, 이러한 장면 제시를 통해서 전체 시의 이미지를 드러내고 있다. 이 시에서 비유의 방식을 쓰고 있는 것은 시구에서도 찾을 수 있지만, 전체 시의 분위기에서도 찾을 수 있다. 이 시와 같이 그녀의 시집에 나오는 시들의 대부분이 비유의 장치가 이중으로 짜여 있기 때문에 독자들이 쉽게 접근할 수 없게 만든다. 다음에 인용하는 시에서 이러한 부분을 좀 더 촘촘하게 살펴보기로 하자.

1
발길이 닿는 곳마다
투명하다
그늘이 사라진
빛은 눈부시게 다가선다
시간과 거리가 먼 수사학
욕망의 그늘에서 여유를 찾는다
새로운 선택은 갈망의 음지에서
광장 가운데 내리는
빗방울의 맛을 본다
눈물의 패러다이스

2
개미 떼가 줄지어
상복(喪服)으로 시체를 끌고 간다
서열 뒤를 따라
북이 울리고 통곡 소리 들린다

나는 그들을 따라
새로운 길을 찾는다
바로 내 발 밑 블록에
햇살이 머뭇거린다

3
낯선 길 위에
새가 자유를 찾으며
욕망의 그늘에서
눈부신 거리와 상복의 애환을 그린다

— 「핼쓱한 햇살」 전문

보다시피 이 시는 전체 3개의 연으로 되어 있다. 전체의 내용을 요약하면
서 이 시의 형상화 방식을 살펴보면, 우선 1연은 햇살이 따가운 날 광장에서
그늘을 찾아가는 장면이다. 2연은 개미 떼가 먹이를 물고 가는 장면이다. 3
연은 1연과 2연의 풍경이 교차되면서 마무리된다. 이 시의 내용은 이 정도로
요약할 수 있는데, 문제는 이 장면을 표현하는 비유의 방식이다. 1연의 내용
을 굳이 부연설명하자면, 발길이 닿는 곳마다 햇살이 내리쬐고 있는 광장에
잠시 비가 내린 모양이다. 그 비를 피하기 위해서인지 햇살을 피하기 위해서
인지는 모르겠지만 그늘에 들어간다. 이러한 장면을 그녀는 "시간과 거리가
먼 수사학/욕망의 그늘에서 여유를 찾는다"라고 표현하고 있다. 비유의 방
식이 에둘러 표현되다 보니 이중의 비유가 되었다. "시간과 거리가 먼 수사
학"이라는 시구가 주는 낯선 비유 방식이 독자를 현란하게 하고, 더 나아가
"욕망의 그늘에서 여유를 찾는다"는 표현으로 이어짐으로써 그늘을 찾아가
고 있는 화자의 행위를 은폐시키고 있다. 1연에서는 이러한 낯선 비유의 방
식이 나타나다가 외려 2연에서는 쉬운 시구를 사용하여 개미들의 행렬을 형
상화하고 있다. 이어지는 3연에서는 이러한 풍경을 그저 담담하게 받아들이

서정의 파문

면서 전체의 상황을 마무리하고 있다. 하나의 연으로 묶어도 되는 시를 굳이 세 개의 연으로 나눈 것은 하나하나의 이미지를 단절시키면서도 전체의 이미지를 연결하려는 시적 장치라고 할 수 있다. 이런 풍경의 이미지가 한마디로 집약된 것이 이 시의 제목인 "핼쑥한 햇살"이다. '핼쑥하다'라는 시어는 "얼굴에 핏기가 없고 파리하다"는 뜻이다. 햇살이 이러한 형용이라고 할 수는 없을 터이고, 전체의 상황이 이러한 형용이라는 말일 것이다. 낯선 거리의 풍경과 개미 떼가 시체를 끌고 가는 장면에서 핏기가 없고 파리한 현장을 목격한 것이라고 할 수 있다.

이와 같이 그녀의 시는 사물의 형상에서 끌어내는 비유의 방식이 탁월해 보인다. 그것이 때론 관계와 관계, 인식과 인식의 지나친 거리감으로 시적 소통을 어렵게 만들고 있지만, 이러한 비유의 방식은 시를 단순한 소통의 도구로만 생각하지 않는 그녀의 시적 태도에서 비롯하는 최순해 시인만의 시적 특징이라고 말할 수 있을 것이다.

3. 시적 비유의 파장

시적 비유의 방식이 낯설게 하기의 장치만으로 되어 있을 때 그 시는 스스로의 세계에 갇힌 채 독자를 외면하기 쉽다. 자기 옹알이와 같은 시들이 난무하는 것도 지나치게 비유의 방식을 차용한 결과이다. 자기만의 서정의 세계에 독자들을 끌어들이려는 오만한 마음이 시적 비유의 방식에 깔려 있을 때 그 시는 시가 갖는 소통의 기능을 잃어버리게 된다. 이 때문에 좋은 시는 사물의 형상화 방식에서 낯선 비유와 새로운 비유를 아슬아슬하게 조율하는 지점에 놓여 있게 되는 것이다.

그녀의 시에서 발견할 수 있는 미덕 중의 하나가 사물을 형상화하는 독특한 비유의 방식에 있다고 한다면 그 비유의 방식이 확장되고 펼쳐져 나갈 때

사물의 형상을 비유로 끄는 힘

도 이러한 부분에 염두에 두고 있어야 할 것이라고 생각한다. 그녀의 시는 주제를 드러내는 방식을 선택하지 않았고, 외려 이미지를 강조하는 방식을 선택했다. 이 때문에 그녀의 시를 읽거나 만나는 지점은 사물의 형상화 방식으로 돌아오지 않으면 안 되는 운명에 놓여 있다. 그녀의 시는 하나의 풍경을 형상화하는 데 있어서도 이와 같이 전체를 드러내는 방식을 택하고 있다. 다음 시를 찬찬히 살펴보자.

숲속에서 코고는 소리 들린다
영롱한 몸짓으로
내뱉는 서늘한 입김
풍요로운 어휘를 끌어안으며
고즈넉한 수풀 사이에서 절규한다
에스코트하는 통증
우직한 믿음으로 깨어나
낙하하는 음계 속에
가슴을 쓸어내린다
요염한 바람이
볼을 스칠 때마다
온몸이 물구나무서기를 한다
햇살은 틈새를 노리며
숲속을 힐문한다
새들의 합창은
푸른 날의 소리로
자라나
연민을 맺는다

—「인연을 위하여」 전문

이 시는 숲속에서 만나는 여러 가지 이미지들을 나열하고 있다. 물론 시 전체가 하나의 이미지로 묶여 있는 것은 당연하다. 이 시의 첫 부분에 "숲속

서정의 파문

에서 코고는 소리 들린다"는 것은 숲속에서 들리는 청각 이미지를 도입부에 놓은 것이다. 다음에 이어지고 있는 "영롱한 몸짓"과 "서늘한 입김"은 마찬가지로 숲속에서 느껴지는 감각 이미지들이다. 그것을 풍요로운 어휘로 표현하려고 하면서 한층 "고즈늑한 수풀 사이"로 들어간다. 다음에 이어지는 "에스코트하는 통증"은 숲이 이끄는 곳으로 들어가면서 느끼는 온몸의 통증이라고 할 수 있다. 그 통증은 "우직한 믿음"이며, 또한 "낙하하는 음계"와 함께 가슴을 쓸어내린다. 여기에 쓰인 음계라는 시어가 그늘진 곳을 의미하는 것인지, 음(音)의 차례를 의미하는지는 분명하지 않지만, 어떻든 화자의 가슴에 쓸어내리는 숲속의 기운임에는 분명하다. 이런 분위기 속에서 "요염한 바람"이 불어와서 볼을 스칠 때 온몸은 전율하듯이 물구나무서기를 한다. 이쯤에서 화자는 숲속의 모든 기운과 정기를 온몸으로 체현하고 있다. 그 숲속에는 햇살이 틈새를 비집고 끼어들고 있다. 새들은 숲속에서 합창을 하면서 화자에게 연민의 관계를 맺는다. 이것이 이 시의 이미지를 통해서 살펴본 시의 의미이다.

그런데 여기에서 묻고 넘어가야 할 문제가 있다. 숲속에서 관계를 맺은 인연을 통해서 이 시의 화자는 무엇을 말하려고 하는 것일까? 이것은 이미지의 형상화를 통해서 무엇을 말해야 하는 전통적 시독법이라고 할 수 있다. 이른바 이 시에서 말하려고 하는 주제가 무엇인지와 같은 것이다. 그러나 이 시는 전통적 시독법을 거부하고 있다. 숲속에서 만나는 다양한 관계와 이미지만으로 충분한데 그 이상의 무엇을 바라는 것은 허용하지 않는다. 그녀의 시 대부분이 이런 독법으로 읽어야 한다. 그녀의 시를 내용의 구체성으로 접근하면 실망하기 마련이다. 말 그대로 사물의 형상을 비유의 방식으로 드러내는 것만으로 시적 의미를 획득한다고 생각하면 그만이다. 또한 그 방법으로 접근하는 것이 그녀의 시를 만나는 궁극의 지점이기도 하다. 우리의 근대시 중에서 이미지를 강조한 김기림의 시에서 흔히 만날 수 있는 시적 범주라고 할 수 있다. 그녀의 시 중에서 비교적 쉽게 읽을 수 있는 시 한 편을 살펴보자.

> 매미 한 마리
> 방충망에 납작 업드려
> 방 안을 훑는다
>
> 현을 뜯으며
> 흩뿌리는 눈길로
> 세월을 노래하다
>
> 詩를 뜯는 여자와
> 눈을 맞추며
> 온몸으로
> 현재를 즐긴다

— 「이방인」 전문

　이 시는 굳이 다른 설명이 필요가 없을 정도로 간명하기도 하지만, 그 의미 전달도 분명하다. 방충망에 붙어서 방충망의 그물을 현으로 삼아서 노래를 하는 매미와 시를 쓰는 화자가 서로 눈을 맞추면서 현재의 상황을 즐기고 있다. 이 시는 사물의 형상을 비유하는 방식이 단순하게 되어 있어서 독자들도 편하게 접할 수 있는 시이다. 그런데 여기서 전통적 시독법대로 이런 상황에서 '이 시는 과연 독자에게 무엇을 전달하려고 하는가?'라고 묻는다면 어리석은 질문일 뿐이다. 사물의 형상을 드러내는 데 중점을 두고 있는 시들은 그 상황의 전달에 머물 뿐 더 이상의 의미를 요구하지 않는다. 이 짧은 한 편의 시를 살펴보면 그녀의 시가 지향하는 궁극의 지점이 어디인지를 알 수 있을 것이다.

서정의 파문

그녀의 시는 일상의 이미지를 포착하고 그 이미지를 비유의 방식으로 드러내는 데 그치고 있다. 그것은 그녀의 시적 한계가 아니라, 그녀의 시가 지향하는 시적 특징이라고 말할 수 있다. 그래서 그녀의 시를 읽을 때는 전통적 독법대로 읽을 수 없는 것이다. 이를테면 풍경을 바라보면 그 풍경을 그대로 드러내면 그뿐이지 그 이상의 의미를 부여하지 않는다는 것이다. 그녀의 시 중에서 가을의 풍경을 발랄하게 끌어낸 「시월의 윙크」나 이팝꽃이 휘날리는 봄 풍경을 묘사한 「눈보라」 같은 시는 이러한 비유의 방식을 잘 보여주고 있다. 이뿐만 아니라 그녀의 시 중에서 많은 부분이 이러한 이미지의 전달에만 머물고 있다.

> 34층 아파트에서 내려다본 바깥은 홍건한 시름 잊은 듯 또 다른 세상을 꿈꾼다 휘황찬란한 빛들의 광란, 정지된 시간을 먹는 어둠 속에서 향기를 먹는다
>
> 사람 냄새가 살리는 어둠, 날개를 펴고 매운맛을 토한다 스테인글라스를 통해 넘실거리며 빠져나오는 요란 속의 이야기, 크리스탈이 빛나는 가족들의 웃음소리, 냄비 속에서 달그락거리는 수저 소리 하나 놓치지 않고 담아내고 있는 목구멍, 생식기의 발동에 깊어가는 연애의 속도는 어둠을 삼킨다
>
> 창가의 불빛은 들창머리를 갸웃대고 스치는 소음에 유혹 돼 내 안의 속도가 우울해진다 풋풋한 사랑은 배 멀미를 하고 바람 따라 내딛는 걸음은 접시 위를 걷는다
>
> 그렇게 익어가는 밤의 밀도는 도시를 잠재우며 나의 뇌를 충동질하는 사이 세상은 잠들고 영혼은 내일을 향해 콤파스를 돌리며 가로등 밑의 그늘을 숨긴다
>
> ―「불빛 앓는 도시」 전문

이 시는 34층 아파트에서 내려다본 도시의 풍경을 스케치한 것이다. 안과 바깥이 다르게 다가오는 풍경을 하나하나 훑듯이 묘사하고 있다. 휘황찬란한 도시의 풍경을 열거하듯이 드러내고 있는 방식은 말 그대로 화자의 눈에

사물의 형상을 비유로 끄는 힘

들어온 도시의 풍경을 형상화하고 있다. 이런 방법을 소설 작법에서는 카메라의 눈이라고 말하고 있지만, 그녀의 시도 이러한 기법으로 풍경의 전달에 그 무게중심을 두고 있을 뿐이다. 그녀의 시를 읽는 방법은 다만 그녀가 그려주는 풍경을 감상하면서 그 이미지의 세계에 서서히 몰입하면 된다. 대부분의 이미지 시가 지향하는 방식에서 크게 벗어나지 않는 그녀의 시적 방법론이 새삼 낯설게 느껴지거나 어렵게 다가오는 까닭은 사물의 형상화 방법에 있어서 행간이 단절된 비유의 방식을 쓰는 까닭이고, 그 행간에 선택하는 시어들이 낯설게 다가오는 까닭이다. 이 때문에 그녀의 시에 한 걸음 다가가기 위해서는 그 행간에서 애써 시적 의미를 찾으려고 하지 말고, 그 행간에서 다가오는 이미지가 무엇인지를 발견하려고 해야 한다.

난무하는 글자
고향이 어디일까

칡넝쿨처럼 질긴 놈
질긴 게 이기는 줄 아는
불여우 같은 자
이러저러해서 크게 한방
빅뉴스처럼 뱀 헛바닥을 굴린다

길거리, 지하철, 방방곡곡
머리 숙여 손가락 끝이 체크를 하고
우멍한 상처를 입은 사람
몸부림의 반응키를 누른다

대박을 노리는 문자
학식을 절개하는
오지랖

서정의 파문

점점 거세지는
언어의 도단
빛처럼 세상을
어지럽히고 있다

— 「스팸 문자」 전문

이 시는 사물의 형상을 넘어서 상상으로 이어지는 이미지의 파장을 보여
주고 있다. 스팸문자는 어디서 오는 것인지 알 수가 없다. 그래서 "난무하는
글자/고향이 어디일까"라고 말하고 있다. 그 문자는 칡넝쿨처럼 질기고, 불
여우같이 변화무쌍하다. 아무런 근거도 없이 한 방 먹이기도 한다. 그 스팸
문자를 만드는 사람들은 길거리, 지하철, 방방곡곡에서 흩어져 있으며 그들
의 손가락 끝으로 나온 문자는 사람들에게 납작하고 우묵한 상처를 남긴다.
그 문자는 이제 "언어의 도단"을 넘어서 세상을 어지럽히고 있다. 그녀의 시
를 읽기 위해서는 이처럼 촘촘한 시 읽기가 전제되어야 한다. 그것은 이미지
의 연결이 주는 의미에서 해방되어야 가능한 독법이며, 전통적 서정의 방식
으로부터 벗어나야 만날 수 있는 독법이다.

지금까지 그녀의 시가 지향해왔던 것은 시적 비유의 방식을 통한 일상의
포착이었다. 이 때문에 독자들보다는 자신의 시적 세계에 빠져 있었던 것 같
다. 그러나 그것이 헛된 시적 방법론이 아니라, 자신만의 시적 세계를 구축
해가는 정도(正道)의 방법론이었다. 이러한 시적 고뇌를 함께할 마음으로 그
녀의 시집을 펼쳐야 할 것이다.

4. 비유를 넘어서 구체성으로

끝으로 그녀의 시집을 읽으면서 생각해보아야 할 점을 짚어보고자 한다.
그녀의 시는 오래된 시적 편력에 비하면 옹골찰 정도로 자신만의 시적 세계

만을 고집하고 있다. 그것이 비록 시를 쓰는 정도(正道)의 방법론이라고 할지라도 시적 지평을 확대하기 위해서는 올바른 방법론이라고 할 수 없다. 그렇다고 단번에 새로운 방법론을 선택하라고 하는 것은 아니다. 다만 다른 시적 방법론이 무엇일지를 고민하는 시간이 필요하다는 것이다. 정도를 가기 위해서는 사도(邪道)를 피하지 말아야 한다. 사물의 형상을 드러내는 비유의 방식에 깊이 매몰되다 보면 비유에 비유를 낳는 자기모순의 세계에 빠질 수 있다는 것이다. 그것은 시의 기교주의에 빠져서 스스로 기교주의에서 벗어나지 못하는 경우와 같다고 할 수 있다. 그녀의 시에서 사물의 비유를 한 꺼풀 걷어내고 사물을 형상화한 시를 읽으면 그 사물이 더욱 구체적으로 다가온다. 그녀의 시에서 이러한 가능성을 여러 시편들에서 발견할 수 있다. 이미 인용한 「이방인」과 같은 시에서 알 수 있듯이, 비유의 방식을 걷어낸 자리에 더욱 선명한 이미지가 다가오는 것과 같은 것이다.

다음으로 이러한 발상의 전환을 통해서 시적 구체성으로 나아갈 수 있는 방법을 모색하는 것이다. 시의 구체성이야말로 독자들과 만나는 지점일 터이다. 비의(比擬) 속에 갇혀 있는 언어의 형국을 살짝 드러내는 방법을 선택한다면 훨씬 편안하게 독자들과 만나는 지점을 발견할 수 있을 것이다. 시가 자기만의 만족에 머무는 위안의 문학일 수도 있지만 또한 궁극의 지점에서는 독자와의 소통의 문제를 생각하지 않을 수가 없다. 문학 행위 자체가 자기의 세계와 타자의 세계가 서로 소통하는 행위이기 때문이다. 그녀의 시가 비유의 방식을 넘어서 시적 구체성을 획득하게 될 때 그녀의 시는 또 다른 면모로 독자에게 다가올 수 있을 것이다. 그녀의 시가 방법론의 전환을 통해서 새로운 시적 지평을 향해 활짝 열리기를 기대해본다.

서정의 파문

자연주의 시학의 확장

─박희연의 시세계

1.

한국 근대 시학사에서 청록파의 자연주의 시학은 한 시대에 머물지 않았으며, 그들의 시적 경향은 음으로 양으로 한국 시단의 자연주의 미학의 근간을 이루었다고 할 수 있다. 1950년대 후반에 등단하여 오랫동안 시를 써온 박희연의 시세계는 한마디로 말해서 자연주의 시학의 넓이와 깊이를 모색하는 긴 여정에 있다고 할 수 있다. 그는 첫 시집 『햇빛잔치』(종로서적, 1993)와 두 번째 시집 『우리는 산벚나무 아래서 만난다』(들꽃누리, 2002)를 낸 것이 시작 이력의 전부이다. 그 후 『바람의 길』(들꽃누리, 2012)라는 시선집을 냈지만 그 시집은 그동안 낸 두 권의 시집 속의 시와 그가 가려 뽑은 시인들의 시를 수록한 것이다. 그는 시작 이력으로만 말한다면 지나친 과작의 시인이다. 물론 다작만이 시인이 해야 할 능사는 아니라고 하더라도 지나친 과작은 그가 시인으로서 얼마나 치열하게 살았는지에 대해서 의문을 품게 하는 요인이 되기도 한다. 그는 오랫동안 교직에 몸담으면서 한 땀 한 땀 써놓은 시를 묶어서 시집을 냈다. 이 때문의 그의 시집을 읽기 위해서는 시의 내용과 표현 기법의 측면에서 그 넓이와 깊이를 가늠해보지 않을 수 없다. 그는 첫 번째 시집을 등단 후 무려 30여 년이 지난 후에 상재하고, 두 번째 시집도 공백이

거의 10년이나 된다. 이 긴 시작 활동 기간 동안 그는 처음부터 끝까지 변하지 않고 전통 자연주의 시학을 고수하고 있다. 이는 그의 시를 단조롭게 볼 수밖에 없도록 하고 있으며, 그 시적 의미를 살펴보는 데도 일정한 한계점으로 작용하게 한다. 그럼에도 불구하고 그의 시를 에둘러 살펴보지 않으면 안 되는 까닭은 그의 시는 청록파 이후 한국 시단에 전통적 자연주의 시학을 변함없이 이어가고 있으면서도 전통 자연주의 시학에 생명성이라는 새로운 담론을 끌어들이고 있기 때문이다. 이런 측면에서 박희연의 시는 전통 자연주의 시학의 지평을 보다 넓고 깊게 확장하고 있다고 말할 수 있다.

2.

박희연의 시를 청록파의 박두진과 연계하여 생각하지 않을 수 없는 것은 그의 시에서 만나는 소재와 내용이 박두진의 시에서 나타나는 자연과 인간의 삶, 그리고 자연과 공감하는 인간의 문제가 시집의 곳곳에 스며들어 있기 때문이다. 이는 그의 시가 자연이라는 테두리에서 벗어나지 않고 있다는 것을 말하고 있는 것이다. 전통 자연주의 시학은 다양한 방법으로 재현되고 변화되었지만, 그중에서 박희연의 자연주의 시학은 청록파의 시적 경향을 계승하고 있으면서도 그 내면에는 생명성이라는 또 다른 의미를 덧붙이고 있다. 그는 등단 후 근 30여 년 동안 시집을 내지 않다가 시집 『햇빛잔치』에 40편의 시를 발표하면서 시인으로 알려지게 되었다. 이 시집은 그의 첫 시집이면서도 그의 시세계를 엿볼 수 있는 단초가 되는 시집이다.

이 시집의 서문에서 박두진은 그의 시들 중에서 "청정 순수하고, 소탈 유연하면서도, 섬세하고 품격 높고 뚜렷한 개성을 보여주는 수작이 있다"고 평가하고 있다. 박두진은 그의 추천으로 등단한 이력 때문에 서문에서 그의 시를 청정과 순수, 유연과 섬세한 품격이라고 과찬하고 있긴 하지만 박두진의 서문을 빌리지 않더라도 그의 첫 시집은 청록파가 지향한 순수 자연주의 시학이 흠씬 스며들어 있음을 확인할 수 있다. 박두진이 꼽고 있는 작품은 「햇빛잔치」, 「가을의 사도행전」, 「겨울바다」, 「산곡」, 「시인상」, 「진찰」, 「풀벌레들의 춤」, 「날마다 크는 발」, 「고향길」이다. 먼저 이들 작품 중의 한 편을 살펴보기로 하자.

> 늘 충만한 햇빛으로
> 살아가는 사람들은 누구일까
>
> 산들바람이 산자락을 타고 내려와
> 마을에 닿으면 봄이 온다고
> 머언 아주 먼 옛날부터 이르더니
> 올해도 그렇게 봄이 오나 보다
>
> 봄이 되면
> 꽃이 먼저 알고 필까
> 잎이 먼저 알고 필까
>
> 꽃은 자고 나면 핀다
> 신비한 힘에 물들어 밤마다
> 새 생명을 자라게 하고
>
> 열정과 환희와 축복의 밤이
> 캄캄하고 싸늘한 밤공기의 흐름이
> 저렇게 아름다운 꽃을 피운다.
>
> 사월이면
> 아니, 삼월이면
> 헛소문처럼 무성한 봄소식이 퍼지고,

자연주의 시학의 확장

사월이면 양지녘부터 둘씩 셋씩
우렁찬 꽃망울 터지는 함성이,
우리 귀에 익숙한 그 만세의 함성처럼
화려한 꽃이 핀다.

오월이면
우리의 오월이 오면,
산이나
들이나
골짜기나 언덕을 가리지 않고
온갖 꽃이 앞다투어 핀다.

저렇게 고운 꽃이 언제부터 봄을 기다렸을까
지난해 가을부터일까
그보다 더 긴 세월을 기다리고
새 꽃을 피우기 위한 거룩한 작업이 시작되었겠지.

모든 준비를 마친 꽃나무
새로운 의미(意味)의 꽃을
조용히 기다린다.

　　　　　　　　　　　　　　　　　　　—「햇빛잔치」 전문

　시집 『햇빛잔치』의 표제작이기도 한 이 시는 봄의 생동감이야말로 한 해
의 모든 시간이 유폐된 곳으로부터 출발한다고 말하고 있다. 이 시집의 서
시도 「햇빛잔치」의 소재인 꽃으로 하고 있는데, 그의 시에서 꽃은 그의 시적
세계관이 출발하는 지점에 있다고 말할 수 있다. 그가 생각하는 꽃은 개화의
화려함에도 있지만 그 꽃을 피우기 위해 긴 시간을 보낸 "긴 여로(旅路)의 고
달픔"으로부터 나오는 생명에 놓여 있다. 꽃의 화려함을 보는 것은 자연의
외형을 바라보는 자연주의 시학의 근본적 태도라고 말할 수 있지만, 꽃이 피

　　　　　　　　　　　　　　　　　　　　　　　　　　　서정의 파문

어나기까지 겪게 되는 내면의 고통을 바라보는 것은 자연주의 시학에 생명 의식이라는 또 다른 관점을 덧붙인 것이라고 말할 수 있다. 전통 자연주의 시학은 자연의 아름다움을 완상하거나 물아일체의 정서적 교감에 있었다고 한다면, 그의 시에서 보여주는 자연주의 시학은 자연의 외형을 벗어난 곳에서 자연의 내면에 깃들어 있는 생명의 의미를 탐색하는 새로운 국면의 자연주의 시학이라고 말할 수 있다. 그는 꽃의 아름다움에 빠지는 것이 아니라, 꽃이 먼저 피는지 잎이 먼저 피는지, 충만한 햇빛으로 살아가는 사람들은 누구인지를 끊임없이 묻고 있다. 그는 한 송이 꽃을 피우기 위한 자연의 신비한 힘과 꽃이 피기까지의 어둡고 고통스러웠던 내면을 형상화하고 있다.

그의 자연주의 시학은 자연을 완상하고 즐기는 전통 자연주의 시학에서 벗어나 그 생명의 근원에 자리 잡은 더 긴 세월의 거룩한 고통의 과정을 형상화하는 데로 나아가고 있다. 물론 전통 자연주의 시들 중에서도 생명의 의미를 들여다보는 시들도 있었지만, 그의 시는 자연 속에 교감하는 생명의 의미를 노래하는 데 그치는 것이 아니라, 태초의 생명들이 갖는 위대한 고통과 기다림을 노래하고 있다. 이는 박희연의 시에서 발견할 수 있는 자연주의 시학의 심화와 확장이라고 말할 수 있다. 이를테면, 「가을의 사도행전」에서 창세기라는 상황을 끌어와서 태초의 생명 의식을 보여주고 있다든지, 「풀벌레들의 춤」에서 어둡고 깊은 바다에 수놓는 거룩한 죽음으로부터 살아 있는 생명의 근원을 발견하고 있다든지, 「시인상(詩人像)」에서 캄캄한 어둠 속에서 새로운 희망을 찾아가는 것이 시인의 소명이라고 말하고 있는 것은 그의 생명 의식이 자리 잡은 근저가 어디에 있는지를 알 수 있게 한다.

그의 시에서 발견할 수 있는 어둠과 밝음의 대응 구도는 새로운 생명을 탄생시키는 근원이 되고 있는데, 이것은 그의 자연주의 시학이 갖는 독특한 생명 의식이라고 말할 수 있다. 그의 시에서 생명의 근원으로서의 자연주의 시학이 독특하게 드러나는 까닭은 자연을 순수한 관점으로 바라보기 때문이다. 그의 시가 더러는 불의한 현실을 보고도 참여하지 못하는 안타까움을 노래하기도 하지만, 그의 시가 궁극으로 지향하고 있는 것은 어디까지나 순수한 자연 속에서 생명의 의미를 발견하려는 데 있다. 이 때문에 그의 시는 순수성이라는 주제를 그 궁극에 놓아두고 있다고 말할 수 있는 것이다.

양달로 한참 눈 녹인 봄볕이 퍼져 이룬 계곡에 말끔이 닦기운 한나절은 산맥이 빚어 준 억센 소리와도 같은 훈훈한 형상으로 벌판을 뛰고 대해(大海)를 넘보며 지금도 힘찬 숨을 쉰다.

푸르지 못한 고산식물의 엉성한 틈바구니의 철탑과, 창백하니 씻기운 옛말을 주고 받는 산마루 아래 줄음 잡힌 나목(裸木)의 대동맥에 수액이 새파랗다.

녹색으로 살찐 계곡에 티없이 맑은 향내음은
숨은 애인이 그를 위해 마련한 성찬(盛饌),
나를 위해 하느님께 속죄의 기도를 드릴 것은
오직 마리아
순결한 처녀다.

산과 골짜기
너의 운명은 조상으로부터 물려받은 형벌
평생토록 하나이면서 둘이 되어 산맥으로 이어지며
아름다운 이름을 하나씩 붙여준 하늘의 별들과 손을 잡는다.
—「산곡(山谷)」 전문

이 시는 아름다운 산과 골짜기를 보면서 운명과도 같은 삶을 떠올리지만 그 바탕에는 순결한 생명 의식을 상징하는 처녀성이 놓여 있다. 눈이 녹고 있는 계곡에서 힘찬 숨을 쉬고 있는 벌거벗은 나무들은 새파란 수액을 끌어올리고 있다. 이 힘찬 생명성은 티없이 맑은 향 내음과 함께 순결한 마리아

330

의 모습을 떠오르게 한다. 산과 계곡은 하나이면서 둘로 나뉘어져 하늘과 별들과 손잡으면서 생명의 힘찬 기운을 만들어낸다. 그가 바라보는 자연은 생명으로 가득 차 있으며, 그 생명은 순수성을 바탕으로 하고 있다. 「우리는 산벚나무 아래서 만난다」에서는 햇빛농원에 나들이를 가서 친구들과 숲속의 산새들이 한꺼번에 어울리는 장면을 보여주고 있는데, 그곳은 생명공동체의 삶이 어우러져 있으며, 자연과 인간이 합일하는 지점에 놓여 있다고 말하고 있다. 그는 알몸으로 자연 앞에 서 있으며 그 알몸의 상태야말로 생명의 근본이라고 생각하고 있다.

햇차를 나누고
일찌감치 잠자리에 들다.

자다, 깨다.
자다 깨다, 자다, 깨다.

물소리
바람소리
새소리

봄비로
새 잎들이 다투어 얼굴 씻는 소리.

구름이 나지막하니
먼 산등성이를 넘고

새벽잠까지 앗아가는
소쩍새 울음소리.

— 「산사에서」 전문

자연주의 시학의 확장

이 시는 시적 배경이 주는 의미 탓이긴 하겠지만 이 시의 행간에는 박목월의 「불국사」의 이미지가 스며들어 있는 듯하다. 이 시를 읽으면 화자가 시각과 청각으로 느끼는 이미지들을 나열하면서 그야말로 맑고 순수한 자연의 이미지를 형상화하고 있다는 사실을 확인할 수 있다. 얼핏 보기에 이 시는 청록파 시인들의 시들에서 흔히 발견할 수 있는 시라는 생각이 들 것이다. 그런데 이 시의 내면을 좀 더 깊이 들여다보면 자연의 이미지를 나열하는 데만 머물러 있는 것이 아니라는 사실을 깨닫게 될 것이다. 이 시의 마지막 연을 읽으면 소쩍새 울음소리에 감추어진 화자의 고뇌가 스며들어 있음을 알수 있다. 화자가 일찌감치 잠자리에 든 까닭도 있겠지만 바깥에서 들리는 자연의 소리 때문에 자다 깨다가를 반복하다가 새벽에 일어나게 된다. 그 새벽시간에 화자는 물소리, 바람소리, 새소리를 듣고 구름이 산등성이를 넘어가는 모양을 지켜보다가 소쩍새 울음을 들으면서 생명의 의미를 새삼 깨닫고있다.

그가 현실에 있든지, 현실을 벗어난 곳에 있든지 간에 그의 사유는 늘 그밑바닥에 고통과 힘겨움을 동반한 생명의 근원을 찾아가는 곳으로 향하고있다. 그것은 척박한 현실의 상황을 비껴가지 않으려는 화자의 의지가 작용하기 때문이기도 하겠지만, 그보다도 먼저 화자는 천성적으로 자신을 성찰하면서 살아가려고 하는 속죄양 의식과 같은 것이 바탕에 가로놓여 있기 때문일 것이다. 그의 시가 웅혼한 남성적인 미학이 보이지 않고, 유연하고 섬세한 여성적인 미학이 보이는 까닭은 현실에 대해서 소극적이고 자신의 문제에 있어서 소심한 성격 때문이라고 말할 수 있을 것이다. 그는 조용히 삶을 성찰하고 또한 현실에 비껴서면서도 결코 그 현실을 외면하지 못하고 있다. 그의 삶의 방식을 잘 반영하고 있는 시 한 편을 살펴보자.

　　가을이면 도토리는 땅으로 이사한다.

눈 깜짝할 사이에 대기권을 뚫고 안착한다.
세상에서 가장 빠른 여행 일정이며
순식간에 홀로 서야 하는 놀라운 변화다

떽떼구르, 땍떼구루
스스로의 무게로 가랑잎을 뒤집어쓰고 몸을 감춘다.
바람이 뒤척여주는 가랑잎 속으로
깊숙이 몸을 숨긴다.

도토리는 왜 갸름하고 반질반질할까
귀공자이거나, 날쌘 무사의 모습을 닮아
가랑잎 밑으로 소리 없이 파고들며
몸을 숨기고, 뿌리 내릴 곳을 찾는 놀라운 본능.

겨울 거친 바람이 불면
가랑잎은 이리저리 흩날리고, 도토리는 알몸이 된다.

온갖 위험한 고비를 겪는 시련의 겨울이다.
먹이사슬에 드러난 숨 가쁜 시간들.

그러다 눈이라도 내리면
계곡에도, 가랑잎 위에도 눈이 쌓이고
촉촉한 물기가 신화처럼 생명을 불어넣는다
온도와 습도는 도토리의 새로운 탄생이다.

그리고 봄기운이 감돌면
살아남은 도토리들은 새 생명으로 태어난다.

갸름하고 날렵하여 재빨리 숨는 솜씨,
맡이 넓적하여 몸통을 바로 세우고, 뿌리 내리기가 이렇게 편할까.
이 모두가 타고난 본성이 아니면,

자연주의 시학의 확장

다른 나무들과 함께 살아가라는 자연의 섭리다.

─「도토리 여행」 전문

　이 시는 그가 세상을 바라보는 관점을 한꺼번에 보여주고 있다. 자연의 원리에 따르면, 모든 생명은 태어나고, 그 생명은 현실에 부대끼면서 살아가고, 살아가면서 여러 가지 시련을 겪기도 한다. 그러면서 눈이 쌓인 겨울이 지나고 나면 새로운 생명의 기운을 불어넣은 계절이 다가오게 된다. 이것은 거대한 자연의 원리이면서 지극히 당연히 일어나는 생명의 순환 원리이다. 이 시에서 화자는 도토리는 자신의 몸통을 세우기 위해 스스로 제 모양을 밑이 넓적하게 만들었다고 생각한다. 도토리가 제 모양을 스스로 만들어가듯이 모든 생명들은 타고난 본성에 따라 살고 또한 그 본성에 따라 죽음을 맞이한다. 이 거역할 수 없는 자연의 원리 속에 모든 생명들이 있으며, 자신 또한 그 순환의 고리 속에 있을 수밖에 없다. 「공간 나누기」에서 허공이라는 보이지 않는 공간이지만 높이 나는 새는 윗 공간을 차지하고, 낮게 나는 새는 아랫 공간을 차지하면서 허공을 나누듯이, 모든 자연은 보이지 않는 질서 속에서 각자의 생명을 유지하고 있다고 말하고 있다. 보이지 않는 질서이지만, 그것은 엄연한 자연의 원리이고, 또한 그것은 지극히 당연한 보편적 생명의 질서이기도 하다. 「도토리 여행」은 도토리라는 작은 소재를 통해서 이러한 자연의 질서 속에서 생명이 자라고 또 죽어가고, 자기의 본성에 따라 삶을 이어가는 모습을 보여주고 있다. 그의 삶도 이러하리라는 사실을 도토리의 여행을 통해서 보여주고 있다.

　그의 시에서 지향하고 있는 자연주의 시학은 평범한 자연의 질서 속에서 새로운 생명의 의미를 발견하는 데 있다. 그의 시에서 말하는 새로운 생명의 식은 일상에서 발견하는 도의 원리라는 전통적 사유를 바탕으로 하고 있으며, 일상의 순수함을 바탕으로 사유하고 있다는 점에서 자연주의 시학을 확

서정의 파문

장하고 있다고 말할 수 있다. 『주역』에서 말하는 백색무구(白色無垢)의 미학은 동양 전통 시학의 근원을 이루는 중요한 의미이기는 하지만, 그것을 시적 방법론으로 재현해낸다는 것은 여간 어려운 일이 아니다. 여기에는 자연스러운 순수함이야말로 가장 어려우면서도 또한 가장 쉬운 일이라고 하는 역설이 가로놓여 있다. 실제로 자연스러운 발상은 일상의 삶 자체가 자연스럽지 않으면 이룰 수 없는 것이다. 그의 시가 순수한 자연주의 시학을 굳건히 지켜갈 수 있었던 것은 일상의 삶 속에서 순수한 마음을 간직하고 있었기 때문일 것이다. 첫 시집과 두 번째 시집, 그리고 시선집으로 이어지는 그의 시적 세계관은 순수한 자연주의 시학을 바탕으로 하지 않는 것이 없다. 그러면서도 그는 자연을 생명의 근원으로 바라보고 있으며, 그 생명을 길러내는 원천이야말로 맑고 청아한 것을 바탕으로 하지 않으면 안 된다고 생각하고 있다. 그의 시가 청록파의 자연주의 시학을 이어받고 있으면서도 시에서 생명 의식을 강조하고 있다는 것은 그의 시가 전통 자연주의 시학의 의미를 확장하고 있다는 것을 보여주는 것이다.

시선집의 표제시이기도 한 「바람의 길」에서는 자연스러운 모든 것에는 온갖 것이 뒤섞여 있다고 말하고 있는데, 그 뒤섞임 속에는 늘 외따로 떨어져 있는 자신의 존재가 놓여 있다고 생각한다. 화자 자신도 자연의 일부로 존재하는 하나의 생명일 뿐이라고 생각한다. 이러한 생명 의식은 스스로를 외롭고 쓸쓸하게 하지만, 그 고독을 견디는 것이 삶이라고 생각한다. 그래서 그는 삶이란 혼자서 떠나는 여행이라고 말하고 있는 것이다. 그는 철저한 고독 속에서 참된 생명의 의미를 발견하고 있으며, 그것만이 자연 속에 오롯하게 서 있을 수 있는 자아라고 생각하고 있다. 그야말로 생명이란 거대한 자연 속에서 각각의 개체들이 만들어내는 화엄의 세계이다. 그는 이 화엄의 세계 속에 끝없이 자기 자신을 찾아가고 있다. 그는 그 생명의 길이 바람의 길이라고 말하고 있다.

자연주의 시학의 확장

3.

    박희연의 시는 자연주의 시학에서 출발하여 그 자연의 순수성과 생명성의 의미를 발견하는 데로 나아가고 있다. 그다지 많지 않은 그의 시 속에는 작은 일상의 발견과 같은 시들도 있으며, 고향이라는 근원에 대한 그리움도 스며들어 있다. 그 일상과 과거로의 회귀들은 대부분 자연이라는 큰 범주 안에 들어 있다. 동양 문예미학에서 자연은 창작의 기본 소재이고, 또한 모든 문학의 근원이 되는 것이다. 이 때문에 전통 자연주의 시학에서는 창작도 자연스럽게 이루어지는 것이 궁극의 길이라고 생각했고, 그 소재를 자연에서 취하는 것도 지극히 당연한 것이라고 생각했다. 박희연의 시세계는 자연을 근원으로 시적 상상력을 펼쳐가고 있으며, 그것을 인간 사회의 문제들과 연결하고 있다. 그는 전통 자연주의 시학을 근원으로 하되, 그 자연주의 시학의 근원에 놓인 생명의 문제를 화두로 끌어가고 있다. 그는 생명의 근원을 잃지 않기 위해서는 사람들에게 맑은 시심이 필요하다고 생각하고 있다.

    박희연의 시를 통해서 시의 근본주의를 돌이켜 생각해보아야 하며, 근본을 잃고 있는 사람들의 일상에서 순수한 본성을 회복하는 길이 무엇인지를 찾아야 할 것이다. 그는 동양의 자연주의 미학이나 청록파 시인들이 추구해왔던 자연과 생명의 문제가 오늘날에도 여전히 유효하게 받아들여져야 한다는 것을 보여주고 있다. 최근의 시들이 본래의 맑은 시심을 잃고 기교주의로 빠지고 있는 형국으로 나아가고 있다는 것을 생각해볼 때, 박희연의 시를 통해서 자연주의 시학이라는 오래된 화두를 지키면서 또한 초심을 잃지 않는 올곧은 시정신이 어떤 의미가 있는지를 생각해보았으면 한다. 비록 그가 궁벽한 곳에서, 또한 시인이라는 존재마저도 희미하게 시작 활동을 했을지라도 그가 추구해왔던 자연주의 시학의 정신만은 오롯하게 기억해야 할 것이다.

식물성의 시학

— 김태의 시세계

1. 상생의 꿈

김태 시집 『녹지 수첩』은 시집의 제목처럼, 푸른 대지에 대한 기록이다. 시집의 제목으로 삼고 있는 '녹지(綠地)'는 초록의 땅을 말한다. '수첩(手帖)'은 국립국어원 표준어국어사전에 나와 있는 것처럼, "몸에 지니고 다니며 아무 때나 간단한 기록을 하는 조그마한 공책"을 말한다. 그의 시집 『녹지 수첩』은 도시와 산, 들판 곳곳에서 만난 초록 생명에 대한 보고서이다. 이 때문에 이 시집에는 도시에서 만나는 가로수, 산의 나무, 거리의 꽃, 이들과 더불어 살아가는 생명들에 대한 관심과 사랑이 듬뿍 스며 있으며, 녹색의 대지를 누비면서 기록한 소박하고도 사소한 일상의 흔적이 풍성하게 살아 있다. 녹지는 초록의 땅이며, 동시에 그곳은 생명의 땅이기도 하다. 그는 이번 시집을 통해서 메말라가는 도시의 일상 속에서 죽어가는 생명들을 보듬고, 그 생명들의 관계망 속에서 상생(相生)의 의미를 발견하고 있다.

그의 시는 문명사회의 딱딱한 시스템 속에서도 그 생명의 근원을 잃지 않고 있는 식물성을 탐색하고 있다. 자연계의 피라미드 구조 속에서 볼 때, 식물은 가장 밑바닥에 놓여 있는 유일한 생산자이다. 생명의 이치는 식물성에서 출발하여 식물성으로 돌아오는 순환의 고리 속에 놓여 있다. 이 시집은 생명의 근원을 이루고 있는 식물성의 의미를 통해서 참된 생명의 길이 무엇인지를 일깨우고 있으며, 이러한 생명의 근원을 잃고 살아가는 현대인들에게 식물성의 저항이 어떤 것인지를 보여주고 있다. 그는 말없는 식물들과 내밀한 소통을 하려고 하고 있으며, 자연과의 교감이라는 전통의 자연관을 넘어서 그들과 더불어 살아갈 수 있는 공생의 길을 발견하려고 한다. 서정시가 대상과 정서적으로 교감하는 장르라고 한다면, 그의 시는 하나하나의 식물들이 갖는 존재의 의미를 호명함으로써 그들과 내밀하게 소통하는 서정성을 획득하고 있다고 할 수 있다. 이런 관점으로 볼 때, 이번 시집은 식물성의 시학이라는 특징을 갖고 있다고 할 수 있다.

2. 식물성의 본질

'식물(植物)'이라는 한자어를 풀어보면 땅에 뿌리를 내리고 있는[植] 모든 생물의 종[物]을 의미한다고 말할 수 있다. 땅은 식물들이 생명을 영위하는 공간이다. 이 생명의 땅에는 인간을 비롯한 수많은 존재들이 서로 상생하면서 살아가고 있다. 땅에서 살아가고 있는 생명 중에서도 식물은 대지의 생명성과 같이 만물이 살아가는 근원을 이루는 존재이다. 생명의 근원을 모색한 '초록 생명의 길'은 한 때 화두가 되었던 생태주의 관점이었다. 게리 스나이더는 인간과 자연이 더불어 살아갈 수 있는 생태적 삶이 무엇인지를 실천적으로 보여주었다. 이러한 생태주의 관점은 단순히 자연으로의 귀환만을 의미하지는 않는다. 제러미 리프킨은 생태적 삶의 문제를 인간의 문제로까지 확장하고 있는데, 그는 자연이 스스로 더불어 살아가는 길을 모색하듯이, 인간도 '공감'이라는 관계를 통해서 새로운 생명의 길을 찾아가야 한다고 말한다. 공감은 생명의 상관성을 인정하고 더불어 살아가는 길을 모색하는 관점이다. 이 때문에 공감은 생명의 다른 이름이고, 식물성이 갖고 있는 생명의 본질과 통한다고 할 수 있다. 식물성은 땅을 근본으로 한다는 점에서 기본적으로 생명을 길러내는 속성을 갖고 있다. 식물성은 파괴와 개발의 속성을 말하는 것이 아니라, 주어진 자리[格物致知]에서 존재 의미를 발견하는 자연스러운 속성을 말하는 것이다. 식물성은 근본적으로 생명에 대한 외경(畏敬)을 전제로 하고 있다.

> 망월대(望月臺) 오르는 길
> 발걸음을 내디딜 수가 없다
> 죽어서 더 붉은 꽃
>
> 목숨을 아꼈다면
> 조금 더 머물다 갈 수 있었을까
> 진초록 잎사귀로 탑을 쌓은 나무야
>
> 진혼곡 흐르는 길에
> 새들을 날려 보내고
> 묵념하는 나무야
>
> 차가운 이 땅
> 봄은 머뭇거리는데
> 죽어서 더 빛나는 꽃
>
> ─청소하는 이여
> 쓸지 말고 한 사나흘 더 누워있게 해다오
> ──「녹지 수첩 26─충렬사 동백꽃」 전문

이 시의 화자는 동래 안락동에 있는 충렬사 망월대를 오르면서 떨어진 동백꽃을 바라보고 있다. 떨어진 동백꽃을 바라보는 화자의 감정은 간절하다 못해 숙연하게 느껴진다. 이 시의 화자는 죽어서 더 빛나는 동백꽃의 처절한 모습을 보면서 경건한 태도로 동백꽃의 낙화를 바라보고 있다. 그는 떨어진 꽃을 밟을 수가 없어서 발걸음을 내디디지 못하고 머뭇거리고 있다. 그는 이 시에서 자신의 분신과도 같은 꽃잎을 땅에 떨어뜨려놓고 묵념하고 있는 동백나무는 경건한 성자의 모습을 닮았다고 말한다. 이 시는 차가운 땅에 떨어진 꽃잎에 대한 애틋한 감정이 시의 전편에 흐르고 있다. 애조(哀弔)의 곡조가 흐르는 분위기 속에서 화자는 마침내 동백꽃의 처지와 깊이 공감하면서 자신이 동백꽃이 되어서 "한 사나흘 누워 있게 해달라"고 외치고 있다. 지금은 떨어져 생명이 다한 꽃이지만, 한 때는 생명이었던 꽃잎을 생각하면서 그 생명을 조상(弔喪)하는 마음이 애절하게 다가온다.

그의 시집에는 이러한 식물들에 대한 애정이 곳곳에 스며 있다. 「녹지 수첩 9-다정큼나무에게」에서는 "이름을 바르게 불러주지 못하면/꽃도 잎도 다 어그러질까" 봐서 걱정하고 있는 세심한 배려가 나타나 있다. 「녹지 수첩 20-아왜나무」에서는 으슥한 길가나 담장 모서리에만 살고 있는 아왜나무가 넓은 길가에 나와서 살았으면 좋겠다고 말하기도 한다. 이뿐만 아니라, 그는 좋은 숲에서 자라다가 간택이 되어서 가로수가 된 나무들의 처지를 생각하면서 아파하기도 하고(「녹지 수첩 22-가로수로 산다는 것」), 사람들의 횡포에 시달리고 있는 청오동의 모습을 보고 한탄하기도 한다(「녹지 수첩 24-청오동이 사는 길」). 이처럼 그의 시집 곳곳에는 식물들에 대한 애절한 사랑이 녹아 있다. 그런 점에서 이번 시집은 식물들의 존재 가치에 대한 의미를 식물의 입장에서 살피고 있는 생명의 보고서라고 할 수 있다. 말을 하지 못하는 식물들의 말을 사람의 언어로 재현하고 있다.

     팔손이면서
     일곱 갈래 아홉 갈래 잎도 있구나
     -식물의 고유성은

스스로 그러함이자 자유로움이지

아무리 찾아보아도 엄지는 보이지 않는구나
－수목도감에 없는
  상상력을 불러일으키기도 하지

매연가루 이불처럼 덮고 살아가도
늘 푸르기만 하구나
－푸른 것에도 허구가 있지

제3부두 고가도로 밑에서
바다를 잃어버린 닻처럼 수심(愁心) 가득하구나
－남해안 바닷가 근처 숲이
  내 고향인 줄 모르지

                              —「녹지 수첩 10 － 팔손이와 대화」 전문

　이 시는 팔손이와 대화를 하고 있는 모습을 형상화하고 있다. 각 연의 앞부분은 팔손이를 바라보고 있는 사람의 말이라고 한다면, 줄 친 뒷부분은 팔손이가 하는 말이다. 사람들은 팔손이의 외형만 보고 있지만, 화자는 팔손이의 심정으로 속내를 말하고 있다. 인간의 말이란, 외형만을 바라볼 수밖에 없는 한계점이 있다. 식물은 외형으로 자신을 말하는 것이 아니라, 사실 자신의 속내를 내면에 감추고 있는 것이다. 외형은 내면을 드러내는 것이 아니다. 장자는 숙산무지(叔山無趾)의 우화를 통해서 내면의 중요성을 말하고 있다. 숙산무지는 형벌로 발 하나가 잘린 절름발이다. 이런 숙산무지가 공자를 찾아가서 가르침을 청했는데, 공자는 형벌로 죄를 지은 사람이 도를 깨치기에는 늦었다고 거절한다. 이 말을 들은 숙산무지는 그가 공자를 찾은 까닭은 발보다 귀한 것이 남아 있기 때문이라고 말한다. 발보다 귀한 것은 물론 내면의 마음을 말한다. 이 이야기는 외형으로 사람을 판단하는 공자의 무지(無

知)를 꾸짖는 우화이다.

인간의 판단은 식물들의 내밀한 존재 의미를 바라보지 못하고, 외형만으로 평안할 것이라고 생각한다. 그러나 화자의 눈에는 팔손이의 사정이 다르게 보인다. "일곱 갈래 아홉 갈래의 잎"이나, "엄지", "늘 푸르다"고 하는 것은 팔손이를 본 인간의 판단일 터이다. 그리고 "수심(愁心)이 가득하다"고 하는 것은 인간의 감정이 이입된 것이다. 그러나 정작 팔손이의 내면과 소통하고 있는 화자의 말[팔손이의 말을 빌려서]은 다르다. 팔손이의 잎은 자연 그대로일 뿐이지 숫자로 규정하는 것이 아니라고 말한다. 수목도감에 나와 있는 팔손이에 대한 일반적인 지식은 자연 그대로의 모습을 통해서 새로운 상상을 하게 한다고 말한다. 또한, 팔손이의 푸른 외형은 사실은 허구의 모습이라고 한다. 현재 놓여 있는 팔손이의 외형적 모습은 남해안 바닷가 근처의 숲이 고향이라는 본질을 잊게 한다고 한다. 인간의 판단과 팔손이의 내면이 다르다는 사실을 대화를 통해서 보여주고 있다.

이러한 인간 중심의 판단은 식물에 대한 무지(無知)를 가져오고, 이것은 자연에 대한 왜곡된 시선을 조장하는 계기가 된다. 이 때문에 이 시집에서 식물의 내면과 소통하려는 화자의 태도는 매우 중요한 의미를 내포하고 있는 것이다. 식물의 본성은 각자 존재의 가치에 따라 생존하고 있는데, 인간들은 그들 나름대로의 판단 기준에 따라 쓸모 있음과 쓸모없음으로 규정하고 있다. 한때는 사람에게나 다람쥐에게 생명줄과도 같았던 참나무들이 인간의 판단 기준에 따라서 잡목 취급을 받고(「녹지 수첩 1 - 참나무는 살고 있다네」), 외래종인 대왕참나무(핀오크, pin oak)는 조경수나 가로수로 인정을 받는다(「녹지 수첩 42 - 대왕참나무」). 이것은 식물의 고유한 가치를 인정하지 않고, 인간의 판단에 따라 그 가치를 규정한 결과인 것이다. 자연 그대로의 상황은 한결같이 그대로 존재할 뿐인데, 인간은 자신의 의지대로 판단해서 쓸모 있는 것과 쓸모없는 것으로 나누고 있는 것이다. 이러한 왜곡된 판단 때문에 자연은 인

서정의 파문

간 중심으로 개발되는 것이다. 그는 이 시집을 통해서 인간 중심의 자연관을 벗어나서 자연과 어울린 '자연 그대로의 생명'이 존재하는 세상을 꿈꾸고 있는 것이다.

3. 자연의 조화로움

자연은 산과 도시, 사람과 사람을 구분하지 않는다. 자연은 경계가 없다는 말이다. 그런데 인간들은 특정 지역에 '입산금지'라는 팻말을 붙여서 그 경계를 만든다. 사람의 공간과 자연의 공간을 구분하고 인간 중심으로 쓰임새 있는 것과 없는 것을 나눈다. 그것은 인간의 경계일 뿐이다. 진정한 생명의 터전인 자연은 그 경계를 초월하여 무한한 자유의 공간에서 각자의 생명으로 존재하고 있다. 그 자리에 놓여 있는 것이 자연일 뿐이다. 그는 초록 생명의 숲을 찾아서 그 공간에서 자연의 의미를 생각하고, 녹색의 생명이 함께 어울려 살아가는 대동의 세상을 꿈꾸고 있다.

> 사람도 직장도 받아주지 않는데
> 산은 다 받아준다
> 산에 온 사람들
> 저 아래 펼쳐진 도시를 내려다본다
> 누구를 향한 원망도 잊고
> 자책도 그만둔다
> 답답한 가슴 틔우고
> 맑은 산 기운을 폐에 담는다
> 산에서는 말하지 않아도 되고
> 억지웃음 지을 필요도 없다
> 저마다 걸어온 길을 닮은
> 산길을 따라가다 보면

식물성의 시학

건강하고 정직한 나무들을 만난다
바위 틈 새 약수를 마시면
아픈 것도 금세 나을 것 같다
신호등도 호각소리도 없는데
청설모가 제일 바쁘다
곰솔 숲에 그냥 앉아 있어도
모두 성자가 된다

— 「녹지 수첩 45 – 산은 다 받아준다」 전문

산은 인간이 갖고 있는 편견으로 인위적인 판단을 하지 않는다. 산은 사람을 향한 원망도 없고, 자책하는 마음도 없다. 산속에서는 사람들과 어울리기 위해서 억지웃음을 지을 필요도 없다. 그 산속에는 건강하고 정직한 나무들이 있고, 그 나무와 어울려 살아가는 생명들이 있을 뿐이다. 그곳에서는 모두가 성자(聖者)가 된다. 인위가 배제된 세계에서, 경계가 사라진 세계에서 생명들이 만나 함께 살아가는 공간에서는 만물이 성자인 것이다. 이것이 그가 꿈꾸는 녹지의 세상이고, 초록 생명의 세상이다. 그곳은 자연의 조화로움만이 온전하게 살아 있는 곳이다.

반송(盤松)은
초록 방석에 앉아
편안하겠지만

수호초(秀好草)는
솔잎이 따가워서
일어서고 싶다

— 「녹지 수첩 25 – 관계」 전문

서로가 서로의 관계에 있어서 각자의 존재대로 살아가는 것이 자연의 모

344

습이다. 이것은 우주의 원리이기도 하고, 세상 만물의 이치이기도 하다. 음지에 강한 회양목과의 다년초 식물인 수호초는 반송 아래에서 생명을 깃들이고, 그 속에서 자신만의 존재를 가꾸어 간다. 만물은 모두 서로를 감싸고 서로 관계를 맺으면서 조화롭게 살아간다. 장자는 「제물론」에서 "만물은 모두 있는 그대로 있게 되고, [성인은] 그러한 만물 속에서 서로 감싸고 있다(萬物盡然, 而以是相蘊)."고 말하고 있다. 그의 시에서 자연의 조화로움을 인식하고, 그 속에서 자연스럽게 살아가는 사람은 성자의 모습이라고 말하는 것은 이 때문이다.

그의 시집 『녹지 수첩』은 만물이 그 자리에 존재하면서 조화롭게 살아가는 초록 생명의 세계를 지향하고 있다. 그는 오랫동안 녹지 공무원으로 근무하면서 인간이 얼마나 자연과 조화롭지 않는 삶을 살아가고 있는지를 체험하였다. 그는 그 삶의 체험을 시로써 형상화하고 있다. 만물제동(萬物齊動, 만물이 모두 가지런하게 움직이는)의 원리는 우주의 원리이고 자연의 원리이다. 인간의 삶이 궁극에 다다라야 할 지점이 자연의 원리이다. 그는 이러한 삶의 궁극을 위해서 살아갈 것을 희망하고 있다. 이번 시집은 일상의 체험 속에 녹아 있는 자연의 이치를 소박하게 보여주고 있다는 데서 그 의미를 찾을 수 있다.

다만, 연작시가 주는 단조로움에서 벗어나 다양한 시적 방법론을 보여주지 못하고 있다는 점이 아쉬움으로 남는다. 그의 시는 기교를 부리지 않는 소박함이 단점이면서, 동시에 장점으로 작용하고 있다. 그의 시에서 시적 방법론과 의미의 확충을 위해서 언어의 연금술이 요청되는 것도 이 때문이다.

찾아보기

인물 및 용어

ㄱ

가이아(Gaia) 246
강정이 197
격물치지(格物致知) 165, 339
공감 338
그라스, 귄터 186
김기림 319
김명자 282
김성규 139
김신용 92
김종길 20
김준오 88
김춘수 38
김태 337
김현 162

ㄴ

남기태 282
낯설게 하기 182
니체(Nietzsche) 38

ㄷ

단편서사시 242

데자뷰(deja vu) 192
동심(動心) 292
디게시스(diegesis) 164
디아스포라 205

ㄹ

레다 207
리마 증후군(Lima Syndrome) 185
리프킨, 제러미 338
릴케(Rilke) 39

ㅁ

마들렌 189
메를로퐁티(Merleau-Ponty) 41
모성 247
물활론 255
미메시스(mimesis) 164

ㅂ

바르트, 롤랑(Roland Barthes) 39
박남수 29
박두진 326
박목월 332

서정의 파문

박이훈 217
박희연 325
배옥주 182
배한봉 97
백낙천 61
백무산 98
백색무구(白色無垢) 335
백석 242
베르트랑(Bertrand) 42
보들레르(Baudelaire) 42
부산작가회의 156
부성(父性) 247
비(比) 88, 308

ㅅ

사공도 139, 167, 199
사무사(思無邪) 160
생명성 326
생태주의 338
섬농(纖穠) 258
세이렌(Siren) 185
송(頌) 287
송찬호 138
숙산무지(叔山無趾) 341
슈퍼마리오 195
스나이더, 게리 338
스톡홀름 증후군(Stockholm syndrome)
    185
시바타 도요 283
시화일률(詩畵一律) 63
신경림 100

ㅇ

아(雅) 287
애들론, 퍼시 192
여순사건 102
오미옥 238
오정환 117
5·7문학협의회 156
웅혼 139
유협 94, 117
유화(柳花) 207
64괘 126
윤일주 22
응려(凝慮) 123
이월춘 164
이한직 24
이해웅 150, 159

ㅈ

자연주의 325
자유실천문인협회 156
장예모 190
장자 341, 345
적요(寂寥) 217
전겸익 45
정약전 269
정호승 95
조용미 90
조지훈 94
주네트(Gérard Genette) 242
주명숙 258

ㅊ

청록파 325
최순해 308
최화국 30

ㅋ

카젤, 에릭 271
크레바스(crevasse) 194
크리스테바, 줄리아(Julia Kristeva) 42

ㅍ

포, 에드거 앨런(Edgar Allan Poe) 186
퐁주, 프랑시스(Francis Ponge) 43

풍(風) 287
풍자 312
프루스트, 마르셀 189

ㅎ

하이데거(Heidegger) 40
한국문인협회 155
함민복 89, 92
함축(含蓄) 123
항심(恒心) 292
허만하 11
화엄 173, 179
흥(興) 88, 308

도서 및 작품

ㄱ

「가야 물봉선」 247
「가을밤」 90
「거미」 92
『검은 고양이』 186
「겨울 음표들」 223
『경북대신문』 14
「고리(古里)」 159
「고마리」 240
「고요함」 124
「과실」 22
「기억 속의 삽화」 263
『길과 풍경의 시』 33
『길 위에서 쓴 편지』 33

「까레이스키」 205
「꽃」 23
『꽃똥』 215
「꿈꾸다」 208
「꿈을 청하며」 294

ㄴ

「낙엽론」 26
「낙조, 그 이후」 222
『낙타는 십리 밖 물 냄새를 맡는다』 33, 65
『남부의 시』 28
『녹지 수첩』 337
「녹지 수첩 10 - 팔손이와 대화」 341
「녹지 수첩 25 - 관계」 344

서정의 파문

「녹지 수첩 26 – 충렬사 동백꽃」 339
「녹지 수첩 45 – 산은 다 받아준다」 344
「늙은 꽃」 177

ㄷ

「단풍」 251
「달아나는 말」 142
『달춤』 150
「당나귀를 추적하는 사람들」 145
「도토리 여행」 334
「독거(獨居)」 229
「동백꽃」 162
「동자상(瞳子象)」 17
「동점역(銅店驛)」 77
『동점역(銅店驛)』 28

ㅁ

「머무름」 123
「먼 불빛, 적막 위에 눈은 내려쌓이고」
    151
「모델하우스」 170
『모딜리아니의 눈』 32, 65
「목욕탕 인어공주」 203
「무음 또는 묵음」 255
「무지개불춤」 180
「문」 20
『문심조룡』 94
『문학예술』 22
『물은 목마름 쪽으로 흐른다』 33
「물의 경전」 121

ㅂ

〈바그다드 카페〉 192
『바다의 성분』 33
『바람의 길』 325
「바람 이미지를 좇아」 160
「박꽃 1」 291
「버려야 하는데」 288
「벽」 154
「봄 고궁에서」 200
「봄날」 119
『부드러운 시론』 32
「부부」 89
「불빛 없는 도시」 321
「붉은꽃」 245
〈붉은 수수밭〉 190
『비는 수직으로 서서 죽는다』 32
「비밀과 함께 사는 법 – 密陽」 166
「뿔」 100

ㅅ

「사이판 망향가 1」 305
「산곡(山谷)」 330
「산국(山菊)」 224
「산사에서」 331
「상처」 270
「線」 15
「설」 260
「설조(雪朝)」 22
「섬말시편 – 이슬의 눈」 92
「소금 꽃, 엄마」 226
「수상한 봄」 280

「숟가락 하나」 211
「술렁술렁」 314
「스팸 문자」 323
「시간 감각」 313
「시계」 282
『시와비평』 21
『시의 계절은 겨울이다』 33
『시의 근원을 찾아서』 33
『시(詩)의 원리(原理)』 94
「시 한 편을 쓰면」 286
「신양반」 297
「쑥대밭 연대기」 185
「씨방의 어법」 277

ㅇ

『악기(樂記)』 60
「악어의 수프」 147
『야생의 꽃』 33
「약해지지 마」 283
『양철북』 186
「어느 소녀의 눈동자 – 소녀상 앞에서」
    232
「어떤 이혼」 209
「어머니」 250
『언어 이전의 별빛』 34
「오브제의 새로운 발견」 194
『우리는 산벚나무 아래서 만난다』 325
「羽化」 243
「운주사에서」 236
「유령(幽靈)의 숲」 298
「이방인」 320
「이별노래」 95

「인연을 위하여」 318
『잃어버린 시간을 찾아서』 189
「입춘에서 우수로」 172
「잎」 19

ㅈ

『자산어보』 269
「장들의 쑥덕공론」 312
「장자(莊子)의 장례」 137
「장터 대폿집」 169
「절벽 위 소나무 · 2」 220
「점방(店房)」 174
「조등(弔燈)을 달다」 253
『주역(周易)』 125, 335
「주역시편」 118, 125
「주역시편 – 산풍고」 134
「주역시편 – 산화비」 134
「주역시편 – 지산겸」 131
「지어낸 이야기」 187

ㅊ

「창(窓) 2」 18
「창동의 추억」 303
『靑馬풍경』 33

ㅌ

「태양의 따님」 97
「토르소」 234

ㅍ

『팔공과학』 12

「팽목항의 눈물법」 275
「풀씨 하나」 98

ㅎ

「하늘우물」 267
「해오라기」 213
『해원의 노래』 105
『해원의 노래 2』 108
『해원의 노래 3』 113
「해장국밥」 175
『해조(海藻)』 27
「핼쑥한 햇살」 316
「햇빛잔치」 328
『햇빛잔치』 325
「허공의 길」 230
「혀와 입술의 궁합 1」 310
『현대시』 26
「현미경」 22
「화두」 289
「화엄경 닮다」 179
『효경』 275
「후조」 26
「희망 공화국」 302
「희망 연가」 286

기타

「Calling You」 191
「The 빨강」 190
『The 빨강』 183

1 일심의 시학, 도심의 미학 정효구
2 경계와 여백 이상오
3 만인보의 시학 맹문재
4 서정시와 실재 이성혁
5 이미지의 영토 김창수
6 격변의 시대의 문학 민 영
7 여성시의 대문자 맹문재
8 텍스트의 매혹 김종욱
9 풍경의 감각 김홍진
10 6·25의 소설과 소설의 6·25 김윤식
11 분열된 주체와 무의식 김혜영
12 현대소설의 상황 최유찬
13 서정과 서사의 미로 지주현
14 문학사의 섶자락 김용직
15 한국 문학과 시대 의식 신동욱
16 내가 읽고 쓴 글들의 갈피들 김윤식
17 순명의 시인들 맹문재
18 불확정성의 시학 김윤정
19 여시아독(如是我讀) 이경재
20 물러섬의 비평 오양진
21 비판적 모더니즘의 언어들 한원균
22 신성한 잉여 장성규
23 리얼리즘이 희망이다 고명철
24 운명의 시학 김종태
25 현대시의 정신과 미학 송기한
26 가면적 세계와의 불화 정진경
27 현대시와 골룸의 언어들 허혜정
28 경계의 언어, 황홀의 시학 장동석
29 서정적 리얼리즘의 시학 박진희
30 시와 정치 맹문재

31 2000년대 시학의 천칭 엄경희
32 슬픔의 연대와 비평의 몫 장은영
33 환경의 재구성 박윤우
34 진실과 사실 사이 오세영
35 분석과 해석 권영민
36 존재와 사유 박정선
37 5·18, 그리고 아포리아 심영의
38 현대시의 가족애 맹문재